骑鲸闻巷·著

弯道

CURVE

法律出版社
LAW PRESS · CHINA

目　录 CONTENTS

第一章 危 机

无论多么不情愿，周一总会来。

早上八点半，早高峰，整个北京城都是步履匆匆的人，中关村这样的企业聚居地，人们更似在狂奔。然而在中国科技大厦工作的人们，早已经正襟危坐，手指在键盘上飞速舞动着。

中国科技大厦是明日汽车网的总部，“早八晚五”的作息时间已经执行了十二年，这种工作节奏，明日汽车网的员工早已经习惯。

当年之所以要求早上八点上班，主要是为了让用户第一时间看到最新的汽车资讯。这一点看似不起眼，当时却迅速抓住了用户，一路过关斩将，打败了众多竞争对手，仅用两年时间便坐稳了全国最大的汽车网站的宝座。如今明日汽车网在用户数、流量、收入等方面都让竞争对手望尘莫及，而且领先优势还在不断扩大。

此时会议室里，一男一女在交流着什么。女的名为柳静芸，五官精致，一头齐耳短发，干练阳光，是明日汽车网编辑部商务组的主管，负责对接车企、广告接洽等对外业务。男的高瘦，留着寸头，看上去沉稳睿智、精神十足。他是柳静芸的领导，名叫常丰，明日汽车网副总裁，负责媒体业务，也是媒体事业部的总经理。

“莫格汽车的公关一大早就找过来了，说他们的品牌在我们口碑频道的榜单排名掉到第二了，怀疑第一的萨拓汽车有大规模的水军，让我们彻查。他们态度强硬，还说如果不给他们一个合理的解释，这次的广告就不投给我们了。”柳静芸对常丰汇报着情况，语气有几分无奈，“这个季度的收入很关键，如果莫格汽车不投，指标可能就达不到了”。

在互联网圈，汽车网站是一个比较特别的存在，主要特别在汽车网站和车企的复杂关系上。汽车网站的用户群体是想买车或者想换车的用户，因此汽车网站的主要收入来源就是车企的广告投放，而车企的购车人群主要由汽车网站的用户转化而来，两者互相依赖。汽车网站一旦得罪车企，就会直接损失收入；而车企一旦得罪汽车网站，就会损失购车人群，同样损失利润收入。二者之间是相互依赖又相互忌惮的关系，很微妙。

“关于他们反馈的萨拓汽车水军这件事，白牧他们抽查了吗？”常丰的表情没有任何变化，淡定从容地问道。

白牧是编辑部内容组的主管，负责用户产出的内容审核、优质内容挖掘、论坛版主管理等。水军过滤是白牧的主要工作之一。

“查了，萨拓汽车没有问题，反而是发现了一些莫格汽车的水军，都处理掉了。”柳静芸盯着常丰的眼睛，试图寻求眼神的交流，却发现常丰根本没有看她。她又说道：“最近莫格汽车对口碑频道的榜单越来越在意了，水军上了不少，咱们都过滤掉了，完全没起到作用，所以他们才拿这次的广告投放来要挟我们。”

“这两年合资品牌的日子不好过嘛，可以理解。”常丰语态轻松，目光转向柳静芸，发现她正盯着自己。

中国的汽车市场这几年发展飞快，自主品牌异军突起。在核心技术和品质工艺上，自主品牌可能还比不过合资和进口车，但自主品牌却用“性价比”这个点砸中了中国人的心。从销量上可以看出来，自主品牌已经呈现承包榜单的趋势了，甚至出现了月销八万辆的自主品牌超级畅销车。几年前风光无限的合资和进口品牌车企的日子越发艰难了。

“不过，我们的原则绝对不能丢。”常丰坐直了身子，表情稍微严肃了一些，郑重说道，“告诉莫格汽车的公关，我们的口碑频道有完善的反作弊系统，水军会被全部过滤掉。无论是谁，上水军都是没有用的。我们也没有时间和人力给他们一条条复查，如果他们发现水军，欢迎附上证据，我们接受质疑和投诉。至于广告，他们投我们欢迎，不投，即便我们达不到指标，也绝对不会把原则丢掉！”

“可是……”柳静芸欲言又止。

常丰明白柳静芸要说什么，叮嘱道：“编辑部的收入指标是我来背的，不用为我担心。你只要把咱们的原则踏实地贯彻下去就行，坚守原则是我们一路壮大的根本，也是我们和其他竞争网站最大的不同。目前我们虽然要回报投资人，但更要为几千万的用户负责。车企就是看中我们要交出漂亮的季度财报，才敢如此试探我们的底线。越是这样，我们越是要守住，这也是老大们的意思。”

“明白了。”看常丰这么坚定，柳静芸一下子释然了。

其实作为多年的老员工，该如何做，柳静芸心知肚明。但她总是习惯听听常丰的想法，只要和他的想法一致，柳静芸就能像当年刚入职时一样心无旁骛、一往无前。

“对了，萨拓 5 的试驾车还没给我们吧？萨拓 5 是萨拓集团的主打新车，首试必须要拿下。一会儿你去问问萨拓公关什么时候能把车给我们。”常丰突然想到这件事。

“我马上就去问，这些事你就不用操心了。”柳静芸站起来走到门口，又转过身来，略微迟疑了一下，向常丰赧然问道：“晚上有时间吗，一块儿吃饭？”一个在车企眼中八面玲珑、豪爽大气的女强人，此时竟然低着头呈现出小女子的姿态，仔细看脸颊都有些微红。

“呃，那个……晚上我约了人，改天吧。”一向沉稳的常丰此时也有些慌张，蹩脚的理由任谁都能看出来是临时编造的谎言。

柳静芸眼中闪过一丝失落，随即又扬起微笑：“那我们改天再约。”随即缓缓拉开会议室的门走了出去。

只要不是傻子，都能看出柳静芸的心思。

明日汽车网创立十二年，常丰待了十年，柳静芸比他晚来一年，也工作九年了。她入职时还是个二十三岁的小姑娘，这九年是她最好的青春时光，可她却一直不找男朋友，如今已成了别人眼中的“剩女”。柳静芸各方面条件都很优秀，追求她的人如过江之鲫，想摆脱单身状态只是分分钟的事。熟悉的人都知道，其实柳静芸心有所属了。从进入明日汽车网工作的第一年开始，柳静芸就做了一个选择——独自等待。一等就是九年。

柳静芸走出会议室后，刚才挤出的笑容褪去了，精致的脸庞上浮现出失落的神情。其实常丰的推托并没有超出柳静芸的预料，但是只要有期望，即使有了心理准备总还是免不了失望的。

从一个刚毕业入职明日汽车网的新人到现在能独当一面的主管，当然少不了柳静芸自身的努力，但是最初如果没有常丰的关照和指导，柳静芸恐怕连转正都够呛。

对于常丰来说，就是带个新人而已，但是却在柳静芸心中撒下了一颗爱的种子。九年时间，种子生根发芽，长叶开花，花不但没有枯萎，反而愈加怒放。

为什么总是无法走近一步呢？好在九年了，最不怕的就是时间，继续，就好。柳静芸调整好心态，回到工位，打开邮箱，按照常丰刚才说的开始回复邮件，但是语气上客气了不少。常丰可以霸道，但是柳静芸还是要维持好与车企的关系。这么多年了，如何在坚持原则的基础上又不至于让人难堪，这个尺度的把控上没有人比柳静芸做得更好。

邮件发出去没一会儿，就收到了回复：“明白了，非常感谢。”

内容很短，却不太寻常。按车企一直以来的处事方式，咄咄逼人才是他们的风格。一方坚持，一方逼迫，任何事都会交锋几回合才能善罢甘休。这其实是车企必须要做的姿态，他们当然知道最后肯定没有结果，但是只有摆出这种姿态，车企才能让网站知道他们不是那么容易打发的。如果不摆姿态，一次次这样下来，就没有谁会拿他们的话当回事了。

这次莫格汽车竟然不纠缠就放弃了，是柳静芸没有想到的。事出反常必有妖，她决定今天忙完后侧面好好打探一番。

下午两点半，柳静芸忙着和萨拓汽车公关部争取萨拓 5 试驾车的时候，接到常丰的通知：召开临时主管会。

主管例会固定在每周五，主要是互通有无，回顾本周工作、制订下周计划。如果是临时召开主管会，不一定是棘手的大问题，但往往是遇到需要几条业务线携手才能解决的事情了。

柳静芸进去的时候，会议室里已经快坐满了，都是编辑部各条业务线的主管。常丰和白牧也都在。但和往日不同的是，没有人说话，会议室的气氛颇显压抑。

白牧称得上仪表堂堂，戴着一副无框眼镜，有股书生气。见柳静芸进来，冲她笑了笑，柳静芸也礼貌地点了下头。

柳静芸坐下后，常丰抬起头来说道："人齐了，开始吧。白牧，你来说明一下情况。"

白牧抬手扶了扶眼镜，开口道："下午两点十分，汽车口碑的发布系统报警了，在一点到两点这一个小时内，产生了三百三十条口碑，没有一条被反作弊系统判断为异常。而且，这几百条口碑都集中在一个品牌上。"白牧扫了一眼在座的主管，一字一顿地说道："莫格汽车。"

又是莫格汽车？动作太多了吧？柳静芸有些吃惊。其他主管也都心中一惊，觉得这件事有点儿严重了。

汽车口碑是指用户在买车之后填写的用车感受，还包括对空间、动力、操控、油耗等方面的打分。汽车口碑和编辑评测是用户购车的两个最重要的参考依据。

让用户主动产出内容并不是一件容易的事，明日汽车网的竞争对手汽车小宇宙网的口碑频道几乎和明日汽车网的同时起步，但如今每天只有不到一百条口碑产出，还是在各种激励手段频出的情况下。

明日汽车网也不容易，但十二年来坚守原则的理念赢得了用户的心，用户也乐意产出内容。如今，明日汽车网的口碑规模达到了百万级别，每日产出量近千条，每日用户访问量过千万，成为明日汽车网极重要的业务线之一，在同类产品中无可匹敌。也正因为如此，车企自然盯上了汽车口碑的评分榜单，买榜单办不到，发动水军刷榜就成了他们唯一的手段。在刚开始应对水军时，他们也狼狈过一段时间，等到花大力气做的反作弊系统上线，明日汽车网再也没有成批量的水军涌入了。

“一小时三百三十条的量，顶一天发布量的三分之一了，为什么这次反作弊系统没有起作用呢？”柳静芸问道。

“我们技术组查过了，发布系统没有问题，不是产品故障，反作弊系统也正常运行。”技术组主管杨帅说道。与人们印象中不修边幅、邋遢凌乱的程序员不同，杨帅是一个非常注重细节的人，从梳得一丝不乱的头发可见一斑。

“不光是口碑，莫格汽车所有车系的论坛全部被水军攻陷了，大量的硬广、软帖已经影响到论坛秩序了。”白牧补充道。

柳静芸知道糟糕了，这是整个网站的反作弊系统被攻克了，这已经不是影响到一条业务线的事了，一旦水军控制不住，影响到了用户的体验，大规模流失用户是没跑的。

但是反作弊系统怎么可能这么容易被全线攻克呢？柳静芸联想到上午莫格公关异常的邮件回复，想到一种可能，心沉了下去。

“我们第一时间对口碑榜单的规则进行了调整，已经从之前的一小时刷新，改为二十四小时刷新。这三百三十条口碑已做降权处理，不参与评分计算，排序也会下滑，不会在首屏出现。论坛已经做了发帖限制。但这些都是临时处理方案。”杨帅开口道。针对这种紧急情况的预案，明日汽车网自然是有的。

“经过人工抽查发现，目前这些水军用户几乎避开了我们反作弊系统的每个特征点，也就是说，我们的反作弊系统认为这些都是真实用户。”白牧接着说道。

“给出你的结论吧。”常丰对白牧说道。

柳静芸也在印证着自己的想法。莫格汽车口碑排名第二；莫格公关不同以往，没有纠缠；莫格汽车的水军大规模涌入，反作弊系统全面失守。可能性只有一个了。

“反作弊系统与人工复查双重机制不可能同一时间全部被攻克。”白牧在椅子上正了正身子，手臂搭在桌子上，一脸正色地说道，“我认为最大的可能性就是，审核规则泄露了。”

打听工资、收受贿赂、泄露公司机密是明日汽车网的三条红线，几乎每个大公司都有这些规定。明日汽车网在这三条红线的执行上最为严格，一旦证据确凿，立刻开除，情节触犯法律者交由司法机关处理。

这些年，由于汽车网站对用户购车导向性影响力的增强，车企越发重视，糖衣炮弹洒遍了每个汽车网站，每个重要岗位的员工都受到过诱惑。不少汽车网站已经全面沦陷了，收钱发文已经明面化，评测内容不再客观中立，用户称为“车企充值”。无孔不入的糖衣炮弹当然也攻陷过明日汽车网的部分员工，但都第一时间被发现了，并没有造成恶劣的影响。明日汽车网能做大到今天这个地步，自身的努力和坚持是一方面，另一方面则是由于同行的衬托。

如果说部分员工被“车企充值”是明日汽车网的疥癣之疾，那么这次的规则泄露就是动了命脉，是明日汽车网成立十二年以来最严重的一次危机了。

柳静芸知道常丰这次遇到大麻烦了，事情出在编辑部，作为部门老大，他责无旁贷。一旦处理不好，就是拿常丰开刀，让他离职走人。柳静芸望向常丰，希望能给予常丰一些眼神上的安慰。但她发现常丰面色如常，一副波澜不惊的模样。

白牧说完，会议室里一阵沉默，大家都在消化这个结论，同时心里也在盘算着这件事会不会影响到自身。

“各位不用担心，出了这种事，主要责任在我。如果最后真的没有找出这个泄密者，也不会为难大家的。”常丰打破了沉默，沉稳的气场和话语中透露出的力量让大家安心不少。

又是这样把事情先揽到自己身上。勇于担当，这正是他的个人魅力所在。柳静芸担忧的眼神中似有一道水纹悠悠荡开。

“但放心，泄密者没有那么难找。泄密者肯定是能接触到规则的人，以这个范围来圈定，没有多少人。虽然在座的各位主管也都能接触到规则，但我相信泄密者不在你们当中。各位都是我亲手提拔上来的，我相信我的眼光，更相信各位的人品。”常丰坚定地说道。

“反作弊系统规则被泄露，相信这里面涉及的金钱交易数额也不小，目前内审部和法务部已经参与进来了，会配合我们行动。下面我安排一下分工。杨帅，你这边是重点，调取从上周到今天为止所有登录访问审核规则页的日志，看看都有哪些账号，分别停留了多长时间，全部调取出来。你估计多长时间可以完成？”常丰看向杨帅。

“下午六点之前就可以。”杨帅估算了下时间，回应道。

“很好，调取完成后带结果来找我。另外，你和白牧碰一下，重新制定一版审核规则，越快越好，最晚一周后新的审核规则必须要上线。制定好后随时发我，我们来碰。目前的临时方案挺不了多久的。”

“好的。”白牧和杨帅两人点头道。

“白牧，你手下的审核人员重点查一下，和他们每个人都单独聊聊，看看有没有蛛丝马迹。别直接问，侧面打探。”常丰叮嘱白牧。

“明白。”白牧朗声应道。

“白牧和杨帅有什么情况随时说，其他主管随时等待配合。就这样，去忙吧。”常丰有条不紊地把任务分配完毕，摆摆手表示散会。

其他人纷纷起身，常丰突然叫住了柳静芸：“静芸，你留一下，萨拓 5 试驾车的事你跟我说说。”

柳静芸刚站起身，闻言又坐了下来，等到其他人都出去后，对常丰说道：“萨拓 5 的试驾车还在联系，问题不大，一会儿我再催一下。”

“没事，还是按之前的节奏联系着。把你单独留下来是有件事想要拜托你。”常丰挪了下椅子，和柳静芸面对面，盯着柳静芸的眼睛说道。

柳静芸对常丰非常熟悉，从他的眼神中捕捉到了几分疲惫。看着常丰临危不乱、处事不惊的脸庞，柳静芸一阵心疼。哪有什么岁月静好，只是有人负重前行。

“没问题，你说。”柳静芸知道常丰有重要的事安排，抛开了心中的杂念。

“跟你说实话，其他的主管我并不敢完全相信，如果他们其中一人是泄密者，刚才我的安排不一定能查出来。你，我是完全相信的，如果你想接受车企充值，这么多年你早就财务自由了。”常丰玩笑道。

确实是这样，对接车企九年的时间里，柳静芸面对的诱惑比其他岗位的人大得多，但始终没有分毫动摇过。信任不是别人施舍的，而是自己争取的，柳静芸值得常丰的这份完全信任。

常丰的谨慎柳静芸完全理解，人品这个东西没有几年时光是不可能看清的，不论什么级别，为了金钱铤而走险的大有人在。忠诚只是因为背叛的砝码加得不够。

“我想让你从莫格汽车那边下手，看看能不能打听到什么消息。他们为拿到规则应该付了不少钱，这个钱肯定不是个人掏，要走公司流程的，所以他们那边的知情人不会少。你找个由头去莫格汽车总部一趟，和他们聊聊天、套套话。”常丰接着说道。

还是领导想得全面，柳静芸心中感叹道。敢于泄露公司核心机密来交换利益，这样的人肯定心思缜密，早有准备，单从公司这边查，确实很难查出什么。从车企下手，反而是个很好的突破口。

“这样吧，我们把口碑评分停掉了，莫格汽车的公关绝对会找我。等他们问我的时候，我就告诉他们，说我们的规则调整了。他们拿到了规则还刷不了评分，这次绝对会纠缠到底，我就顺势说去他们那边谈谈。你看行不行？”柳静芸思考了一会儿，建议道。

“很好，没问题。泄密者绝对不敢在这个风口上再接触车企，车企找不到他，只能纠缠你了，正好顺理成章地过去一趟，他们也会非常欢迎你去的。”常丰对柳静芸的建议非常满意。

“我这就去准备，莫格汽车一会儿找我的话，我明天就过去。”柳静芸站起身来。

“行，辛苦了。”常丰也站起来，绕过桌子走到柳静芸面前，伸出了右手。

“我会尽力的。”柳静芸赶紧伸手握住了常丰的右手，宽大的手掌异常温暖，给了柳静芸不少的信心。

也只有工作关系，才能让我和他有这样的身体接触了吧。

“不要给自己压力，打探不到也没关系。”常丰松开柳静芸的手，走到门口为她拉开了会议室的门。

“嗯。”柳静芸点了点头，和常丰前后走出会议室。

我会打探出来的。就像当年你事无巨细地帮我一样，这次我也一定要帮到你。柳静芸回到工位，发现莫格汽车公关的邮件果然来了，字里行间透露着气急败坏。柳静芸轻笑一声，开始答复邮件，一方面告知规则更新，另一方面表达出要过去面谈的意向。

邮件很快收到回复，莫格汽车公关代表官方热烈欢迎，急切询问她的到达时间，要提供接站、住宿、吃饭等一条龙服务。柳静芸婉拒，说确认航班之后通知他们。

在车企眼中，没有糖衣炮弹攻不下的堡垒，如果有，那只是因为炮弹不够大。不差钱的车企每年的公关费用都是千万元级别，对于明日汽车网的员工更是客气，一个小编辑来参加试驾会，都可能会被塞上几千元的油卡，何况是柳静芸这样的业务线主管。但是和柳静芸打交道这么多年，车企都有些灰心了。柳静芸的婉拒在他们的意料之中，他们也就没有坚持。

柳静芸通知助理预定了明天的机票和酒店，然后继续联系萨拓汽车询问萨拓 5 试驾车的事。明天就要出差了，今天尽量搞定。

临近下班前，萨拓汽车方面终于回复说，可以上门拿车了。柳静芸立刻通知了评测组主管马庆，让他准备。这周五萨拓 5 就要上市了，明日汽车网必须尽快做出上市之前的首家媒体评测。

总算搞定了，柳静芸松了口气。把航班号发给莫格汽车公关后，她开始收拾东西准备回家。

“姐，下班没？我在你楼下，接你一块儿吃饭啊。”正收拾时，电话响了，打电话的是柳静芸的表弟，陈卢阳。

陈卢阳是柳静芸姑姑家的独生子，比柳静芸小四岁，今年二十八岁。柳静芸的姑父搞房地产生意，家财万贯，陈卢阳成了富二代。柳静芸从小就招长辈喜欢，她姑父经常让她带陈卢阳一块儿玩，陈卢阳小时候没少受柳静芸的管教。也许是童年的习惯，如今的陈卢阳虽年轻气盛，但非常听柳静芸的话。

说起来，陈卢阳和柳静芸算得上同行。陈卢阳对家族生意没有任何兴趣，因为从小喜欢车，家里就让他在美国留学几年，专门学习汽车改装知识。三年前他不顾家里反对，毅然回国来到北京，在一家不大的汽车网站当起了汽车编辑。

陈卢阳的父亲痛心疾首，独子不继承家里的生意也就算了，竟然去做这么辛苦而且没有前途的工作。他琢磨着，儿子再不济也得是公司 CEO 的级别。不忍儿子继续“堕落”下去，于是他出钱把这家汽车网站给收购了。

收购对于一家小网站来说，绝不是坏事，至少证明网站有被收购的价值。陈卢阳刚听到这个消息时，满心骄傲，觉得自己的努力得到了回报。然而，当他得知收购网站的竟然是他父亲时，他简直气炸了，和父亲大吵一架。他认为父亲干涉了自己的事业。

为了防止父亲再来一出这样的收购戏码，他没有再去上班，思考一番之后决定创业，于是以微博为阵地创立《卢阳说车》自媒体，做视频评车节目。当时没有人看好，他父亲对这样的创业更是不以为然。不过陈老爷子并没有劝阻，反而乐见其成。他觉得创业失败了更好，这样儿子就会老老实实回来继承家产了。

结果没想到，这节目折腾两年，不但没有死掉，还折腾出一些成就，在业内打出了名气。

陈卢阳与国内最大的视频网站签署了一纸疯狂的对赌协议，就是让业界为之震惊的“三五协议”。协议约定，视频网站一年给《卢阳说车》栏目投资五千万元，而栏目保证一年产出五十期节目，每期要带来至少五百万的播放量。

当时车评圈都觉得视频网站疯了，竟然把这么多钱投给一个新人，钱肯定要打水漂了。要知道当时口碑好的评车栏目，一期普遍都只有几十万的播放量，好一点儿的能上百万，运气好的话各平台都给推荐位，才可能会出现五百万次播放的爆款视频。而“三五协议”是要求每期达到五百万播放量，整个车评圈都是以吃不到葡萄说葡萄酸的心理等着看笑话。

让他们失望了，陈卢阳不但超额完成了指标，而且和视频网站续约三年，每年的投资额更是上涨到了一亿元。

车评圈哑口无言，陈卢阳终于收获了一些他一直想得到的认可。

陈卢阳的车评风格独树一帜——科班出身，基础知识扎实，专业，喜欢从汽车最基本的机械原理开始讲解，有理有据，授人以渔；同时，主观性又极为强烈，他本人喜欢的车能捧上天，不喜欢的车就照死喷，与汽车评测圈中规中矩的风格截然不同。讨厌他的人说他口无遮拦，观点太过主观；喜欢他的人觉得他逻辑缜密、严谨有序。

虽然受众极多，但陈卢阳始终没有真正融入车评人这个圈子。

如今的汽车评测圈都是用车企提供的试驾车来做车评，明日汽车网也一样。陈卢阳不同，他不缺钱，全是自费买车。不少车企主动提供试驾车辆，但全部被他拒绝。用他的话来说："我用了车企的车，还怎么骂他们？"

每一个车评人都号称自己是客观中立的第三方，但没有人能像陈卢阳这样与车企绝缘。因此，陈卢阳被广大用户称为最不可能被车企"充值"的汽车评测人。但也恰恰因为这个称号，陈卢阳被整个车评圈所排斥。

柳静芸下了楼就看见一辆银白色的科尔维特跑车嚣张地停在大厦门前，此时正值下班时间，跑车停的位置明显影响到人流，但没有人吭声，都绕路而行，不少人还拿出手机靠近车辆自拍留念。门口的保安好像也知道惹不起一样，一脸艳羡，无动于衷。

一个小伙子背靠在跑车上抽着烟，一头蓬松的无刘海短发，五官棱角分明，身材挺拔俊朗，烟雾缭绕中仍能感受到意气风发。

跑车型男，年少多金，引得不少姑娘频频回眸。

此人正是陈卢阳。

柳静芸来到跑车旁，一把揪住陈卢阳的耳朵往车里拽。

"姐，轻点儿！轻点儿！这么多人看着呢。"陈卢阳正沉浸在被关注的氛围中得意，被耳朵上传来的熟悉手感吓得一哆嗦。

"你也知道这么多人看着呢，还来公司给我丢脸！"柳静芸没有松手，拉开车门把陈卢阳塞进了驾驶座。

"粗暴。这么有意境的形象被你毁了。"陈卢阳揉着耳朵道。

“还废话！快开车。”柳静芸坐上副驾驶，手又伸向了陈卢阳的耳朵。

“我错了！”陈卢阳立刻发动车辆，扬长而去，留下路人们一脸“画风转变太快”的错愕。

东三环，蓝枪鱼西餐厅。陈卢阳一边大快朵颐一边滔滔不绝。

“姐，我今天接了个广告，留学机构的。价格不高，几十万元，聊胜于无。现在还有车企锲而不舍地找我，也不知道他们是怎么想的，都已经明确告诉他们，我不接与汽车有关的任何广告，还这么执着。有时我还挺佩服他们的，车做得不怎么样吧，但真能吹，广告跟不要钱似的往外撒。真有这钱，好好提高一下研发工艺不行吗？有些车企，有缺陷的车都敢上市销售，真心佩服他们的脸皮。这届车企不行啊。如果没有我这样玉树临风、刚正不阿、有正义感的独立测评人站出来督促这些车企进步，真不知道汽车圈会乱成什么样。”

陈卢阳的絮絮叨叨让柳静芸倍感轻松，她默默听着，没有打断，也没有插话。在北京就他这么一个亲戚，她平时除了工作，交往很少，也就是陈卢阳经常有事没事找她。

“吃饱啦。”陈卢阳喝了口海鲜汤，放下了筷子。

“你的小女朋友呢？”柳静芸见陈卢阳停下来了，开口问道。

“你说哪个？”陈卢阳故作疑问。

“又贫。就是上次你带我见的那个。”柳静芸没好气地瞪了陈卢阳一眼。

“前两周和平分手了。你也知道，我这样潇洒的人，怎么可能在一棵树上吊死呢？”陈卢阳洒脱地摊了摊手。

“看把你能的。这次分手又送的人家什么啊？”

柳静芸知道这个弟弟虽然外表一副吊儿郎当的样子，但骨子里还是有担当的，每段恋爱至少都是认真谈的。每次分手也没他说得那么洒脱，这次两个星期才平复心情，难怪今天找她吃饭。

“这次送了个包，但人家没收。”谈到这个，陈卢阳露出遗憾之色。

“那人家是个好姑娘，既然分了，也就别多想了。你年纪也不小了，找个好姑娘好好谈谈，姑父等着抱孙子呢。”柳静芸劝慰道。

“我正处于事业的上升期，怎么能被婚姻绊住脚步呢？大好的事业等着我奋斗呢。”陈卢阳又开始嘚瑟了。

“你信不信我让姑父把你弄回老家？”柳静芸不动声色地威胁道。

“我错了，事业爱情两手抓，好了吧。”陈卢阳立刻求饶，随后把问题抛回柳静芸：“姐，那你呢？你还等着常丰那个二愣子呢？”

柳静芸的心思对这个表弟没有隐瞒过，陈卢阳几次说要跟常丰聊聊，但都被柳静芸拦下了。

“不许这么说他。”柳静芸佯装怒道，却没有正面回答。

“姐，他到底有什么好的啊，让你等这么多年？”陈卢阳替姐姐不平，不止一次问过她这个问题。

柳静芸这次没有吭声。他也许没有那么好，但与我的喜欢有何干呢？

“好了，好了，我不问啦。”陈卢阳一看柳静芸面露戚戚之色，赶紧认错道。

一时间双方沉默了下来，陈卢阳手足无措，不知道说什么好。

等柳静芸从情绪中摆脱出来，就见陈卢阳低着头，像个犯了错的孩子一样，不知在思索什么。

也许是年纪大了吧，最近总是如此轻易地落入伤感的情绪中，还连累亲戚朋友为自己操心，实在不应该。

柳静芸轻呼出一口气，像是把内心阴霾都吹散一般，问道：“卢阳，我们公司的萨拓 5 试驾车已经拿到了，这两天就会出内容，你那边怎么样？”

陈卢阳在暗暗自责，从小到大最尊敬的姐姐又被自己的口无遮拦弄得不开心了，真是该死。听到问话，陈卢阳连忙抬头，仔细盯着柳静芸看了几眼，确认她确实从情绪中出来了，松了一口气，回道："就等上市啦，一旦上市就立刻买车。我这边已经准备了好几款竞品车，到时来个大横评。"

汽车横评就是横向评测，一般是指几款同级别、同价位、有竞争关系的车辆同时对比测试。因为涉及好几款车，横评自然要比单车评测复杂烦琐得多，一般比较重量级的新车才会采用横评。陈卢阳对萨拓5采用横评，也能看出他对这款新车的重视。

"哟，这次可是花了大钱了啊，是憋着劲儿要压倒我们公司的马庆吗？"听到横评，柳静芸有些惊讶，要知道陈卢阳都是自费买车，这一个横评出来要多好几辆车的支出呢。

"切，马庆也就是靠着你们公司的资源，让他出来单干，分分钟被我干废。"陈卢阳一脸的不屑。

马庆作为评测组主管，是明日汽车网力捧的评测人，和陈卢阳一起被网友称为汽车评测圈的两大人气王，在微博的人气和陈卢阳不相上下。

"人家马庆也是不差钱的，同样是高学历、有背景的人，真出来单干的话，肯定也能做起来。"这个倒是实话，马庆是土生土长的北京人，国内排名前二的大学毕业，海外镀金归来，比起陈卢阳也不差什么。

"我还真希望他能出来单干，这样谁强谁弱一目了然。"陈卢阳摩拳擦掌。

"你这个希望不久之后应该能实现。马庆迟早会离开明日汽车网的，目前也就是利用大平台的影响力增强自己的人气。"柳静芸认真分析着。

不光是柳静芸这么觉得，编辑部的领导几乎都认为，马庆在明日汽车网的时间不长了。马庆是个有大野心的人，高职位、高薪酬束缚不了他，明日汽车网对他来说就是个跳板，自己当老板才是他的目标。

这一点，马庆从来没有掩饰过。

其实不光马庆，目前汽车圈比较出名的独立评测人，都是从几个大的汽车平台出来的。在大平台历练几年，收获名气、人脉、资源，一旦时机成熟，就拉出人马单干。汽车平台无奈归无奈，但没有权力干涉个人的选择，也就顺水推舟，保持着良好关系，没准儿什么时候还能相互帮助。

“整个汽车圈也只有我陈卢阳能单枪匹马、白手起家打出一片江山。”陈卢阳一脸高处不胜寒的寂寞之感。

“你算什么白手起家！”柳静芸笑骂一句，然后鼓励道：“那你这次要加油啦，我和马庆虽然是同事，但我肯定看好你这个弟弟啦。”

“姐，你就看好了，这次绝对碾压他，让他跪下来唱征服。”邪魅狂狷说的就是陈卢阳。

陈卢阳肆意的自信，让柳静芸有些唏嘘。当年刚入职明日汽车网时，年轻的常丰等人也是同样的模样，那时候真是年少轻狂啊。如今大家都或无奈或自愿地磨平了棱角，圆滑自如地在社会中打着太极。不知道该说可惜还是恭喜。

在柳静芸走出公司时，杨帅带着文档敲响了常丰办公室的门。说下班前完成就下班前，杨帅严谨的做事风格在各方面体现得淋漓尽致。

“这是从上周一到今天所有访问后台规则页的账号明细、访问时间、页面停留时长、页面浏览比例等数据。”杨帅把打印好的文档递给常丰。

“咱们的规则只能登录后台在线浏览，下载不了的吧？”常丰接过文档却没有看，首先向杨帅确认道。

“是的，绝对下载不下来。”杨帅肯定道。

“审核页能截图吗？”

“不能截图，专门做了限制。”

“那么，泄密者应该是通过拍照的方式把资料传出去的。”常丰分析道。

“也有可能是逐字敲到文档里，不过考虑到规则的庞大字数，最大的可能性确实是采用拍照的方式。”杨帅肯定道。

“嗯，说说你调取的日志情况。”常丰翻开文档，低头看了起来。

“从账号上看，没有发现什么问题，没有我们授权外的账号访问过规则页，这些账号也没有被盗用的痕迹。”

“重点说说你认为有异常的吧。”

“没有明显异常，访问频率和停留时长相比以往的数据几乎没有变化。”杨帅用词严谨。

常丰听出了言外之意，问道：“也就是说，还是有变化的？”

杨帅没有立刻接话，常丰等了一会儿，抬头看到杨帅一副欲言又止的纠结模样，知道他应该是有什么发现，但有所顾虑，于是提醒道：“只说事实就行，不用说推测部分。”

杨帅舔了一下嘴唇，像是下定了决心，说道：“从停留时长上看，有一个账号有些不太寻常。”

“哦？怎么不太寻常？”

“以前这个账号访问规则页时最多停留一两分钟，基本上是看一眼就走，但上周五晚上这个账号在规则页停留了五分钟。”

“这不能说明什么吧？可能有几条规则记不清了，多看了几分钟。”常丰反问。

“最关键的是，这个账号在这五分钟内的页面浏览比例是 100%。其他账号没有任何一个是 100% 的情况。”杨帅郑重说道。

页面浏览比例是指用户在某个页面浏览的内容百分比，一般是根据滚动条来确定。滚动条从最上拉到最下，浏览比例就是 100%，默认用户浏览完了整个页面的内容。

短短五分钟把所有的内容浏览一遍，肯定不是在学习规则了。虽然不排除为了查找某条规则而翻遍整个页面的可能，但是泄密者在这五分钟内一边滑动鼠标滚轮一边拍照的场面已经出现在常丰的脑海里。

“是这个账号吗？”常丰看出了端倪，指着文档的一处问道。

“是的。”杨帅起身看了一眼。

“这是谁的账号？”常丰仔仔细细看了下，果然如杨帅所说，随后问道。

“是，是白牧的。”杨帅带着几分犹豫。

竟然是他？常丰面如平湖，胸中有惊雷闪过。

特别嘱咐杨帅今天的事不要外传之后，常丰让杨帅下班回家了。

常丰拿着文档又认真揣摩了一会儿，叹了口气，把文档扔回桌上，身子靠在办公椅上久久没有动弹。

在下属面前泰然沉稳的常丰，一个人在办公室时露出了疲惫的模样。

说起来，白牧在明日汽车网工作六年了。在同事的印象中，他是一个温文尔雅的人，为人乐观，心态积极，任何时候都笑面迎人，与他接触的同事都觉得很舒服。

白牧刚入职那年，明日汽车网的反作弊系统还不完善，几乎所有的审核工作都是人工处理。那时白牧也只是普通的审核专员，每天面对的都是机械、重复的内容审核工作，枯燥至极，但白牧坚持了下来。两年时间里，他不但兢兢业业地达成了指定目标，还一手主导开发了初版反作弊系统。可以说，没有白牧，明日汽车网的反作弊系统至少要推迟两年上线。

沉稳大气、儒雅温和，白牧留给同事们的都是这样的印象。他经常说的就是，知足常乐。白牧目前还是单身，很受女同事欢迎，身边经常围绕着莺莺燕燕，但他好像并没有结束单身的念头。对了，他之前好像追过柳静芸，但柳静芸不假颜色，后来就没听说过两人之间的消息了。

怎么想得这么偏了，常丰把思绪拉了回来。

这样一个没有野心的人，会为了利益铤而走险吗？更何况，反作弊系统是白牧的心血，按道理来说，没人会愿意亲手毁掉自己的心血吧？如果是为了钱，当年人工审核时期，白牧一手遮天，反而有更大的操作余地呢。

常丰希望这件事与白牧无关，他有心把白牧叫过来问个明白，又深知于事无补。如果真是他做的，他绝对不会承认。后台账号的操作日志完全算不上证据，刚才与杨帅的分析也只能算推测。除非有金钱交易记录、证人证词，不然拿他没有任何办法。

无论是谁，我们就拭目以待吧。常丰深吸口气，坐直身子，拿起手机拨通了柳静芸的电话。

电话响起时，柳静芸刚被陈卢阳送回家。陈卢阳说他明天也要去南京出差，分别时还和柳静芸约定都忙完事后在南京见。

接到常丰的电话，柳静芸并不意外。明日汽车网不推崇在公司加班，但手机要保持二十四小时开机，以便随时可以联系到人。尤其是主管，更是随时待命。在明日汽车网发展之初，凌晨三四点钟被电话叫醒是家常便饭。

“还没休息吧？”常丰问道。

“没呢，和卢阳去吃饭了，刚到家。”柳静芸说道。

陈卢阳在汽车圈小有名气，常丰自然有所耳闻，也知道陈卢阳和柳静芸的关系。

“萨拓5这款车，卢阳想必又要大展拳脚了吧？”常丰笑问道。

“还真是，刚才一直叫嚣呢。”柳静芸也笑了起来。

“让他加油呀。”常丰停顿了一下，说起正事：“有个情况我跟你同步一下，需要你明天到那边后着重留意。”

“嗯，你说。”柳静芸听到是泄密的事，严肃起来。

常丰把下午与杨帅分析的情况和柳静芸说了一遍，讲完就没有再说话，静静等待着，知道柳静芸需要一些时间消化。

柳静芸听完常丰说的情况，确实震惊无比。虽然常丰说的过程中一再强调这只是推测，但她知道这不是无的放矢，常丰心里的“柯南手指”想必已经指向了白牧。

居然是白牧？柳静芸之前猜想可能的泄密者时，这个名字在第一时间就被过滤掉了。亲手做出反作弊系统，又亲手毁掉，这得下多大的决心啊，这算什么，监守自盗吗？

对于白牧，柳静芸有她自己的看法。因为，白牧确实追求过她，而且常丰不知道的是，白牧目前都没有放弃。柳静芸不喜欢白牧，从刚开始接触时就不喜欢这个人。其他同事跟白牧相处时都觉得如沐春风，但柳静芸却丝毫不觉得。她始终忘不了白牧偷偷看她时那炙热发烫的眼神。

当年白牧大张旗鼓地追求柳静芸，全公司皆知。大家都觉得郎才女貌、天造地设，女同事满眼的羡慕嫉妒，纷纷做说客让柳静芸接受白牧的追求。可柳静芸看透了白牧，大张旗鼓是他有意为之，目的就是利用同事的舆论给她压力。柳静芸不堪其扰，在公司当着同事的面回绝了白牧，一时间整个办公区的人都觉得可惜。

在外人看来，白牧和柳静芸恢复了普通同事的关系，但私下里，柳静芸还会收到白牧的各种邀约，她统统拒绝了。每次拒绝后，白牧并不会死缠烂打，然而消停儿天后又会发出新的邀约。

他是个伪君子，女人的第六感这样告诉柳静芸。即便白牧在追求柳静芸的过程中懂分寸、知进退，并没有特别惹人生厌的行为，但柳静芸从来没有改变过对他的印象。不过她也没有把这种感觉告诉过任何人。

如今听到常丰所言，柳静芸一方面震惊，另一方面又觉得这也正是他能办出来的事情。她也知道这是自己的感性思维在作祟，但且由着它了。

“大概情况我明白了，是要我明天用白牧这个名字去试探一下那边的反应吗？”多年的同事，柳静芸对常丰的思路并不陌生。

“没错。车企那边肯定会保密，直接找到证据的可能性很小，你先不露声色地试探一下他们的反应。”常丰流露出几分痛惜之意，说道：“我真心不希望泄密者是白牧。”

“是不是他，我们揪出来就知道了。”柳静芸冷冷地说道。

常丰知道柳静芸这是认定泄密者是白牧了。“你到那边见机行事。明天我会让杨帅调取白牧所有的操作记录，查个底朝天。如果真是他，他躲不了的。”

“杨帅应该没什么问题吧？”柳静芸小心地问道。

“应该没什么问题，不过也要查的。所以你这边的突破口很重要，你有了进展，咱们的方向就会清晰很多。”

“我会尽力的。”

“快收拾一下行李，早些休息吧，明天出差辛苦你啦。”常丰柔声说道。

“不辛苦的。”柳静芸心里一阵温暖，突然又想起了什么，小声问道：“常丰，你就没怀疑过我吗？客观来说，我泄密的可能性也是非常大的啊。”

“我倒是想怀疑你，但你可是我手把手带出来的啊。哈哈哈，快休息吧，晚安啦。”电话那头传来了常丰爽朗的笑声。

“晚安。”

谢谢你的信任，可我想要的不只是手把手，更想要手牵手。

第二章　调　查

次日早上八点，柳静芸已经在北京首都国际机场的候机室等待登机了。

柳静芸拿出手机，看着刚刚收到的一条消息，犹豫着怎么回复。

消息是白牧发的。“我看你今天没来公司，是生病了吗？”白牧询问道，关切之意溢于言表。

如果是其他的女人想必就被感动了吧，柳静芸心里冷笑道。但是怎么回复还是要好好斟酌一下的。

这次去南京莫格汽车总部出差就是为了调查规则泄露一事，而最大的嫌疑人就是白牧，如果告诉白牧是去莫格汽车，他很可能会有所警觉，进而和莫格汽车那边串通消息。但是又不能欺骗他说有其他事或者生病了，柳静芸出差的事并不是秘密，稍一打听便可得知，揭穿之后会更让白牧警觉。

想了想后，柳静芸回复道：“出差，马上登机，我关机啦。”笼统地给了他一个答复，又直接断了白牧继续聊下去的机会。

白牧也知趣，或者说，装得很知趣，很快回复道：“好的，在外出差注意身体啊。”

还真是耐心啊，柳静芸对白牧也不由得升起了几分佩服之意。

两个多小时后，柳静芸在南京禄口国际机场落地了。刚打开手机，一个电话就挤了进来，是莫格汽车的公关。

这些大车企做事真是滴水不漏，柳静芸感叹道，刚落地就接到电话，可见对方是做好了充分的准备。

“柳小姐，我们已经安排好车辆，在接机口等您。”打电话的是莫格汽车公关部经理高鹏飞。别看挂着经理衔，其实就是个跑腿的小弟，因为公关部的经理数都数不过来。

之前拒绝过他们的安排，但他们还是来了，柳静芸实在无法再推辞了。此时如果不上他们的车，就是在不识好歹地打人家脸了。

高鹏飞开来的是他们自己公司品牌的商务车。严格来说，这款车的质量还是不错的，商务范儿十足，可是由于放不下自己的身段，被国产车挤压得几乎没了生存空间，销量少得可怜。

到了预订好的宾馆，高鹏飞勤快地把柳静芸的行李拎到房间门口，就立刻下楼等待去了。柳静芸安置好行李后，前往莫格汽车总部。

路上，柳静芸和高鹏飞闲聊，侧面打探消息。高鹏飞倒是知无不言，但显然他级别不够高，不知道那么多的内幕。

突然，柳静芸装作随意地问道：“前两天白牧主管来的时候也是你接的吗？”

这样的发问，柳静芸是深思熟虑过的。白牧用公司的机密和车企交换利益，肯定会小心地选用当面现金交易这种方式。但具体是车企的人去北京，还是白牧来南京，柳静芸就需要试探一番了。

“白主管前两天有来过吗？”高鹏飞一脸疑惑。

柳静芸观察着高鹏飞的表情，不似作伪。

“你看我这记性，记混了，是别的同事来南京出差。”柳静芸把话圆了过去。

看来是车企的人去了北京，白牧还真是谨慎。

来过几次莫格汽车总部，每次都会让柳静芸感受到车企的富有。几百亩的办公楼区，在互联网公司几乎是不能想象的。别看这两年莫格汽车的销量不断下滑，但瘦死的骆驼比马大，随便从牙缝儿抠出来点儿吃的，就能养活网站上百名员工了。

要把握好尺度，千万不能得罪他们啊，柳静芸再次提醒自己。

高鹏飞把柳静芸领进了会客室，不一会儿，一位身穿黑色职业装的女士走了进来。这位柳静芸倒是认识，经常打交道。

唐凌燕，莫格汽车公关部高级经理，平常主要就是她和柳静芸邮件往来。

两人握了握手，寒暄了几句。唐凌燕表示晚上给她接风，中午就凑合吃一些。她说有一位领导想要见见柳静芸，马上就来，是莫格汽车南方大区的副总经理，叫刘士朋。

柳静芸有些诧异。并不是副总经理的头衔让她诧异，而是因为南方大区副总经理是负责南方区域的线下销售的，跟汽车网站没有交集。

唐凌燕看出了柳静芸的诧异，但是没有解释。

刚说完，一位五十多岁的男子走了进来。唐凌燕赶紧走上前，喊了声刘总，此人正是刘士朋。

刘士朋像极了电视上常出现的干部，头发稀疏，但梳了个左偏分的发型，身材臃肿，大腹便便。看到柳静芸，眼睛猛地一亮。

“常听凌燕提起柳小姐，说您精明干练，没想到还如此漂亮。”刘士朋对唐凌燕视而不见，快步过来，握住了柳静芸的手，好一会儿才松开。

“刘总好，久仰刘总的大名。”柳静芸言笑晏晏，但心里硌硬，不动声色地把手在衣服上蹭了几下。

“柳小姐太客气了，好不容易过来一趟，晚上我做东，给柳小姐接风。”刘士朋的眼睛一直在柳静芸身上打转。

“让刘总破费啦。早就听闻刘总对汽车行业的发展有独到见解，晚上要向刘总请教。”嫌弃归嫌弃，这样的男人反而好应付，多说好话捧捧就行。

“哈哈哈，好说好说，晚上好好聊聊。”刘士朋被捧得忘乎所以，听见美女说向他请教，脸上的肥肉都哆嗦起来。

“说起来，刘总负责的业务和我们网站没有交集，不能常打交道，真是遗憾啊。”柳静芸把疑惑换个方式抛了出来。

刘士朋听见美女说有遗憾，连忙接道：“有交集有交集，之前没有，以后就有啦。我负责线下口碑这块的……”

“刘总，您刚才说还有个会吧？”唐凌燕突然出声打断道。

刘士朋对唐凌燕的打断显然不太满意，但又不好在柳静芸面前发作，凌厉地扫了唐凌燕一眼，又回过头来对柳静芸笑道：“我都忘记还有个会了。怠慢柳小姐了，晚上我先自罚。我就先走了，事情太多了。”

“能者多劳，像刘总这么有能力的人肯定日理万机，千万要注意身体啊。”男人都喜欢假装很忙，也希望别人能以为他很忙。

会议应该是真的，但是唐凌燕有意的打断也是真的，刘士朋没有意识到，柳静芸察觉到了。刘士朋刚刚提到线下口碑，口碑都是网上填写的，跟线下有什么关系呢？

“没错，柳小姐说得好，能者多劳。我的身体还行，还能搬几年砖。”刘士朋拍了拍自己的胸脯，衣服随着肥肉抖动起来。

“刘总，快去忙吧，别耽误了您的会。晚上见。”柳静芸手臂伸直，指向了门口。

“晚上见，晚上见。”刘士朋恋恋不舍地慢慢走出会客室，关上门之前还在回头张望。

柳静芸也一直在盯着刘士朋，思考他刚才被打断的话，见刘士朋回头张望，立刻对他展露笑颜。刘士朋自以为潇洒地扬了扬双下巴，心满意足地关上门走了。

刘士朋看来是个很好的突破口呢。

刘士朋离开后，唐凌燕也没有和柳静芸谈正事儿的意思，只是闲聊。看到时间差不多了，唐凌燕就领着柳静芸去公司食堂就餐去了。

柳静芸对这些车企的办事风格早有领教，工作只在酒足饭饱之后谈。对于他们来说，没有一顿饭解决不了的事情。而且，能看出来刘士朋在口碑水军这件事上很关键，要谈正事儿只能等到晚上了。

果然，午饭后，唐凌燕把柳静芸带到一个独立的休息区，让柳静芸下午好好休息一下，同时把上午开车的高鹏飞安排到了门外，供柳静芸随时召唤。

柳静芸这几年飞来飞去早已习惯，此时并不疲惫，于是打开电脑开始处理工作。

马庆的工作效率挺高，昨天下班前通知的拿车，一上午的时间已经完成萨拓5的拍摄，预计明天就可以在网站正式推出评测。

柳静芸打开马庆发到内部沟通群里的部分拍摄素材。他的评测风格一如既往的中规中矩。这也不能怪马庆，毕竟作为平台，要考虑车企的感受，不能像陈卢阳那样肆无忌惮，中规中矩反而是最保险的。

说是中规中矩，其实就是妥协。睁眼说瞎话这种事，明日汽车网不会做，但是遇到无法回避的问题时，通常也不会直接指出，而是换一种表达方式。

比如，被评测的车外观很丑，马庆就会这么说：虽然这辆车的外观不符合主流审美，但是你看久了就会发现其实还是非常耐看的。

比如，被评测的车空间很小，马庆就会这么说：这辆车的空间表现得中规中矩，但相对于空间而言，也许这辆车有其他的亮点更值得我们期待。

比如，被评测的车动力不行，马庆就会这么说：这辆车的加速成绩非常符合家用车的定位，我想是在经济和油耗方面进行了一定的考虑。

比如，被评测的车内饰很渣，马庆就会这么说：这辆车家族式的内饰设计和用料，打破了传统设计的瓶颈，营造出了整体氛围上的高级感。

这种语言的艺术，马庆可以说玩得登峰造极，其他评测人纷纷效仿，一时间市面上的评测视频千篇一律。

车企对这种委婉风格非常欢迎，但是用户出现了审美疲劳。也正因如此，才成就了陈卢阳。陈卢阳有话直说的差异化风格，让他在众多评测人中异军突起。

这也造成了一种情况，不少网友对比陈卢阳和马庆的评测之后，大骂马庆被“车企”充值了，从来没有说过任何车不好，从来都是大夸特夸，马庆和明日汽车网由此背上了不少骂名。他们澄清过几次，但于事无补，也就听之任之了。

万事皆有两面，大平台有大的幸福，也有大的烦恼。

工作告一段落，柳静芸伸了个懒腰，起身拉开休息室的门，高鹏飞立即迎了上来。柳静芸表示自己随便转转，不用他跟着，高鹏飞便识趣地在休息室门口等着。

说起来，虽然也来莫格汽车好几次了，但从没有在办公区好好参观过。

莫格汽车虽然是合资企业，但有浓重的国企风格。最明显的一点就是数量庞大的办公室，高级经理级别的都配有自己的办公室。明日汽车网只有总经理级别以上的才会有办公室，而且还是这两年才有的，之前的几年总裁都和普通员工一样只有无隔断的办公桌。

莫格汽车的会议室也和明日汽车网的不大相同，最大的区别就是大小。莫格的每间会议室都放着密密麻麻的折椅，可以想象每次开会的人数之多。明日汽车网的会议室基本都是只能容纳十人左右的小会议室，公司对于开会的理念是：会尽可能少，人尽可能少。

柳静芸见一间会议室的门开着，就探头进去随意看看，随后就被墙壁写字板上的一行大字吸引住了——“明日汽车网口碑发表教程讲解”。

柳静芸连忙转头望了望四周，发现没有人注意之后，迈步走了进去。

这间会议室有几分杂乱，像是才开完会。椅子狼藉，桌子上还摆放着几瓶未喝完的矿泉水。

柳静芸走到写字板前，发现写字板上还有一些随手写的小字，比较潦草。她仔细辨认了一下，勉强认出有“IP 地址”“浏览器”“注册”等词。

这是在进行水军培训啊。

柳静芸拿出手机把写字板拍了下来。

桌子底下散落着几张纸，她走过去捡起来一看，赫然是打印好的培训教程。标题与写字板上的一致，“明日汽车网口碑发表教程”。

这是一份傻瓜式教程，从最开始的注册账号，到最后的发表成功，所有的步骤详细全面，图文并茂。

柳静芸快速浏览了一遍，越看越心惊，无论是谁拿到这份教程，只要完全照着执行下来，都能轻而易举地突破明日汽车网的反作弊系统。

这显然是拿到规则后，专门针对反作弊系统做出来的水军教程。想必昨天那一波水军就是在这间屋子里培训出来的吧。

教程翻到最后一页，末尾出现几句标红加粗的文字：“每个地方销售人员，必须根据以上教程每周成功发表三篇口碑。口碑发表任务计入考核，即日执行。”

柳静芸恍然大悟，总算明白了刘士朋在这件事上起的作用了。

莫格汽车并没有像大部分车企一样，把刷榜的任务交给网络水军公司，而是亲自上阵，充分利用了旗下规模庞大的销售人员。这样不但节省了资源，而且方便管理。要指挥动销售人员，显然不是唐凌燕这个公关部的高级经理能办到的了，这才找到管理销售人员的南方大区副总经理刘士朋。柳静芸也算是明白上午刘士朋没说完的话了，他是负责线下销售人员刷口碑榜单的业务呢。

能让这么大的一家车企把刷口碑榜单当作一个大项目来做，还付出了如此多的时间与人力，明日汽车网的口碑频道真是做出影响力来了。柳静芸心中不合时宜地冒出了几分欣慰。

柳静芸有心把这份教程拿走，但担心有人来找。见四下无人，她赶紧把这几页教程都拍了下来，然后摆回了原处，若无其事地走出了会议室，顺手把会议室的门带上了。

回到休息室，柳静芸把照片和自己的分析发给了常丰。

“很好，对咱们重新制定审核规则有很大的帮助，辛苦啦。”常丰很快回复。

“不辛苦的，能帮上你的忙就值得了。”柳静芸心想。

还没到下班时间，刘士朋就匆匆地走进了柳静芸所在的休息区，后边跟着唐凌燕和高鹏飞。

“柳小姐，休息得还好吧？我们出发吧。”刘士朋一副迫不及待的模样。

柳静芸稍作客气，收拾好电脑，跟着他们来到了停车场。

高鹏飞还是司机，但是车不再是上午的商务车，而是刘士朋的私家车。刘士朋显然有几分在美女面前炫耀的意思。

刘士朋的私家车是莫格汽车生产的中大型高档轿车莫格 G7，新车售价在五十万元以上，顶配版价格达到了八十万元。不过刘士朋买的时候作为内部员工优惠了多少就不得而知了。

刘士朋殷勤地为柳静芸拉开了右侧后座车门，然后急匆匆地坐在了左侧，好像担心别人会抢了他的座位一样。高鹏飞开车，唐凌燕自然就坐在了副驾驶位上。

一路上刘士朋的嘴巴就没合上过，不停地找话题。

男人想在美女面前表现，一般有两种方式，一是炫当下，二是忆往昔。刘士朋都占上了。当年如何力挽狂澜，今日如何翻云覆雨，刘士朋翻来覆去离不开这两点。

柳静芸一直附和着，到最后只觉得自己脸上的笑容都有些勉强了，好在酒店到了。

分宾主落座后，刘士朋让服务员上菜，同时加了一瓶白酒和几瓶红酒。柳静芸习以为常，平常偶尔应酬也会喝一些酒，毕竟不喝酒好多业务都无法展开的。

高鹏飞也列席在内，因为要开车，无法喝酒，此时充当着倒酒的小弟。

刘士朋对上午说的“自罚”记得很清楚，为上午开会不能多陪柳静芸聊聊先自罚了三杯。三杯下肚，脸色没有任何变化，一看就是久经考验之人。

柳静芸也存着让刘士朋酒后多吐些话的念头，就舌灿莲花般频频劝酒，很快刘士朋的半瓶白酒就没了。柳静芸也喝了近半瓶红酒，唐凌燕一直比较安静，酒也喝得很少。

“柳小姐，不怕你笑话，我这个人对美女没什么抵抗力，美女说什么事我都会帮的，在汽车圈我刘某人还是有几分人脉的。”刘士朋盯着柳静芸挥着大手豪迈地说道，舌头有点儿打结，带着几分醉意。

“刘总，我还真有一些问题想要请教您。”柳静芸借坡下驴。她的脸颊红彤彤的，半瓶红酒对于她来说已经是不小的量了。

唐凌燕竖起了耳朵。

“叫我老刘，叫刘总太生分了。”刘士朋趁机又把关系拉近几分。

“我叫你刘哥吧。”柳静芸深谙套路，笑呵呵地说，“刘哥，目前我看咱们对口碑榜单比较重视，我想知道，榜单第一和榜单第二对汽车的销量影响很明显吗？”

“这个问题嘛……”刘士朋的笑容有一些尴尬，明显是不知道答案，他看向唐凌燕。

唐凌燕一直关注着局面，此时接过话头：“我来替刘总回答这个问题吧。太具体的数字我无法向柳小姐透露，简单来说，从榜单第一下滑到榜单第二那段时间，我们的销售额少了至少几千万元。由此柳小姐就不难看出，我们为什么对口碑榜单这么重视了。”

“明白了。”几千万元的销售额对于车企来说也不是个小数字，一份几百万元的广告投入能拉来的销售额也差不多才这个数字，难怪车企大规模投入水军刷榜单，如果成本更小的水军能把销售额带回来，还投几百万元的广告干什么？

“柳小姐，之前咱们邮件沟通，说是榜单规则调整了，具体是怎么回事啊？”唐凌燕问道。

“我们发现个别车企有大规模上水军的现象，为了让榜单更加科学合理、公平公正，就进行了调整。”

“具体调整了哪些方面，柳小姐方不方便说一下？”

“抱歉，这个是公司机密。而且我也不主管这方面的业务。”

“榜单规则调整也是白牧主管负责的吗？”唐凌燕很自然地问道。

“不错，是白主管负责。”柳静芸听到白牧的名字出现，暗暗在桌子下掐了掐大腿，试图驱散酒精的干扰，集中精神。

“来来来，喝酒。”柳静芸正想接着问时，刘士朋端起了酒杯。

柳静芸无奈地也端了起来，说道：“刘哥，我不胜酒力，少喝一些。”

“没问题，我干了，柳小姐随意即可。”刘士朋说完一饮而尽。

“刘总好酒量。”柳静芸抿了一小口，称赞道。

“酒量好，才能更好地办事啊。”刘士朋哈哈笑道。

“柳小姐，我也不绕弯子了，口碑榜单的名次下滑对我们影响很大，您看能不能想想办法？”唐凌燕喝了这一口酒之后，直截了当地说道。

“抱歉，这个我确实没有办法，口碑都是真实用户的评价和打分，我们从来不进行人工干预的。”

“也不用您动手，您只要告诉我们榜单规则有哪些变化就行。如果可以的话，不只会有广告投放，其他的您如果有什么要求也可以说。”唐凌燕盯着柳静芸的眼睛说道。

此时，刘士朋又笑了起来：“没错，柳小姐，还是那句话，我对美女没有什么抵抗力的，有什么要求提就可以。”

“唐经理能这么说，也就是你们把之前的榜单规则拿到手了？”柳静芸装作微微吃惊的样子问道。

“没错。”唐凌燕点了点头。

“能告诉我，是谁吗？”

“抱歉，这个不可能的。”唐凌燕摇了摇头说道，“除非，柳小姐也能接受我们的要求。”

柳静芸没有说话。

“让柳小姐想想，不着急的嘛，时间还早，我们接着喝。来，柳小姐，边喝边想。”刘士朋也是见缝插针的人，再次端起了酒杯。

柳静芸和唐凌燕互相碰了碰酒杯。

之后谁都没有再提工作的事，仿佛都忘了刚才那一番谈话，只是笑着，一杯接一杯喝着。柳静芸一再表示自己酒量不行了，但架不住唐凌燕和刘士朋频繁劝酒，一瓶红酒不知不觉下肚了，刘士朋早已开了第二瓶白酒。

唐凌燕脸色有些发白，说了声去趟洗手间，就匆匆跑出去了。高鹏飞知道领导这是要吐了，出去叫女服务员跟着过去照顾。一时间包间就剩刘士朋和柳静芸两个人了。

柳静芸此时双肘架在桌子上，一手撑着脑袋，头晕目眩。突然，一只手搭上了她的肩膀，柳静芸一个激灵，“啊”的一声，站起身子把肩膀上的手甩了出去。

只听“啪”的一声，一个酒杯摔碎在地上。柳静芸转头看去，刘士朋正从地上起身，衣服上湿漉漉的，满脸通红，也不知道是酒精的作用，还是恼羞成怒。“柳小姐，你这是什么意思！”

“刘，刘总，你这是要干什么？”柳静芸退后两步。

刘士朋慢慢站起身来，摇晃着身子走到柳静芸身前站住，一手扶着椅子一手指着柳静芸说道：“柳小姐，你也是汽车圈的人，就要接受汽车圈的规则，不然在这个圈子你混不下去！”

柳静芸又退后了几步，一脸惊恐地连连摆手说道：“我不会出卖自己、出卖公司的，我的同事也不会。”

刘士朋冷笑一声，哼道：“你的同事？白牧在我面前可比你爽快多了！”说着，又往前迈了一步。

柳静芸再也坚持不住了，提上包，大叫一声推开椅子冲了出去。

柳静芸跑出两个路口后停了下来，手扶着膝盖大口喘着气。好不容易喘匀以后，她直起身子，之前脸上惊慌失措的表情早已消失，只留下酒精和刚才跑步带来的红霞。

晃了晃脑袋，柳静芸让自己清醒了一些，从口袋里掏出了手机。此时手机赫然正处于录音界面，柳静芸把录音保存了下来，又同步到云空间，这才缓缓舒了口气。喝了一晚上的酒，就是为了这个录音啊。

刚操作好，唐凌燕的电话来了。

“柳小姐，您没事吧？刘总说您有事跑了出去。您现在在哪儿呢？”唐凌燕焦急地问道。

“没事，我喝多了，刚跑出来吐了。这会儿我一个朋友来接我了，我就先走了。跟大家说声抱歉啊。”随即，柳静芸挂掉了电话。

看看时间，已经晚上十点多了。柳静芸正处在一条繁华的街道上，霓虹灯闪烁着，车水马龙。突然吹来一阵风，风不大，但轻轻吹过脸庞时，柳静芸只觉得天旋地转，再也控制不住，“哇”的一声，吐在了旁边的树坑里。

路人见一个美丽高挑的女子蹲在树边大吐，有的冷笑漠视，有的心生怜悯，但没人上前帮忙，都匆匆走开了。

一阵翻江倒海之后，柳静芸终于吐了个干净，站了起来。她走了两步，觉得还是有些头晕，就坐在了路边的休息椅上，拿出手机拨通了电话。

“喂，静芸，还没休息啊？”常丰淡然的声音传来。

“常丰，我拿到录音了。就是白牧，就是他！”柳静芸兴奋地叫道。

“你喝酒了？你在哪儿？你在宾馆吗？”常丰完全没有关注录音的事，声音不再淡然，提高音量问道。

“我一会儿就把录音发给你。你没想到是白牧吧，但是我之前想过真可能是他，你知道我为什么知道吗……”柳静芸正说着，一下子被常丰打断了。

“告诉我，你现在在哪儿？”常丰的声音中透着焦急。

“我没事，你听我说，你听我说嘛。这次知道是白牧了，争取明天拿到白牧收钱的证据，这样的话他就跑不了了，你也不用发愁啦……”柳静芸下意识地撒了几句娇，可惜双方都没有意识到。

“静芸，静芸，你听我说，你现在给我发个定位，别挂电话，给我发个定位。”常丰又一次焦急地打断了柳静芸，像哄小孩子一样开始引导。

“我把录音给你发过去吧……喔，先发定位啊……哈哈，好啦，发过去啦……谁在南京？我弟弟好像在吧……就是卢阳。他的电话啊，我找找……找到啦，给你发过去啦，你找他做什么啊，你们好像不认识吧……嗯，我不挂电话……”柳静芸在街头对着电话絮絮叨叨，繁华的街道就像落幕了一样，在柳静芸的眼中显得特别安静。

十几分钟后，一个声音传入了柳静芸的耳朵：“姐，姐，姐，你没事吧？”

柳静芸抬起头，见陈卢阳一脸焦急地站在她面前。

“咦？卢阳，你怎么来了？”柳静芸疑惑地问道。

“我扶你起来，咱们回家。”陈卢阳拎过柳静芸的包，架住她的胳膊，让柳静芸站了起来。

“我跟常丰说一下。”柳静芸让陈卢阳稍等，跟常丰说道：“我弟弟来接我了，我回去了，明天继续查证据，你别发愁，我一定会查出来的。”

“快回去吧。你把电话给一下卢阳。”

柳静芸把电话递给陈卢阳，陈卢阳接过电话听了一下，不耐烦地说了声：“知道了。”随即挂断电话，把手机放回了柳静芸的包里。

柳静芸被陈卢阳扶上了出租车，觉得有些发闷，让陈卢阳打开了车窗。

街道上人声鼎沸，熙熙攘攘，刚才安安静静的十几分钟就好像从来没有存在过。

“怎么又开始吵了？”柳静芸嘟囔了一句，随后睡了过去。

柳静芸睁开眼的时候，发现自己在医院的病床上。雪白的屋顶，雪白的墙壁，雪白的被褥，还有手背上插着的针管，都在提醒着她，这是医院。

雪白的墙壁上挂着一个电子钟，早上九点十分。

昨晚是喝了多少？最后的印象就是套话成功后假装害怕跑了出来，好像还跟常丰打了电话，然后呢？柳静芸想不起来了。

柳静芸想坐起来，不料一用力发现浑身酸痛无力，轻呼了一声又重重地躺回了病床上。

“姐，你醒啦？”陈卢阳陪了一宿的床，迷迷糊糊地趴在床沿上睡着了，此时被柳静芸一声轻呼叫醒了，顶着两个大大的黑眼圈，见到柳静芸醒来一脸的欢喜。

“卢阳，你怎么在这儿？我们怎么在医院？我怎么啦？”柳静芸一连串地发问。

“姐，你发高烧了。昨天晚上我把你送过来的。”

昨晚常丰意识到柳静芸喝醉酒之后，跟她要了定位和陈卢阳的电话，陈卢阳听到后立刻赶了过去，接到了柳静芸。上了出租车之后，陈卢阳见柳静芸满脸通红，一摸额头，烫得惊人，直接把她送到了医院。医生说是酒后被风一吹，发烧了，再加上平常工作劳累，身体罢工了，需要住院修养几天。

柳静芸感到一阵内疚。弟弟大老远来接她，常丰怕她出事一直不挂电话，柳静芸心中一阵感动。转念想到，昨晚给常丰打了那么久的电话，不会说了什么不该说的话吧？如果真说了，那怎么办啊？柳静芸害羞得想把头埋在被子里。

两人正聊着，有人敲门。陈卢阳打开房门，柳静芸侧头一看惊呆了。常丰！常丰怎么来了，这不是南京吗？

"静芸，好些了吗？"常丰提着公文包，看上去精神十足，向陈卢阳点点头，快步走到病床前，关切地问道。

"好多了。你怎么来了？"常丰眼中的血丝让柳静芸既感动又愧疚。能这么早赶来，肯定是一夜没睡吧。

"哦，我正好有个会在这边，听卢阳说你病了，就赶紧过来看看。"

真是一个不会撒谎的人啊。

"我去抽支烟，你们先聊。"陈卢阳昨晚从常丰那儿也了解了一些情况，知道两人要说公司的事，主动离开了。

"不必这样的，我跟你说过打探不到也没关系的。"常丰说道。

"我说过我会尽力的。对了，你帮我把包拿过来。"柳静芸接过包来，找到手机，把昨晚的录音发给常丰，说道："至少能肯定是白牧了。证据我今天再努努力，肯定没问题的。"

"你都病了，还努什么力！"常丰的声音猛然重了几分，随后他自己也意识到了，又恢复如常跟柳静芸说道："不用了，这件事到此为止了，证据我相信白牧不会留下的，有你这份录音想必足够了。"

"可是……"常丰的关心让柳静芸倍感温馨，但又觉得好不容易有了进展，放弃了很可惜。

“你已经做得够好了。”常丰看着柳静芸，坚定而又信心十足地说道，“放心，接下来，交给我吧。”

“嗯！”

常丰又问了问柳静芸昨天的事，听到刘士朋醉酒后竟然企图非礼她，脸色阴沉下来。

正说着，柳静芸的电话响了，是唐凌燕，常丰示意柳静芸接听。

“柳小姐，昨晚休息得好吗？您走之后我们很担心呢。”唐凌燕一副关心的语气。

“谢谢唐经理关心，我休息得很好。”柳静芸淡淡地说道。

“那您好好休息，等休息好了您联系我们，我们再聊聊。”唐凌燕很是客气，迟疑了一下又说道：“昨晚刘总也喝多了，如果他对您说了什么不好听的话，您别往心里去。都是酒后醉话，当不了真的。”

想必是唐凌燕问了刘士朋她出门之后发生的事，特地一大早打电话来解释。

“啊，昨晚刘总说什么了？我喝多了，都记不清了。”

“没有就好，没有就好。”

“那先这样吧，回头我再联系您。”

常丰一直在听着，脸上也一直阴沉着。等到柳静芸挂断电话，常丰站了起来，对柳静芸说道：“我先走了，下午就赶回北京。你在这边好好休息几天，算你出差，等休息好了再回北京。我已经拜托卢阳照顾你了。”

柳静芸看着常丰阴沉的脸色，知道他是真的生气了，立刻劝道：“昨天确实都喝多了，也没把我怎么样，而且还拿到录音了呢。”

常丰斩钉截铁地说道：“我会给你个交代的。”接着转身走向了房门，又回头对柳静芸说道：“一定要把身体养好，这也是工作。”

“嗯。”柳静芸点点头，突然想到了什么，目光闪躲开来，带着几分赧意问道：“常丰，昨晚我喝多了……我没有跟你说什么吧？”

常丰突然笑了起来，脸上的阴沉一扫而空，说道："哈哈哈，你就一直在胡言乱语。我走了啊，再见。"说完，拉开房门走了出去。

柳静芸看着常丰的背影，默默地想："那时的胡言乱语很可能就是酒后吐真言啊。"

常丰在医院门口看到了靠着墙抽烟的陈卢阳，走到他身前，伸出了右手："我是常丰，正式认识一下吧。"

陈卢阳没有伸手，狠狠地吸了口烟，将烟头摁灭在旁边的灭烟筒上，盯着常丰有些恶狠狠地说道："是你让我姐陪他们喝酒的吗？"

常丰慢慢把手收了回来，目光很直接地迎向了陈卢阳，说道："不错，是我。"

"你……"陈卢阳往前迈了一步，紧紧握起拳头，随后又松开，咬着牙问道："这么多年，我姐从来没有喝这么醉过。我不知道你们是为了什么事，但是我知道我姐都是为了帮你！"

常丰沉默一阵，说道："我知道。"

"你知道个屁！"陈卢阳怒视着常丰，骂道，"昨天要是我姐没给你打电话，要是我不在南京，该怎么办？光知道有个屁用！"

"是我考虑不周，但这也是工作的一部分。"常丰的表情没有任何变化。

"我姐的工作就是喝酒醉倒在大街上吗！"陈卢阳见常丰一副理所当然的模样，怒火更大。

"她的工作是对接车企，喝酒也是应酬的一部分。"常丰对陈卢阳的怒火无动于衷。

"呵呵。"陈卢阳冷笑道，"对接车企，还不是为了给你拉广告费，好让你升职。"

"有了收入，才能养活我手下的员工。这点和你的工作没有本质的区别。"

陈卢阳气极反笑，又点燃一根烟，斜视常丰，鄙夷道：“我可不会向车企摇尾巴。”

“我也不会。”常丰缓缓摇了摇头，坚定地说道。

陈卢阳一直认为所有汽车网站都是靠巴结车企活着，没想到常丰态度如此坚定，愣了一下说道：“你没巴结车企，干吗让我姐跟他们喝大酒？”

“喝醉酒确实是我没想到的。”常丰没有正面回答。

“你的意思是只要不喝醉，喝酒是正常的？”陈卢阳见常丰毫无歉意的表情，恨不得给他一拳。

“喝酒不是正常的，但有时是必要的。”

“什么玩意儿！我还是劝我姐离职吧，这工作不要也罢。”陈卢阳愤恨地说道。

“如果有选择，我也建议她离开这个汽车圈。可以劝劝你姐。”

陈卢阳没想到，常丰不但没有阻拦，反而支持他离职的说法，哼了一声说道：“我会的。”

常丰看了下时间，对陈卢阳说道：“我得走了，静芸就拜托你照顾了。有什么问题可以随时打我电话。麻烦你了。”

“不劳你担心。你不说我也会把我姐照顾好的。”陈卢阳冷冷地说道。

“那就好，有劳。”常丰说罢转身离开。

虽然有些嘴硬，但至少是个沉稳的人。陈卢阳抽着烟看着常丰离去的背影想着。

陈卢阳回到病房时，见柳静芸靠在床头看电脑，显然又在工作，立刻上前把笔记本拿走了，呵斥道：“姐，少工作一会儿能死吗？你都病成这样了。”

柳静芸无奈地笑了笑，问道：“常丰出去碰到你了吧？”

“嘿，不说工作，你就说他。你怎么不表扬表扬你弟弟我啊？”陈卢阳摆出痛心状。

“好了好了，昨晚多谢老弟啦，老弟最棒了。”柳静芸认真感谢道。

“那是。”陈卢阳得意地说道。

“卢阳，你刚才是不是在门口和常丰聊天了？”

陈卢阳见柳静芸又提起常丰，无奈地摇了摇头，说道：“刚才和他在门口碰到，聊了聊。”

陈卢阳把刚才的对话一五一十跟柳静芸说了一遍。

柳静芸听完急了，喊道：“你怎么能这么跟他说话呢？我这都是为了工作，怎么能怪他呢？还说什么摇尾巴，说话也太难听了。”

陈卢阳低着头，委屈地嘟囔道：“本来就是因为他，你才病倒的。”

柳静芸意识到自己的语气重了，知道陈卢阳也是心疼自己才说那些话，看着他委屈的模样，柳静芸柔声道：“对不起啊，姐刚才着急了，不该凶你的。不过真不怪常丰，这些本来就是我的工作，跟他没关系的。”

“要不然就别干啦，常丰也建议你不干的。”陈卢阳见她没事了，情绪也扬了起来。

离职？打从理解了工作的意义起，柳静芸就没有想过这件事。九年的时间，即使最困难的时候，柳静芸都没有轻易冒出过离职的念头，都是想着如何解决问题。即使解决不了，也会想着常丰会帮她解决。想到离开这个工作了九年的地方，柳静芸心中产生了几分不舍和恐慌。离开这里，我去哪儿呢？我离开了，常丰遇到事，谁来帮他呢？

“我不会离职的。”柳静芸摇了摇头，肯定地说道。

陈卢阳也知道柳静芸的性格，就没有再劝。如此执拗，倒是和常丰如出一辙。

“你刚才也和常丰聊了，你觉得他怎么样？”柳静芸又问道，带着几分期待看着陈卢阳。

“是个固执死板的人。”陈卢阳毫不委婉地回答道。

没想到，柳静芸像是听到了想要的回答，满眼的笑意，嘴角慢慢扬起。

他就是这样的人，我也是，我们一样。

常丰离开医院后，拨通了一个电话。

"老常，你来南京怎么不提前给我打声招呼呢？"电话那头传来浑厚的男声。

"你在公司吗？我过去找你。"常丰直接说道。

"在，你过来吧。怎么这么着急，出什么事了吗？"

"过去跟你说。"常丰没有废话，直接挂断了电话，拦了辆出租车，呼啸而去，目的地正是莫格汽车总部！

两个小时后，常丰从莫格汽车总部走了出来，坐车奔向机场。

下午四点，常丰已经坐在办公室了，一脸严肃地对着杨帅说着什么，杨帅频频点头。不久后，杨帅走出办公室，抱着电脑匆匆离去。片刻之后，又有人走进了常丰的办公室。从下午四点到六点，常丰的办公室频繁有人出入，每个从办公室出来的人都脚步匆匆，像是都领了紧急任务。

不少员工注意到之后，都诧异地私下交流，不知道发生了什么。

第二天上午十点，白牧来到了常丰的办公室门前，整理了一下衣服，调整了表情，敲响了办公室的门。

"进来吧。"常丰的声音传来。

"常哥。"

"坐。"常丰一直盯着电脑没有抬头，知道是白牧来了，说道，"稍等我一会儿。"

白牧仔细看了看常丰的表情，发现和平日无异，有些放松下来。等了大约五分钟，见常丰合上笔记本抬起头来，白牧坐直了身子。

常丰并没有立即开口，而是盯着白牧发了会儿呆，然后才说道："白牧，你来公司六年了吧？"

“六年零三个月了。”

“还是像以前一样认真啊。”常丰感叹了一句，又问道：“当初是我面试的你吧？”

“是的，我还记得你当初问我的问题呢。”

“一转眼都六年多了。”常丰扬起头望了望天花板，手背托着下巴像是陷入了回忆，说道：“当初刚把你招进来的时候，所有的主管都认定你干不了多长时间，倒不是觉得你不行，而是这份人工审核的工作太过枯燥，你之前的几任都不到一年就走人了。有的主管当时还跟我开玩笑打赌你能待几个月。他们都没想到，你坚持下来了。

“记得当时因为一条规则的修订意见不一致，我们在办公室互相拍桌子；记得当时因为你一条误审，我凌晨三点打电话把你叫醒大骂你一顿；记得当时你找我要求增加人手，我说没人自己想办法，你倔强地在公司熬了两天完成指标。呵呵，我当年的脾气实在不好。

“六个月之后，你成功转正，还特别跑过来谢我不杀之恩。根本不用谢我，你当时的转正是在主管会上全票通过的，是用你自己的努力和坚持换来的。当时，每个主管都对你刮目相看了，没有人再开那个可笑的玩笑了，纷纷向我打听，我是怎么让你踏踏实实地担负起这份枯燥工作的。我回答道，你本身踏实认真，跟我毫无关系。他们羡慕我的眼光，说我招了个好员工。

“一年后，你提出要做智能化的反作弊系统。我同意了，不少主管表示反对，说自己研发不如找第三方公司买个现成的。你洋洋洒洒地写了几千字的项目计划书，陈述利弊，说服了所有主管。但当时你资历太浅，项目并没有交由你负责，你也不气馁，天天做着提供数据、结果校验、数据总结这类基础工作。结果，项目进行得并不顺利，一个月的预定时间过后，并没有达到预期的结果。老大们已经有了要停掉的意思。这时你又站了出来，说服了我，也说服了老大，项目交由你负责。我们给了你一个半月的时间，你完成了。

“一年半后，反作弊系统正式上线，业内首家。你也成功升任主管，成为我们编辑部最年轻的主管，而且还是单身。当时不少其他部门的老大找我，想撮合你和他们部门的女同事，我也跟你提了，但你都拒绝了。你看上了柳静芸。当时公司上下都认为你们俩非常合适，可惜你们没能走到一起。你当上主管后，不少车企向你发送了糖衣炮弹，你不为所动，每次都汇报给我。我曾经问你，难道不心动吗？你撇了撇嘴说，你工作挣的钱就够花了。

“公司发展得越来越快，规模也越来越大，我们也都越来越忙，我们的脾气反而越来越好了。你每天都笑着跟人打招呼，遇事不急不躁，越来越像个领导。相对的，我们的交流也少了许多，基本都是在工作群、办公室或者会议室才能见到了，而且每次见面都是解决问题，完事后又匆匆离去。我们最后一起用餐的时间我都想不起来是多久之前了。你做的反作弊系统在后来的四年间不断完善，已经成了我们网站的‘马奇诺防线’。车企自然恨得牙痒痒，但他们在这方面无可奈何，只能在糖衣炮弹方面加大力度，孜孜不懈。

“终于有一天，我们的‘马奇诺防线’毫无征兆地被攻陷了，就像被闪电战突袭了一样。我知道，漫天飞舞的糖衣炮弹打中目标了，结结实实地打中了。我不相信是我的人做的，我要查出这个人来，还我团队的清白。我查到了，是我们团队的人。我一直在想为什么是他。他从入职起就踏实认真地做好了所有人都认为枯燥的工作，兢兢业业、勤勤恳恳，又带头做起了公司最重要的一个项目，并且完美地完成了，凭着这些成绩，他的职位和薪资都得到了提升。他对人和善，从来都是笑面迎人，在公司人缘非常好，同事交口称赞，有不少倾慕者。他负责的业务一直是车企想攻克的要地，但车企一直没有成功。他看起来没有什么野心，面对行贿，淡淡说了句，工作挣的钱已经够用了。他本应该是最不可能做出这件事的人。他在公司六年零三个月了。”

常丰慢慢转过头来，眼神犀利地盯着白牧，一字一顿地问道：“你说，他是因为什么？”

白牧一直静静地听着，从始至终脸上没有任何表情变化。听到常丰问，白牧才眉头一挑，扯了扯领口，一直端坐着的身子靠在了椅背上，双腿前伸，舒展开来。

“他大概也觉得累了吧。不过你能肯定是他吗？你有证据吗？”白牧冷笑道。

常丰的眼神中出现几分可惜，一闪而逝，他摇了摇头说道：“他手脚确实很干净，我没有他交易的证据。”

“就算真的是他，那又如何？你能怎么样？”白牧冷笑的脸庞竟现出几分狰狞，他彻底卸掉了长久以来的伪装。

“我也不能做别的。”常丰低下头，从桌角拿起几张纸，慢慢地推到了白牧面前，说道：“这是你的开除证明和律师函。”

午饭时间刚过，大部分人都慵懒地靠在椅子上，刷着手机，艰难地消化着中午的食物，不少人趴在办公桌上抓紧时间小憩，为下午的工作补充精力。

“我的天！”一声惊呼打破了办公区难得的片刻安静，人们纷纷抬起头诧异地望向声音的来源。

“看内网！”那人压低声音又喊道。

知道有事情发生了，所有人的困倦一扫而空，迅速登录内网。很快，办公区嘈杂起来，到处都是交头接耳、窃窃私语的声音，但偏偏大家都能听到。

“白牧被开除了！”

“会不会搞错了？白牧严重失职，徇私舞弊？”

“而且公安机关已经介入，在调查取证，一旦证据确凿，还可能会背负法律责任？白牧这是犯了多大的事？”

“这摆明是收了车企很多钱。白牧自己做出反作弊系统来过滤车企水军，谁能想到，最后反而是他自己先一步沦陷了。”

“平常看他那么好，没想到居然也是一个没有底线的人。真是看错他了。”

“不可能是这样的，咱们又不是没有接触过白牧，肯定是哪个领导看他不顺眼，背后下黑手阴了他。对，一定是这样的。”

种种言论，不一而足。

此时常丰正在会议室跟编辑部各位主管同步着最新的情况，柳静芸在南京的医院病床上也通过手机视频参加了此次会议。

柳静芸的心情还是很复杂的，一方面，她确实讨厌白牧；另一方面，他们毕竟也是多年的同事关系，而且白牧相当于是她亲手揪出来的，后悔自然不会，但是同情和可惜的情绪还是有几分的。

常丰介绍说，拿到录音之后，明确了调查方向，就让杨帅及内容组的老员工连夜彻查了白牧的管理员账号，调取了近两年他所有的操作记录，果然发现了不少问题。

白牧这两年推荐的内容中有几十篇软文，而且大多与莫格汽车有关。他做得很谨慎，这些内容都推荐在不太起眼的位置上，而且都穿插在不同的日子，从来没有在同一周推荐过两篇。

更过分的是，经查之后，确认莫格汽车论坛的新任版主的账号持有者就是莫格汽车的员工，而任命这位版主的管理员，正是白牧。新任版主上线之后，经常发布软文、硬广或者车企活动，凡是反馈问题的，毫无理由一律封杀，弄得莫格汽车论坛的用户怨声载道。

联系到莫格汽车论坛的前任版主后，他表示自己几个月之前被突然罢免，理由是版主管理工作不尽职。他立刻投诉了，但是收到的反馈仍然是上述理由。这位前任版主是个五十多岁的大叔，对明日汽车网非常热爱，为人也非常执着，没有放弃，一直投诉。终于，内容组的主管，也就是白牧，给他回了电话。白牧很客气也很强硬地表示，版主这件事上他说了算，他的投诉是无效的，网站已经认定他不符合继续担任版主的要求。大叔询问哪里不符合，白牧说他自己心里应该明白的。大叔无话可说，心灰意冷地放下了这件事。

常丰说，这位大叔表示愿意提供他能提供的任何帮助，还莫格汽车论坛朗朗晴天。

至此，事情已经定性了，白牧的开除板上钉钉。至于私下的金钱交易证据，交由公安机关调查取证。

常丰介绍完，所有的主管唏嘘不已。

柳静芸如释重负，事情总算解决了。

调整后的反作弊系统今晚会上线。在莫格汽车总部会议室发现的那份培训教程，为机器学习提供了新的水军特征，新的反作弊系统才得以如此迅速地调整好。内容组的主管职位暂时空缺，上边也没有空降或者提拔新人的意思，由常丰直接领导。

莫格汽车那边似乎也收到了消息，不知道是不是觉得理亏，广告投放合同还是正式签署了下来。

常丰要大家引以为戒，同时又表示依然相信大家后，散会。

各位主管都对着镜头里的柳静芸挥了挥手，让她好好休息，然后又迅速投入了紧张的工作中。

人来人往，世间常态，可以唏嘘，可以感叹，但工作总要继续，没人会停下来。

第三章　萨拓汽车

萨拓 5 的评测内容今天早上已经正式推出，放在了明日汽车网首页的焦点区作为重点推荐，反响很好。官方微博同步发出了视频，短短几个小时就登上了微博热门榜单。

明天萨拓 5 就会正式上市，作为上市前唯一一家拿到试驾车的汽车媒体，明日汽车网出尽风头。马庆作为车评人，也迎来了人气新高。

柳静芸为公司感到高兴。本来还担心陈卢阳的情绪，但看了看旁边也在看视频的他，一脸无所谓的样子，柳静芸就知道自己多虑了。

下午，柳静芸不顾陈卢阳的劝阻，直接出院了。身体虽然还有些虚弱，但是没有什么大问题了，柳静芸不想在医院耽误时间，打算今晚就回北京。

陈卢阳劝阻不了，但表示在回北京之前要一直跟着她。柳静芸拒绝了，让陈卢阳赶紧忙自己的事，已经耽误好几天了，说自己有事会给他打电话的。陈卢阳知道她的脾气，无奈接受了。

柳静芸打车来到了莫格汽车总部。上次酒局不太愉快，柳静芸也不辞而别，职责所在，为了以后的合作，柳静芸必须过来当面把感情重新建立起来。

还是高鹏飞来到门口接上柳静芸，带着她穿过办公区走向会客室。高鹏飞在前面带路，柳静芸跟在后边，余光扫到办公区有不少人三三两两凑在一起，对着她指指点点，声音也传到了她的耳朵。

“就是她，前两天来过一次，我见过。”

“原来是她啊，确实漂亮，难怪刘士朋那个色狼把持不住。”

“什么？明日汽车网的常丰就是为了她，跟我们总裁拍桌子大发雷霆的？”

“你可不知道，那天常丰过来直接拍桌子让我们总裁给个交代，不然就再也不合作了。听他们单位的人说，这个常丰脾气很好的呢，从来没发过这么大脾气。”

“刘士朋也是因为这件事被直接免职的吗？难怪了。”

“也不知道常丰和这个女人是什么关系。”

“我猜肯定不正常。”

“要是有个男人能这样为我出头，我一定嫁给他。”

“别做美梦了。”

柳静芸默默听着，突然想哭。流言蜚语对她来说从来都不算什么，单身的漂亮女人从来都是别人口中的八卦，柳静芸早已习惯。

常丰说会给她一个交代，但柳静芸怎么也没想到常丰为了她居然会这样做。就好像她只想要一朵云，他却给了一整片天空。

我想帮你的，结果最后还是你来守护我。

柳静芸这次见到唐凌燕，感觉和之前不同了。之前每次见面，唐凌燕都是一副很职业的模样，笑容很职业，交流时一板一眼，是完全不掺杂个人感情的职场态度。这次唐凌燕对柳静芸的态度有些古怪，眼神冰冷，态度冷淡，整个人都呈现出陌生的距离感，柳静芸甚至从她的眼神中读到几分怨恨。

为什么会有怨恨呢？是因为刘士朋被免职吗？柳静芸思索着。

“唐经理，非常抱歉，发烧了两天，这么晚才来拜访。”唐凌燕失去了以往的热情，坐下后就沉默无语，柳静芸见状，首先开口说道。

“休息好最重要。”唐凌燕敷衍道。

柳静芸没有介意，带着几分歉意说道：“那天不告而别，非常抱歉，给唐经理说声对不起。”

“我可不敢当。”唐凌燕摆了摆手，假装惶恐地说道。

“唐经理那天也喝了不少，都去吐了，身体没事吧？”

唐凌燕哼了一声，说道：“不劳柳小姐关心，我的身子没那么金贵。”

“唐经理是身体不太舒服吗？我看你状态有些不好。”柳静芸觉得这样聊下去不是办法，也想弄清楚唐凌燕眼中的怨恨从何而来，干脆直接开口问道。

唐凌燕闻言，对柳静芸投来一个冷冷的目光，好像是在说，你这不是明知故问吗，还不是你干的好事。

“我的身体没什么要紧的，柳小姐的身体最重要，还好您身体没出大问题，不然恐怕你这次来也就见不到我了。”

“唐经理说哪里的话，大家都是为了工作。”柳静芸无动于衷，并提醒唐凌燕这是在工作，别掺入个人情感。

“是啊，大家都是出来工作的，但人和人还是不一样的。像我这样的，只有努力才能保住工作。有些人却永远不用担心饭碗。”唐凌燕没有把柳静芸的提醒听进去，继续说道。显然是在讽刺柳静芸有靠山。

“有时候嫉妒别人前，不如先想想自己哪些地方没有做到位，或者，做过了。”柳静芸也不再委婉，针锋相对地说道。

“我们做过了就丢饭碗了，有些人做过了却没关系，总会有人替她们扛下来的。”

“看看结果就知道做得是不是过分，有的人在这里坐着，有的人却不在了。”

“我还能坐在这儿，真该感谢柳小姐背后的人。”

“你应该感谢你自己。”

“柳小姐，我想问一下，假如一个人为公司做了很大贡献，但是有一件事不小心做错了，公司是不是应该念念旧情，网开一面呢？就像你有靠山替你扛一样。”唐凌燕突然问道。

柳静芸忽略了后面那一句话，思索了一下，不确定地问道：“你是在说刘士朋？”

唐凌燕没有吭声。

“做错了事就要认，这是成人世界的规则。”柳静芸只当唐凌燕默认了，说道。

“没有人会不犯错，一个错误就能抹杀之前的一切吗？”唐凌燕激动起来。

“能。”柳静芸淡淡回了一个字。这就是一个残酷的社会啊，所以战战兢兢地活着吧。

唐凌燕像是被噎住了。

“和你比起来，太不公平了。”唐凌燕喃喃说道。

柳静芸有些纳闷了，刘士朋跟唐凌燕到底是什么关系？唐凌燕居然一直在为他说话。从年龄来看，两人差距也太大了。而且上次见到两人，并没有感觉到两人有什么亲密关系，当时刘士朋的眼神一直停留在柳静芸身上，基本无视了唐凌燕。

柳静芸决定试探一下，说道：“每个人都会犯错，这话没错，但是要分什么样的错。像刘士朋，我不客气地说，真是罪有应得。”

“他本来就是活该。”唐凌燕冷冷地说道。

柳静芸这下有点儿诧异，看这态度，刚才说的不是刘士朋啊，那是谁呢？突然，一个念头划过脑海，柳静芸想到了一个人。

“唐经理刚才说的莫不是白牧吧？”柳静芸开门见山。

提到白牧，唐凌燕冰冷的面孔似乎融化了一些，没有否认，点了点头。

“每个公司都有规定，相信你们公司也有，公司的规章制度就是给员工划的红线。红线这一边可以随意活动，有小的错误也没关系，都有容错的机会，但是，绝不能跨过红线。不幸的是，白牧跨过去了。这一点和刘士朋倒是没有本质区别。”柳静芸一边说，一边想着唐凌燕和白牧有什么关系。

“不要把白牧和刘士朋那个老流氓并为一谈！”唐凌燕像是被触到了逆鳞，激动地喊道，“他们根本不是一类人！刘士朋那个老流氓一点儿本事没有，靠着钻营才爬了上去。白牧靠的全是自己努力！”

柳静芸被唐凌燕的语气吓了一跳。她和白牧的关系不浅啊，竟然为了维护白牧，把自己公司的同事贬得一文不值。不过她说的倒是真的，就算柳静芸讨厌白牧，也不能否认他这些年的努力，刘士朋确实也如她所说，一个老流氓而已。

“你说得对，但是他们俩的结果是没什么区别的。”

“你们公司号称有人文关怀，但是根本不关心员工，根本不懂他。”

“哦？”柳静芸心中一动，问道，“难道白牧有什么难言之隐吗？”

唐凌燕又沉默了，好像是不愿意多说。

“唐经理，我能问一下，你和白牧是什么关系吗？你们平常交流很多吗？”柳静芸虽然知道这个问题多半没有答案，但还是直接问了出来。

“柳小姐，你来的用意我也知道了，今天就到这儿吧。以后我们还会打交道，为了工作。”果然，唐凌燕没有回答，站起身来，伸出右手，下了逐客令。

柳静芸也不矫情，和唐凌燕握了握手，走出了会客室。

唐凌燕好像恢复了往日的精神状态，把柳静芸送到了门口，帮她拦了辆车。柳静芸拉开车门，回过头正要跟唐凌燕说再见，就听唐凌燕开口说道：“我喜欢白牧。”

好像是怕柳静芸没听清，她又重复道：“我喜欢他。”说完转身离去。

柳静芸总算是明白唐凌燕眼中的怨恨从何而来了。

一直到机场，柳静芸都在想着唐凌燕说那句话时候的表情，决然、坚定、义无反顾。在白牧被开除甚至有可能被追究法律责任的情况下，唐凌燕还能毅然对柳静芸表达出她对白牧的感情，毫不担心牵连到她自己，这已经不是简单的“喜欢”二字可以形容的了，这是爱，而且是深爱。

“我喜欢他”，这简单的四个字，却是重重的表态。无论白牧是个怎样的人，能被一个人如此喜欢，总归是幸福的吧。

下午六点钟，柳静芸在首都机场接机口看到了常丰。常丰听说柳静芸今天要回北京，特意过来接她。

虽然这一趟南京之行只有短短三天，但是却让柳静芸生出恍惚之感，像过了好几年一样。回到北京这个待了十几年的地方，她身心平静了许多。熟悉的地方，熟悉的节奏，熟悉的空气，还有那个一脸微笑迎上来的熟悉的人。

柳静芸此时特别想张开手臂拥抱北京，当然，还有他。

“这么着急回来，身体没问题吧？”常丰接过柳静芸的行李箱向停车场走去。

果然如此，柳静芸失望地看了看走在前面的背影，微不可闻地叹了一口气。小跑跟上后，柳静芸调整好状态，回道：“没问题，早就好啦。”

“嗯，那就好，不过明天你还是休息一天。”

“我已经没事了，这几天已经耽误了不少事情。”几天没在公司，柳静芸心里有些不踏实。

“不急这一天，身体不好更耽误事。踏实休息就是。”常丰不容置疑地说道。

“好吧。”

两人沉默着走了一会儿，常丰问道："你要是不着急回去的话，先一块儿吃个饭吧。"

平湖起波澜，柳静芸心跳加速，她转头看看常丰，却发现他直视前方，和平常一样，脸上没有什么表情。

"好呀。"柳静芸干脆地应声回道。

"去咱们之前吃过的那家云南菜吧。你现在没变口味吧？"

"可以呀。"

他一直记得我喜欢吃的东西，柳静芸默默想着。是不是仅仅因为熟悉才记得的呢？

这家餐厅比较偏僻，平常即使是饭点儿客人也不多。店里的布置古朴，灯光幽暗，安静优雅。柳静芸和常丰平常难得清静，对这样的地方极为青睐。

"说起来，我们好久没有一起吃过饭了。"吃着熟悉而又喜欢的饭菜，陪着熟悉而又喜欢的人，柳静芸非常满足，感叹道。

"是啊，确实很久了呢。我们都太忙了。"常丰也感叹一声。

再忙总不至于连吃个饭的时间都没有吧？这次要不是解决了这件大事，我们不知道又要到何年何月才会坐在一起了。在工作上临危不乱、一往无前，但是为什么总是逃避我呢？柳静芸想起上次邀请常丰一块儿吃饭，常丰扯出蹩脚的理由时那慌乱的表情。

常丰察觉到柳静芸情绪的细微变化，好像也知道是因为什么，沉默下来，低着头对付着盘子里的食物。一时间两人之间只剩下筷子无意中碰到餐具发出的声音，气氛有些尴尬。

"你那天上午和白牧谈完，白牧什么表现？"柳静芸缓过神来开口道。

情绪总会因为不经意的一句话、一个动作就汹涌起来，说到底还是感情太过卑微，因为卑微所以敏感。柳静芸不得不承认，她羡慕唐凌燕，羡慕她的义无反顾。柳静芸知道自己做不到，正因为自己做不到才更加羡慕。

“我不得不佩服白牧。那天我把开除证明和律师函推到他眼前，他拿起来看了看，脸色阴沉，但没有说任何话就回工位收拾东西了。确实是个有野心、能忍耐的人。我怀疑这个结果也在他的预料之中。”说起白牧，常丰脸色凝重了几分。

“你是说他想到了自己会东窗事发？”

“我想应该是的。像他这样的人，在做一件事的时候，肯定把所有的可能性都考虑过了，已经做好了最坏结果的心理准备。”常丰点点头说道。

柳静芸对白牧这点也比较服气，说道：“这样能忍耐的人，干什么事都能成的。”

“他已经证明过他自己了。”常丰带着几分惋惜说道。

柳静芸想到白牧这六年做出的成绩，也可惜地摇了摇头。两人都唏嘘不已。

“我昨天去莫格总部了。”过了一会儿，柳静芸放下筷子，用纸巾擦了擦嘴，盯着常丰的眼睛，柔声说道：“谢谢。”

常丰知道柳静芸在谢什么，也放下筷子，说道：“这是我的职责所在。如果不能保护你们，我这个领导就太不称职了。”

原来只是领导在保护手下吗？

“其实不用这样的，那个刘士朋也没把我怎么样。”柳静芸深知常丰这样大闹一场肯定会产生不好的影响，即便莫格汽车确实不得已服了软，两者之间肯定也已经产生了芥蒂。

“这是个原则性问题。你别不当回事，真出了事就晚了。对这些败类绝不能心慈手软！”常丰严肃地对柳静芸说道。

“我知道了，还是谢谢你。”柳静芸见常丰真心为自己考虑，又道了一声谢，随后又担忧地说道：“以后我们和莫格汽车的合作估计会有影响。”

毕竟，被其他公司的人打上门来，不得不把自己公司的副总经理免职这件事，实在有失脸面。其他员工知道后，肯定会心有戚戚，产生“这个公司连副总经理都保护不了”的感受。

“恰恰相反，我反而觉得合作不会有影响，甚至有可能更密切。”常丰胸有成竹地说道。

“是说我们帮他们清了个败类吗？”柳静芸有些疑惑。

“不。他们肯定会心存芥蒂，但也因为如此，反而不会或者说不能表现出来。”

柳静芸仔细想了想，明白了过来：“你是说，莫格汽车如果因为这件事对我们公司使绊子，会让其他公司瞧不起？”

“没错。”常丰点点头说道，“公司也是要脸面的，小肚鸡肠、心胸狭窄的公司谁也不敢随意合作的。”

“也许真的心胸狭窄，但也要表现出大度来。”

“是的。”常丰微笑说道。

柳静芸想起当年提交了自认为很完美的方案，结果被常丰指责漏洞百出，自己还不服气的场景。这么多年过去，柳静芸也成长了，但还是没有站到和他一样的高度。

这样挺好的，我已经习惯你一直守护我了。

“今天我见了唐凌燕，和她聊了聊。”柳静芸把今天和唐凌燕见面的情况跟常丰说了一遍，包括唐凌燕最后说的那句话，以及那令柳静芸印象深刻的表情。

“她喜欢白牧？”常丰知道这个常和柳静芸打交道的莫格公关经理，眉头轻微一皱，问道：“按理说，白牧的工作接触不到她的。难道是私下认识的？”

“这个唐凌燕没有说，但是我感觉两人应该很熟悉。很可能是这两年白牧接受莫格汽车贿赂的时候，经常接触。”柳静芸分析道。

“应该是这样。”常丰点点头，又感叹道：“这姑娘真有勇气啊，这么爆出两人的关系很可能被白牧的事情牵连到，给她定个行贿的罪名呢。”

“她不会在乎的。”柳静芸又一次想起来唐凌燕那决然的表情。

“白牧能被这样的姑娘喜欢，是他的荣幸。”常丰说道。

其实，遇到你也是我的荣幸。在这个安静的餐厅，柳静芸眼含深情。

周五，柳静芸听常丰的，没有去上班，难得地在家睡了一个好觉。睁眼时，已经是早上八点钟，第一件事就是打开手机看了看工作群，发现并没有找她的消息，才松了一口气。

今天没有出远门的打算，柳静芸洗漱之后画了个淡妆，简单地做了点儿早餐。单身的工作狂，一切从简。吃完早餐后，柳静芸开始收拾屋子。

这套房不大，五十多平方米，标准的一居室。这是柳静芸在明日汽车网工作七年后买的。当时手头攒了一些钱，就付了首付，如今每个月还着几千元的房贷。

柳静芸家境不错，但她为人独立，从大学毕业后，就没向家里要过钱了，这几年手头宽松之后还会定期给家里打钱。

当时挑房子时，柳静芸一眼就相中了这套，离公司近，楼层低，最重要的是有一个大大的南向阳台。至于大小，柳静芸真没在意过，毕竟只是一个人住，五十多平方米绰绰有余了。

明日汽车网对员工还是不错的，每年都有两次涨薪的机会，涨幅看工作表现，基本不设上限。每个季度有奖金，年底还有年终奖，日常过节的福利更不用多说。也就是说，只要工作表现好，相应的待遇绝对会匹配上。正是因为这样，柳静芸才有钱买下这套房子。大学毕业后工作七年，不靠家里，在如今寸土寸金的北京买一套房子，柳静芸已经走在同龄人前面了。

柳静芸在物质方面没有太大追求，买房子也只是省去了租房搬家的烦恼。至于车子，柳静芸平常出差居多，更是没有这方面的需求。目前在她的世界里，只有工作，还有和她一起工作的那个人。

打扫完屋子后，柳静芸拿着电脑来到了小区边上的咖啡厅。

这家咖啡厅柳静芸常来，占地很大，环境很好，分为上下两层，二层采用连廊式设计，就像跨在水面上的桥。桌椅全是木质材料，室内布置着各种绿色植物，身处其中像是在被大自然拥抱。唯一不太搭的就是墙壁的涂鸦风格——画满了二次元的人物。

咖啡厅名为“梦”，取自老板的名字。老板是个漂亮姑娘，叫韩梦岚，二十七岁，也是北漂一族。柳静芸常来，和韩梦岚比较熟悉。

柳静芸一进门，看到韩梦岚坐在吧台后面的椅子上，横拿着手机，眼睛一眨不眨地看着视频，一边看一边晃脚丫，头上的马尾也跟着左右摆动，青春洋溢。

“您好。”吧台的服务员热情地问好。柳静芸点了点头，走到韩梦岚面前，敲敲桌子。

韩梦岚抬头看了一眼，立刻笑了起来，衬着满屋的绿色，就像是一朵花突然绽放。她喊道：“静芸姐，你来啦！”

“又看什么动画呢？”柳静芸笑着问道。韩梦岚是个动画爱好者，没事的时候就看动画，咖啡厅墙上不搭调的涂鸦风格就是她的手笔。

“《黑子的篮球》，可好看了。”韩梦岚笑吟吟地说道。

“篮球？这类的你也喜欢？”女生喜欢篮球的也有，但并不多，柳静芸看韩梦岚并不像是喜欢篮球的人，疑惑地问道。

“我不喜欢篮球，我看的是感情戏。”韩梦岚嘻嘻笑道。

“打篮球的一般不都是男的吗？这有什么感情戏？”

“男的和男的之间的感情才是最纯粹的呢。”韩梦岚露出促狭的表情。

“好吧……”柳静芸笑了起来。

韩梦岚从吧台后面转过来，挽上柳静芸的胳膊，拉着她向柳静芸常坐的位置走去，同时扭头向服务员喊了一声："两杯抹茶沙冰，送过来。"

这是一个靠窗的座位，柳静芸每次来基本都坐在这里。后来和韩梦岚熟悉了，每次坐在这儿的时候，韩梦岚都会跑过来坐到对面和柳静芸聊聊天。

柳静芸非常喜欢这个小姑娘，在她的印象里，韩梦岚总是兴高采烈的样子，娇小的身躯永远洋溢着快乐。每次见到她，柳静芸感觉自己也会开心起来。

坐下后，柳静芸掏出电脑，韩梦岚扭着身子看了看四周，问道："静芸姐是在等上次那个哥哥吗？"

柳静芸知道韩梦岚在说常丰。因为这家咖啡厅离公司不太远，她有时会在这里谈事情。平常柳静芸都是一个人，只是有一次和常丰一起在这里坐了会儿，韩梦岚印象深刻，倒是记住了。

"没有，今天我请假休息一天。"

韩梦岚张开小嘴"噢"了一声，说道："我说今天周五，静芸姐怎么过来了，以为和上次一样，要和那个哥哥谈事情呢。"

"哪有那么多事情要谈。"柳静芸笑道，随后无奈地强调说："而且，哪里是上次，都多久之前的事情啦。"

"是吗？我以为没多久呢。"韩梦岚眨巴着眼睛，假装糊涂地说道。

"又装糊涂。我每次来你都拿这个调侃我，你个狡猾的小姑娘。"柳静芸毫不留情地戳穿了她。

"人家真的忘了呢，静芸姐不要怪人家。"韩梦岚做出楚楚可怜、梨花带雨的模样。

"你把墙重刷一遍，我就不怪你啦。"柳静芸也开起了玩笑。韩梦岚非常喜欢墙上的涂鸦，不少客人都反映过风格不搭的问题，韩梦岚统统无视。

“那静芸姐还是怪我吧，这面墙可是我留给后人的宝藏。”韩梦岚一秒破功，随后做出憧憬状，说道：“等到了快死的那一天，我会对后人说，想得到我的宝藏吗？去吧，我把一切都放在了那里！”

“好啦，你又开始胡说八道了。”柳静芸笑着止住了韩梦岚的表演。

“静芸姐要开始工作了吗？稍等一下，我去催一下饮料。”没等柳静芸回答，韩梦岚就风风火火地起身去了吧台。

真是活力四射啊，柳静芸有些羡慕。

没一会儿，就见韩梦岚端着两杯抹茶沙冰走了过来。

“谢谢梦岚。”柳静芸连忙接了过来。

“服务员忙不过来，我就自己端过来了。”韩梦岚坐下来叼着吸管说道。

“梦岚是个好老板。”

“那是。”韩梦岚横打鼻梁，扬扬得意，随后突然把头凑近柳静芸，小声问道：“静芸姐，在你工作之前，我能问个问题吗？”

“什么问题？”

“你是不是喜欢上次和你一块儿来的那个哥哥？”韩梦岚睁着大大的眼睛问道。

“嗯。”柳静芸有些惊讶韩梦岚的观察力，倒也没有隐瞒，点了点头。

“那他知道你喜欢他吗？”

“知道的。”

“那他喜欢你吗？”

“应该是喜欢的。”柳静芸想了想，说道。

“他一直都喜欢你吗？”

这次，柳静芸低下头沉默了很长时间。

我不知道他现在还喜不喜欢我。

韩梦岚去忙店里的事了。别看她一副天真烂漫的模样，但是做起生意来毫不含糊，毕竟经营这么大一家咖啡店可不是靠天真烂漫就可以的。

柳静芸打开电脑开始浏览萨拓 5 的相关信息。

今天晚上八点，萨拓 5 会正式上市。萨拓 5 是今年萨拓集团主打的新车，定位为城市 SUV，主打高级驾驶辅助系统。萨拓集团将在总部所在地珠海举办盛大的新车发布会，邀请了业内所有的汽车媒体参加。

萨拓汽车是中国汽车市场高速发展这十几年间，自主品牌励志形象的代表之一，也是最典型的一个。他们最开始做摩托车，后来转型生产汽车，大获成功。但真正让萨拓汽车一飞冲天登上神坛的，是他们于 2012 年推出的家用轿车萨拓 3。截至目前，萨拓 3 在中国市场的累积销量超过了 600 万台，而且不见颓势，热度仍在持续。

萨拓 3 能如此成功，靠的自然是真本事。萨拓 3 在很多方面都表现得很出色，价格亲民，比同级别进口品牌便宜许多，但配置上却毫不逊色。再加上稳重大气的外观，宽敞的空间，以及萨拓汽车多年来产品质量可靠的口碑，自然而然就赢得了国人的心。

但真正让萨拓 3 奠定神车地位的，是驾驶辅助系统。萨拓汽车是中国市场上第一家主动研发驾驶辅助系统的车企，萨拓 3 也是中国第一款应用了驾驶辅助系统的车型。在其他车企还在研究刹车防抱死这些基础系统时，人们震惊地发现，当时上市的萨拓 3 竟然集成了自动紧急制动、自适应巡航、车道偏移报警、车道保持系统、夜视系统、盲点探测、行人规避、停车辅助等一系列功能。萨拓 3 在自动驾驶方向上的探索领先了对手五年以上，简直就是降维打击，因此刚上市就横扫了中国市场。

不过萨拓 3 也不是没有缺点，油耗偏高，轻微异响，细节处理稍显粗糙等。但这些都是小毛病，相对于优点，这些缺点并不难忍受。

自主品牌这几年风风火火，在销量排行上把合资和进口品牌挤压得抬不起头，最根本的原因就是抓住了国人追求性价比的心理。其实在国人心中，自主品牌在汽车工艺和技术研发方面还是不及国外品牌。虽然目前两者之间的差距越来越小，但国外近百年的产业积累并不是那么容易被超越的。

萨拓汽车居安思危，并没有满足于目前的成绩，他们有更大的野心，想要打破当前的局面。除了巩固萨拓3既有的领先优势，萨拓汽车一直在追求造车工艺上的进步，一方面积极研发新工艺，另一方面大力收购国外技术。两年前，他们豪掷几十亿美元收购了国际知名汽车品牌，一举震惊了全球汽车行业。

虽然豪爽地吞下，但能不能消化好，是当年业内关注的焦点。萨拓汽车用了两年的时间就给出了答案：能！他们不但让这个国际知名品牌在中国市场浴火重生了，还吃下、吃透了所有的技术，运用在主打的萨拓3上。近两年萨拓3仅有的一些缺点在一点点消失，国人都看在眼里，这也是萨拓3长盛不衰的重要因素。

萨拓5是萨拓汽车潜心研发几年的成果，集合了萨拓汽车所有的高端配置和先进技术，定位为“豪华SUV”。这是萨拓汽车的转型之作，象征着他们从低端产品路线向高端产品路线的挺进。萨拓5的推出，表明了萨拓汽车追求工艺、走向高端的决心，也是他们在造车工艺上的进步的一个明证。

目前业内只有明日汽车网在上市前拿到了萨拓5的试驾车，马庆在试驾完之后，给了一些单方面预测。虽说是他本人的预测，但因为他对外代表明日汽车网，所以网友自然就认为是网站官方的看法了。

马庆对新车上市的价格和上市后的市场表现分别进行了预测。

价格方面，他说，虽然萨拓汽车走高端路线的决心很明显，萨拓5也集合了各类高端配置，但是这一转型的步子显然不可能太大，价格方面应该不会提升特别多。毕竟是第一款转型的新车产品，萨拓汽车肯定也想打出影响力，赚钱反而不是最主要的目的。马庆给出了自己的猜测：25 万元～32 万元。

关于市场表现，马庆结合试驾的感受，对萨拓 5 评价很高。他说，这次萨拓 5 几乎把之前产品的所有缺陷全部弥补上了，油耗降低，异响消除，细节的处理更加用心。之前的优势也没有落下，尤其是主打的高级驾驶辅助系统，表现完美。虽然是城市 SUV，但马庆还专门跑到越野场地进行了针对性试驾，结果令人欣喜，它的越野性能也极佳。

马庆对萨拓 5 上市后的市场表现非常看好。“这又是一款爆款车。”马庆如是说道。

“这样一台好车，不知道各位网友有没有心动。反正我试驾完只有一个念头：给萨拓爸爸跪了。这款车一定会大卖。”马庆在评测最后这样说道。

柳静芸对这句话颇有微词。马庆这次的评测虽然和之前的风格没有什么区别，但是熟悉他的柳静芸知道，马庆这次过于兴奋了。

可能是这辆车的表现超出了马庆的预期，也可能是马庆本身比较中意这款车，所以视频中马庆的情绪一直比较亢奋，以至于最后说出了“给萨拓爸爸跪了”这样的话。普通人这么说，倒不会有什么问题，关键在于他是马庆，他不只是他自己，还代表着明日汽车网。这句话说出来，肯定有不少用户拍着键盘叫嚷着他被充值了。

充值是不可能的，柳静芸比较确信。倒不是相信马庆，而是相信明日汽车网。从车企拿车，一直到马庆上手试驾，这个过程有好几个环节，除非所有环节都出了问题，不然充值到马庆手里的可能性很小。

而且马庆是个富二代，充值那点儿小钱马庆肯定是看不上的，他有更大的野心。不要奇怪为什么汽车圈会有这么多富二代，汽车毕竟属于高档消费，对于普通家庭来说，孩子从小接触汽车的机会不多，想培养孩子对汽车的兴趣爱好，资金上的投入也不会小。

如果萨拓 5 的销量确实很好，马庆说这句话可能也有问题，但是问题不大，估计也就是个别“键盘侠”挑刺找事，不会有什么负面影响。但既然是预测，总会有失败。一旦萨拓 5 的销量不好，马庆就会成为众矢之的，“给萨拓爸爸跪了”这句话就会被无限放大，会直接给马庆钉上“充值”的牌子，可能再也摘不下来了。同时被钉上的还有明日汽车网。

柳静芸有些担忧。

正浏览新闻时，她接到了陈卢阳的电话，说他刚从南京回来，问问她身体怎么样。柳静芸说没事了，今天休息一天。陈卢阳表示中午可以一块儿吃饭。柳静芸看了看时间，快十二点了，干脆让陈卢阳来咖啡厅吃点儿算了。

陈卢阳很快到了，在吧台点咖啡时引起了服务员及韩梦岚的注意，毕竟他也是难得的型男。陈卢阳点完之后，就去找柳静芸了。

“刚才那个男的好帅啊。”女服务员一脸花痴。

“一般吧。”韩梦岚嘴上说着，但是视线一直追随着陈卢阳。

“口是心非。”女服务员看到韩梦岚的动作，哼道。

“呀？”韩梦岚看到陈卢阳竟然坐到了柳静芸的对面，惊讶地叫出了声。

“怎么啦？”女服务员连忙问道。

“花痴女，快干活。”韩梦岚摆出老板的架子，从吧台后出来又冲柳静芸那边看了看，回来后急匆匆地跟女服务员说道：“赶紧把刚才那个帅哥的咖啡准备好，我来送。”

女服务员翻了个白眼，听话地去准备了。

“难得休息啊，常丰这个固执的人终于知道给你假了。”陈卢阳一坐下来就开始吐槽，上次和常丰的见面显然让他很不爽。

“瞎说什么。之前是我自己比较忙，跟常丰有什么关系。”柳静芸白了他一眼，为常丰开解。

“这一点你倒和他挺像的，都是工作狂。你看你都休息了，还来咖啡厅工作，就不能完全放下工作潇洒地歇几天嘛。”陈卢阳见柳静芸还拿着电脑，很是无奈。

“周末两天都可以休息啊，今天可是周五呢。”

“打扰啦，您的咖啡。”韩梦岚把咖啡端到了桌前，借机又偷偷看了陈卢阳几眼。

“又是你来送啊，这么忙吗？”柳静芸见又是韩梦岚亲自送来，看她眼睛扫了一下陈卢阳，心中会意，笑了笑对陈卢阳说道：“这是这间咖啡厅的老板，也是我的好朋友，韩梦岚。”随后又转向韩梦岚说道：“这是我的表弟，陈卢阳。”

韩梦岚和陈卢阳互相点头打了声招呼。

“美女老板亲自送咖啡，受宠若惊啊。”陈卢阳笑着打趣说，“既然是我姐的朋友，那么给我们免单吧。”

“我静芸姐的肯定免单，至于你……”韩梦岚笑着卖了个关子，看着陈卢阳说道：“看你这身打扮，想必是个大老板，应该不差我这个弱女子一杯咖啡的钱吧？”

“哟，这都被你瞧出来啦，我真是太优秀了。”陈卢阳故作惊讶，摇头叹息道。

“行啦，没个正形。”柳静芸打断了陈卢阳，对韩梦岚笑道：“别在意，他就是这样。不过你倒是说对了，他确实自己在开公司。”

“看出来啦，就像黑夜中的萤火虫一样，藏都藏不住。”韩梦岚也开了个玩笑，随后转身离开。

“喂，看上人家姑娘了啊？”柳静芸见陈卢阳扭头一直看韩梦岚，问道。

“不是我喜欢的风格。”陈卢阳扭过头来，摇了摇头，疑惑地问道：“我只是纳闷，你这样的性格，怎么会和这个姑娘成为朋友的？”

柳静芸不乐意了，皱起眉头，假装生气道：“我是什么样的性格？为什么不能和人家成为朋友？”

“你和常丰的性格一样，比较死板。这个姑娘挺活泼的。”陈卢阳不急不缓地说道，他知道带上常丰就没事了。

“嗯，这个确实是事实。”果然，一听和常丰一样，柳静芸眉头就舒缓了，然后认真思考了陈卢阳的问题，回答道：“很可能恰恰是因为我不太活泼，比较互补，才能成为朋友。”

陈卢阳闻言，伸出食指晃了晃，说道：“不对，不对，按我的研究，同性之间，性格一致才能成为朋友。性格互补，是成为情侣的条件。”

“你从哪儿得来的研究结论？”柳静芸觉得他又在胡说了。

“我的亲身经历啊。”陈卢阳指了指自己，再次强调自己的理论，“找朋友，要找能聊到一块儿的，所以一般性格都一致；找对象，是要找一块儿生活的，你不行的他行，他不行的你行，互补才行。”

“你这么一说，还真有几分道理。”柳静芸想了想说道。

她突然想到了常丰和自己，两人的性格和做事风格都比较像，这难道就是自己和他走不到一起的原因吗？

“那是。”陈卢阳扬扬得意，随后问道：“你去南京那事解决了吗？”

“解决了。”柳静芸想了想，已经结束了，倒也没有隐瞒的必要，就把大概情况跟陈卢阳说了说。

陈卢阳静静地听完，突然问了一句：“莫格汽车的副总经理刘士朋离职跟你们这个事有关系吗？”

柳静芸刚才没跟陈卢阳提刘士朋，关于酒局上发生的事直接一语带过了，听到他这么问，柳静芸犹豫了一会儿，一五一十地告诉了他。

听到刘士朋居然想非礼柳静芸，陈卢阳一下子愤怒了，牙都咬起来了，不过没有出声，听柳静芸把事情说完。最后听到是常丰对莫格汽车总裁大拍桌子施加压力免职了刘士朋，陈卢阳又多了几分惊讶，好像是觉得常丰本来不可能这么办一样。

“常丰倒是办了件人事。”陈卢阳知道汽车媒体和车企的复杂关系，对于常丰能这么保护柳静芸也有几分感激，印象有所转变，但仍嘴硬地说道。

柳静芸知道陈卢阳的性格，没说什么。

“姐，你看吧，汽车圈太乱了，我觉得你还是辞职吧。你们汽车网站都是靠车企活着呢，这种事以后可能还会发生。”陈卢阳很担忧，又一次劝起了柳静芸。

柳静芸坚定地摇了摇头：“没事的。没有你说的那么黑暗。”

“比我说的黑暗多了。”陈卢阳激动起来，在椅子上换了个姿势，气愤地说道：“就说我们自媒体圈，我敢说，除了我，其他任何一家都收车企的钱，有的甚至每期节目都是被充了值的。每家都号称客观公正，人模人样、一本正经地评车，不知道私底下和车企进行了多少肮脏交易。”

“有的真没办法，为了活下去吧。”柳静芸想到马庆为了不得罪车企而转换的评测风格，深有感触地说道。

陈卢阳不接受这个理由：“知道活不下去，就别干这一行。”

“你以为谁都像你一样不差钱啊。”

“不管怎么样，不能当婊子还立牌坊。”陈卢阳对目前的充值现象深恶痛绝。

“卢阳，你说的没问题，你按自己的方式做节目也没有问题。”柳静芸突然严肃起来，说道，“但是，我要提醒你一下，最好不要在节目里直接攻击其他评测人，这是在无谓地树敌。你这样是砸他们的饭碗，他们会孤立你的。”

陈卢阳在评测时，不光对车口无遮拦，还经常大肆攻击其他评测人，说他们充值，虽然没有点名，但是打击范围覆盖了整个汽车评测圈。陈卢阳的铁粉更是认定，只有陈卢阳才是真正的评测人，其他人都是“充值狗”。这样一来，就在陈卢阳和其他评测人之间画了一条三八线，陈卢阳站到了其他评测人的对立面。

柳静芸认为这不是一个好现象，担心陈卢阳以后在汽车圈的发展，特意点出来提醒他。

陈卢阳听了柳静芸的提醒，不以为然。和其他车评人不一样，他评测的车都是自己买的，从未与车企借过车，所以得罪车企根本无所谓。至于站在所有车评人的对立面，陈卢阳更是无所畏惧，他们能把他怎么样呢？

"我说的都是事实，无所谓。"陈卢阳认为自己在做正确的事，是在净化汽车评测圈。

柳静芸听着陈卢阳不以为然的语气，知道他听不进去，也就不再多言，问了问陈卢阳吃什么，就跑去吧台点吃的了。

"静芸姐，那个帅哥真是你表弟啊？"韩梦岚见柳静芸过来，好奇地再次确认道。

"当然是真的。你喜欢吗？给你撮合撮合。"柳静芸倒是真心实意，一方面，她觉得韩梦岚这个姑娘人很好，另一方面，两人年龄也合适。

韩梦岚点了点头，随后反应过来又摇了摇头说道："这样的帅哥我当然喜欢，至少很养眼啊。不过喜欢是一回事，在一块儿就是另一回事了。"

"哦？喜欢为什么不能在一块儿？"

"就像二次元的人物一样，比如我非常喜欢猫咪老师，但是我脑海中从来没有冒出过和它一块儿生活的画面。"

"二次元和现实能一样吗？"柳静芸反问道。猫咪老师是谁她不知道，也并不重要。

韩梦岚也说不出来一个深刻的所以然，想了想说道："现实中两个喜欢的人在一起要克服的困难，并不比和二次元人物在一起低。"

"确实困难重重。"柳静芸想到常丰，感叹道，"不过只要两人互相喜欢，总归是能克服的吧？"

其实柳静芸也不太确定，但是说出来也算是给自己打气了。

“也许吧。”韩梦岚不置可否。

“晚上萨拓5就要上市了，你觉得这款车怎么样？”柳静芸点完餐回到座位，问道。

“我还没摸到车，不好说。”一说到评车，陈卢阳就严谨起来。

“你看马庆的评测视频了吗？”

“看了。”陈卢阳淡淡地说道，他对马庆显然也没有什么好感。

柳静芸见他没有继续说的意思，只能接着问道：“你觉得他说得怎么样？”

“车这一块儿我就不评论了，毕竟我还没摸到车。单看马庆的表现，说实话，如果不是你经常跟我说你们网站的做事风格，看他这么兴奋，我都以为他被充值了。”

“他确实有些兴奋，但不可能被充值。”

陈卢阳撇了撇嘴，说道：“我知道，你们也知道，但是网友不知道。”

“马庆这次相比之前确实多了几分兴奋，但网友不一定能察觉出这个变化。其实就算察觉出了也没关系，只要萨拓5确实如他所说，表现优秀就行。”

“你也说了，前提是车确实好才行。”

柳静芸听出了陈卢阳的话外之意：“你不看好这款车？”

“我不是不看好这款车，而是不看好自主品牌。至少目前不看好。”

“你怎么想的？”柳静芸好奇地问道。

虽然自主品牌的底蕴还比不上国外品牌，但是这两年的进步有目共睹，尤其是在一直以来的短板——工艺和技术方面的进步更是令人振奋。业内普遍认为，自主品牌超越国外品牌指日可待。柳静芸没想到陈卢阳竟然不看好。

“步子迈得太大了。”陈卢阳给出了自己的理由，随后补充道：“首先，萨拓汽车的进步我也是看在眼里的，他们很上进。但是，他们这两年显得太过急迫了。可能是他们知道萨拓 3 这款车跌下神坛的日子不远了，所以迫切地想要摆脱目前只依靠一款车的现状，迫不及待地要从低端路线走上高端路线。如果他们认真打磨两年，推出几款过渡产品，逐渐转型，成功的可能性很大，但是像目前这样直接想挥挥手和过去做个告别，想得未免太轻松了。”

柳静芸沉思了两秒，又问道：“你觉得萨拓 3 快不行了？”

陈卢阳此时已经完全进入了工作状态，目光透露着睿智。

“其实早已经出现颓势了，虽然从销量上看不出来。萨拓 3 当年刚推出时，驾驶辅助系统确实领先市面上其他车五年以上。不得不说，萨拓汽车的前任掌门人王海松真是个有眼光的人，就凭这一点先见之明，让萨拓汽车在国内称霸了近十年。

“但这只是先发优势，这项技术并没有壁垒，只要其他车企加大投入力度，很快就能赶上来。目前来看，萨拓汽车的驾驶辅助系统在国内虽然还算是领先，但领先优势微乎其微了。从去年开始，已经有至少三款国产车开始向萨拓 3 的神车地位发起挑战了，这三款车从各项技术和性能来说，和萨拓 3 不相上下。

“这三款车的挑战虽然都没有成功，但还是那句话，只是先发优势的影响还在，实际上萨拓 3 的销量颓势早已凸显，走下神坛也就是这一两年。”陈卢阳给出了预测。

“每一个产品都有一定的销售周期，萨拓 3 待在榜首这么长时间，已经算是常青树了，走下坡路倒也能理解。”柳静芸点点头表示认同，随后又问道：“即使走下坡路，销量有所下滑，但仍是其他车企眼中高不可攀的销量。萨拓汽车不用这么急迫吧？”

“从萨拓汽车的销量数据可以看出来，萨拓 3 在萨拓汽车整体销量的占比达到了 60%。一直以来业界都说萨拓汽车靠萨拓 3 单条腿走路，其实哪里是单条腿走路，这简直是在练一指禅。一般的车企都会有几款产品热销，虽说不能达到萨拓 3 的地步，但几款车的销量加起来并不比萨拓 3 少。而且，一款车的销量下滑并不会太影响整体销量，车企有充分的时间更新换代。萨拓汽车就不同了，一旦萨拓 3 的销量降下来，整体销量就随之崩盘了。这也是萨拓汽车如此急迫的原因。”陈卢阳看来对萨拓汽车下过功夫，分析得头头是道。

“确实。”柳静芸思考了一会儿，点了点头。

陈卢阳谈兴起来了，不待柳静芸问就继续说道：“萨拓汽车这几年在技术研发和造车工艺上下了很大的功夫，也取得了不少进步，打造一款高端车的实力确实是有了。但任何事都要有一个过渡，欲速则不达，更何况是打造汽车这种精密产品。萨拓 5 也许是款好产品，但推出得太过急迫了。”

“那有没有这种可能：萨拓汽车虽然急迫，但仍然打造出了一款完美的产品？”

“当然有可能。不过……”陈卢阳淡淡地说道，“我们拭目以待吧。”

第四章　暴风雨前

晚上六点，珠海市萨拓汽车总部车来车往。还有一小时，萨拓 5 的新车发布会就要开幕了。

萨拓 5 作为萨拓汽车近来最重要的新品，自然极受重视。这次的新车发布会，萨拓汽车邀请了所有的主流汽车媒体，甚至向规模不大的小自媒体团队都发了邀请，像整个汽车媒体圈的盛大聚会一般。

其实新车发布会实际的内容并不多，配置、参数等都已经提前曝光了，汽车媒体关心的主要就是两点，一是新车售价，二是实车的现场评测。虽然内容不多，但是车企却玩出了花样，增加了领导冗长的讲话、无聊的歌舞表演、代言人的亮相等很多环节，这些环节几乎已经成了国内车企新车发布会的标配。萨拓汽车也不能免俗，而且还花了八位数的重金请了国内一线的“流量明星”做了代言。

对于大部分汽车媒体来说，参加这样的发布会意义其实不太大，一般都是派一两个编辑过来盯着上市价格，价格出现的第一时间报道出去，然后在发布会结束后，在现场对实车进行一个简单评测就结束了。尤其是明日汽车网，早已经完成了试驾，只需要来一个编辑盯价格就行。不过萨拓汽车是国内非常有影响力的车企，媒体的关注程度自然不同，接到邀请的汽车媒体都不约而同地派出了主力。

此时林列在会场中有些紧张，在靠门的位置正襟危坐。别看他紧张，林列其实也是主力，只不过是前面说的规模不大的小自媒体团队的主力。

林列的团队以合伙制的形式创立，创始人一共五个，团队总人数也是五人，分别是内容编辑、运营编辑、摄像、后期和商务，一个人一个坑。林列是内容编辑，负责写稿子，同时也是主持人，负责出镜。也就是自己写稿子，自己念。团队成立半年了，除了刚开始拿了一笔天使投资风光了一把，后来的半年再也没出过成绩，不起眼但又倔强地在汽车自媒体圈默默生长着。

低估了汽车圈的排外性，林列的团队曾经这样总结过。在汽车圈打拼，人脉真的太重要了，除了像陈卢阳那样不差钱的，其他人要进来就不得不屈服于这个圈子的规则。不遵守规则，不仅你的内容没有平台会推荐，你连车都借不到。林列的团队虽然反省深思过了，但是收效甚微。

接到萨拓汽车的邀请时，林列的团队欣喜若狂。在大肆庆祝一番之后，四个人都拍着林列的肩膀，表示这次机会难得，一定要好好把握。林列握拳在胸，表示一定不会辜负小伙伴的信任。把文章写好，得到萨拓汽车的认可；认识圈内的前辈。这是林列的两个任务，他给自己下的死任务。

到了现场，林列才发现自己太天真了，前辈太多了，都三三两两地聚在一起闲聊，林列根本没有上去搭讪的机会。

刚刚过去的是《猫头鹰说车》栏目的车评人毛峰。毛峰主要评测二手车，新车评测较少，没想到这次也来了。林列见他一个人，于是站起来，想过去打声招呼。才走两步，林列就尴尬地停住了脚步，不知道该不该向前。毛峰已经加入了两个人的聊天中，那两人林列也认识，一个是明日汽车网的马庆，另一个是业内的老大哥蒋哲。

之所以说蒋哲是汽车评测圈的老大哥，一个原因是他属于最早出名的那批车评人，另一个更主要的原因是，目前评车的套路几乎都是他定下来的。先介绍外观尺寸，再进到车里介绍内饰配置及空间，最后开起来测试性能，这一套最早就是从蒋哲那里流行开来的。另外，蒋哲也是明日汽车网出身，算起来是马庆的前辈。别看是老大哥，蒋哲年纪并不大，只比马庆大几岁而已，因为中国真正的汽车文化流行时间并不长。

三人相谈甚欢，不时发出爽朗的笑声，林列看着一阵羡慕。犹豫了一会儿，他一咬牙冲着三人走去。林列并没有贸然冲上去，而是停在了不远处，先静静地听他们在说些什么。虽然偷听别人谈话不太礼貌，但为了团队也顾不上这些了。

“小马，你萨拓 5 这期节目做得不错，看法基本跟我一致。”蒋哲端着前辈的姿态说道。按资历来算，叫小马倒也没什么不合适，但说什么看法和他一致，就有点儿胡扯了，强行把马庆的观点和他绑到一起，就是往自己脸上贴金了。毕竟只有马庆拿到了试驾车，蒋哲目前恐怕连车都没见到呢。

马庆心里不以为然，嘴上更加谦卑地说道：“我这些走的都是蒋哥的路子。目前我们车评人的路，还不都是蒋哥从无到有踏出来的。”

“哪有，哪有，我只不过先走了一步而已。”蒋哲大笑着摆摆手，但显然这些话对他非常受用。

“两位都是前辈，以后我做新车还需要两位前辈多多指点啊。”毛峰说道。毛峰原先只做二手车节目，已经有了一定的用户群，但二手车油水太少，目前他正在往新车方面转型。

蒋哲高兴了。失去往日的风光已经好几年了，但心态一直没调整过来，还喜欢在别人面前摆老资格，如今两位后辈都如此识趣，蒋哲心怀畅慰，拍着毛峰的肩膀说道：“小毛，放心，新车方面有什么事找我，我在车企这边还是有几分脸面的。”

“那真是太谢谢前辈了。”毛峰一脸的感激，紧接着又说道：“新车这一块儿，我才刚起步，正好借萨拓 5 上市的机会，向两位前辈学习一下。刚才听两位聊，看来萨拓 5 的热销是注定的了。”

“决定一款车能否热销的因素很多，包含品牌、工艺、价格、渠道、产能等很多方面。萨拓 5 在这几个主要方面做得都不错。”蒋哲是个老油条，表达了肯定的意思，但是没有说死。如果萨拓 5 确实热销了，他会说果然如我所料；如果萨拓 5 爆冷，他会说，你看吧，我说决定一款车能不能热销的因素很多呢。

相比蒋哲，马庆倒是直接很多，或者说对自己的判断非常自信，说道：“一定会热销。”

毛峰笑道：“既然两位前辈这么说了，那就一定不会错了。萨拓 3 的保值率非常高，三年车龄的还能到 66%，照此分析，萨拓 5 应该也差不了，肯定会热销的。”

保值率一般是针对二手车说的，指二手车在交易时的价格与购买时新车价格的比值。保值率越高的车，新车销量越高，因为至少卖的时候也很值钱。品牌知名度高的车，往往比较保值。毛峰从这一点上分析倒也不算错。

林列在旁边偷听着他们说话，突然冒出了一个想法。

“三位老师打扰了。蒋哲老师好，马庆老师好，毛峰老师好。”林列走到三人面前，分别对三人弯了弯腰。

三人看向说话的陌生人，眉头皱了起来。和前辈拉好关系的谈话刚见成效就被打破了，毛峰情绪不佳，但见此人挺礼貌，不好发作，冷淡地开口道：“您是？”

林列连忙一一递上准备好的名片，又鞠了一躬说道：“我叫林列，是评测圈的新人。刚见三位最敬仰的老师在这儿，冒昧打扰，请三位老师见谅。”

原来是新人，态度还不错，毛峰的脸色缓和下来。

“我叫你小林吧，你们经营多久了？”蒋哲见有一个可以显摆老资格的机会，自然不会放过。

林列毕恭毕敬地回道:“非常惭愧,已经半年了,但是没有什么起色。三位老师经验丰富,不知道能不能给晚辈一些指点?”

“汽车圈很难混的。”蒋哲抬起头来,目光望向远方,像是在感慨曾经的峥嵘岁月,随后问道:“你觉得萨拓5这款车怎么样?”

林列知道这是在考验他了,不敢掉以轻心,想了想回答道:“萨拓5作为一款城市SUV,在尺寸方面超过了同级别的进口车,在配置和动力参数上更是不遑多让。萨拓5也体现了萨拓汽车在工艺上的进步,从目前得到的资料上看,油耗偏高、细节粗糙这些缺点都已经消失了。主打的驾驶辅助系统大幅升级,想必更稳定、更便捷。至于实际驾驶体验,因为还没能摸到实车,不敢妄言。但从马庆老师的节目可以看出来,这款车的各项性能确实达到了国内顶尖水平,能和同级别进口车一较高下了。我和马庆老师的观点一样,这款车会热销的。”

林列看了看马庆,发现马庆没有任何表情,好像根本没在听。

“嗯,不错。小伙子,看来你是下了功夫的。”蒋哲一副前辈对后辈的表现很欣慰的表情。

“谢谢老师认可,我会更努力的。”林列一脸激动,忙不迭地回道。

蒋哲也掏出一张名片,递给林列,说道:“汽车圈不好混,我们应该团结互助,你以后有不明白的可以问我。但我可能比较忙,不一定能及时回复。”

林列连忙双手接过,激动得脸上都开花了,说道:“谢谢老师,谢谢老师!一定不会过多打扰老师的。”

蒋哲欣慰地点了点头。

林列把蒋哲的名片收好后,有些不好意思地开口道:“三位老师,我想做一档栏目,叫《大神说》。就是把像三位老师这样有影响的名人对新车的观点摘出来,做成一期节目,让网友看看各位老师都是怎么看这款车的。只摘老师发在微博上的一两句话,不会所有内容都摘的。不知道三位老师会不会介意?”

毛峰脑子比较活泛，问道："具体是怎么个形式？"

"比如，我们摘取马庆老师微博中的一句话——'这款车一定会大卖'，把这句话以截图的形式显示在节目里，表明老师对这款车的观点就行。"

"都是微博上的内容？"毛峰又问道。

"是的，我们就是把老师的微博截个图。"

"这个没什么问题，你不问我们都行，其实你就是做了个搬运工的工作，截图形式也没有涉及抄袭，何况还带了名字。现在其他网站做新闻不都是从微博上截图嘛。"蒋哲挥了挥手，然后一脸看穿你了的表情说道："你小子就是想用我们的名字吸引眼球吧？"

林列不好意思地挠了挠头，说道："还是老师睿智，一眼就看穿我了。"

"没问题，我发的微博你随便截。萨拓 5 这个如果没有的话，我现在可以告诉你，你记下来。我对萨拓 5 上市后的市场表现非常看好。"蒋哲豪迈地说道。

"我也没问题，截图记得把名字带上就行。"毛峰说道。

"谢谢蒋老师，谢谢毛老师。截图肯定会带上名字的，请两位老师放心。"林列连忙道谢，然后转头看向马庆，问道："马老师呢？"

马庆毫不在意地摆了摆手，淡淡地说了声："随意。"

"谢谢马老师。那我就不打扰三位老师了，非常感谢。"林列又鞠了一躬，离开了。

林列非常激动。刚才他听蒋哲他们三人分别发表对萨拓 5 的看法时，突然冒出了个想法——如果把所有著名车评人对一款车的看法汇总到一块儿，会不会很有搞头？

如果还是走之前借车评车的路线，肯定是拼不过这些老人的，毕竟连车都借不到还怎么拼？不如另辟蹊径，把这些大咖的观点汇总到一起，有多少位看好的，有多少位看衰的，用户一目了然。

林列把自己代入用户的角度仔细想了想，觉得可行。现在已经不是只凭一个车评人口头说两句就能忽悠用户买车的时代了，每个用户买车前都会大量对比，查找翻看不同车评人对这款车的看法，才会最终下决心。如果有这样一档栏目，把所有车评人的观点罗列在内，省去他们查找的时间，相信会吸引不少用户来看的。这档栏目的名字就叫《大神说》。

林列下定了决心，也没来得及和团队沟通，就自行其是了。毕竟能和这些汽车大咖见面也就是这么几个小时的时间，林列要在这次发布会上把所有的大咖都拜访一遍。虽然林列也不知道这种汇总方式算不算侵权，但是如果不打招呼拿来即用，引来整个汽车圈的敌意就得不偿失了。

在蒋哲他们三人面前成功之后，林列信心大增，如法炮制，一刻不停地拜访能叫上名字的车评人。直到发布会正式开始，林列才停了下来。他几乎得到了现场 80% 的车评人的首肯。足够了，林列心情激荡。

漫长的领导讲话、歌舞表演、代言人发言之后，终于到了万众瞩目的新车售价公布时间。每家媒体都举起了相机或者手机，准备第一时间拍下照片，发给后方等待发稿的编辑。

24.98 万元～32.28 万元。

除了“咔咔”的相机拍照声，现场也响起了一阵惊讶声。不是因为萨拓 5 的价格在预料之外，而是因为这个价格区间和马庆的预测太接近了。马庆预测的新车售价是 25 万元～32 万元。

因为马庆拿到了唯一的一台试驾车，现场几乎所有的车评人都看了他的评测视频，自然也知道马庆的预测。价格一出，满场皆惊，纷纷向马庆投以钦佩的目光。少数不明真相的车评人向旁人打听之后，也满脸惊愕地望向马庆。

预测不是没有准的时候，但是精准到这个地步，已经不能用运气来说明了。要做出这样的预测，不光要对车有深入的了解，更要能准确地把握车企的战略意图。在场的车评人恐怕没有人敢说自己能做到这个地步。

而马庆此时淡然地坐在座位上，一脸的理应如此。

随着萨拓 5 上市新闻的发布，网上的讨论声也渐渐汹涌澎湃起来。萨拓 5 价格的公布让大部分原本还在观望的潜在买车用户都起了买一辆的心思。相对于如此高的配置而言，这简直是良心价。同样的配置在其他品牌那儿，至少要高上几万元。

这和马庆的预测一致，虽然萨拓汽车决心走高端路线，但是也不会突然拔高到让用户仰望的地步。赚钱固然重要，打出影响力更是当前的重点。所以萨拓 5 本质上还是采用了性价比的策略，靠物美价廉打动用户。

高颜值、高配置、低价格，三板斧结结实实砸中了用户的心，发布会上刚刚宣布上市，不少订单已经纷至沓来。

这时最激动的莫过于马庆的粉丝，他们开始为马庆呐喊发声，自发地转发马庆之前的价格预测微博，吹捧马庆的同时也在踩其他的车评人，不少车评人受到了无妄之灾。尤其是陈卢阳。

作为微博上人气最高的两大车评人，由于陈卢阳和马庆的评测风格不同，两家粉丝的重叠度很小，基本上完全处于对立面，经常互相对骂。陈卢阳的粉丝跑到马庆微博下边冷嘲热讽，马庆的粉丝又跑到陈卢阳的微博下大放厥词。

虽然马庆和陈卢阳几乎没有进行过正面交锋，但是评车总有观点不一致的时候，一旦出现这种情况，两人还没说什么，他们的粉丝就开始互怼。隔三岔五就会来这么一场，成了微博上一道常见的风景。

眼下，陈卢阳的微博几乎沦陷了，最新的微博下的评论区已经不堪入目，冷嘲热讽最多，中间也夹杂着诅咒谩骂。

“你这次怎么没发声了？是不是知道猜不准所以自暴自弃了？”

“你这种垃圾跟马庆根本不是一个级别！”

“就会哗众取宠，一点儿真本事都没有。”

“滚出车评圈！”

其实这次真是无理取闹了，整个评测圈只有马庆一人拿到了试驾车，陈卢阳连车都没有摸到，再加上他由于不跟车企打交道，一般买到车都会晚一些时间，很少在上市当天就发声的，关注陈卢阳的用户都会知道这一点。但马庆的粉丝才不管这些呢，你拿不到车就是没本事，没有观点就是㞞了，总之你比马庆差太多。

陈卢阳的粉丝也试图反击和解释，但都直接被淹没了。寥寥几句好不容易冒出头的话，也被无视了。马庆预测对了，你却不敢说话，马庆的粉丝就抓住这一点疯狂地攻击。

有的粉丝留言，希望陈卢阳能出来说几句话，哪怕解释一下也好，但是陈卢阳一直没有发声。粉丝空等一晚上，不少人心灰意冷。而马庆的粉丝见此情形，更为兴奋。

“你看吧，果然是㞞了，连话都不敢说。”

“平常不是很牛吗，这会儿怎么装孙子了呢？”

马庆注意到了网上的情况，但没有说话。胜利者自然不用先开口，如果开口，也是说一些大度的话。马庆觉得没必要大度，两家的粉丝打了这么多年，谁也奈何不了谁。这次，机会终于显现了。车评圈只要有一个至高者就够了，马庆心想。

陈卢阳也看到了。

那天中午和柳静芸在咖啡厅吃完饭，他就回了公司。萨拓汽车也给陈卢阳发了邀请，但是陈卢阳没有理会。虽然不理会，但是做车评的，新车消息还是必须要关注的，回到公司后，他就一边研究萨拓5的相关资料，一边等待价格的公布。

价格公布后，陈卢阳盘算了一下，和他之前的预期也差不太多。只不过，达不到马庆这样精准的地步。不管是不是运气，马庆确实有两下子，陈卢阳虽然为人傲气，但此时也感叹了一番。

微博上的风波他也看到了，不过根本没有在意。两家粉丝常年吵架，不是东风压倒西风，就是西风压倒东风。这次也一样，虽然网上好像呈现出了一副他被马庆吊打的场面，但陈卢阳知道，还没完呢，等他拿到车之后，拭目以待。

常丰和柳静芸当晚也在微信上交流着。

“马庆这次给我们网站带来了一波流量高峰，不过恐怕他离开的日子更近了。”常丰说道。

马庆毕竟是明日汽车网的员工，这次出色的表现不仅提升了他自身的人气，也使明日汽车网受了益。从价格公布那一刻起，明日汽车网的用户访问量不断攀升，达到了新的高峰。整个编辑部都很振奋，常丰也不例外。但常丰想得更多，马庆这次的人气暴涨，恐怕会加快他离开明日汽车网的步伐。虽然知道他早晚要离开去创业，但作为业内最优秀的车评人，马庆的离开对明日汽车网会是个不小的损失。

“可能这么说不太好，但是我觉得是时候培养新人了。马庆的离开已成定局，总不能被动地一直等待，既然不能避免，不如早做准备。”柳静芸建议道。

“嗯，已经有两个好苗子在培养了，就看能不能成材了。”

“那就好，希望他们能赶在马庆离职之前做到独当一面。”

“这个强求不得，车评这一块儿不是光靠努力就可以脱颖而出的。尽人事，听天命吧。”

“这个确实是。”柳静芸想到了陈卢阳。陈卢阳努力和实力都有，但还是靠着另类的评测风格才成就今日的地位。努力的车评人比比皆是，成名的只有那么几个。

“对了，卢阳现在没事吧？”常丰忽然问道。

“放心吧，网络暴力不会对他有任何影响的。”柳静芸自信地说道，对陈卢阳毫不担心。他和马庆有一点倒是极为相似，那就是自信和自傲。想让他们沮丧，只有先打破他们的自信。但同时他们又都很有实力，想打破他们的自信，何其困难。

“我想也是。而且我猜，卢阳拿到车后还会大展拳脚的吧？”

“嗯，他在等车呢。”柳静芸想到了陈卢阳对萨拓 5 的不看好，说道：“他跟我聊过，他不看好萨拓 5，但是以目前的情况来看，萨拓 5 的热销应该无可阻挡了吧？”

“从目前拿到的资料来看，萨拓 5 热销的条件基本上都具备了。除非……它被爆出什么重大缺陷。”

“应该不可能了吧？如果真有缺陷，马庆试驾的时候不至于看不出来吧？”柳静芸问道。马庆虽然自傲，但实力也是过硬的。柳静芸还是很相信这个业界顶尖车评人的实力的。

“嗯。不过我们还是拭目以待吧。”

周末大部分人的生活节奏都慢了下来，就像奔驰的火车在进站前的减速。但绝大部分车评人还在忙碌着。萨拓 5 上市了，除了意味着用户可以下单买车了，也意味着车评人可以通过借车或者买车来做节目了。虽然马庆的评测视频珠玉在前，很难超越，但是其他的车评人也不能不做。做了不一定能成，但只要不做就会损失一部分用户，这是所有车评人心中所想。于是车评人周末都没有休息，都在抓紧时间借车、买车做节目，争取在周一的流量高峰上线。

陈卢阳的粉丝被打得节节败退，昨天见陈卢阳没有说话，一部分心灰意冷，另一部分还抱着希望，认为陈卢阳在准备节目，好绝地翻盘。然而周末苦等两天，依然没有等到陈卢阳发声。

周一很快来了，不论哪个城市的上空，仿佛都回旋着上班族的哀号。

这天，各大车评人的评测节目都陆续上线了，发表了对萨拓 5 这款车的看法。他们的观点基本都和马庆的类似，认为萨拓 5 是萨拓汽车工艺的巅峰，再加上这么有竞争力的价格，无疑会热销。有的车评人甚至断言这会是新一代的神车。

网友此时意兴阑珊，本来评测节目就严重同质化，现在连观点都一致，实在让网友提不起兴趣。此时大部分网友都在观望着陈卢阳。

周末两天没有发声，兴许是在准备节目，今天应该有所行动了吧？被人堵在家门口指着鼻子骂而不还击，可不是陈卢阳的风格。但是令网友失望、令粉丝伤心的是，一直到下午，陈卢阳还是没有露面。

没有等来陈卢阳，但是一档名为《大神说》的节目吸引了网友的注意。这档节目应该是花钱买了微博头条，出现在了所有汽车用户的微博首页。

《大神说》这期节目说的也是萨拓 5。与其他评测节目不同的是，《大神说》没有独立观点，而是汇总了几乎所有著名车评人的观点，罗列出来，并进行正负向观点的计数，以供用户参考。

这期节目第一个展示的观点是马庆的："这款车一定会大卖。"第二个是蒋哲的，观点是："我非常看好萨拓 5。"洋洋洒洒，几十位车评人的观点被一一道出。节目的最后还进行了统计，除了目前没有发声及没有明确观点的车评人之外，看好萨拓 5 的车评人占比是 100%。

节目形式很新颖，也有话题性，不但囊括了所有受关注的车评人的观点，省去查找的时间，最后那看好、看衰这款车占比的统计，更是体现出整个汽车评测圈对这款车的态度，给意向购车用户提供了一个很权威的参考。

一时间，网友纷纷转发评论，《大神说》这档节目火了。

一间出租屋内此时充满欢声笑语，兴奋的呼喊声不时传出来。这里就是林列团队的办公场地，小团队租不起写字楼，只能在出租屋里办公。不光林列这样的小团队，大部分自媒体都是这样，毕竟成本比较小。

林列的团队此时异常兴奋，苦等半年，终于打出名声了，几个人围在一起感叹着林列这个点子的厉害。林列也非常高兴，但要比其他人平静许多。

想到这个点子的时候，林列就判断能行。回来跟团队商量之后，立刻开始实施，加班加点直到周一下午才完成。随后整个团队都发了狠劲儿，拿出仅剩的资金，为这期节目买了微博头条，打算毕其功于一役。

好在，总算成功了。

虽然只是一期节目，但林列知道这是一个很重要的开始。汽车圈是个很排外的圈子，他们的团队已经在圈子外徘徊了半年，始终没能叩开大门。从这期节目开始，林列他们算是正式踏入圈子了。

这不，才火了没一会儿，已经有人询问广告报价了。林列团队的想法很清晰——不能因小失大，如果刚刚打出名气就饥不择食地上广告，用户会非常反感。于是几人委婉地回绝了，表示要保持联系，有意向之后会优先联系他们。

林列心中有些感慨，觉得自己非常幸运。几乎所有的车评人都是努力、实力和运气并佳，才得以走进这个圈子，他只是幸运地受到了萨拓汽车的邀请参加发布会，又幸运地接触了许多汽车大咖，并幸运地想到了这个点子，就这么一路幸运地走进了汽车圈。

幸运不可能一直都有，关键还要靠实力。林列和他的团队很清醒，除了《大神说》，他们之前也在准备自己的评测节目。可惜，没能借到车。不过，他们现在不担心了，凭借《大神说》这期节目的火爆，相信车企也会注意到他们的，拿到车是迟早的事。

《大神说》虽然火了，但林列有一个小遗憾，因为和马庆并列的人气王陈卢阳截至目前没有对萨拓5发表过任何观点。陈卢阳评车一向犀利，如果把他的观点和其他车评人的观点放在一起对比，肯定有更强的话题性。

没有完美的事，林列安慰自己，随后投入更加忙碌的工作中去了。往后的路会更加难走呢。

陈卢阳在干什么呢？不光网友在问，连柳静芸都有些纳闷儿了。如果真拿到了车，这个时间点陈卢阳早该推出节目了，毕竟其他车评人的节目都已经出来了，陈卢阳他们团队的效率不可能低到这个地步。最后她按捺不住，给陈卢阳打了个电话。

“你这是在哪儿呢？”电话一接通，柳静芸耳边就响起了发动机呼啸的声音，随后刺耳的刹车声也传来。

“姐，我在野外测车呢。”陈卢阳的语气非常兴奋，怕柳静芸听不到，他扯着嗓子喊道。

“听你的语气，好像有所发现啊？”

“哈哈哈……”陈卢阳大笑起来，“先不告诉姐，你就等着瞧吧。我如果打了你们公司的脸，你可别怪我啊。哈哈哈！”

柳静芸很少见陈卢阳如此亢奋，非常好奇他到底有什么发现，但听陈卢阳这般说了，柳静芸也就没有再问，说道：“我就等着看你能整出什么幺蛾子。不过我提醒你，抓紧时间啊。不然太晚了，热度就没了。”

“你就放心吧，最晚明天。而且好饭不怕晚，网友就等着吃一顿大餐吧。”陈卢阳自信地说道。

挂断电话，柳静芸想了一会儿，但是没想出所以然，干脆不再考虑，直接等着就是了。

下午五点钟，陈卢阳的微博更新了。这是萨拓 5 上市后陈卢阳的首次发声，只有短短两句话，却立刻让平静的汽车圈为之一振。

“这几天好像很热闹。萨拓 5 我已经买回来了，各位等着瞧。”句尾还加了一个冷笑的表情。

一石激起千层浪，本来已经有些冷却的汽车圈再次沸腾了。

“看到没？卢阳哥是去买车了，着什么急？各位等着瞧。”

“等着被打脸吧。各位等着瞧。”

陈卢阳的粉丝们久旱逢甘露，看到他发声，都精神振奋，开始对马庆的粉丝发起反击，而且不约而同地引用了“各位等着瞧”这句话，还同样在句尾加上冷笑的表情。

马庆的粉丝不甘心好不容易占领的高地就这么失守，更何况陈卢阳只是发了一句话，并没有什么干货，他们认为他的粉丝们只是暂时被鼓起了情绪，只要顶住这一波攻势即可。“一鼓作气，再而衰，三而竭”的道理，大家都明白。

于是，两家粉丝又缠斗在了一起。马庆和陈卢阳的微博评论都已经过万了。

此时明日汽车网的办公区也有三三两两的同事在聊着陈卢阳新发的微博。

“陈卢阳这是在虚张声势吧？”

“肯定是了。这几天被围攻得这么惨，如果有干货，早就按捺不住爆出来了。还说什么各位等着瞧，真是死鸭子嘴硬。”

“不过，陈卢阳是有战绩的，当年也这样打过人的脸。”

“那都是什么时候的事了，而且他当时打的只是一个不起眼的小角色的脸。这次一样吗？他如果想翻盘就要打整个汽车评测圈的脸。《大神说》你也看了，100% 的车评人都看好萨拓 5 呢。”

“说得也是，就算有什么问题，一个人没有测出来，也不可能整个评测圈都看不出来吧。”

“不过如果真能打整个汽车评测圈的脸，那可太壮观了。陈卢阳直接封神。”

“恐怕他只有做梦才能实现了。”

这不是不能聊的事，所以他们并没有压低声音，柳静芸听到了他们的谈话，摇了摇头。他们还是不了解陈卢阳啊，陈卢阳这么发，肯定是有能翻盘的东西了。陈卢阳狂妄不假，但是从来不会把六十分的事吹嘘成一百分，他如果说这件事一百分，是因为他确实看到了一百分。陈卢阳弄不好真要翻盘了。

这条微博有浓浓的宣战意味，柳静芸甚至想象到了陈卢阳发微博时那胜券在握的冷笑表情。

柳静芸有心找常丰说说自己的看法，让他早做准备，但仔细一想，陈卢阳只是发了一句“各位等着瞧”就让他们如临大敌，显得太过小题大做了。即使她了解陈卢阳，其他人恐怕也不会相信的。柳静芸打消了念头，还是看事情的发展吧。

除了陈卢阳和马庆的粉丝互相之间吵得热闹之外，车评人的反应倒是很冷淡，或者说就是没反应，好像没有看到这条微博一样，都在各忙各的，没有人发表看法。

柳静芸知道这些车评人都觉得陈卢阳纯属嘴硬，都没有把他的话放在心上。

林列却留意了。

这期《大神说》虽然火了，但没有陈卢阳的观点，一直令林列有几分遗憾。他之前也一直认为陈卢阳不会发声了，没想到他站出来了，还发了这么一条带有挑衅、宣战意味的微博。

看来有料啊。林列和团队决定盯着陈卢阳，如果捕捉到陈卢阳的观点，就重新剪辑《大神说》，把他的观点添加进去，这样一来，第一期

《大神说》就完美了。

除了林列，也只有陈卢阳的粉丝们一直相信并等待着陈卢阳的反击。

没有令粉丝失望，第二天一早，新的微博来了。但这条微博的内容却令粉丝们失望了。

“萨拓 5 百公里刹车测试，平均成绩为 36.5 米，同级别、同价位的进口品牌车平均刹车成绩为 35.9 米。”

粉丝们再次沸腾了，不过是马庆的粉丝们沸腾了。陈卢阳的粉丝们则像被冷水淋头，猛地全部沉默了下来。满心期待地等了这么久，就等来一个这样不痛不痒的反击吗?

百公里刹车测试是一个比较鸡肋的测试。重要吗?当然很重要。因为制动好，在关键时刻能救命。但是，普通用户却并不太关心，大部分人恐怕都觉得，刹车成绩短一米长一米根本没多大区别。真要有紧急状况，再好的刹车成绩也不顶用。而且，哪个开车的人认为自己会经常遇到需要紧急制动的情况呢?所以，刹车成绩并不会列入大部分买车用户的选择条件。更何况，萨拓 5 刹车成绩没有达到最好这一点，马庆在他的评测节目里也提到了。陈卢阳想拿这一点来反击，简直是被冲昏了头脑。

马庆的粉丝们蜂拥在这条微博下留言。

“我等了半天，你就让我瞧这个?”

“憋了一天，就憋出一个刹车成绩不好?这一点马庆老师早就说过了，你丫认了赶紧认吧。”

这一次的言论比之前的还要汹涌，更加不堪入目。更尴尬的是，不少陈卢阳的粉丝已经粉转路，甚至转黑。这条微博发出之后，陈卢阳的微博粉丝量以肉眼可见的速度迅速减少，短短几个小时内，已经减少了八万粉丝。与之相反，马庆的微博粉丝量已经超过了陈卢阳，彻底成为微博汽车分类里粉丝数第一的博主，毫无疑问的汽车圈第一大V！

此消彼长，从这一刻起，马庆和陈卢阳这两个曾经并列的车评界人气王，不在一个层面上了。马庆登上了顶点，陈卢阳滑落神坛。虽然并不是所有人都这么认为，但马庆的粉丝们都坚信不疑。

此时，其他车评人也纷纷站了出来，虽然没有明面上恭喜马庆，但都点评了陈卢阳发的微博，当然，都是负面点评。

蒋哲发微博说道："萨拓5的刹车成绩不是顶尖的，这个业界都知道，但不是顶尖并不意味着很差，萨拓5这款车的刹车表现在国内市场同级别里仍是优秀的。"

针对陈卢阳的微博发出了自己关于刹车成绩的看法之后，蒋哲又发了一条："每一个车评人都是为用户服务的，给用户带来帮助才是车评人的价值所在，而不是为了脸面，为了输赢，失去最根本的价值观。"

这是在批评陈卢阳了。作为业界的老大哥，虽然蒋哲目前没有马庆的如日中天，但是影响力还是有的，每个车评人都会给他几分薄面。他的微博一发出，不少车评人纷纷转发点赞，表明自己同样的立场和观点。

结束了，陈卢阳一败涂地。所有车评人都这样想着。

这天中午，文化频道的主管郭跃招呼编辑部的主管们一块儿吃饭，说是庆祝一下。萨拓5这件事给明日汽车网带来了不少流量，创造了流量新高，同时马庆也把陈卢阳踩在了脚下，确实是值得好好庆祝一下。

常丰因为有事，没跟大家一块儿去，编辑部的几个主管都没有缺席，一起坐在了公司旁边的小饭馆。毕竟是中午，下午还要上班，也就没有大张旗鼓，只是简单随意地吃一些。

“这个陈卢阳真是搞笑，没见过这样的，明明已经输了，还在那里死撑，他大概根本不知道风度二字怎么写。”郭跃开口道。

郭跃是文化频道的主管。文化频道在编辑部一直属于比较边缘的业务线，主要是产出游记、汽车的历史文化及其他汽车周边的相关内容，这类内容受众比较窄，平常也争取不到好的推荐位，和评测内容完全没有可比性。

虽然业务不受重视，但是郭跃倒是看得开，没有自怨自艾，也没有自暴自弃，把自己负责的工作做到位，和每个同事都维持着很好的关系。其他的业务线也经常会给郭跃他们组行一些方便，尤其是评测组，常常会给他们一些好的推荐位，马庆也经常会写一些游记，给文化频道带一些流量。

郭跃对于马庆很感激，也非常佩服，经常有事没事拉着马庆吃饭，鞍前马后地围着马庆转。

“他这样没有任何意义，整个汽车圈都看在眼里呢。你没看蒋哲发的微博吗？他已经代表汽车评测圈表明态度了，估计以后陈卢阳在这个圈子不好混了。”导购组的主管接道。

“不过，他好像一直独立于汽车圈之外，车也是自己买来测的，汽车圈的人的看法对他根本没有影响吧？”技术组主管杨帅拨了拨头发说道。

其他的主管一想，还真是。陈卢阳和大部分车评人不同，他没有拉帮结派，也没有靠过汽车圈所谓的人脉，就是一个人赤手空拳毫不客气地闯了进来。从开始到现在都是单打独斗，他不担心没有车企借给他车，也不顾忌其他车评人的敌意。即便整个车评圈都看他不爽，又能拿他怎么样呢？

“确实影响不到他，可能就是因为这样，他才肆无忌惮吧。”郭跃叹了一口气，深深地感叹道：“有钱真好。”

“有钱就能为所欲为吗？”导购组的主管问道。

“是的，有钱就能为所欲为。”郭跃用网络上的流行语一本正经地回道，引得众人一阵大笑。

“不过这次和之前不太一样。虽然之前他也与车评圈格格不入，但是至少他的粉丝是站在他那边的。这次你看微博上他的粉丝的评论，都对他的表现很失望。我想这一点比较致命，再有钱，如果没有用户看他的节目，就没办法继续混下去了吧？”杨帅又说道。

众人纷纷点头。

“其实这件事本来也不大，他只要认个屄就没多大事了，大家也都不会计较。毕竟整个汽车圈的其他车评人全部被咱们的庆哥给压下去了，他陈卢阳认个屄，最多和大家一样，不至于像现在这样，被人人喊打。”郭跃说道，看向马庆，显然在讨好他。郭跃比马庆还大一岁，却总是“庆哥、庆哥”地叫着。

“他不会认屄的，他和我是一类人。”马庆缓缓地摇了摇头，脸上挂着淡淡的微笑，说道，“我们都比较自负。”

“你这是自信，他那才是自负。”郭跃又捧了马庆一句，引得马庆也哈哈大笑起来。

“其实他的能力没得说，这次也是我拿车在先，如果他也同时拿到了车，不见得做不到我这种地步。”马庆故作谦虚地说道，看着是称赞陈卢阳，其实更是在拔高他自己。胜利者嘛，对失败者的褒奖不但显得自己大度，更能说明自己技高一筹。更何况，接下来还会有人捧场呢。

“他就算拿到车，也没戏。我敢说所有的车评人也就你能做到这个地步。你预测的价格和售价仅差千元，这是什么概念？要知道，其他车评人要是能精准到万元，早就把自己吹上天了。”郭跃立刻跳了出来，好像是等这个捧场的机会很久了。

马庆笑了笑，没有说话，从眼神中看得出对郭跃这次捧场非常满意。

郭跃得到了肯定，更加来劲了，趁热打铁道："陈卢阳以前还总是说，庆哥就是靠我们网站的资源才起来的。照现在看来，反而是我们公司离不了庆哥了。庆哥一走，估计我们网站的流量要掉一大半。"

听完这番话，马庆虽然还在笑着，但神色有些不自然了。他离开明日汽车网的想法没有明说过，虽然大家都心知肚明，但是知道是知道，说出来就是另一回事了。尤其是在这种刚爬到职业生涯顶峰的节骨眼上，如果被爆出要离开明日汽车网的消息，恐怕网友会指责他忘恩负义、不念旧情了。网站辛辛苦苦把你培养起来，成名了，到了要你回报网站的时候了，你却毫不留情地挥手走人了？

看到马庆的神色，郭跃也意识到自己这次马屁拍到马蹄上了，赶紧补救道："庆哥这次这么出色，相信我们公司也不会亏待庆哥，升职加薪肯定是没跑了。我们提前以水代酒，敬庆哥一杯。"

马庆脸色稍微缓和，举起杯和大家碰了一下。

碰完之后，郭跃松了一口气，打算找其他话题进一步消散刚才的失误。看到柳静芸端起杯子，郭跃突然意识到，今天柳静芸从头到尾就没说过话，于是问道："静芸，你怎么不说话？没啥事吧？"

"我没事，刚才在想事情。"柳静芸放下杯子淡淡地说道。

"什么事情啊？说出来大家帮你一块儿想。"

"我在想，陈卢阳有没有可能真有什么干货？他目前就是一步步在吊别人胃口，等大家情绪达到最高的时候直接亮出底牌，上演一个华丽的翻盘？"柳静芸沉思了一下，说道。

"这怎么可能呢？"郭跃第一时间嗤笑道。其他主管也向柳静芸投来诧异的眼光，奇怪她怎么会冒出这样无稽的想法。

"萨拓 5 你试驾的时候真没有其他问题吗？"柳静芸转头看向马庆，认真地问道。

马庆愣了一下，说道："不可能有问题，都是按标准流程走的。"见柳静芸如此认真，他脸色凝重起来，问道："你觉得陈卢阳有所发现？"

"嗯，我认为是。不然没办法解释他目前在微博上的动作。"

"很明显嘛，没什么不好解释的，大家都看得出来，他就是嘴硬。"郭跃迅速插嘴，对柳静芸的郑重其事不以为然，反问道："静芸，你很了解陈卢阳吗？"

"是的，我很了解他。"

"为啥？"

"因为，他是我弟弟。"

与陈卢阳的关系，柳静芸并没有跟明日汽车网的同事提及过，只有常丰知道。如今柳静芸的一句"他是我弟弟"让桌上的人都惊呆了。

郭跃猛地换了个姿势，想要开口，结果手碰到了筷子，筷子从桌上滑落，先落到他腿上，郭跃伸手去抓，一把没抓住，筷子落到地上，发出几声脆响。郭跃手忙脚乱地蹲下去捡了起来，然后又叫服务员重新上一双筷子。

马庆首先缓了过来，谨慎地问道："他是你亲弟弟？"话一出口，他知道这倒是一句废话了，亲姐弟哪有不同姓的。

"亲表弟。"

听到柳静芸的确认，在座的人除了惊讶之外，又多出了几分尴尬。谁也不知道陈卢阳和柳静芸竟然有亲戚关系，刚才大家都毫不客气地攻击陈卢阳，结果被人家姐姐全部听到了耳朵里。背后说人虽然也不太道德，但当着人亲戚说那么重的话就很难堪了，两方都很难堪。

郭跃偷偷观察了一下柳静芸的表情，发现她神色如常，好像并没有很难堪。他小心翼翼地问道："静芸，你看，你怎么不提前告诉我们呢？刚才大家都不知道，只是针对事儿来说的，你别放在心上。"

柳静芸其实真的无所谓，因为她知道陈卢阳也不会在乎别人的看法。如果在乎别人的看法，天天为此着急上火，那估计没多久就要吐血早亡。柳静芸说道："他有他的工作，我有我的工作，平常也不会有交集，所以也没必要跟大家说。至于刚才大家说他的话，没有过分，我觉得很合理啊，大家不用多想。而且，就算他本人在，这么说也没事的。”

郭跃看柳静芸不像在说谎，但还是不确定地问道：“你是说，他根本不在乎我们对他的看法？”

“对。网上天天有骂他、诅咒他的，他早就免疫了。”

“那就好，那就好。”郭跃一阵汗颜，看看人家的境界，活得多么潇洒，刚才的话要是搁到别人身上，估计早就翻脸了吧。看来人家除了有钱也并不是一无是处。

“静芸，其实你不说和陈卢阳的关系是对的，不然如果被车企知道，可能会对你有些看法。”导购组主管说道。

柳静芸略一思索就明白了这话的意思。陈卢阳从来不借车企的车，对车企也一直不客气，被陈卢阳喷过的车企数不胜数，如果车企知道柳静芸和陈卢阳的关系，想必对柳静芸也会有看法，进而影响到工作的开展。

“是啊，静芸，你以后别跟其他人说了，防止传到车企耳朵里。我们大家也会给你保密的。”郭跃顺水推舟，摆出一副为她着想的姿态。

“知道大家的好意。我和卢阳是姐弟，这是既定事实，没必要忌讳任何事。”柳静芸语气中带着坚定。

郭跃讪讪地说不出话来。人家本来光明正大的姐弟关系，被他们这么一劝，反而显得见不得人一样。

“静芸，你是听到你弟弟说他发现萨拓5有什么问题了吗？”马庆的注意力还在刚才柳静芸说陈卢阳可能反击的事情上，等了一会儿见话题没有转回来，按捺不住主动问道。

柳静芸和陈卢阳虽然是姐弟关系，但是公私分明，她也希望明日汽车网能更好，所以对马庆没有隐瞒，说道：“他没和我说过发现什么问题，但是我听他的语气应该是有所发现。而且根据我对他的了解，他这个人不会虚张声势的。”

马庆闻言，面色略显阴沉，眼睛直直地盯着桌面，不知道在思索着什么。其他主管的神色也凝重起来。

“不用这么紧张吧？庆哥都已经试驾过了，不可能会有什么问题发现不了吧？”郭跃见气氛有些凝重，试图打破。

谁知，这句话刚说完，马庆站了起来，说道：“你们先吃，我先回去了。”说罢不待众人应声，就急匆匆地冲出了饭馆。

“他这是？”郭跃有些摸不到头脑，不知道自己是不是哪句话又说错了。

“没事，他估计是去看车了。”杨帅慢条斯理地说道。

“嗯。”柳静芸点了点头。

郭跃拍了拍了脑门儿，对自己的脑子有些失望。别人一眼就看出来了，自己完全反应不过来。太蠢了，还得继续锻炼啊。

马庆走了之后，饭桌上的人也没有了谈兴，默不作声地把饭吃完，就回公司了。

到了公司，马庆果然不在，其他同事说马庆回来打了两个电话就出去了。一般从车企借车都是一周的时间，刚好能满足做一期节目的要求。之前柳静芸跟萨拓汽车借的车已经还回去了，马庆估计是找手里有车的其他车评人去了。

下午陈卢阳没有什么动静，在大部分人眼里，陈卢阳已经放弃挣扎了。陈卢阳的粉丝们也都销声匿迹，任凭马庆的粉丝在评论区沸反盈天。

常丰给柳静芸发来一条消息：“你和卢阳的关系，你告诉他们了？”

常丰的消息很灵通，中午她才跟主管们聊过，下午常丰就收到消息了。果然在公司，消息的传播速度堪比网络。

“嗯，我主要还是想提醒一下马庆，卢阳应该在憋大招呢。”

“也好，让马庆自己去摸摸情况，心里有底，以免真发生了什么措手不及。”常丰倒是没有像其他人一样觉得陈卢阳的反击是不可能的事。遇事先做最坏的打算，这是常丰经常说的。不过也正是经常抱着这种想法，才会累吧。

“我和卢阳的关系，有可能会影响到与车企的合作吧？”柳静芸中午在饭桌上和其他人说起时，一副无所谓的样子，但还是跟常丰说出了自己的担心。

“我自己无所谓，但是我不想影响到你。”她心想。

“放心，你代表的是我们明日汽车网。”常丰安抚道。和以往一样，一句话就令柳静芸的担心烟消云散。

你对外就是代表着明日汽车网，车企不和你合作，就代表着不和明日汽车网合作。这是常丰话里的意思。

“我知道了。”柳静芸回道。心里默默地说了一声谢谢。

快到下班点时，马庆给柳静芸发来消息：“静芸，我已经把车从头到尾又重新试驾了一遍，没有发现任何问题。我觉得你多虑了。”

马庆重新试驾完之后，从中午的慌乱中恢复过来，以往的自傲又回来了。

“那就是我想多了。你确定没问题，那就应该没有问题了。”

“相信我。”相信我马庆而不是陈卢阳，这是马庆话外之意。

“好的。”柳静芸没有过多纠缠，快速回道。

我相信你的实力，但我也相信卢阳不会对我说谎。他跟我说过等着瞧呢。

第五章　陈卢阳的反击

韩梦岚有些无聊了。

上班时间咖啡店的生意没那么忙，韩梦岚往常都是坐在吧台拿着手机看动画片。不过昨天把《黑子的篮球》看完了，追得有点儿累，暂时没有开新番的打算。

“黑子应该和小黄在一起啊，真令人家失望。”韩梦岚趴在吧台上喃喃自语。

每当这么无聊的时候，韩梦岚就有些羡慕柳静芸他们。他们似乎过得非常充实，每天有忙不完的事情，好像从来没有过无聊这种奢侈的情绪。但他们好像也不怎么开心，静芸姐这么一个大美女，天天板着脸，感觉这么下去她都会忘了怎么笑。也不知道静芸姐喜不喜欢她的工作。

羡慕的情绪，来得快去得也快，韩梦岚又觉得自己这样挺好的。做自己喜欢的事又能养活自己，这是多少人可望而不可即的了。她开咖啡店的初衷就是因为喜欢喝咖啡，由单纯的喜欢一路发展到开这么大一家店，韩梦岚挺知足的。

“我这不是犯贱吗？当老板多舒服啊，还羡慕别人。”韩梦岚在心里狠狠鄙视自己。无聊就无聊吧，网上不是说，青春就是和喜欢的人一起做无聊的事情嘛。没有喜欢的人？那一个人做无聊的事情也是青春。

“我喜欢的人也不知道在哪里堵车了。”韩梦岚突然冒出了这个念头，随之感叹道：“我大概太无聊了，竟然想男人了。”

真好笑，韩梦岚甩甩头试图把这种莫名其妙的情绪甩走，但好像失败了，情绪依然在酝酿，总觉得下一刻这家咖啡店就会走进来一个像二次元人物一样美好的男子，微笑着看着她，一直看着。

“该死的，我这是在发春吗？”韩梦岚坐直身子，扶着额头暗骂道。还是去干会儿活吧，她从凳子上跳了下来，打算给自己来一杯咖啡提提神。

“您好，给我来一杯美式，冰的。”一个沉稳又温和的男性声音传来。

吧台就韩梦岚一个人，服务员不知道去哪里偷懒了，韩梦岚连忙应了一声，转过身来望向来人。

看清来人模样，韩梦岚惊讶地叫出了声：“咦？”

来的不是别人，正是常丰。

这就是静芸姐喜欢的男人啊，上次没怎么注意，这次终于能好好打量了。一身纯色的打扮，和其他上班族没什么区别，手腕上没有饰品，也没有手表，留着一头标准的寸头，一眼看上去极为精神。但是好像并没有那么鹤立鸡群，静芸姐是喜欢他哪一方面呢？

韩梦岚悠悠地发起呆来。

“你是认识我吗？”常丰疑惑地问道，见韩梦岚还在发呆，无奈地轻轻敲了下吧台，才让韩梦岚回到现实中来。

“啊？美式加冰是吧？马上，您稍等。咦？你刚才是不是问我什么了？对不起啊，我没听见，你问啥？”韩梦岚回过神来，一阵手忙脚乱后，不好意思地问道。

常丰被这个姑娘逗笑了，接待客人居然发起呆来了，真是有意思。他突然莫名其妙地冒出了要逗逗这个姑娘的念头，开玩笑地说道：“你不听客人说话，服务不到位，我打算投诉你，把你老板叫过来吧。”

韩梦岚看出来常丰在开玩笑，双手一叉腰，昂着头说道：“哼，我就是老板。你想怎么投诉我啊？”

常丰这下有些惊讶了，没想到这个年轻的姑娘竟然是老板。常丰决定把玩笑开到底，笑道：“你是老板，难道就能不听客人说话吗？”

“那当然，老板就是这么任性。如果得罪老板，老板把你拉入黑名单，从此不再卖你咖啡。”韩梦岚霸气十足地说道，表情扬扬得意。

多久没有感受到这股青春活力了，常丰心里感叹道。不管是谁，只要入职场两年以上，基本都会变得麻木。无论是生活所迫还是为了追求梦想，都能迅速让一个人变得成熟，来适应这个社会。成熟也就意味着伪装，像这样天然无面具的脸庞真是好久不见了。

“好吧，我想喝咖啡，老板赢了。”常丰举手投降。

韩梦岚嘚瑟地哼了一声，一副你不服不行的表情。

常丰见状，笑着摇了摇头，问道：“刚才你见我时叫了一声，你是认识我吗？”

“是啊，你之前和静芸姐来过呢，你是静芸姐的领导。不过我不知道你的名字。”韩梦岚一边准备咖啡，一边回答道。

“静芸姐？你和静芸很熟吗？”常丰摸了摸下巴，疑惑地问道，然后又补了一句：“我叫常丰。”

“我叫韩梦岚。”韩梦岚说出了自己的名字，然后回道：“是啊，静芸姐经常来我的咖啡厅工作，一来二去就熟悉了。”

常丰恍然，原来是这样，还以为柳静芸又冒出一个表妹呢。以柳静芸的性格，能和这个姑娘成为好友，看来，来这家咖啡店的次数不是一般地多了。

“原来如此。不过，我就来过一次，没想到你都能把我认出来。”

“我记忆力好呀。”韩梦岚得意地说道，但撞见常丰不相信的眼神，撇了撇嘴，讪讪地说：“好吧，静芸姐经常一个人来，突然和一个男人一块儿来，我就印象深刻啦。”

“那天就是和静芸谈点儿工作上的事。”常丰说道，这个确实是事实。

但韩梦岚听常丰这么说，突然有些生气。

静芸姐那么喜欢你，你却这么迫不及待地解释，是生怕别人误会吗？我都能看出来静芸姐对你的喜欢，不相信你们共事这么多年，你还不知道。你如果对静芸姐没感情，就告诉她啊，这么装糊涂算怎么回事？一边享受着别人对你感情的付出，一边对别人解释着你们没有什么特殊关系，你是在把静芸姐当备胎吗？天呀，静芸姐这么漂亮温柔的女人居然在给人当备胎！

韩梦岚越想越生气，嘴唇越抿越薄，刚才像花朵一样的表情，这会儿又如花谢了一样，满脸的冷肃，她冷冷地问道：“今天你来这儿干什么？”

常丰哪会知道韩梦岚短短时间内脑子里竟转了这么多的念头，见她表情突然变了，不明所以，但还是面色如常地答道：“来见个合作伙伴。”

“女的吧？”韩梦岚冷笑道。

“男的。”常丰感受到了韩梦岚浓浓的敌意，但又不知这敌意从何而来。回想了刚才的对话，似乎也没什么得罪她的地方，但是为何气氛就这么莫名其妙地转变了呢？

“你自己找地方坐吧，一会儿咖啡会送过去。”韩梦岚用冷冷的语气快速说道。

常丰看得出韩梦岚已经不想再和他多说话了，想不明白也就不再纠结，客气地说了一句“辛苦了”，就朝里面走去。

太可怕了，居然这么能装。

常丰的客气反而让韩梦岚对他的印象更恶劣了几分。韩梦岚斜视着常丰离去的背影，心里暗暗地“呸”了一声，渣男！

常丰今天要见的是萨拓集团前任总裁王海松。

王海松是个业内的传奇，他刚加入萨拓时只是一个小小的销售员。当时萨拓集团的摩托车在国内市场并没有多大的优势，仅仅在东南沿海等少数几个省市有一定的市场份额。王海松刚入职，就被派往当时几乎没有任何市场缝隙的东北三省。在没任何人看好的情况下，他打下了东北市场，个人销售额占到了公司的十分之一以上。

随后他被予以重任，在全国披荆斩棘，奠定了萨拓集团在国内摩托车市场的绝对领先优势。王海松也一路高升，成为萨拓集团总裁。

更为传奇的是，萨拓 3 的诞生也是出自他手。当时摩托车市场的领先，让整个萨拓集团管理层颇为满足，都认为只要稳固好这个优势就可以坐稳江山。王海松却不这么认为，他在研究了国内出行市场近几年的发展之后，认为国内的摩托车市场已经达到饱和，只有家用汽车才是未来。在他的极力主张之下，萨拓集团转型汽车市场，逐渐扎稳脚跟。随后王海松认为智能驾驶才是现代汽车的发展趋势，于是一意孤行，投入大笔研发经费，主攻当时国内空白的驾驶辅助系统，萨拓 3 这一神车才顺利诞生，造就了萨拓汽车如今在国内市场的如日中天。

王海松在集团总裁的位置上并没有待多久，如今已经卸任了。并不是出了什么问题，这是他自己的主张。他认为企业管理层不能僵化，必须定期更新换代，而且世界终究是年轻人的，于是他提拔了不少年轻人进入了萨拓的管理层。如今的 CEO，就是他亲手提拔上来的“80 后”年轻人。

卸任总裁之后，王海松并没有就此隐退，也经常出现在媒体面前。所有人都知道，萨拓集团仍然是他说了算。

常丰和王海松之前打过交道，倒也不是很陌生。今天王海松联系常丰说他在北京，想一块儿坐坐。因为并不是工作上的事，常丰就约了他在这家咖啡厅见面。

这家咖啡厅是常丰第二次来。上次他和柳静芸一块儿来的时候，发现环境确实不错，这次和王海松见面就约在了这里。

王海松非常守时，常丰没坐一会儿他就到了。

常丰出来接到王海松，把他领到座位，然后去吧台给他点咖啡。点单时他留意了一下，韩梦岚没在吧台，只有一个女服务员在招待客人。

王海松五十岁左右，国字脸，一身黑色西装，虽然有些发福，但是没有这个年纪的人常有的啤酒肚，身材保持得还算不错。眼睛异常有神，盯着人看时，就像是能看透人心。

“今天就是来看看你。当然，也要对你们这次萨拓 5 的评测节目说声感谢。”王海松把白衬衣外边的黑色西服脱掉，慢条斯理地叠好，放在旁边的座位上。

“不用这么说，我们评测的原则就是公正客观，不管是什么车都会如实地表达观点，好的就是好，不好就是不好。关键还是你们的车确实很好。”常丰摆摆手说道。

王海松笑道：“不管你怎么说，我们这次确实沾了你们的光。你们的节目让萨拓 5 得到了前所未有的曝光，订单量也非常喜人，比当年萨拓 3 刚上市时的市场表现还要好。”

“那我先提前恭喜你们热销了啊。”常丰拱了拱手，微笑着说道。

“谢谢，谢谢。”王海松低了低头表示谢意，说道，“这次把车提前给你们真是个明智的选择。以后我们有新车，一定第一个给你们试驾。”

“那我就替我们评测组的小伙伴们先感谢你了。相信他们听到这个消息会欣喜若狂的。”

“你们评测组的员工确实不错，做节目那个主持人叫马庆吧，能看出来他汽车知识非常扎实，能有这么高的人气实至名归。其实不光是他，你们商务部的那个柳静芸，为了萨拓 5 的试驾车天天找我们的公关。我们公关跟我说，她没见过这么执着的人。”王海松深深感叹道：“有这么多有实力还这么努力的员工，你们网站能做大不是没有道理的。”

“他们能入职明日汽车网，是明日汽车网的幸运，也是明日汽车网的骄傲。”常丰说道，脑子里浮现出了柳静芸躺在病床上的场景。

王海松沉默了一会儿，说道：“常丰，我不忌讳地说，我们接触的所有汽车媒体里面，只有你们网站是不收钱的。”

“其他人的生存模式与我们无关，我们网站要把消费者的利益放在第一位，这是我们成立之初定的第一条企业文化，幸运的是，我们一直贯彻到现在。”常丰回答道。不管别人怎么样，他们会一如既往，这就是常丰的想法。

“这可不是幸运，这是你们的坚持换来的。”王海松认真地说道，“每个人或者每家公司都宣称他们有不容触犯的底线，但是又有多少能坚守住呢？”

咖啡店里比较温暖，王海松解开衬衣最上方的扣子，说道：“不瞒你说，好多媒体来拿试驾车的时候，话里话外都在暗示我们塞钱，不然就会故意抹黑。我们厂子还算有些规模，不惧这些，对这些媒体一概不理，拉入黑名单，以后尽量不给他们车。但是我相信还是有一大批车企都已经沦陷了。”

“这种现象确实不少，我也有所耳闻。”常丰深有感触，对汽车圈的阴暗面深恶痛绝但又无可奈何，继续说道：“车评是一种职业，从业者想挣钱无可厚非，但是不能昧着良心来挣钱。车评人在消费者购车环节处于一个非常重要的位置，他们的观点只要稍微有所倾向就会影响到消费者。如果他们不能做到客观公正，受苦的只会是消费者。”

“我一直以来的观点是，汽车评测或者车评人的存在并不是必要的。只是目前阶段国人对汽车知识缺乏了解，需要有人来为普通大众普及汽车知识，一旦这个目的达到了，车评人就没有存在的必要了。

包括我们明日汽车网，民众对汽车的了解到达一定阶段时，我们的评测频道也会去掉。虽然目前国内汽车行业的发展不是那么健康，但是我对未来充满信心，因为，有贵公司这样有担当、有上进心的车企在。”常丰看着王海松，真心实意地说道。

王海松有些动容，没想到常丰对他们的企业有这么高的评价。“光有上进心还不够，造车工艺和技术研发方面，这几年虽然有所进步，但是实话实说，还和国外有一定的差距。萨拓5是我们向高端迈进的试水之作，这一步要是迈稳了，我相信只要给我们时间，我们一定能成为全世界的一流车企。”王海松眼睛闪闪发光，就像是看到了未来。

“如果说中国会出现一家百年车企，我相信会是你们。”

“谢谢，我也这么认为。”王海松坚定地点了点头。

大概半小时之后，常丰和王海松一块儿走出了咖啡厅，王海松打车离去。

“喂！”常丰正打算步行回公司，突然听到后面有人喊了一声。扭过头一看，韩梦岚在咖啡厅门口正望着他，怯生生的，像雨后被打湿了的花朵。

常丰转身回来，走到韩梦岚身前一步站住，笑着问道：“没什么事吧？”

之所以这么问，是因为常丰觉得之前她的态度转冷，可能是遇到什么问题了。

韩梦岚见常丰过来，低下头，神态有些扭捏，声音细弱蚊蝇地说道：“对不起啊，刚才我的态度有些不好。”

声音很小，常丰努力分辨才听清，这才知道韩梦岚把他叫住的原因。常丰本来也没觉得怎么样，笑着说道：“不用道歉的，这不是个事儿。方便说说是发生什么事了吗？我到现在都糊涂着呢。”

韩梦岚低着头把玩着一缕长发，一副不好意思说的模样。常丰也不催促，就静静地看着她。

“我请你喝杯咖啡，算是我赔礼道歉。”韩梦岚没有直接回答，突然抬起头来说道。

“咖啡就不用啦，你就告诉我怎么了就行。”常丰摇了摇头。

韩梦岚也坚定地摇头说道：“不行，请你喝一杯咖啡才能显示我道歉的诚意，必须要喝。俗话说，做错就要认，挨打要立正。”

“好吧。不过我喝了之后你必须告诉我发生了什么。”常丰见韩梦岚语气很坚定，不忍驳了她的面子，就答应了下来。

“没问题，进来吧。”韩梦岚高兴起来，为常丰拉开了咖啡店的门。

常丰见状赶紧快走两步，进了门。

韩梦岚还记得刚才常丰点的咖啡种类，不待他说，就让服务员去准备了。又让常丰先找个位置，一会儿咖啡好了她就过去。

韩梦岚把咖啡放到常丰面前，坐在了他对面，开口道：“你真会挑地方，这是静芸姐每次自己来都坐的位置呢。”

常丰诧异地低头看了看桌子和凳子，说道：“真没想到，我看这里比较安静就坐在了这里。”

“你们都喜欢安静，这一点倒是挺像。”韩梦岚笑嘻嘻地说道。

“嗯，她确实喜欢安静。”常丰想到上次吃饭的那家安静的小饭馆，微微有些出神，随后缓过神来问道：“说说吧，之前到底怎么啦？”

韩梦岚脸上又浮现出了局促的表情，脸颊微红，小声说道：“我那时，把你当成渣男了。”

常丰这下更糊涂了，疑惑地问道：“为啥把我当成渣男了？是我哪句话或者哪些举动让你误会了吗？”

“嗯……我自己想错了。”韩梦岚不想让常丰知道她了解柳静芸和他之间的关系。

“你要跟我说明白啊，总不能无缘无故你就认为我是渣男了吧？”

"就是我自己瞎想的嘛，你就别问这个了。"女人有撒娇的特权，韩梦岚被逼无奈把这一招使了出来。

果然有奇效，常丰没有追问，沉默了一会儿说道："不问刚才那个了。那你告诉我，你怎么确定我又不是渣男了？你跟我道歉肯定是了解到情况了吧？"

韩梦岚知道躲不过了，吞吞吐吐地回道："我……我刚才给静芸姐打电话了。"

"这样啊。"常丰恍然，同时也知道了柳静芸和韩梦岚的关系比他想象中还要亲密，不然也不会因为这么点儿事就可以随时打电话联系。

"静芸怎么说我的？"常丰突然也起了几分好奇心，又问道。

"她说你不是我想象中的那种人。"韩梦岚没有细说，简短地回道。

常丰有些哭笑不得，笑着问道："你到底把我想象成什么样的人了……"

"刚才已经告诉你啦，就是把你想象成渣男喽。"韩梦岚理直气壮地说道。

常丰再次无奈了，对这个姑娘确实没有一点儿办法，知道再问下去，她也不会多说了。常丰望了望四周，指着那面画着二次元人物的墙问道："这面墙的涂鸦，是谁设计的啊？"

韩梦岚兴高采烈地迅速说道："我呀。怎么样，不错吧？"

"不错……"常丰看韩梦岚这副期待夸奖的表情，有些不忍，就应声答道。但想了想后，觉得让她知道真相对她的咖啡店更有帮助，于是委婉地说道："不错是不错，但是有一点儿小问题，也可能不算是什么问题，就是你有没有觉得这面墙的风格和店里的整体风格……"

韩梦岚见常丰绕来绕去，直接抢过话头说道："不搭，是吧？"

常丰愣了一下，问："你知道啊？"

"知道啊，我又不瞎。"韩梦岚大大咧咧地说道。

"知道为什么不改一下呢？"常丰看了看韩梦岚的表情，并没有不高兴的样子，于是又委婉地建议道：“当然，这是我个人的看法，你可以多问一些人，听听他们的看法。”

“不用问啦，几乎每个人都会跟我说这个问题。”韩梦岚撇撇嘴说道。

“那你为什么不重新设计一下呢？”

“因为我喜欢啊。”韩梦岚出神地盯了会儿那面墙，然后转过头来对常丰说：“你们这些不习惯的人，多看看就觉得也挺搭的。我这儿的常客现在都觉得很好，静芸姐也这么觉得呢。”

韩梦岚完全没有出现常丰所担心的情绪失落的情况，到此时他算是稍微了解一些韩梦岚的性格。这是一个行事完全遵从内心想法的姑娘，她知道做错了，就会道歉，又觉得光口头道歉不够，就请人喝咖啡。她喜欢这些二次元风格的涂鸦，不考虑风格搭不搭，也不在意别人的看法。因为喜欢，这么简单的理由，值得义无反顾。

“因为喜欢就去做的随性，在我身上好像已经消失很久了。”他想。

“我这么多看了两眼，确实觉得搭配了很多呢。”常丰心有感悟，对这个姑娘多了几分欣赏，故意逗她道。

“是吧。多来几次，你就会越看越顺眼了。”韩梦岚当真了，笑嘻嘻地说道。

“我以后多来的话，老板是不是给点儿优惠啊？”常丰也不知道自己今天为什么这么爱开玩笑。

韩梦岚立刻做出娇滴滴的可怜状，说道：“人家一个小女子开这么一家咖啡厅，多不容易啊，你一个大领导不多关照人家的生意，还占人家的便宜。”

话一出口，韩梦岚意识到不对，立刻羞红了脸庞。

“说得也是，是我冒昧了。我以后多招呼我们的同事来你这边，照顾你的生意。”常丰好像没听出话里的歧义，笑着说道。

韩梦岚见常丰语气如常，松了一口气，笑道：“那就谢谢大领导啦。”

“改天我再来。”常丰看了看时间，已经快到下班点儿了，喝完最后一口咖啡，他站起身说道：“谢谢老板的咖啡啦。”

“我也提前谢谢大领导以后对我生意的关照啦。”韩梦岚跟着站起身来。

走出咖啡厅时，常丰生出几分意犹未尽的情绪。今天好像一直在笑呢。

常丰回到单位，给马庆发了个消息，询问有没有发现萨拓 5 的问题。马庆回复说：“没问题，放心吧。”

他上网看了看，虽然事情还在发酵，但将近尘埃落定了。马庆的粉丝在巩固了既有的优势后，乘胜追击，已经消灭了正面战场所有的有生力量，所过之处无一合之敌，只在个别根据地遭受了负隅顽抗。所有人都看得出来，在陈卢阳个人微博这个要地失守之后，这场战争实际上早已经结束了。

陈卢阳虎落平阳，马庆旭日东升。

常丰并没有为陈卢阳觉得可惜。别看这件事现在沸沸扬扬、声势浩大，但网民的记忆就像鱼的记忆一样，极其短暂。只要之后陈卢阳放下担子，安安心心地做几期节目，不出一个月，甚至几天之后，网络就会平静下来，没有一丝波澜，就像什么事都没有发生过一样。虽然损失了一些粉丝，但除此之外，不会有太大变化。

时间不会凑任何热闹，一边冷眼旁观一边马不停蹄。

令所有人都没有想到的是，晚上八点，陈卢阳再次更新了微博，不是人们想象中的认㞞，这次是直接推出了他关于萨拓 5 的评测节目。

少数还对陈卢阳抱有幻想的铁粉们纷纷激动起来，直呼反击来了，端坐在电脑前打开了视频。不少人甚至还在下班路上，也不顾流量的消耗，直接观看起来。

马庆的粉丝们冷冷一笑，想看看他能玩出什么花样，也纷纷点开了视频。

车评界也起了好奇心。对于陈卢阳，他们始终抱着能打倒就绝不手软的心态，陈卢阳不断地垂死挣扎，始终不见倒下，令他们觉得万分可惜。虽然大部分人都认为陈卢阳一败涂地了，但陈卢阳不亲自认尿，他们总有一种单方面宣布胜利的感觉。陈卢阳出了萨拓 5 的评测节目，让他们觉得有些不妙。

马庆下午重新对车进行了试驾后，就直接下班走人了，此时正和几个朋友在喝酒。

马庆对自己的行为很是不满，居然因为柳静芸的几句话就担心紧张地重新试了一遍车，结果呢？还不是一点儿问题都没有。

“真是可笑，我居然会相信陈卢阳会反击，也太没自信了。说起来，大概是因为这次好不容易把他踩在了脚底，有些患得患失了吧。不能这样。马庆，你要知道你就是车评界最优秀的，你要相信自己，你也只能相信自己，因为没有人比你更强了。”想到这儿，马庆端起酒杯一饮而尽，把空酒杯重重地拍在桌子上。

其他人被马庆的举动惊了一下，都望向他。马庆也知道自己失态了，连忙摆手表示没事，就是高兴，大家接着喝酒。

这几天马庆在人前都是一副淡然自信的模样，但只有他自己知道他的心情有多么激荡。他是个有野心的人，大家都知道，他也不忌讳表达自己的野心，因为知道自己有实现这个野心的能力。从入行的第一天起，他就在为这个野心努力。果然，车评界的一个个庸才很快都被他甩在了身后，他感觉自己就像开着一辆超跑，驰骋在一场自行车比赛上，对手甚至还没看清他的模样，就被超跑疾驰而过甩起的尘土笼罩其中。包括蒋哲，这个业界的老大哥，也被马庆轻轻松松地超越了。看来比想象中的要容易得多啊，马庆甚至无聊地产生了寂寞感，直到他遇到了陈卢阳。

陈卢阳虽然起步较晚，但和他一样，都驾着超跑。而和他不一样的是，他的超跑是自己买的。马庆借助着明日汽车网这个平台，充分发挥着他的能力，陈卢阳却单枪匹马，和他并驾齐驱。整整两年，马庆都没有甩开陈卢阳一步，甚至还有被超越的迹象。

马庆刚开始也紧张过，但强大的自信心让他调整过来，做好了打持久战的准备。终于，两年后的今天，马庆站到了车评界的顶端，俯视众生。

山顶的风景果然美好啊。

马庆感谢明日汽车网这个平台，但是明日汽车网承载不了他的野心，他终究要离开的。如今时机成熟了，离开的日子要到了。

这几天已经有几个投资人来找过他了，只要他出来单干，千万级别的投资马上到位。他没有马上答应，他知道不用急，这些投资人还能拿出更大的筹码，他只要背着手慢慢等着即可。

我要去实现我的野心了，陈卢阳，你呢？

“不是吧！”一声惊呼打断了马庆的思绪，马庆抬头望去，就见一个哥们儿死死地盯着手机，头也不抬地说道：“陈卢阳又发微博了。”

同桌的人都凑了过去。

“丫发的啥？是认㞞了吗？”

“这小子挺能扛啊。”

最开始说话那个哥们儿抬起头看着马庆说道：“他发了个萨拓 5 的评测节目。我看评论说，好像是发现萨拓 5 什么问题了。”

马庆心中一紧，不动声色地说道：“放桌上咱们一块儿看看吧。”

陈卢阳的这期节目介绍只有一句话，“关于萨拓 5 的全面评测”。节目时间也不长，只有不到 20 分钟。

节目和陈卢阳以往的并没有什么区别，分别就消费者对一款车感兴趣的几个点进行解读。对于外观、内饰、空间这几个方面，陈卢阳的观点和马庆并没有什么不同，给予了很高的评价。尤其是外观和空间，陈卢阳说，超出他的想象。内饰和细节方面的处理，陈卢阳认为还是太过粗糙，在一眼可见的地方处理得还算可以，但是像后座和后备厢的细节处理上，明显懈怠偷懒了。刹车成绩方面，如之前微博所说，陈卢阳仅仅给了个及格分。

这几个方面评测完之后，陈卢阳给了一个总结：如果只看外观，他会给萨拓 5 打 90 分；如果看完内部，他会给 60 分；如果把车试驾完，0 分。

陈卢阳说道："请接着往下看，看完之后各位可以自行判断。"

节目的后半段，没有谈其他的，只集中在一点：萨拓 5 的自动刹车系统。

陈卢阳在节目中说，他在测试萨拓 5 的驾驶辅助系统时，发现萨拓 5 的自动刹车系统存在一个致命缺陷。

自动刹车系统是主动安全技术的一种，在行驶过程中，系统采用雷达测试驾驶车辆与周围车辆或者障碍物的距离，一旦小于安全距离，而驾驶员没有来得及踩刹车，自动刹车系统就会启动，使车辆主动刹停，保障驾驶员的安全出行。

自动刹车系统是驾驶辅助系统中最重要的一环，也是萨拓 5 着重宣传的安全技术之一。然而陈卢阳却说他发现了致命缺陷。

陈卢阳并不只是说说，他进行了测试。

视频中一共出现了四个机位，一个是主驾位置，一个是仪表盘，一个是前方视野，一个是路人视野。陈卢阳驾驶着萨拓 5 在场地直线行驶，车速并不快，驾驶路线前方堆放着几个摞在一起的纸箱。

"大家可以看到，我目前正在正常行驶，前方的纸箱就是障碍物……马上就要小于安全距离了。注意，警报没响！要撞上了！大家看，没有丝毫减速迹象。"

视频中，陈卢阳驾驶的萨拓 5 直直地撞上了纸箱，纸箱四散飞出。

"我不得不踩刹车了。大家都看到了，从头到尾，萨拓 5 的自动刹车系统没有起到一点儿作用，没有警报，没有减速，也没有刹停。这次测试，前方障碍物是纸箱，如果是真实路况，后果不敢想象。”

“我不建议任何人买这款车。”节目的最后，陈卢阳郑重地说道。

看完之后，同桌的人都看向了马庆，觉得他会说些什么。马庆满脸通红，不知道是酒精的作用还是震惊到血压升高，他盯着手机，不知道在想些什么。突然，他抓过手机，把视频，重新看了一遍。桌上的其他人面面相觑。

微博上此时又热闹了起来，上一轮战争的硝烟还没完全散尽，又再次猛然弥漫。

陈卢阳的粉丝一扫之前的颓势，挺直腰杆，一边给陈卢阳的微博留言表示支持，一边不约而同地发动了冲锋，跑到马庆的微博下边疯狂开炮。

“你不是很厉害吗？萨拓5这么大的问题你都发现不了？”

“你丫是充值了吧？为什么尽说萨拓5的好话，这么大的缺陷却只字未提？”

“我要是听你的买了车，一家老小都要被带走了！”

“我觉得你不配叫车企爸爸，你就是个孙子。”

“充值狗！去死吧！”

这其中，质疑马庆充值的言论占比最多。因为如果真是车有问题，那之前车评人给出百分百好评的原因，除了没有发现，就是被车企充值了。其他车评人没有发现问题还有可能，但马庆的水平在评测圈是公认的，所以在网友看来，只有一个可能——被充值了。

而马庆的粉丝呢，一批人跑到马庆的微博下留言询问陈卢阳说的是不是真的，另一批人则去质疑陈卢阳，说他视频造假，测试环境绝对有问题，纸箱子不是真实的障碍物。

一时间，两边的粉丝又战成一团。

和之前不一样的是，这次不光是两边的粉丝参与其中，一些中立的网友也纷纷跑到马庆的微博下询问真相。这些都是看了马庆的评测节目后决定下单萨拓 5 或者已经下单的用户，他们看到陈卢阳的节目之后，都心中发慌。如果萨拓 5 的自动刹车系统真有这个问题，但是马庆没说，就是害了他们。

不光马庆和陈卢阳的微博热闹非凡，萨拓汽车官方微博及其他车评人的微博都陷入了评论的汪洋大海中。萨拓汽车官方微博下充满了要官方声明的留言，而其他车评人则是因为在《大神说》中对萨拓 5 持肯定观点而被波及的。

《大神说》节目的效果远远超出了林列的想象。无论是萨拓 5 本身的热度带来的，还是节目形式的新颖造成的，这期节目的播放量短短几天就突破两百万，超过了不少著名车评人的节目。这几天好多人都是通过《大神说》，才知道原来有这么多“著名”车评人呢。

由于几乎所有的车评人都对萨拓 5 持看好的态度，陈卢阳的节目一出，网友就照着《大神说》的车评人名单，按图索骥，跑到每个车评人的微博下谩骂或者质问。

蒋哲很是烦躁。因为他在《大神说》里排在第二个，网友的攻击方向除了马庆，主要就是在他身上了。目前他的微博评论充斥着从未有过的大量污言秽语，令他烦躁的同时也非常不安。

这几年来，因为人气的下滑，蒋哲越来越爱惜自己的羽毛了。对于评车，可以不说，可以晚说，但不能说错，一定要维持住自己老大哥的权威形象。原本以为这次评测萨拓 5，只要跟马庆的观点一致就会万无一失，没想到马庆竟然也有失手的时候。

而且这该死的《大神说》居然把自己排在第二个，这不是活靶子吗？早知道就不答应那个叫林列的小子放自己的观点了。蒋哲对《大神说》也恨了起来，完全忘记了前几天看到《大神说》把他排在第二位时那满意知足的心情。

网友评论里的“充值”二字，尤其令蒋哲觉得刺眼。因为他人气下滑之后，确实接受了车企的充值，而且不是一期两期，几乎每期节目都被充值了。如果不是萨拓汽车不走充值这一套，萨拓 5 的节目他也能赚上一笔的。

刚开始接受充值时，他内心还有几分挣扎，毕竟受明日汽车网企业文化多年的熏陶，底线还是有几分的。但堕落总是不知不觉的，而且令人上瘾，几次之后，蒋哲就完全沉溺其中了。

辛辛苦苦为网友普及汽车知识，给他们提供帮助，我为了生存，拿点儿报酬完全合理啊。蒋哲觉得心安理得了。

蒋哲混迹汽车圈多年，行事滴水不漏，即便是节目充值了，凭借他精湛的演技，也没有网友能看出端倪，大家还一直认为他客观公正，遇到有争议的车型时，总会询问他的看法。

如今这一切马上要被毁掉了，都是该死的马庆，居然出现这么大的失误。是的，失误。网友不知道，但蒋哲却是很清楚的，他知道马庆不可能被充值，出现这种情况完全是马庆在试车时忽略掉了这个问题。

蒋哲没有怀疑过陈卢阳会说假话，虽然他对陈卢阳打破汽车圈的潜规则很不满，但他清楚陈卢阳是有能力的，而且自傲，根本不屑于玩小把戏。陈卢阳说萨拓 5 的自动刹车系统有缺陷，那就一定存在了，他深信不疑。

蒋哲完全没有考虑为什么包括他在内的其他车评人都没有发现这个问题，只是一直在抱怨着马庆，同时想着能不能挽回局面。他打电话联系马庆，但没有打通。

蒋哲在屋子里来回踱步，然后又坐下来重新打开陈卢阳的节目，看完节目又咬着牙开始看网友评论，突然他意识到，陈卢阳对萨拓 5 的测试并非无懈可击，貌似有漏洞可以抓。

影响自动刹车系统的因素有很多，路况、天气、光线及障碍物大小，等等。天气、光线这些从陈卢阳的节目中可以看出，确实没有什么问题。那就从路况和障碍物上面下手。

陈卢阳的测试接近完美，四个机位镜头同步呈现，杜绝了别人说他造假的可能，但是他测试的毕竟不是真实路况，障碍物也只是纸箱子，如果从这一点入手进行反击，陈卢阳的测试就会显得没那么权威了。

纸箱不能算真正的障碍物，真实路况怎么可能出现纸箱这种障碍物呢？这种质疑一出，恐怕陈卢阳也不能反驳吧，难道他敢去真实路况测试吗？

没人敢这么测试，陈卢阳也不例外。

蒋哲越想越觉得靠谱，又在屋子里踱步了一会儿，完善思路，然后接连拨打了几个电话。

晚上九点多钟，在陈卢阳的节目推出一小时后，终于有第一个车评人站出来发表了言论。

此人名为秦铭，刚入行没多久，但已经小有名气。他针对陈卢阳提出的萨拓 5 自动刹车系统缺陷问题，在微博发出了自己的质疑。

“我也针对萨拓 5 的自动刹车系统进行了测试，但并没有遇到陈卢阳节目中所说的情况。我觉得，纸箱在萨拓 5 的自动刹车系统识别中应该不算障碍物吧？”

秦铭的微博用了疑问的语气，但没有显示出丝毫谦逊，针锋相对之意极为明显，这是在直接质疑陈卢阳的测试环境不真实。

秦铭的微博发出没多久，陆续有几个车评人发表了看法。虽然内容不一样，但意思都类似，都是在质疑陈卢阳的测试环境，表明不是真实路况，测试结果不靠谱。

这就是蒋哲的办法。他找到秦铭这几个利益相关者，晓之以理，说服他们发出了这样的微博。其实秦铭等人原本就在犹豫，他们测试这款车时确实没有发现任何问题，也在担心自己被陈卢阳砸了招牌，蒋哲找过来正好顺水推舟，一方面，如果能踩下陈卢阳，就能保全自己的名声；另一方面，也卖蒋哲这个老前辈一个面子，说不定他以后会行一些方便。

几个车评人接连发声，确实起了作用。微博上的言论方向渐渐偏转，开始质疑陈卢阳，甚至出现了怀疑陈卢阳造假的声音。

蒋哲这个老狐狸并没有发微博，秦铭等人冲锋陷阵，他安坐后方，但并不是不动如山。他心急如焚地又一次拨打了马庆的电话。他知道，其他车评人发声只能起到一部分作用，只有马庆才能真正一锤定音。

马庆又把视频仔细看了两遍，脸色越来越凝重，刚才酒精带来的些许醉意已经完全消散，等他把手机放回桌上时，脸色已经煞白。

朋友见他终于放下了手机，关切地问道："没什么事吧？"马庆盯着桌面，两眼无神，一言不发。

马庆觉得完了。陈卢阳说的问题应该是真实存在的。他心中明白，陈卢阳的测试环境没有任何问题，用纸箱充当障碍物是很常见的测试方法，这样的测试结论是完全可用的。

只是为什么除了陈卢阳之外，其他车评人都没有发现这个问题呢？要知道自动刹车测试是标准测试流程中的一环，几乎所有的车评人都会测试，包括马庆自己在内，都进行了详细的测试。但无一例外，没有人发现这个问题。

回想刚才看过两遍的视频，马庆敏锐地发现自动刹车系统失效可能跟行驶速度有关，很可能是处于某个速度区间时，自动刹车系统就失效了。

一定是这样。

马庆心中了然的同时，又一片惨然。

自动刹车测试在行业内是常规测试，所有人都会测，但是没有人会针对所有的速度区间进行逐一测试，都是随意选定一个速度区间来测试自动刹车系统是否生效，说白了就是应付差事。因为所有车评人都知道，用户其实对自动刹车这块儿并没有那么关注，他们也就不会花费大力气去测评。

但陈卢阳却没有应付。当然也可能是他运气好，随便测了一个速度区间就发现了这个缺陷。但不管怎么样，从结果来看，陈卢阳赢了，只有他发现了缺陷，其他车评人毫无所察，包括马庆。

失败了，单从这一点上就失败了。单说认真细致，陈卢阳已经比他们这些应付差事的车评人强太多了。现在的车评圈已经没有进步了，每辆车的试驾都是固定的模式，都是在机械地重复，只为做节目而做节目，甚至大部分人只是为了拿钱而已。为用户提供购车帮助的初衷，好像大家都忘了。

正在沉思时，马庆的电话响了，是常丰。

"马庆，你看陈卢阳的视频了吗？"常丰的语速比平常要快一些。

"看了。"马庆声音低沉地说道。

常丰听出了马庆声音的异常："陈卢阳说的问题，看来是真的存在了？"

马庆沉默了。他是一个自傲的人，让他承认错误和失败，意味着尊严的丧失，但他的自傲也不允许他说假话。马庆艰难地开口，声音带了几分沙哑："是不是真的还不确定，只有重新测过才能知道。"

"你明天测完跟我说一下。"常丰了解马庆的性格和为人，知道他目前的精神状态不好，说道："今天早点休息，不用多想，有什么事等明天测完再说。"

"好的。"

挂断了电话之后，马庆勉强地挤出几分笑容，跟几个朋友说了声抱歉，就直接回去了。实在是心绪不宁，马庆想立刻回去自己静静待一会儿。

路上，蒋哲来了个电话，马庆直接挂掉了。他知道蒋哲想说什么，但他不想再对第二个人承认自己的失败了。

到家之后，马庆四仰八叉地躺在床上，看着天花板，努力想把自己放空，但是陈卢阳在节目里说的话一直在他脑中盘旋，每一句话都像是在告诉他，他失败了。陈卢阳最后说的那句“不推荐任何用户购买这款车”，更像是一记耳光，狠狠地打在了他的脸上。一想到这儿，马庆不由自主地摸了摸自己的脸庞，火辣辣的，就像真挨了一记耳光。

努力了这么久，好不容易登上了顶峰，结果就这样被陈卢阳轻描淡写地推了下去，马庆一想到他摔到谷底的惨状，就惊恐地从床上坐了起来。

不能这样！我的野心，我的未来，绝不能就这样没有了。肯定还有办法的。

马庆一跃而起，坐在电脑前打开了微博。登录之后，微博立刻弹出了几万条的消息提醒，马庆点开看了一眼，就立刻忽略掉了。果然都是攻击言论，他早就想到了。

“这些打不倒我的。”马庆喃喃自语。

秦铭的微博出现在了马庆微博的时间线里，看看时间，才发出来没多久。马庆接着浏览，发现好几个车评人都发表了类似的观点。马庆觉得不是偶然，努力平静下来，研究了一番，脑海中闪现出一个念头。

马庆毕竟在车评圈很多年了，一眼就看出来这几个车评人是抱团的，虽然不知道他们的行动是谁提出的，但是意图却和他刚才冒出来的念头如出一辙。只要坐实陈卢阳的评测不是真实路况测试，就有可能翻盘。

这时，蒋哲的电话再一次打来。看到名字，马庆笑了，他知道行动指挥是谁了。没有再像上次一样挂掉，马庆接听了电话。

“小马，刚才打你电话，没打通。你在干什么？你看到陈卢阳的节目了吧？”一接通，蒋哲急切的声音就传了过来，火急火燎。

“刚才有点儿事。看到了，没事，陈卢阳的测试环境有问题。”马庆淡然地说道，像是完全不以为意。

蒋哲听到马庆淡然的声音，觉得他没有意识到事情的严重性，正待提醒，仔细一想，笑了出来。“陈卢阳的测试环境有问题”，这句话不但证明马庆意识到了，而且还找到了解决的方法，和他的想法恰恰一致。

“没错！我看有的车评人针对这一点质疑了，而且后边应该还有车评人会质疑。你要发条微博说一下吗？”蒋哲暗示马庆。

“我会发的。”马庆挂掉电话，无声地笑了起来。

没一会儿，马庆的微博更新出现在所有正在关注事态发展的网友面前。

“撞上纸箱死不了人吧？”

第六章　人气王之争落定

柳静芸穿着睡衣坐在电脑桌前，正在和常丰通电话。

“静芸，你联系一下萨拓汽车公关部，针对陈卢阳爆出的问题，问问他们官方的看法。”如果真如陈卢阳所说，萨拓 5 确实存在缺陷，不只马庆这些车评人名声受损，明日汽车网也会受到牵连，毕竟马庆在职，他的观点就代表着明日汽车网。目前能做的就是先确定萨拓 5 存在缺陷一事是不是事实，常丰决定从官方打听一下。

“我已经问过了。他们给的回复是，目前技术部门正在确认。”

柳静芸一直坚定地相信陈卢阳，本来也想着让马庆提前准备，但是他明显没有听进去。如今陈卢阳说的“等着瞧”如约而至，柳静芸为明日汽车网考虑，也要着手处理可能出现的后果了。她先是联系了萨拓汽车公关部，让他们尽快给一个官方声明，然后正准备联系常丰，常丰的电话就先打了过来。

“嗯，很好，你盯一下他们，有什么结果立刻同步给我。”

“没问题。”随后柳静芸迟疑了一下，问道：“你看马庆刚才发的微博了吗？”

柳静芸认为马庆在自作聪明。马庆的意图，柳静芸看出来了，他和其他车评人抱团，想把这件事遮掩过去，但未免想得太过容易了。只要陈卢阳拿出真实路况的测试结果，一切不攻自破，他们会摔得更惨。不过有一点，他们倒是想得很对，真实路况的自动刹车测试太过危险，一般人不敢测的。不过，陈卢阳可不是一个中规中矩的人。他们真以为陈卢阳想不到这一点吗？被人骂了这么久，好不容易有了反击的机会，他会轻易罢休吗？

“嗯，看到了，他这样做，不对。”常丰缓缓回道，听得出来，他对马庆这条微博非常不满。

“他毕竟是代表我们公司的。假如后边萨拓5有缺陷的证据真被抛出来，马庆和我们网站都会成为众矢之的。”柳静芸忧心忡忡地说道。

“你应该是完全确信萨拓5存在缺陷这件事了吧？”常丰问道。

柳静芸想到陈卢阳以往的表现和为人，坚定地说道：“是的，我相信卢阳。不光是我，想必马庆和那些发声的车评人都已经确信萨拓5存在缺陷是事实了，不然他们不会一齐跳出来。”

“嗯，我也看出来了。他们应该是想利用测试环境不真实的现状，众口一词把事情遮掩过去。”常丰也看得很明白，语气有些低沉，“先不说对我们网站的影响，假如这款车真有问题，他们这样蒙蔽真相，如果消费者买了车之后因为萨拓5的缺陷出了事故，他们难辞其咎！他们这是在犯罪！”

说到最后，柳静芸仿佛听到了常丰的咬牙声。好几年没见过常丰这样生气了，同时柳静芸又有些惭愧，她一直在考虑的是如何消除这件事带给网站的恶劣影响，却没有考虑过真正受害的消费者。跟了他这么久，还是在层次上和他有差距啊。把消费者的利益放在第一位，不是一句空口白话，一定要牢记。柳静芸暗暗提醒自己。

“对不起，刚才有些激动了。”常丰注意到了自己的语气，先给柳静芸道了个歉，随后语气恢复平静，说道：“马庆估计已经完全忘了车评人的初衷了，他现在满脑子只想保全自己的名声，和那些充值的车评人已经区别不大了。”

“其他车评人发声，应该是为了保住饭碗，毕竟他们有了人气才会有车企给他们充值，如果人气下滑，肯定会影响到他们的利益。但马庆为什么跟他们抱团？马庆其实平常也看不起他们的。”柳静芸说出了自己的疑问。

“这个很好理解。他们不见得是有意接触，可能只是目的恰好一致罢了。只不过马庆是为了个人的人气和尊严，其他车评人为的是人气背后的钱。”

“这么说倒是合理，马庆这么傲气的一个人，想必很难接受失败。”柳静芸认可了这个解释，说道，“他们走的这一步，也不完全是没用的，假如卢阳真拿不出真实路况的测试结果，他们就成功了。你看现在网上的风向，已经把大部分火都吹到卢阳那边了。”

马庆这条微博虽然只有短短一句话——“撞上纸箱死不了人吧？”看着没头没尾，但所有关注萨拓 5 事件的人都看明白了。

撞上纸箱死不了人吧？确实死不了，所以，纸箱并不是真实的障碍物，也就是说你陈卢阳的测试环境不真实，那么你的测试结果就不靠谱。这就是马庆这条微博透露出的含义。

就像蒋哲想的那样，几乎是一锤定音，微博一发出，确实成功地蒙蔽了大部分网友，大家都信以为真，觉得是陈卢阳测试的问题，目前都集中在陈卢阳的微博下提出质疑。

“等陈卢阳抛出真实路况的测试结果之后，想必风向会立刻调转，骂马庆的还是这批网友吧。”柳静芸心想。

不过她知道怪不到网友身上。虽然互联网让每个人都能更方便、更快捷地获取资讯，但是信息的不对等依然是人与人之间最大的不平等，从古至今从未变过。

互联网很方便，但是网友获得的信息往往都是片面的，甚至好多都是被刻意策划出来的。有些人为了制造热点，经常断章取义，故意放出脱离语境的只言片语，把网友的情绪煽动起来。即便是同一条新闻，随着事件的发展，舆论的方向也会发生大反转，甚至来来回回反转好几次。

虽然现在已经进入自媒体时代，人人都可以是新闻源，但是话语权还是掌握在顶部账号，也就是粉丝数多的大V手里。这些大V想不想让网友看到事件全貌，全凭他们自身的道德感。颠倒黑白者有之，断章取义者更多，他们中的很多人会把舆论导向转至对他们自身有利的方向，就像马庆和其他车评人做的一样。

“纸老虎，只要卢阳抛出实测结果，一戳即破。”常丰对这些手段很是不齿，语气不屑，随后问道：“依你对卢阳的了解，他会测吗？”

“真实路况的自动刹车测试确实非常危险，弄不好就会出现事故。但我觉得他会，他不是个规矩的人，更不是吃亏的主儿。”

“那就行。”常丰满意地说道。

柳静芸对常丰的反应有些不解。马庆怎么说也是明日汽车网的员工，一损俱损，如果他被打了脸，明日汽车网也会名声受损。按理说，他现在应该考虑怎么应付可能产生的后果，怎么感觉他对卢阳的回应有很大期待呢？

“那个，是不是让马庆把微博删掉？这样会减轻一部分影响。”柳静芸想了想，还是直接开口问个清楚比较好。

“不必。”常丰斩钉截铁地说道，“这些车评人安稳太久了，久得让他们以为车评圈本来就是现在这个模样，需要让他们清醒过来了。摔一跤碰个头破血流，也许，他们就能想起来做车评的初衷是什么了。感谢卢阳能充当这个打脸的角色。至于马庆和我们明日汽车网，就当吃个教训好了。”

当晚，马庆几乎没有合眼。

事情按计划进行了，舆论风向也如他所料，网友把枪口再次对准了陈卢阳，一切都很顺利。只要陈卢阳也如他所想，这次危机就会平稳渡过，他还有未来，他的野心终将实现。带着憧憬和希望，马庆洗漱完上了床。

但万一他真甩出实测证据了呢？那该怎么办？我又要跌落谷底了。

不会的，不可能，陈卢阳是很厉害，但他也是个人，是人就会怕死。真实路况自动刹车测试多危险啊，没有人敢做的。对的，陈卢阳也不例外。

好不容易睡着，蒙蒙眬眬地，马庆梦到了陈卢阳拿着实测结果咆哮着，狠狠地甩在了他的脸上，他的微博粉丝一夜之间全部取关，万人唾骂指责，投资人也翻着白眼拂袖而去。

马庆猛然惊醒，一脑门儿的汗，连忙拿出手机打开微博，发现陈卢阳的微博并没有更新，才长长地舒了一口气。去卫生间洗了一把脸，马庆望着镜子里的自己，满眼的血丝。

没必要吧？要不，道歉吧？认个错，哪怕重新再来。不，他重重地摇了摇头，脸上未擦的水滴甩到了镜子上，让镜子里的脸变得有些扭曲。我还没有失败，我也不会失败，我的野心不允许，我的未来也不允许。既然已经走到这一步，只能接着走下去。

峰顶的风景是那么美好。

马庆一大早到单位时，一脸的疲惫，眼中的血丝更加密集。昨晚被惊醒之后，就再也睡不着了，在担心、后怕和憧憬、希望中熬到了天亮。

在单位坐了一会儿，马庆有些奇怪常丰昨天居然没有因为他的微博而找他。不过仔细想想，倒也能理解了。常丰想必也了解现状了，如果他因为萨拓 5 这件事倒下了，势必会牵连明日汽车网，流量下滑是小事，因为这件事丢了明日汽车网苦心经营出来的脸面，就是件要命的大事了。一荣俱荣，一损俱损，常丰肯定会尽全力保他的。马庆突然有些庆幸自己还在明日汽车网这个平台。常丰没有因为他的微博而说什么，想必也明白自己的做法是目前最好的方案了。

同事们都陆陆续续来了，跟他打招呼，马庆一一笑着回应。

他们的眼神有点儿异样，看来都知道发生了什么。不过那有什么关系？他们懂个屁，我这样的做法完全是为了明日汽车网。马庆生出一种为公司默默流血付出而不被人理解的悲壮感。

柳静芸的眼神倒很正常，看来她理解我。她和车企打交道最多，应该最明白整个车评圈是怎样乌烟瘴气了。我这样的做法相比车评圈私底下的黑暗，简直就是冬日的阳光。试问整个车评圈，除了我马庆，还有哪个车评人没有被车企充过值？噢，陈卢阳不算。我兢兢业业、勤勤恳恳，为明日汽车网工作、为消费者服务这么多年，功劳有很多，业界谁不知道？苦劳更不用提。只因为这一个失误就要把我毫不留情地推下山崖，这太不公平了吧？

"庆哥，庆哥。"

马庆回过神来，见柳静芸正盯着他。

"没事吧？看你脸色有点儿疲惫，昨晚没睡好吗？"

"没事，昨天和几个朋友聚了一下，玩得有点儿晚。"马庆用手掌抹了一下脸，回道。

柳静芸也不点破，直接说出了找他的目的："常丰说你今天要拿萨拓 5 重新试驾，需要我再找萨拓那边借辆车吗？"

"不必了，我找个手里有车的朋友就行，也不是做节目，就是……看看是不是真的。"马庆说道，最后一句话犹豫了片刻，似乎有些难以启齿。

柳静芸装作没有听出异样，说道："那行，我就不找萨拓那边了，你后边什么时候需要随时和我说。"

马庆点点头，柳静芸回到了工位。

"自尊心真的很强啊。"柳静芸感叹。突然又有些担心，陈卢阳真甩出实测结果的话，马庆得受到多大的打击，他能承受住吗？要不要提醒他一句?

随后她又放弃了这个念头,常丰昨天说得很明确,是该吃一些教训了。车评是为消费者购车提供帮助的,如果不打击一次,恐怕永远都不会回到这个初衷了。

柳静芸安下心来,开始工作。由于萨拓5的关注度太高,太过重磅,其他车企都暂避锋芒,纷纷绕道错开了上市时间,以免被萨拓5的阴影笼罩。如今萨拓5已经上市过了几天了,其他车企都开始准备新车上市事宜。西姆XM3就是其中之一。

西姆汽车在国内的名气远不及萨拓汽车,但也是国内新锐车企之一,总部位于西宁,是唯一一家总部在西部的中国车企。西部相比东部,经济稍微落后,所以西姆汽车的发展速度并不快,成立几年,连年亏损,但亏损在逐年减少。

西姆汽车的管理层比较务实,明白在资金实力上和其他车企有差距,所以并没有选择把汽车广告投放得铺天盖地,而是把资金都投入到了新能源汽车的研发上,目前颇见成效,在新能源汽车领域,西姆汽车已经走在前列。但由于新能源汽车的整体销量在当下环境还完全不能与燃油车相比,所以西姆汽车拮据的状况并没有多大好转。

柳静芸对西姆汽车倒是极为欣赏,主要是务实这一点。柳静芸一直认为造车这门工艺是需要积累的,容不得急功近利,最终能在汽车工业史上大放异彩的车企一定是务实的。没有务实的精神和态度,绝对造不出赢得人心的好车。

国产车这些年进步很大,但还是有很多粗制滥造的车企,尤其是新能源车领域,这几年竟然冒出了好几家恶意骗取国家新能源补贴的车企,简直是国产车企的耻辱,令不少国人对国产车企寒了心。

西姆汽车虽然资金实力较弱,但务实、肯干、有进取心,专注自主研发,推出的车不但没有短板,在某些方面还出现令人惊喜的亮点。

就比如最近推出的西姆 XM3 插电混动 SUV，主打的就是超长续航。

所以，要想转变国人对于国产车的固有印象，就需要越来越多地涌现出像萨拓汽车、西姆汽车这样有进取心的车企。虽然任重道远，但曙光已经显现了。

柳静芸的任务还是拿车。

西姆汽车的公关对柳静芸非常客气又热情，一再保证只要有车，优先提供给明日汽车网。

柳静芸明白，这是马庆在萨拓 5 这款车上的出色表现起作用了，萨拓 5 优秀的市场表现，马庆居功至伟。一个好的车评人确实能极大地影响到一款车的销量，这也是车企热衷于为车评人充值的主要原因。

现在这么热情，如果他们知道接下来要发生的事，恐怕就要变嘴脸了吧？

就像不老的青山总会迎来皑皑白雪，无忧的绿水总会有柔柔的清风拂过，该来的总会来的。

刚过中午，马庆还没去找朋友进行萨拓 5 的重新试驾，就察觉到了办公区的骚动，隐隐约约听到“陈卢阳发微博了”的声音。

不一定是实测结果的，马庆强打起精神，哆哆嗦嗦地拿出手机打开微博查看，只看了一眼，便心如死灰，感觉天塌了。

“我在上期节目指出萨拓 5 的自动刹车系统有缺陷之后，好多人说我的测试环境有问题，说撞上纸箱死不了人，纸箱不能代表真实障碍物。既然大家都这么说，我就满足大家，在真实路况环境给大家测测。注意，这个测试非常非常危险，千万不要模仿。”

点开视频，仍然是四个摄影机同步呈现出的四个视角，四个窗口的交汇处，有一行醒目的提示语：“危险测试，请勿盲目模仿。”

陈卢阳系着安全带坐在主驾驶位上，侃侃而谈。

“影响自动刹车系统的因素总结下来大致有四点，咱们一个一个拆出来说。第一点，是天气。我把摄像头调整一下，大家可以看一下天气状况，晴空万里，无风、无雨、无雾，所以这个干扰因素可以排除掉了。第二点，光线。从镜头大家可以看到，现在是白天，而且我们也没有在隧道里面，光线非常充足。这个干扰因素也可以排除掉了。第三点，路况。这也是大家对我质疑最多的，所以我跑到了城市边缘人流较少的地方，来实打实地测试一番。第四点，行驶速度。我查了萨拓 5 自动刹车系统理应生效的工作速度区间，5km/h～120km/h 都可以。上次我用纸箱测试，大家可以看到仪表盘，当时的速度绝对是在这个区间之内的。没看到也没关系，我们这就开始进行新的测试。

“再次提醒各位，这个测试很危险，千万不要盲目模仿！我再检查一下安全带是否系好了，没问题，点火起步。好了，我们现在就是正常行驶，大家看下仪表盘，45km/h，速度是完全没有问题的。接下来，我们维持这个速度。

“大家注意了，前方那个弯口的大石墩肯定是真实障碍物了吧？呵呵，撞上了可是会死人的。所以，我们就用这个大石墩测试一下自动刹车系统。我不拐弯，大家盯好仪表盘！”

“砰！”

视频中，陈卢阳驾驶着车辆直接撞上了大石墩！碰撞之后，四个机位的镜头直接熄掉了三个，只剩下路人视野的镜头。从这个镜头中明显可以看出来，碰撞非常严重，车头的保险杠直接报废了。随后最后这个镜头也关掉了。

疯了吧？为了个车评不要命了？所有人心中只有这一个念头。

几秒钟后，陈卢阳重新出现在镜头里，看上去依然生龙活虎，只不过额头贴了个创可贴。

“受了点儿小伤，抱歉，我们继续说。大家刚才看到了吗？我用 45km/h 的速度行驶，直接撞上了大石墩，自动刹车系统根本没有生效！

“我总结一下，此次的自动刹车测试，在天气、光线、速度区间、障碍物、路况这些因素都没有问题的情况下，萨拓 5 的自动刹车系统依然失效了。这就说明，萨拓 5 的自动刹车系统确实存在严重缺陷！我不推荐任何用户购买这款车！”

视频一直在播放着，马庆也一直死死地盯着视频，但是心神早已飞出了身体。这不是在做梦，但是个更大的噩梦。败了，挣扎了半天还是失败了。

没想到他真的敢。马庆关掉视频，关掉微博，两只胳膊架在桌子上，抱住了头。

同事们在窃窃私语，好像还在对他指指点点。无所谓了，失败者就应该承受这些。

憧憬的一切都没了。

蒋哲在办公室看完陈卢阳的视频，气得把手机摔在了桌子上。

“怎么回事啊？”上午外出的同事回来见办公室的气氛不对，小声问身边的同事。

“你没看微博吗？陈卢阳出手了！老大气得摔了手机，一直待在办公室没出来过。”被问到的同事伸脖子看了看紧闭着门的办公室，小心翼翼地说道。

“陈卢阳的微博也没有针对老大一个人啊，要说针对，也应该是马庆首当其冲吧？”

“嘿，你又不是不知道老大是什么样的人，他一直还把自己当成车评界的老大哥呢，有这个幻觉在，他看到陈卢阳的微博就会觉得是在指着他的鼻子骂。”说话的同事望望四周，又缩了缩脖子，压低声音说道。

“这个陈卢阳也够拼的，竟然拿报废一辆车的代价来证明自己的结论。车对他可能是小事，但他不怕把自己给撞死吗？”

“从这一点上说，不得不服气。而且我怀疑陈卢阳这个真实路况测试视频也早就准备好了，但没放出来，挖着坑等老大他们跳呢，结果老大他们还真义无反顾地跳了下去。”

“谁说不是呢。不过也怪不了人家陈卢阳，老大他们的确技输一筹。如果他们不掩饰其实也还好，自作聪明想掩饰住，结果被人家直接扒光了衣服。关键是，网友们也觉得被愚弄了，目前微博上的骂声简直前所未有，估计谁看了都会承受不住的。老大又是个爱惜名声的人，没有吐血已经算意志坚强了。”

“老大应该不会就这么算了的，他这口气很难咽下的。”

“我真希望他老老实实认个错就结束了，他斗不过陈卢阳的。”

“人家陈卢阳自己玩自己的，其实根本就没想过要搭理他们。是他们觉得陈卢阳这小子不按圈子里的规则行事，影响大家挣钱，所以一直抱团排挤人家。结果被人家单枪匹马杀得人仰马翻，溃不成军。”

“这样聊下去我都想立刻辞职了。本来带着热爱进入这一行，想好好学点儿东西，结果才一年时间，东西没怎么学到，我对车评的热情都要丢掉了。每天看那些充值的视频真心觉得恶心。”

“现在工作可不好找，忍忍吧。先工作，回头聊。”

“没办法，生活总要继续。”

生活总要继续，这正是怒火中烧的蒋哲心中所想，但他的继续，并不是忘掉这件事往前看，而是在这件事上继续。和那两个同事的猜想一样，蒋哲咽不下这口气，他在办公室苦苦思考着突破口。

没多久，蒋哲的微博更新了。

“我研究了一下，陈卢阳测试的道路环境非常特殊，其他车辆的自动刹车系统处于那个环境也可能会失效。”

刚才聊天那两个同事看到蒋哲的微博，对视一眼，心中一阵叹息。

蒋哲已经没有理性了，明显被气昏了头。只要陈卢阳找辆竞品车来个同样的测试，就又是一次漂亮的打脸。

两人没有等太久，就像是针对蒋哲一样，他的微博发出不到十分钟，陈卢阳发出了新的微博。

“我看有人说，由于我这个测试环境特殊，不光萨拓 5 的自动刹车系统会失效，其他车也一样。那么我们就一块儿看看，同一个测试环境，同级别、同价位的竞品，国外品牌是什么样的表现。”

还是四机位同步呈现，一模一样，唯一不同的是，车不再是萨拓 5。

从视频中可以看出，竞品车的行驶速度同样维持在 45km/h，同样直接冲着大石墩而去，但是结果完全不同，竞品车的自动刹车系统生效了，稳稳地把车停在了大石墩之前，毫发无伤。

办公室里的蒋哲满脸狰狞，恶狠狠地盯着陈卢阳的视频。随后他的办公室传来了类似玻璃物体与地面接触发出的声音，不知道他又把什么东西给砸了。两个同事一阵苦笑。

这不就是针对我吗？早就准备好了视频，就等我跳出来是吧？年轻人做事真是毫不留情啊。你以为这样就结束了？还没有！

蒋哲皱着眉头，咬着牙，抱着胳膊在办公室里来回溜达，步伐急促，那状态就像胸膛中急速跳动的小心脏。他忽然想到了什么，猛然刹住脚步，坐在椅子上开始奋笔疾书。电脑的键盘被拍得啪啪作响，好像不如此就发泄不出他心中的怒气。

半小时之后，蒋哲停了下来，看着电脑里的文档，只感觉字字如刀，每个字都像一把利刃插向陈卢阳的胸膛。

蒋哲的微博又更新了，这次是一篇长文章，标题为：“我错了，但你也并不全对。”

洋洋洒洒上千字的长文，确实惊到了网友，也惊到了刚才那两个同事。只看标题就知道这不是一篇纯粹的道歉文，死磕才是主题。蒋哲被连番吊打之后死不认输的癫狂状态，让所有人都开了眼界。

长文开门见山地表示了道歉：“首先，我对所有支持我的网友们表示抱歉，因为支持我而让大家蒙受了不少委屈。非常感谢大家！也请大家继续支持我，我会更努力的。”

没错，道歉只有短短的两句话。在网友看来，这不只是没有诚意，简直是过于吝啬了。没有交代前因后果，也没有为对萨拓5缺陷的疏忽而道歉，没头没脑地就让大家继续支持，这是道歉，还是求关注？

但如果他们了解蒋哲为人的话，可能就稍微理解了。要知道，光是这两句话，他都在心里斗争了半天，才不情不愿地写了出来。在蒋哲看来，他已经做到位了，你们不接受，你们就是心胸狭窄。

接下来的千余字，全部都在描述对陈卢阳的不满，就像古代列举罪状一般，一共写了六点，针对每一点都详细阐述了几百字，简直是一篇现代版的战斗檄文。

这篇文章也是后来陈卢阳开直播独战整个车评圈的导火线。

这六点中，蒋哲的重点在两点上。

第一，陈卢阳运气好。文中写道，自动刹车测试所有的车评人都会做，但为什么就陈卢阳发现了这个问题呢？因为萨拓5这次的缺陷确实很难发现，只有在40km/h～50km/h的速度区间才会显现出来，而陈卢阳发现这个缺陷是因为他比其他车评人更认真、更细致吗？在蒋哲看来，并不是。陈卢阳只是运气好。

在自动刹车测试环节，大家都会随机选定一个速度来进行测试，没有人会把速度分成区间，每个区间逐个测试。只有你陈卢阳运气好，恰好选择了自动刹车会失效的那个速度区间，才让你发现了这个缺陷。

“在车评圈走得长远，光靠运气是不行的，保持谦逊、尊重前辈才是陈卢阳你这样的年轻车评人最该做的。”蒋哲如是说道。

第二，陈卢阳其实也被充值了。文中写道，陈卢阳并不是大家想象中的车评圈净土。根据蒋哲十几年的车评经验判断，陈卢阳的观点也是存在取舍的。别看他经常骂某款车骂得很爽，但是如果留意就会发现，有些车他是从来没有骂过的，甚至经常说得太过完美。相比他刚出道那会儿的观点，目前的他已经变了，相信很多用户都看得出来。

蒋哲说他很理解，毕竟车评人也是要生活的嘛。有些车企掏钱让陈卢阳别骂他们的车，这个无可厚非。但是天天标榜自己是车评圈最中立的第三方评测节目，攻击其他车评人充值，结果自己在后面偷偷挣钱，这样的行为太没下限了。

总结起来，蒋哲的千字长文表达的是：虽然你陈卢阳这次胜了，但你只是运气好，别嘚瑟，我不服；另外，我蒋哲是充值了，但你陈卢阳也不干净。

网友读完后，目瞪口呆，感叹人居然能这么无耻，道歉没有诚意，认输也没有风度，还试图抹黑别人，拖人下水。一时间骂声如潮。

蒋哲已经不在乎这些了，本来已经被骂得够多了，再多一些又有何妨？他不好过，也不会让陈卢阳好过。而且有效果了。蒋哲翻了半天评论，终于从中找出几条支持他的评论。他欣喜若狂地转发了出来，心中的郁结消失了大半。

马庆在工位上抱头呆坐了半小时，好不容易缓过神来，看到内部通讯工具上常丰给他发来的一条消息，只有三个字。

“道歉吧。”

马庆也知道这是当前最正确的选择，但是心有不甘，同时又有不少怨念。

当初发微博时，为什么你不拦着我？是要看我出丑吗？如今我出丑了，你们在背后对我指指点点，想必你们都很开心吧？还有柳静芸，你是陈卢阳的表姐，他有什么动作你肯定知道的，也是为了看我出丑才故意说不知道的吧？在饭馆时还假惺惺地提醒我，那时候你就做好了看我出丑的准备了。早上打招呼，你还装作若无其事的样子，你真是个演员！马庆在心中把所有人都狠狠咒骂了一遍之后，感觉给自己增添了不少力量。

还是道歉吧，只能这样了。点开微博的发表框，马庆又纠结了很久，字斟句酌，不断地删改，力求达到既不卑不亢，又显得很有诚意的效果。在这一点上，马庆比蒋哲要清醒很多，知道道歉必须要有诚意才能取得原谅。终于编辑好了，马庆的手指在发送按钮上久久难以按下。认输和道歉的感觉，确实真的不好受啊。

“各位，萨拓 5 的试驾我疏忽了，我确实没有逐个测试所有速度区间对自动刹车系统的影响。骂我是应该的，非常抱歉，给你们鞠躬了。以后我会改进的。依然支持我的网友，真心感谢你们！”

马庆的道歉相比于蒋哲来说，诚恳太多。不少网友表示会继续支持他，但也有很多网友对问题曝光之后马庆试图遮掩的行为感到不满，觉得这个道歉来得太晚，而且还在为自己辩解。

“我确实没有逐个测试所有速度区间对自动刹车系统的影响”，这句话潜在的意思就是，这样苛刻的测试，我没有发现，也是可以理解的。但网友不理解，依然继续攻击，“充值狗”的言论夹杂在原谅声中，仍在刷屏。

“充值狗”这三个字深深刺激到了马庆。本以为这么诚恳地道歉，网友一定会选择原谅，没想到他们这么小肚鸡肠和不近人情。

骂他疏忽了，丢脸了，或者输给陈卢阳了，这些都是事实，马庆都能认。但是“充值”这顶无中生有的帽子，马庆接受不了。拿着明日汽车网的死工资辛辛苦苦地做节目，一分黑钱都没有收过，你们凭什么这么骂我？你们有什么资格骂我？你们都是陈卢阳的粉丝吧？肯定是该死的陈卢阳煽动你们来的吧？

马庆热血上涌，怒气冲冠，什么声音都听不到了，脑中只有一个念头：我要骂回他们！我要骂死陈卢阳！

此时还在讨论马庆道歉微博的网友，突然发现他的微博又更新了。

“我要是充值了，早就离开明日汽车网挣大钱了！骂我充值的那群疯狗，都赶紧吃屎去吧！陈卢阳，你挣那么多钱，不能多买一些拴狗绳吗？”

群情激愤。

“人家陈卢阳从来没有提过你吧？你直接开口骂人家也太不要脸了！”

“输了就是输了，一点儿风度都没有！本来以为你的道歉还算有诚意呢，原来全是装出来的。”

“别人一说你充值，你就这么气急败坏，明显是心里有鬼！”

马庆双目通红，一条条看评论，喘息粗重，就像一个逐渐充气鼓起的气球，随时都有爆炸的可能。就在马庆即将自爆之时，常丰来电话了。

“来我办公室一下。”常丰只说了一句，就挂掉了电话。

马庆重重地合上笔记本，猛地站起来，不顾旁人诧异的眼光，粗暴地推开椅子，气势汹汹地大步走向常丰的办公室，没有敲门，直接推门进去，重重地坐在了常丰办公桌对面的椅子上，低着头一言不发。

常丰抬头看了他一眼，表情没有任何变化，又低下头继续忙手头的事情。

马庆有心让常丰知道自己一肚子的火气与委屈，才摆出了刚才鲁莽的姿态，没想到常丰就像没有看到一样，就这样把他晾在了一边。坐了五分钟之后，马庆开始变换姿势，小声地清清嗓子，试图弄出一些声响引起常丰的注意。

“把骂人的微博删了。”常丰终于有了反应，头也没抬地说道。

“他们骂我充值，你知道的，我怎么会充值呢？他们这么冤枉我，我忍不了。我本来就没有充值……”马庆终于有了开口的机会，激动地表达着自己的委屈，说着说着就看到常丰抬起了头，目光锐利地盯着他，他语气一下子弱了下来，变成了喃喃声：“……他们不能这样说我的。”

“骂人解决不了问题。先把微博删掉。”常丰脸色严肃。

马庆张口欲言，但看见常丰的脸色，把话吞了回去，一脸委屈地说道：“噢，知道了。”

“你不用觉得委屈，明日汽车网也会道歉。做得好能接受夸赞，做错了也要承担后果，不管是你还是明日汽车网都一样。好好想想做车评的初衷。”常丰语重心长地说。

马庆没有吭声，还是一脸委屈样。

“回去吧。”常丰也不在意，该说的都说了，都是成年人，能明白总会明白的，不明白多说无益。

马庆站起身来，拉开办公室的门走了出去，昂着头，就像一只骄傲的孔雀。

常丰看着他的背影，面无表情地摇了摇头。

微博他会删除的，常丰能肯定，但是刚才的话他有没有听进去，常丰就不知道了，只是希望他能尽快走出牛角尖吧。骄傲的人本身很可怜，因为骄傲的心易碎。

韩梦岚又开始追新番了，这次没有在吧台，而是趁着人不多，占了柳静芸常坐的位置，趴在桌上戴着耳机聚精会神地看着。突然一道阴影笼罩住了她，韩梦岚抬头一看，立刻惊喜地跳了起来。

“静芸姐，你们来啦。”

来人正是常丰和柳静芸。

常丰也笑着对韩梦岚点了点头。柳静芸看着她笑道：“你怎么也在这个座位上啦？”

看到他们俩一块儿过来，韩梦岚知道是有事情要谈了，收拾了桌上的饮料和手机，笑着说道：“这个位置真的很不错，我都喜欢上啦，以后你们不来我就霸占啦。”随后又吐了吐舌头，说道：“我就不打扰你们谈事情啦。”临走之前还对柳静芸挤了挤眼。

柳静芸和常丰坐了下来。

“一会儿王海松过来，你按自己的真实想法说就行。他不知道从哪里打听到了你和卢阳的关系，让我带你过来一块儿坐坐。你别介意。”

“明白的。”柳静芸回道，心里有些失望。

失望倒不是对常丰，而是对王海松及萨拓汽车。王海松找她无非是想通过她让陈卢阳删除视频，减轻舆论压力。萨拓汽车一直是柳静芸心目中力求上进的车企代表，没想到危机公关的处理方式和其他车企并没有什么区别。

治理洪水，一味封堵不如合理疏导，这个道理谁都明白，但是却没人这么做。大概萨拓 5 这款车对萨拓汽车太过重要了吧。

没多久，王海松就到了。臂弯上搭着西服，另一手提着公文包，行色匆匆。

“柳小姐您好，早有耳闻。”柳静芸和王海松第一次见面，常丰居中介绍了一下，两人握了握手，王海松很有礼貌地看着柳静芸的眼睛，没有上下打量。

“王总好。”

王海松把西服叠好放在椅子上，又整理了一下衣服，说道：“抱歉，急匆匆约两位出来。尤其是常丰，短短两天已经见了第二次了，但是心情可不大一样啊。”

两天前见面是为萨拓 5 感谢常丰，这次还是为萨拓 5 而来，却是来解决问题的。

“还好你这几天都在北京，不然再见一面可不容易。”常丰回道。昨晚陈卢阳的节目发出之后，王海松就联系了常丰，约好今天见一面，那时常丰才知道王海松还在北京。估计也是看到了事情的变化，特意留了下来。

“还好在北京，不然出这么大的事，电话联系可不方便。”王海松有些庆幸。

常丰直入主题，问道：“目前对你们那儿产生的影响有多大？”

“订单量几乎为零了，之前订车的好多用户都打来电话说要退车，官微也沦陷了。”说到这儿，王海松叹了一口气。

“静芸说，你们的公关经理给的反馈还是技术部门正在确认中。”常丰看了一下柳静芸。柳静芸点点头，表示没错。

王海松迟疑了一会儿，说：“其实已经确认了。萨拓 5 的自动刹车系统在某些苛刻条件下，确实会出现失效的状况。只不过，这个结论还没来得及对外公布。”

“应该是不想对外公布吧。”柳静芸心想。明明是重大缺陷，居然说成是某些苛刻条件下才会出现，40km/h～50km/h 的行驶速度对于大部分车主来说，一点儿也不苛刻。王海松这番说辞，让柳静芸对萨拓汽车的印象越发差了。

常丰看破不说破，认真地说道：“我觉得消费者有权知道真相。”

王海松郑重回道：“我们会对消费者负责的。我们目前也正在积极寻求一个最妥善的解决方法。”

是怎么样最妥善地保住萨拓 5 销量的方法吧？柳静芸心中冷笑。

“海松有什么想法，不妨直说。”

王海松把头转向了柳静芸，问道：“听说柳小姐和陈卢阳先生是表姐弟关系？”

柳静芸看了一眼常丰，见常丰并没有看她，想起刚才他的嘱咐，点点头说：“是的。”

“不知道柳小姐能不能帮我们联系到陈卢阳先生？”王海松见柳静芸点头，有些振奋，连忙接着问道。

“我可以联系到。”柳静芸淡淡地说道，脸上的表情极为严肃，“但我不会为萨拓 5 这件事联系他。”

王海松脸上出现几分错愕，同时又有几分羞恼。如果联系不到也就算了，如今能联系到，但直言不讳地说不联系，就有些不给面子的意思。

王海松把视线转向常丰，想问问常丰是什么意思，却看常丰一脸如常地和他的视线相对，显然早知道柳静芸会这么说。

没待王海松多想，柳静芸又说话了："王总，您听我说完。相信您也知道他与其他车评人的不同。没错，他不和任何车企打交道，不是明面上不和车企打交道，而是从里到外都是如此。卢阳是我表弟，他是什么样的人我最清楚。他的性格其实也和你们知道的一样，直接粗暴，或者说是口无遮拦，只要他认为有理，就不会考虑后果，只按照自己的想法去做。您联系他，我猜大概是想让他删除视频，消除一些影响。我确定地告诉您，他不可能删除的。钱，他不在乎，而且如果他真为钱，这几年就不会得罪这么多车企和车评人了。关系这块儿，也没戏，我是他的表姐没错，但是对于他的工作我没有任何资格指手画脚，即便翻脸，他也不会听的。工作是工作，关系是关系，他和我一样，分得很清楚。所以，找卢阳就是白费时间。希望王总不要介意我说得这么直接。"

王海松静静地听着，脸色的惊愕和羞恼之色慢慢都消失了。

常丰接过话头："海松，我之前也提过这一点，联系陈卢阳是没用的。按我对陈卢阳的了解，你如果联系他，他很可能会在拒绝后，把这件事曝光。"

"没错。不过，这都是我们自己的想法。如果您觉得还是有必要联系卢阳，我这边可以给您询问一下，或者给您联系方式，您自己来沟通。"柳静芸说道。

王海松面色彻底恢复平静，端起咖啡喝了一口。"不必了，你们说得没问题。"他揉了揉太阳穴，说道，"这次事故对公司打击是有点儿大，整个管理层都心急如焚，严令必须让事件平稳落地。之前我也是病急乱投医了。"

"海松，有些话我就直说了。"常丰表情极其认真地说。

王海松也一脸正色地回道："但说无妨。"

"咱们之前也聊过，目前的车评圈，或者说汽车圈，还不太健康。车评人收钱、车企塞钱的现象极为普遍。贵公司是为数不多的不给车评人塞钱的车企，我们明日汽车网也是为数不多不收钱的汽车媒体。这不是吹捧和自夸，确实是事实。'为数不多'这个词说出来就挺讽刺的，你只是在做正确的事，回过头来却发现身边几乎没有人同行了。

"海松你也对汽车圈内的这种现象深恶痛绝，而且贵公司证明了我们根本就不需要那些所谓的潜规则，一样能把车卖好，一样能打造出销售神话。我们明日汽车网和你们萨拓汽车的理念是一致的，那就是把消费者的利益放在第一位。只要坚守住这一点，成功是迟早的事，我们和你们的成功都充分证明了我们的理念是正确的。

"如果说汽车圈一片污浊，陈卢阳这样的人就是一股清流。我并不是当着静芸的面才这么说的，我是真心这么认为。虽然他严格来说和我们明日汽车网是竞争对手，这次事件也给我们网站带来了很大影响，但我非常欣赏他。如果要扫除汽车圈头顶的阴霾，陈卢阳这样的人必不可少，而且还要更多才行！

"我们的企业文化里有一条——做正确的事不做容易的事。很好理解，但并不意味着正确的事都很难，相反，很多时候做正确的事才是在走捷径，会起到事半功倍的效果。萨拓 5 这次事件给你们带来了很大的麻烦，其他车企遇到这样的情况，第一反应都是去把负面影响压下去。但是你可以参考一下过去的案例，这样真的起到作用了吗？大多数时候反而是把负面影响进一步扩大了，尤其是在互联网时代，我认为这样做不是一件正确的事，而且也不容易。所以，这次的事件能不能采用一种正确的方式来处理呢？无论对你们公司来说，还是对整个汽车圈来说，都正确的方式。"

王海松没有接话，盯着常丰看了很久，突然问道："马庆这块儿，你们打算怎么处理？"

“道歉。我们会以公司的名义道歉，在官方微博和网站发表道歉声明。”常丰毫不迟疑地说道。

“你觉得道歉是正确的方式？”

“毫无疑问。”

王海松又沉默了下来，但是眼睛一直在发亮。

“道歉，不一定能取得原谅，也不一定能挽回销量。”过了一会儿，王海松轻声开口，像是在反驳，也像是在自语。

“但也不是一定不可能。”常丰说道。

“我们公司的年轻总裁说，只要钱砸够了，一定能把这件事给压下去。”王海松好像终于从之前的焦虑状态摆脱出来了，恢复成了那个业界传奇，淡淡地说道。

“他说得没错。但谁也不知道，道歉是否会取得更好的效果。”常丰见真正的王海松回来了，嘴角也露出微笑，说道，“毕竟，从来没有中国车企因为车辆质量问题道过歉。”

“尝试，总会付出代价的。”

“要成为一家百年车企，总得付出代价。”

王海松想起了上次见面时最后常丰说的话，也想起了自己那坚定的回答。

“道歉是不是正确的事，我不知道，但道歉真的很难。”王海松叹了一口气。

“容易的话，其他人就都做了。”常丰视线上移，像是在回忆什么。

柳静芸知道常丰在回忆什么，明日汽车网能一路壮大，就是因为一直在做竞争对手觉得难而不愿意做的工作。网站的创始人顾寒当初一直强调这一点。

三人都没有再说话，静静地喝着咖啡，好像都陷入了沉思。

“时间差不多了，我得赶回总部了。非常感谢两位能抽出时间和我见面。”王海松慢条斯理地把咖啡喝完后，看看时间，站起身来，和他们握手告别。

柳静芸和常丰站在路边看着王海松坐进出租车，车辆启动，慢慢向远处驶去。

“他会怎么做？”柳静芸问道。

“我不知道。”

“你觉得他会怎么做？”

“我觉得他会做正确的事。”常丰想了想，回道。

此时常丰的手机响了，来了一条短消息。发送人，王海松。

“回头我把召回声明同步给你，你帮我在你们网站置顶。另外，记住你说的话。”

常丰笑了起来。他说过很多话，但他知道王海松指的是哪一句。

“如果说中国会出现一家百年车企，我相信会是你们。”

萨拓汽车声明

针对近期网友热议的萨拓5以40km/h～50km/h的速度行驶时自动刹车系统失效的问题，萨拓汽车高度重视，我们技术部门第一时间进行了详细全面的分析，结果显示，该问题确实存在，萨拓5确实有产品缺陷。

我们向广大消费者表达真诚的歉意。

针对该问题，我们已经提出了全新方案，在确认方案的可行、可靠后，会对自动刹车系统程序进行全面改造升级。在此之前，萨拓5全系新车会全部停止销售。

我们已经向国家质检总局备案了召回计划，即日起，召回所有售出的萨拓5新车。我们的授权经销商将主动联系相关车主，安排召回事宜。车主可以拨打我们的官方服务电话进行咨询，也可以登录国家质检总局网站及萨拓汽车官方网站了解更多信息。

感谢大家一直以来对萨拓汽车的关注。萨拓汽车一直秉承消费者权益至上的理念，持续致力于造车工艺的进步。我们会继续努力，为消费者提供更好、更安全的产品。

对于萨拓 5 给大家带来的困扰和担心，我们再次表示真诚的歉意！

次日早晨，所有关注萨拓 5 事件的网友，都被萨拓汽车这条声明刷了屏。这件事不仅在微博和明日汽车网论坛被广泛热议，各大新闻网站也纷纷报道。

道歉不新鲜，召回也不新鲜，但是中国车企的道歉和召回却极为少见。尤其是召回，这是自主品牌历史上第一次大规模召回。

“干得漂亮！继续支持萨拓，希望自主品牌越来越好！”

“这才是一个企业应有的担当，这样的企业才能做大、做强。”

干净利落地承认是产品缺陷，真心实意地认错道歉，萨拓汽车的做法让人无可指责，很多网友在表示谅解的同时还表达了欣赏之意。不少业内人士认为，这是中国汽车史上的一个里程碑。

道歉当然不一定能得到原谅，也有不少人并不满意，只不过夹杂在漫天的赞誉声中，荡不起任何的浪花。

蒋哲很不高兴，如果不是考虑到手机是新买的，地板就会再次实现与手机的亲密接触了。

萨拓汽车怎么就道歉了呢？按照他的预想，萨拓汽车的套路，应该是先买通陈卢阳删除视频，陈卢阳不吃这一套的话，就雇用大批的水军把负面消息全部盖过去，同时给所有车评人撒钱，众口一词，众口铄金。车企不是一直都这么做的吗？

而且，道歉不是不能取得原谅吗？蒋哲想起自己发道歉时，那铺天盖地的唾骂。为什么萨拓汽车的道歉声明风评却如此之好？

蒋哲不明白，但是隐隐感觉到，如果车企以后都像萨拓汽车这样做，他的饭碗就没有那么牢靠了。

常丰看着网上的评论倍感欣慰。在这份声明的背后，他想象到了王海松承受的压力。

萨拓汽车面临巨大损失是不可避免的，尤其是重金打造的萨拓 5 上市销售没几天就草草收场，即便道歉声明发挥了一部分作用，重新开售后，想必销量也不会太好了。这份声明可能会直接影响到萨拓汽车今年甚至近几年的发展计划。从这一点看，王海松和萨拓汽车的管理层能做出这个决定，的确魄力十足。

另外，常丰已经收到消息，萨拓的年轻总裁被炒了，王海松重新出任萨拓集团总裁，近日即会对外宣布。

“企业绝不能交到只考虑收入的职业经理人手中。”这是昨天萨拓集团董事会上，王海松说的一句话。

相比于萨拓汽车的声明，明日汽车网的道歉信就没有那么大的热度了。

明日汽车网对于在这次萨拓 5 评测中出现的疏忽表达了歉意，表示以后一定弥补不足，更加努力。同时郑重申明，明日汽车网绝不会让商业利益影响到一直以来的公正、真实、客观。道歉信中没有提到马庆，完全以公司名义揽下了这次的责任。

老网友对明日汽车网的道歉信见怪不怪，一边懒洋洋地在评论里说声知道了，一边兴高采烈地给网站新人普及当年明日汽车网创始人顾寒亲自写长文给网友道歉的传奇事迹。

明日汽车网的流量在马庆被陈卢阳打脸之后，滑落了几个百分点，如今的道歉信和萨拓汽车的声明，反而把流量拉回到平常水平。

多年坚持做正确的事的明日汽车网，再一次得到了回报。

马庆今天没有来上班，以生病的名义休息了。常丰心知肚明，一挥手批了他一周的假，让他多休息几天。

对于明日汽车网以公司名义揽下责任，没有提到他的事的举措，马庆微微感激，但也仅此而已。作为公司员工，公司护着不是理所当然的嘛，更何况是有苦劳又有功劳的老员工。

和大部分网友的反应不同，萨拓汽车的声明虽然也让马庆有几分惊讶，但更多的是刺眼。在他看来，这份声明彻底把他钉在了耻辱柱上。以后只要有人提起这个中国汽车史上的里程碑，他就会作为重要角色被人同时提及。当然，是重要的负面角色。

而陈卢阳呢？当他被提及时，估计会被人捧成英雄吧？单枪匹马，力挽狂澜，掀翻了整个车评圈，最后让国内第一大车企低头认错，大大加快了中国汽车发展的进程。

马庆心中涌出几分酸涩。本来英雄的角色应该是我的呢。

萨拓汽车的声明和明日汽车网的道歉信发出之后，陈卢阳的粉丝疯狂了。在他们看来，萨拓5这件事上，陈卢阳的表现堪称传奇。默默忍受着整个车评圈的打压而不动声色，于无声处绝地反击，逆势狂飙，最后大获全胜。他们趾高气扬地在每个车评人的微博下留言，就像是胜利大游行。他们从来没有像现在这样骄傲和自豪过。

他们在陈卢阳的微博下边留言，深情呼唤他们的英雄出现，告诉他萨拓汽车和明日汽车网都道歉了，让他赶紧来看，并让他发表获胜感言。

但整整一天，陈卢阳都没有出现。就在粉丝们失望不已，都以为陈卢阳不会再针对这件事发声的时候，陈卢阳的微博更新了。

只有两句话。没有像以往一样飞扬跋扈，这次的语气平淡中好像带着几分感慨。

“谢谢大家告诉我，我看到了。我想，这就是我做车评的意义所在。”

第七章 “战”后的变化

柳静芸见到陈卢阳的时候，发现他和之前有些不一样了。

以前的他一直都是一副轻狂的模样，尤其是做出什么成绩的时候，得意嚣张的劲头儿任何人都能一眼看出来。然而现在已经坐下十几分钟了，也就刚开始平淡地聊了几句，之后他就一言不发，低着头搅拌着咖啡，和之前滔滔不绝的形象大相径庭。

“你不会又分手了吧？”柳静芸开了个玩笑，打算打开局面。

陈卢阳摇了摇头，仍专心致志地搅拌着咖啡，仿佛在做一件神圣的事。

柳静芸摸了摸陈卢阳的额头，并没有发烧的迹象。

“我没事，姐。”陈卢阳说道，声音无精打采。

“那你怎么回事啊？看你没精神，也不说话。好像是你约我出来的吧？你要是不想说话，我就回去了啊。”柳静芸只得拿出撒手锏，威胁道。

“别，别。”陈卢阳连忙抬起头看向柳静芸，手上的动作也停了下来。

柳静芸盯着陈卢阳，带着几分关切，问道：“说说吧，怎么回事啊？按理说，你打了一个大胜仗，就算你对此习以为常，但也不应该像现在这样垂头丧气啊，不知道的还以为你是输了的人呢。”

“我不知道怎么形容这种感觉。”陈卢阳叹了一口气，说道。

“这样，我问你吧。”柳静芸想了想，说道。

见陈卢阳点了点头，她问道：“是萨拓 5 这件事造成的吧？”

“嗯。”

“你打了所有车评人的脸，也让车企低头道歉了，你不开心吗？”

陈卢阳先是摇了摇头，随后又点了点头。柳静芸不解地看着他。

“本来是很开心的，但是现在又不开心了。”陈卢阳解释道。

“那是什么时候变得不开心的呢？”

陈卢阳低头想了想，想继续搅拌咖啡，又把手放下了，抬起头说道：“就是突然不开心了，我也挺莫名其妙的。”

柳静芸没有接话，就看着陈卢阳，希望他能继续说下去。

“本来呢，马庆、蒋哲那些人刚开始那么嚣张，我就憋着一口气要压过他们。你也知道我不喜欢他们嘛。后来我确实做到了，我还录了好几个视频，让他们颜面尽失。那时候我确实很高兴。”陈卢阳看着天花板，好像在回忆，继续说道：“那天晚上我还和团队的人小聚了一下，算是庆祝，和以前打赢的感觉倒是没什么不同。后来我看到蒋哲发的长文，还有马庆骂我的话——他后来删了，但是网友给我截图了——我也没当回事。他们不是一直这么做的嘛，而且我确实砸了人家的饭碗，骂我正常。再后来呢……”陈卢阳停了下来。

柳静芸听到这儿，好像抓到了陈卢阳想表达的东西，问道：“后来你看到萨拓汽车的声明，是不是突然觉得没有奋斗的动力了？”

就像经常出现在故事里的情节一样。某个人从小时候记事开始，就知道自己有一个杀父仇人，但是他当时年幼，没有能力，而杀父仇人武功很高。这个人就为了手刃杀父仇人，忍辱负重，勤练武功，终于在几十年之后，把杀父仇人亲手杀死。而此时，这个人发现自己没有活着的动力了，于是自杀了。

同样的道理，陈卢阳一直想改变目前国内汽车行业的一些弊病，努力了这么多年，突然发现真的改变了，也难免会出现几分迷茫。

陈卢阳缓缓摇了摇头，说道：“可能有一部分，但不是主要的。”

“那什么是主要的？”

陈卢阳没有直接回答，坐直身子，问道：“姐，你觉得我的工作有意义吗？”

“当然啦，由于你的工作，萨拓汽车才低头的，这可是中国车企第一次大规模地召回问题车辆。你没看网上说吗，这是中国汽车史上的里程碑。你起大作用了。”柳静芸不明白陈卢阳为什么这么问。谁都知道陈卢阳在这次事件中的作用。

“我不是说作用，而是意义。”陈卢阳指了指自己，“对我自己的意义。”

“而且我的作用没你想象中那么大，萨拓汽车能道歉、召回，是因为他们管理层思想的进步。如果他们的思想不转变，我再怎么打那些车评人的脸，都是没用的。我觉得中国的汽车行业始终是在前进的，就算没有我，也迟早会有这么一个里程碑。”陈卢阳像是找到了思绪，锁着眉头慢慢说道。

柳静芸这才知道陈卢阳郁郁寡欢的原因，他竟然怀疑自己工作的意义所在了，而且还是在他光芒最耀眼的时候。不过，柳静芸能理解，因为她也遇到过这种情况。

“我明白了。我给你讲一下当年我的经历吧。”柳静芸撩了撩头发，眼神中出现几分怀念。

“我刚入职明日汽车网的时候，工作内容是处理论坛投诉。是个很基础的工作，但是我很珍惜这个机会，所以我做得很认真，每条投诉都处理得尽心尽力。我当时的上司，也就是常丰，对我的工作很满意。当时我自己也很得意。

“但是在干了一年左右的时候，突然有一天，和你一样，莫名其妙地就觉得自己的工作没有任何意义了。我觉得这么简单的工作，随便找个人就能做，有没有我又有什么区别呢？我拿这么多工资，都对不起这份简单的工作。想了几天，一直没有走出来，我直接找常丰提离职了。常丰当时也很惊讶，就问我原因。我说，我觉得我的工作没有任何意义。常丰后来说了一段话，我到现在还记得。

“他说每个人存在于这个世界上，并不都有价值，但肯定有每个人的意义所在。因为每个人从出生之始，就会对周围产生影响，只不过有人影响范围大，有人影响范围小。影响大的，可以通过互联网或者其他方式，对这个世界上几亿甚至十几亿人产生影响；影响小的，可能只会对父母、朋友产生影响。但不论大小，只要能给人带来积极正面的影响，其存在就有意义。

“他说拿我的工作来说，可能我觉得很简单，但我尽职尽责地处理好一条投诉，就可能会让这个投诉的人心情舒畅，我处理了成千上万条投诉，就影响了成千上万个人。只要我积极认真，就会让成千上万的人拥有好心情。这已经不是有没有意义的问题了，而是意义有多大的问题。

“在世界上某个偏远冷僻、人烟绝迹的角落，总有那么一朵野花存在。没有人注意到它，但它依然倾尽全力顽强生长。有人可能会问，无人知晓，它的存在有意义吗？有的，因为孕育它的大地一直在看着它。所以，它要迎风怒放。”

听完柳静芸所说，陈卢阳陷入了深深的思考中。柳静芸也没有继续说话，心中有些感慨。

当年如果没有常丰那番话，她肯定就离职了，而且抱着自己的工作没有意义的心态，想必以后的工作也不会顺利的。

常丰像是经历过同样的困扰，不然也不能为她解惑。如果他是自己想明白走出来的，那一定煎熬很多个日夜。

感激并且心疼，柳静芸心中涌现出这两种情绪。

“我明白了，姐。谢谢你。”像是阳光透过厚厚的云层照了进来，陈卢阳笑了起来，真诚地对柳静芸说道。

“跟我说什么谢。你能想明白就行。”柳静芸见陈卢阳恢复了往日的阳光，也高兴起来。

陈卢阳捏着下巴说道：“没想到常丰这个死板固执的人，居然能想明白这样的道理，真是让我刮目相看。”

“嘿，这次相当于常丰帮了你，你还不领情。”柳静芸有些无语。陈卢阳刚从困扰中走出来，嘴就开始不饶人了。不过也看得出来，他确实是没事了。

“我这是夸他呢。我要是损人可不止这点儿功力。”陈卢阳喊冤。

“知道你厉害了。不过说实话，你得彻底改变对常丰的看法了，不要把个人情绪牵扯到对一个人的印象中。”

陈卢阳撇撇嘴，不以为然。

柳静芸见状，说道：“你知道这次萨拓汽车低头，是谁推动的吗？”

“当然是我啦，还不是因为我光芒四射，他们想掩盖都掩盖不住，才不得不认错的。”陈卢阳正扬扬得意，看到柳静芸正戏谑地看着他，细细一想，惊讶地叫道：“你该不会说，是常丰吧？”

“没错，这次可以说是你和常丰两个人合作，才促成了当前的局面。”柳静芸把那天常丰劝说王海松的话跟陈卢阳说了一遍。

陈卢阳听完，不可思议地说：“我居然和常丰莫名其妙地合作了……”

“其实我感觉，你对常丰和我们明日汽车网偏见挺深的。”柳静芸说道，语气如常，倒也没有质问的意思。

陈卢阳犹豫了片刻，说道：“不瞒你说，姐。虽然你一直说明日汽车网多么多么好，但我心里还是认为明日汽车网和其他车评人没有什么区别，都是一丘之貉，和车企狼狈为奸。看马庆评车的风格，对于缺点说得那么委婉，任谁看都觉得他充值了吧？那次见常丰，对他的印象也不好，一副固执死板、不近人情的样子。我一直认为这种人都是标准的商人，以追求利益为最高准则，是那种为了利益就会铤而走险的人。我很讨厌这种人。有时我真不明白你为什么会喜欢常丰，几次想劝你，但每次只要一说起来，你就非常伤感，所以我也就不说了。”

柳静芸见陈卢阳停顿了下来，满怀期待地问道：“那现在呢？你的看法有什么改变吗？”

“常丰和我不是一类人，所以我和他之间不会惺惺相惜。”陈卢阳见柳静芸的表情出现几分失望，连忙又说道：“但是，听你说了他做的这么多事情，我至少已经不讨厌他了。”

柳静芸的表情这才有几分缓和，说：“其实，你们是同一类人。”

见陈卢阳有些不屑，好像在说怎么可能，柳静芸解释道：“你和常丰都是理想主义者，虽然性格上差异很大，但是思考方式都是一样的。比如，你们原则性都很强。你可以说是唯一不充值的车评人，明日汽车网大概也是唯一不充值的汽车网站，这些都是在你们坚守原则的前提下才能做到的。你经常说常丰固执，但从另一个角度来看，这其实是执着。这一点和你也一样。有原则，必须要去坚持，不然原则只是一纸空文。你们都能坚守原则，证明你们都很执着。差别比较大的，肯定是你们的性格吧。其实常丰并不是一个不苟言笑、一板一眼的人，当年他也和你一样锋芒毕露、轻狂张扬，遇到看着不爽的事就破口大骂，做出成绩之后就炫耀嚣张。只是这么多年下来，职位越升越高，考虑的事情越来越多，性格也就越发内敛，不能像之前那样不顾及形象了。”

“人都会变的。”柳静芸带着几分伤感，看着陈卢阳说道，“你有一天也会变的。”

陈卢阳竟然没有反驳，沉默了下来。

柳静芸觉得陈卢阳可能理解错了，解释道：“不是说人的本性会变，只是说性格。从外向变内敛，或者从激进变保守。”

“姐，我明白你的意思。”陈卢阳知道让柳静芸误会了，说道，“我认同你说的,人都会变的。”

“我觉得你经历了萨拓5这件事突然成长了很多啊。”柳静芸感慨道。执着的人往往都固执,别看陈卢阳经常说常丰固执,其实他也是一个固执的人,轻易不会改变想法。没想到这次居然变了这么多。

“之前有些事情想得太过绝对了。”陈卢阳说道。

“比如呢?”

陈卢阳认真起来,说道:“中国车企目前卖车都是通过充值、软文、水军等手段,而不是正常地通过口碑传播。因为他们都知道自己做的车不咋地,没啥口碑。这十几年来一直是这样,我以为他们在接下来的十几年里,依然会如此呢。没想到,现在这个阶段,他们竟破天荒地道歉、召回了。虽然只是一家,但确实有变化了,大大超出了我的预期和想象。我低估了他们,也低估中国汽车行业的发展了。既然他们都变了,我想我也要做出一些改变了。我之前一直和车企绝缘,不接受他们提供的车,也不和他们进行任何沟通交流,也正是因为这样,我才失去了对他们的了解。我打算以后接受车企的试驾车了。”

柳静芸今天不止一次惊讶了,她没想到陈卢阳的转变这么大。如果说之前陈卢阳和其他车评人最大的区别就在于评测车的来源,这么一改变,两者的界限就完全消失了。陈卢阳的粉丝最为骄傲的就是他独自买车评测的与众不同,如果改变了,粉丝们能接受吗?而且,用了车企的车,能保证观点不带有任何的倾向性吗?即便陈卢阳宣称,用车企的车评测依然会保持公正、真实、客观,但粉丝们能相信吗?

陈卢阳看出了柳静芸的疑惑,说道:“我的原则肯定不会变的,拒绝充值,保持公正真实。车企只负责提供车辆,对车的观点我想怎么说就怎么说,他们无权干涉。如果车企不接受这一点,我就不会用他们的车。至于其他人的质疑,我会在乎吗?他们爱信不信。”

蜿蜒的山路上看不到其他车,只有两辆车一前一后行驶着。今天的阳光并不强烈，太阳眯着眼，万分努力，终于透过了道路两旁茂密的林木，把阳光撒在了这两辆车上，把两辆车变得亮光闪闪，就像穿上了新装。

陈卢阳戴着墨镜开着车，但仍觉得有点儿亮，就打开了天窗遮阳帘，看到亮度终于降了下来，他满意地点点头。山路很好走，就是拐弯比较多，速度提不起来。又拐过一个急弯之后，陈卢阳抱怨道：“也不知道常丰怎么想的，非要走山路。如果走高速，这时候早就到了吧？速度提不起来，一点儿也感受不到驾驶的乐趣。”

说完，等了半天，并没有得到回应，陈卢阳驾驶的间隙转头看了一眼副驾驶座的柳静芸，见她一直盯着前车发呆，心里觉得有些好笑，说道：“喂喂，姐，你就这么想坐常丰的车啊？就算你想坐他的车，但是你现在在我的车上，能不能搭理我一下啊？太伤我的心了。”

柳静芸像是刚缓过神儿，听见了陈卢阳刚说的话，带着几分羞恼说道：“瞎说什么呢。”

“你就算想，也没办法啊。总不能你坐常丰的车，让韩梦岚那小姑娘坐我的车吧？不合适。所以放弃你不切实际的幻想，老老实实待在我车上享受一下我高超的驾驶技巧吧。”

柳静芸、常丰、陈卢阳、韩梦岚四人正在前往农家乐的路上，常丰和陈卢阳各驾驶一辆车。柳静芸坐在陈卢阳车上，韩梦岚坐在常丰车上。

这次出来还是韩梦岚提议的。她说周末想去郊外玩两天，让柳静芸陪她一块儿去。柳静芸也有这方面的意思，但是觉得两个人太少，于是就邀请了陈卢阳和常丰。邀请常丰是她的小心思，本来也没觉得他能来，没想到他答应了。

“你还磨叽？跟你说了，我不是在想这个事。”柳静芸作势要打陈卢阳。

“别别，咱们在山路上，你这一打弄不好就一车两命了。我还没结婚呢，姐。”陈卢阳动作没有一点儿变化，语气很夸张地说道，“那你刚才想什么呢？”

柳静芸盯着前车，说：“我刚开始邀请常丰时，也没抱什么希望。按他的性格，应该不会出来的，这次却不知道为啥。感觉萨拓 5 这件事之后，你们都有些改变。”

“你不用想那么多，说不定他只是无聊了呢。再说，他出来不正好合你的心意了吗？你开心就行了。”

“嗯，他能一块儿出来，我确实挺开心的。”柳静芸笑着说。

“你能一块儿出来，我真没想到呢。”韩梦岚睁着大大的眼睛，望着常丰说道。

“哦？为什么呢？我看起来像是个很宅的人吗？”常丰笑呵呵地问道。

“我说错了，应该是静芸姐没想到呢。本来呢，我就是想邀请静芸姐一块儿出来玩儿，静芸姐说问问她表弟和你来不来。静芸姐说你不太喜欢这种热闹，来的可能性不大。结果没想到你还真来了呢。”

“平常公司这些活动我还真是不怎么参与。这次就咱们几个人，挺好的。”

“我平常就一直守着店，也没什么人玩。如果我和你们一样上班，公司的活动我肯定愿意参加的。热闹一些多好啊。”

常丰降慢速度，小心翼翼地通过一个急转弯之后，才开口说道：“我反而更羡慕你开咖啡店呢，没有那么多尔虞我诈和钩心斗角。等以后退休了，我也要开一家咖啡店。”

“到时你有不懂的可以请教我呀，我可是前辈。”

“那就说好啦，到时找你，你可不能耍赖不认账啊。”

韩梦岚哼了一声，说道：“我才不是那种人呢。我可是要当海贼王的男人，说到做到就是我的忍道。”

“这是《海贼王》和《火影忍者》里的话？”

“是啊。你也看过？”韩梦岚张着小嘴，一脸惊讶地问道。她以为，常丰每天这么忙，应该没有时间看，也不会对动画感兴趣的。

常丰看到韩梦岚的反应，觉得很有意思，笑着说道：“那当然，你以为我是谁？在下坂本。”

“啊？”其他人可能听不明白，但韩梦岚闻言差点儿从座位上跳起来，满脸的兴奋。“没想到你这样的大领导也看这些呢，我以后就可以跟我漫圈的同好吹牛了，爱看动画、漫画的并不都是我们这样的死宅呢。”

转过头来后，韩梦岚看常丰已经是看同道中人的眼神，满脸好奇地问道：“你还看过什么啊？你都在什么时间看啊？你不是很忙吗？”

常丰不说话，打算装出高深莫测状，但看到韩梦岚好奇的眼神，就说道：“其实我大学时非常喜欢，但是后来确实没时间了。偶尔也就是翻翻资讯，看看有什么新番出来。不过都没有时间看。”

“这样啊，其实你都没看过啊。”韩梦岚见常丰并不是一个漫迷，嘟着嘴巴，有些失落。

“《海贼王》和《火影忍者》我倒是看过，但是现在发展到什么情节，我就不知道了。”

“你想知道后边的情节吗？我给你讲讲吧。”韩梦岚兴高采烈地说道，刚刚的失落已经被抛到九霄云外去了。

“好啊。我想想我当年看到哪儿了。”常丰嘴角上扬，也高兴起来。

两辆车依次停了下来。柳静芸和陈卢阳下车后发现这是一处山坳，旁边是一条长长的溪流，一眼看不到尽头，溪水流动得非常缓慢，仔细看还有鱼游过。两岸郁郁葱葱，更远处是一大片森林，称得上山清水秀。

常丰选的地方真心不错呢，柳静芸心想。刚想向常丰说说她的感觉，发现常丰和韩梦岚还没下车。

陈卢阳不耐烦地走了过去，敲了敲车窗，常丰才点点头，下了车，走向柳静芸。

韩梦岚一下车就又跑到常丰身边，比手画脚地说着什么，常丰侧耳倾听，一会儿疑惑地询问什么，一会儿又非常惊讶，一会儿又点头赞叹。

柳静芸不知道俩人什么时候这么熟悉了，居然聊得这么开心。惊讶的同时却又非常羡慕。

等两人来到身前，她若无其事地问道："你们聊什么呢，这么开心？"

韩梦岚跟常丰说了一句："先说到这儿吧，下回再接着往下说。你可别忘了。"

常丰点点头说道："不会忘的，放心。"

跟常丰说完，韩梦岚跳过来挽住柳静芸的胳膊，一脸兴奋地说："我给他讲《海贼王》呢。"

《海贼王》？常丰喜欢动画？柳静芸望向常丰。

"以前看过，和梦岚聊到这儿了，正好让她给我补补，省得我自己看了。"常丰跟柳静芸解释了一句，然后指了指山坡说道："咱们先上去找老板吧。"

他们四人订了三间房。陈卢阳和常丰一人一间，柳静芸和韩梦岚两人打算晚上叙姐妹情长，订了双人间。

虽然在山里，但是房间的环境真心不错。看到大大的浴缸，韩梦岚兴奋地对柳静芸喊道："姐姐，晚上一块儿泡澡啊。"

柳静芸脸色有些羞红，说道："好呀。"

等收拾好行李，已经快到晚饭时间了。柳静芸和韩梦岚到了吃饭的地方，发现陈卢阳和常丰已经到了。此时常丰正在串肉，陈卢阳在假装串肉。

"你不会就别弄了，我来吧。"柳静芸看陈卢阳笨手笨脚还不服输的模样，有些好笑，把他拉出了座位。

“嘿，我这不是串得挺好嘛。”陈卢阳扬起手中的铁签，结果一片肉直接掉落在地。

韩梦岚哈哈大笑起来，说道：“卢阳哥，你不是想做烤串，你这是想做烤肉吧？”

陈卢阳没有半分羞愧，点头笑道：“不错，我就是想做烤肉，还是梦岚深知我心。”

“别贫了，把你这个给我，你串一些别的吧。”柳静芸笑着说道。

“静芸姐姐，我和你一块儿。”韩梦岚蹦蹦跳跳地挤了进来。

柳静芸往旁边挪了挪，给韩梦岚腾出一个位置。韩梦岚坐下后看了看，惊讶地喊道：“静芸姐，常丰哥，你们串得真不错啊。你们是练过吗？”

“之前弄过，练倒不至于。”常丰说道，手上的动作不停。

“那你们弄吧，我就不献丑了。我去帮卢阳哥哥。一会儿烤的时候叫我，我会烤。”韩梦岚又风风火火地跑开了。

柳静芸转头看向韩梦岚的背影，笑着说道：“还好有她在，不然的话，咱们三个人估计就闷死了。”

常丰也笑了起来，想了想那个场景，摇了摇头说道：“如果只有咱们三个的话，确实太恐怖了。”

不远处，陈卢阳和韩梦岚已经凑在一块儿了。

“不是这么弄的！”

“是这样的，相信我，我怎么可能会犯错？”

“你这样弄就没法儿吃了。”

“吃个东西事儿那么多！”

听到俩人的交流，柳静芸和常丰对视一眼，都大笑起来。

“其实卢阳和梦岚挺合适的，性子都比较活泼，年纪也相仿。”柳静芸低着头一边忙活，一边说道。

常丰手上的动作突然停了，抬头看了柳静芸一眼，又不动声色地低下头，说道：“你问过他们俩吗？”

“问过啦，卢阳说性格不合适，梦岚说挺喜欢的，但是喜欢不一定要在一起。”柳静芸想到之前俩人的回答，无奈地说道。

“性格不合适？他们俩性格挺像的啊。”

“是啊，我也是这么觉得呢。不过当时卢阳跟我说，找朋友要找性格相似的，找对象得找性格互补的。”

常丰若有所思，好一会儿才点了点头说道：“有些道理。”

柳静芸没有接话，一言不发地低头串肉，看不清脸上的表情。

“我们弄好啦，看！”韩梦岚两手抓着大把的串，来到常丰和柳静芸身前，叫道。

柳静芸连忙让她把串先放下来，说道：“你们挺快啊。我们也快完啦。”

陈卢阳扬扬得意地说道：“也不看看谁和她一块儿。”

“呵呵，没有你，我弄得更快。”韩梦岚白了他一眼。

“小姑娘，你这么跟我说话，会被我的粉丝们打死的。”

韩梦岚抱住胳膊，一阵恶寒，说道：“你下一句该不会要说，从来没有人这么跟你说话，我成功地引起了你的兴趣？”

“想得美。你不是我的菜。”陈卢阳嫌弃地说。

“那我就放心了。”韩梦岚拍拍胸口，像是松了一口气。

柳静芸站起来身来，阻止了两人继续斗嘴，说道：“我们也好了，准备开烤吧。卢阳，你去准备炉子。”

陈卢阳无动于衷，像是没听到一样，只是表情有几分尴尬。

“某人一看就不会，如果需要本姑娘出马就说一声啊。”韩梦岚背着手在陈卢阳面前转圈。

“我去吧。”常丰说道，向着炉子走去。

“我和你一块儿。”韩梦岚追了过去。

“看来咱们俩只能等着吃了。”柳静芸对陈卢阳说。

夕阳西下，山里的暮色更加深沉，头顶昏暗的灯光亮起，但也无法照清四人的脸庞。直到红彤彤的炉火燃烧起来，才给整片寂静的山林增添了一笔油彩。

山里的温度迅速降了下来，柳静芸和陈卢阳回房间去给大家拿衣服。回来后，柳静芸发现，炉火把旁边的两个影子映在了身后的山壁上，就像是大自然给两人画了一副肖像画一样，协调而又生动。

柳静芸走到两人身旁，但两人都没有发觉，低声细语地讨论着什么，柳静芸只得拍了拍韩梦岚的肩膀，说道：“把外套穿上吧，夜里冷。”

韩梦岚回头看到是柳静芸，从火上拿过来一串刚烤好的肉，递给她，说道：“静芸姐，尝尝怎么样？”

柳静芸接过串来，把衣服递给韩梦岚，让她赶紧穿上。

“在炉子旁边不冷的。”韩梦岚嘟囔着，但老老实实地穿上了。常丰也穿上了陈卢阳递过来的外套。

“不错，非常好吃。”柳静芸咬了一口，连连点头，“这是你烤的，还是常丰烤的？”

“当然是我烤的。”见得到了认可，韩梦岚得意扬扬，看到常丰向她们看了一眼之后，小声说道：“好吧，是我们俩合作烤的。”

“好吃。交给你们了啊。”柳静芸又夸赞了一声，回到了座位等待。

陈卢阳眉头紧蹙地盯着手机屏幕，手指舞动，正发着消息，好一会儿才放下手机，眉头也舒展了许多。

“怎么啦？”柳静芸问道。

陈卢阳叹了口气，很是无奈地说道：“我们团队联系车企，没想到车企听到我们借车的要求，惊到了，非说我们是逗他们玩的，我自己给他们解释了半天他们才相信。”

“是借西姆 XM3 吗？”最近的热门新车就是这款，前几天柳静芸已经把车借到了，给了马庆。想必陈卢阳借的也是这款车。

陈卢阳点点头。

“谁听到都会吓一跳的。”柳静芸想起自己刚听到卢阳这个决定时的惊讶，倒是能理解车企的反应，又问道：“你跟他们说你的要求了吗？”

“说了，他们说没问题。很爽快，看来西姆汽车对这款车很自信。”

“这是你第一次跟车企借车进行评测，要小心一些。”

陈卢阳明白她的意思，对粉丝们当然不用小心，只需要看他们能否接受和认可。要小心的一定是同行。萨拓5事件几乎打了大半个车评圈的脸，颜面尽失事小，但因此影响了他们的收入，就是大事了。只要有能打倒陈卢阳的机会，他们一定会一拥而上的。

“放心吧，他们那点儿水平想跟我斗，还差得远呢。”陈卢阳不屑地说道。

“小心为妙。”柳静芸怕陈卢阳不当回事，再次提醒。

“知道啦。”陈卢阳郑重地答应了一声，然后揉了揉肚子，看向炉火处，“饿了，他们还没烤好吗？”看了一会儿，陈卢阳突然开口：“你看俩人的背影，像不像是夫妻档卖烤串？”

“嗯，挺协调的。”柳静芸也望了过去，有些出神。

今天晚上，山里没有风，万籁俱寂，只有炉火旁不时传来听得不太真切的说话声。

“我去看看好了没。”柳静芸站起身来向火炉走去。离得近了，逐渐能听清两人的对话。

“鸡翅好像好了，闻着好香啊。”

“是好了。你先吃一个吧，小心烫。”

“你也吃一个，咱们烤的，偷偷吃一个他们发现不了。”

“我一会儿吃。”

柳静芸脚步慢了下来，觉得现在过去不是一个好的选择，脑子里念头翻滚，犹豫了片刻，步子又正常起来。

“你们在偷吃啊。”柳静芸假装抓了个现行，说道。

韩梦岚不好意思地舔了舔嘴唇，把手里另一个鸡翅递了过去，说道：“静芸姐，你也吃。老香了。”

“我一会儿再吃吧。你辛苦半天了，先吃吧，要不我在这里帮你盯一会儿？”柳静芸跟韩梦岚说着话，视线却偷偷扫向常丰。

常丰正专注烤串，没有抬头。

韩梦岚把刚刚烤好的一大把串递向柳静芸，说道：“没事，马上就好，就别再把你的衣服熏上味道啦。静芸姐，你先把这些拿过去吧，你们先吃着。”

“好吧。”柳静芸接了过来，对韩梦岚说道，“那就辛苦你们啦。”

“不辛苦，我们还能偷吃呢。”韩梦岚扬了扬手里的鸡翅，笑嘻嘻地说道。

“静芸，你和卢阳先吃着，我们把这些烤完就过去。”常丰又递过来一把串，说道。

“嗯。”柳静芸点点头，抓着两把串回到桌上。

“嘿，可以啊。”陈卢阳像是饿坏了，立刻拿起一串吃了起来，边吃边含糊地说道：“不错，不错，手艺可以，比我在路边吃的好多了。”

柳静芸没有吃，静静地看着这些刚烤好的串。说起来，这还是第一次知道常丰有这种手艺呢。公司之前也有这类自助烧烤活动，但是从来没见常丰下过手，也可能是公司这类人才太多，轮不到常丰下手吧。

他在家应该也做饭吧？真不知道他天天加班，哪里来的时间做饭。还有动画，他居然也有时间看动画？

柳静芸突然发现，自己对常丰好像并不了解。认识九年了，以为对常丰很熟悉了，但生活中的常丰是什么样的，柳静芸非常陌生。她抬头看向炉火旁那道高大的身影，发现影影绰绰，只能看清一个大概轮廓。

柳静芸一直以为像她和常丰这样的人，工作中的自己就是全部的自己，因为他们基本上没有生活，时间几乎全给了工作。但现在发现好像也就自己生活得比较乏味，其他人虽然也很忙，但照样生活得多姿多彩。

柳静芸仔细想了想，觉得并没有什么可惜的，因为她在充实的工作中得到的享受，并不比其他人在生活中得到的少。

“难道我是传说中的工作狂吗？”柳静芸心道。

“来喽！”韩梦岚的喊声打断了柳静芸的沉思。

“辛苦梦岚啦。”柳静芸连忙接过韩梦岚手上满满两大把烤串。

“趁热赶紧吃。”韩梦岚笑着拍拍手，随后又转头招呼常丰：“常丰哥，快点儿过来，先吃。”

“这就来了。”

四人终于围着桌子坐了下来。陈卢阳给每个人都开了一瓶啤酒，直接举起瓶子说道：“来，喝一口。特别感谢常丰和梦岚两人的辛苦。”

柳静芸把啤酒倒入杯子，举杯说道：“谢谢常丰和梦岚。”

常丰笑道：“别这么客气。”

韩梦岚举起瓶子喝了一大口，豪爽地说：“既然你们上了我的船，咱们就是好兄弟。”

上什么船？陈卢阳和柳静芸一脸错愕，常丰却哈哈笑了起来，对两人说道：“别理她，又说二次元的话呢。”

陈卢阳一边狼吞虎咽，一边说道：“梦岚，别疯疯癫癫地说别人听不懂的话，当心以后嫁不出去。”

“卢阳哥，串好吃吗？”韩梦岚笑眯眯地问道。

“好吃呀。”陈卢阳嘴上没停，点点头，然后看到韩梦岚笑容中带着杀气，立刻正色说道：“我觉得，能烤出这么好吃的串的人，绝对能嫁个好人家。”

“那是。”韩梦岚小鼻子一皱，冷哼道。

“常丰，你还有这手艺呢？以前还真不知道。”柳静芸问道。

“以前和朋友出去玩，经常烤。这几年反而少了。”常丰又喝了一口啤酒，望着四周的夜色说道：“这几年像这样安逸的时间太少了。”

柳静芸也感叹道：“是啊，这几年大家都太忙了。原来刚入职的时候超级忙，大家都以为等上市就好了，结果上市之后更忙了。以前脑子里有好多计划，心想等有时间了就去一一实现，但现在一回想，都忘了当年有什么计划了。”

“你回头可以再规划一下，抓紧时间实现。我给你批假。”

“现在反而没什么觉得必须要去做的了。”

“抓紧时间嫁人，是必须要做的。”陈卢阳插嘴道。

“鸡翅也堵不上你的嘴。”柳静芸拿起一串鸡翅就塞了过去。

“其实卢阳说得对啊。公司目前也稳定了，虽说还是有些忙，但是绝对耽误不了谈个恋爱什么的。”常丰看了看陈卢阳，又看向柳静芸说道。

夜色很浓，头顶的灯光也驱不散，柳静芸无法看清常丰的表情。

“感情得顺其自然。”柳静芸说道。

听到这儿，陈卢阳伸出手，吸引住大家的注意力，说道：“要说感情这块儿，不是我吹，在座的各位加起来都比不上我。”

见柳静芸眉头一挑，陈卢阳连忙继续说道：“产生感情，肯定是要顺其自然的，强求不得。但是两人要发生感情，必须有人主动点破，不然一直顺其自然下去，永远不会有结果。”

陈卢阳一席话说完，柳静芸和常丰都没有说话，常丰还默默地端起杯子喝了一口啤酒。

“你的意思是让静芸姐主动？”韩梦岚一直听着没有说话，突然开口道。

“我的意思是，让姐走出去多认识一些人，不然连人都不认识，怎么产生感情？”陈卢阳表达的和刚才明显不是一个意思，不过韩梦岚并没有追问。

其实陈卢阳刚才表达得非常明确了，在座的人都听明白了。韩梦岚也反应了过来，为刚才的开口感到后悔。

柳静芸的心思大家都明白，但是你常丰是个什么意思呢？如果喜欢柳静芸，你就主动一些，总不能让女士开口吧？

陈卢阳上次和柳静芸聊完，对常丰的印象有了很大的改观，觉得常丰确实值得柳静芸喜欢。但是他实在不想柳静芸再受这种单相思的苦，也忍不了常丰装作毫不知情的样子，于是故意把话题引到了这里。

韩梦岚和陈卢阳对话完，都低着头对付手里的串，好像在享用天下最好吃的美食，连头都舍不得抬。

柳静芸突然有些紧张，端起杯子喝了口啤酒。

“静芸，你确实该走出去多接触接触。”常丰突然开口。

陈卢阳和韩梦岚听到后，都愣了。

柳静芸抬起头看向常丰，发现再怎么努力也看不清他的表情。貌似是夜色更深了。

酒到底是什么味道？问一千个人，可能会得到一千种不同的答案。有的人觉得酒是甜的，但是他们浅尝辄止，不想豪饮过度，失去这种感觉；有的人觉得酒是香的，天天酒池肉林，沉溺其中；有的人觉得酒是苦的，于是滴酒不沾。

柳静芸也觉得酒是苦的，但是此刻她没有一点儿要停下来的意思。

头总算有些昏沉了，但是为什么还是能思考，能回忆呢？之前发生的事情仍然历历在目。还不够，还要继续。

这一刻她说不上来是什么感觉，被辜负而失望？为付出而后悔？因不得而心酸？不知道，或许都有吧，但唯独没有对面前这个人的怨恨。或许自己早就预料到这样的结果了吧，只是一直在欺骗自己，或者只是不甘心。

九年的等待，怎么可能甘心呢？但是不甘心又能怎样呢？只是一厢情愿罢了。一厢情愿的人根本不值得可怜和同情，因为全是自作自受。

怎么还能思考呢？好烦躁啊，赶紧把自己灌醉吧。好像酒也没有刚开始那么苦了，不知道是酒变甜了，还是自己变涩了。

常丰他们三人都默不作声地陪着，没有劝阻，也没有安慰。韩梦岚看着不忍，几次想开口，都被陈卢阳用眼神制止了。

韩梦岚明白了，陈卢阳这是想让柳静芸彻底走出来，大乱才能大治。明白是明白了，但是她不能理解。看着常丰坐在那里一言不发低头闷喝，韩梦岚就有些替柳静芸不值。

如果你对她没有感情，就应该早早表明你的态度，而不是一直假装不知情，让一个姑娘把最美好的青春浪费在你身上。这不是故意耽误别人吗？

韩梦岚突然也生气了，不停地喝了起来。几次把自己喝得咳嗽不止。

很快，柳静芸和韩梦岚喝得都已经站不直了，两个姑娘的脸蛋都红扑扑的，头发凌乱，眼神迷离。韩梦岚钻到柳静芸的怀里一直叫着姐姐，柳静芸低声说着没事，不知道是说给韩梦岚听，还是说给她自己听。

常丰也喝了不少，但除了脸色发红，倒是和平常没什么不同。陈卢阳是四人中最清醒的一位，他根本就没怎么喝。

陈卢阳扶着柳静芸、常丰扶着韩梦岚，把两人送回房间。路上，韩梦岚清醒了一些，见是常丰扶着她，直接甩开了他，说了声“不要你扶我”，然后又踉跄地跑过去抱住柳静芸。

常丰苦笑着摇了摇头，陈卢阳示意自己会把她俩送回房间，让他先回去，一会儿过去找他。常丰点点头，就先回去了。

没多久，陈卢阳敲响了常丰的房门。

“她们怎么样？睡下了吗？”常丰开了房门把陈卢阳让进屋里坐下。

陈卢阳拿出烟向常丰示意了一下，常丰摆摆手表示不介意，陈卢阳点了烟抽了一口，说道：“韩梦岚还好，还算清醒，我把她俩送到之后，她说她会照顾好我姐的，就关上门把我赶出来了。”

“有人照顾就好。”常丰说了一句，之后就坐在床边低头沉思，一言不发。

陈卢阳吞云吐雾，把整个人都笼罩在烟雾中。好一会儿，他抽完最后一口香烟，把烟头摁灭在烟灰缸里，开口道：“谢谢啦。”语气轻松，态度真诚。

“嗯？”常丰诧异地抬起头，不明白这句谢谢从何而来。陈卢阳应该生气才对吧，此时对着他一通大骂才符合情理吧？

陈卢阳并没有看向常丰，盯着墙壁目不转睛，就像在看一副绝世山水画，说道：“谢谢你今天了却我一桩心愿。我肯定是希望我姐能好好的，天天开心。平常还好，但是只要提到你，她的情绪就会低沉下来。应该有好几年了吧。刚开始我是为我姐不值，我姐各方面都那么优秀，为什么要在你常丰身上浪费这几年时间？你到底何德何能？第一次在南京的医院见到你，确实印象极为糟糕，你固执、死板，当时我觉得你是那种为了利益能放弃一切的人。当然，后来我慢慢改观了，你确实人还算不错，也很有能力。但是你人不错，就可以把我姐吊在身边这么多年吗？我不信你不知道我姐对你的感情，你肯定能知道的。你如果不喜欢我姐，就拒绝；你如果喜欢，就点破。但你一直无视或者故意忽视我姐的感情，在我看来，你就是在耽误我姐的青春。

“当然，你这也算不上玩弄别人的感情，跟我姐性子执拗也有很大关系。而且你们中间应该还有别的我不了解的事，那大概就是你故意忽视我姐感情的原因。不过，我不关心这些。我只想让我姐尽快从目前这种单恋的状态中走出来。你们能在一起当然最好，我姐多年的感情付出也有回报。但是通过平常和我姐的聊天，我就知道你们是不可能走到一起的。所以，我才更要快刀斩乱麻。虽然这样做有点儿自作主张，而且比较自私，但是我宁愿我姐痛苦一段时间，从此走出来。”

常丰听完，认真地看着陈卢阳说道：“谢谢。”和陈卢阳的谢谢不一样，常丰是谢谢陈卢阳对他的理解。

陈卢阳摆摆手，说道：“不用谢我。不过以后我要是知道，你就是故意吊着我姐这么多年的话，我不会放过你的。”

“你不会有这个机会的。”

这句话可以理解为陈卢阳永远不会发现，也可以理解为他不是故意的。

陈卢阳说道：“那就好。”显然是选择了后一种。

“我能问一下，你对我的印象为什么突然好转了吗？”常丰突然问道。

“大概是因为我听说了你劝王海松道歉的事吧。”陈卢阳想了想，说道，“当时我确实很吃惊，因为劝人道歉是个非常吃力不讨好的活儿，不管对方听不听你的，都会面临交情破裂的可能。道歉是要放下面子的，对方听了你的，就会觉得在你面前失了面子；不听你的，对方就会想，你可能会觉得他不识好歹。我不知道你和王海松的私人关系怎么样，但是你能当面提出来，说明你肯定是个心胸广阔的人，并不是我之前想的那种靠钻营上位的人。”

常丰轻轻点了下头，表示了解了。

“虽然还是很唐突，但我越俎代庖地问一句，确实没有可能了吗？”陈卢阳问道。

常丰缓缓地摇了摇头，但是很坚定。他知道，陈卢阳指的是他和柳静芸走到一起的可能。

陈卢阳打了个响指，站起身来：“明白了，这样也好。今天说得够多了，回去睡觉啦。你也早点儿休息吧。”

次日早晨，四人已经在返程的路上了。本来按计划今天还有钓鱼和漂流的项目，但是大家都没有什么兴致，就决定直接回去了。

陈卢阳倒是没有觉得不尽兴，相反，他还觉得很圆满，此时一边开车，一边吹着口哨，头跟着节奏一摇一摆。

“你能不能好好开车？咱们可是在山路上呢，我可不想和你死在一块儿。”副驾驶座上的人不满意了，拉紧安全带说道。

“梦岚，放轻松。你也不想想我的工作是什么，我是专门给人评测车的，没有两把刷子能干这份工作吗？开车对我来说跟吃饭一样简单。”陈卢阳嘴上满不在乎，但是动作却认真起来。

副驾驶座上的不是柳静芸，而是韩梦岚，柳静芸坐上了常丰的车。出发时，柳静芸跟韩梦岚说了一声，韩梦岚知道她和常丰还有些事要聊，就主动坐上了陈卢阳的车。

“你好像很开心的样子？”韩梦岚有些疑惑，同时有些生气。

昨晚的事，让作为好姐妹的她感同身受，一想到这种事发生在自己身上的可能性，就更是心有戚戚。相比于两人热恋的终结，长久的单相思更难走出来。

单恋，就是一个不断在回忆中美化一个人的过程。单恋宣告结束，相当于要否认所有的回忆，受到的打击可想而知。陈卢阳作为柳静芸的表弟，怎么能看起来很开心的样子呢？

陈卢阳从后视镜看了韩梦岚一眼，说道：“我知道她这段时间可能会比较难挨，但是总要走出来的。长痛不如短痛，我姐的青春不能再这么无谓地浪费下去了。”

“怎么能说是无谓地浪费呢？我相信静芸姐在默默付出这段感情的时候，肯定也是乐在其中的。虽然没有得到一个好的结果，但是感情的事没有什么值不值得的，喜欢就行。”韩梦岚认为陈卢阳这是在践踏柳静芸的感情，气鼓鼓地说道。

“喜欢没问题，但是能单方面喜欢一辈子吗？再美好的感情，得不到回报，只是一厢情愿。”

“即便是一辈子一厢情愿，也不会后悔的。”韩梦岚看着道路两旁的野花，它们生长在偏僻的角落里，没有人看到，但依然执着地、骄傲地盛放，它们也不会后悔的。

“但是会错过更多的美好。你想想年轻的时候，当然，我们现在也很年轻，你想想以前，你应该也会遇到一件物品，当时非常喜欢，感觉不拥有它人生就不完美了。后来你可能真买了它，或者没买，无所谓，你现在回想那件物品，它真是不可或缺的吗？”

韩梦岚不得不承认陈卢阳说得有道理，但仍怒气难消，冷哼一声说道：“反正喜欢的时候用力喜欢就好，考虑那么多就不纯粹了。”

陈卢阳笑了笑，没有继续说话，知道韩梦岚心里是认同了。

韩梦岚沉默了一会儿，突然探头向外面望去，结果什么也看不到，又靠回座位，问道：“他们应该没事吧？”

“能有什么事。”陈卢阳轻松地说道，但也露出了几分关切。

山林青秀，碧空如洗。刚刚经过一个下坡，前方一览无余，天地连在一起，车子像是在驶向镶着白花的蓝色幕布。

车内没有说话声，只有轮胎碾压地面的胎噪声，和灌进来的呼呼风声，车窗被柳静芸打开了一条缝，她脸色平静，抱着双臂，望着车窗外，任由山里的风吹乱额前的发丝。

柳静芸是想和常丰好好聊聊，本以为想说的话会很多，但坐上车后却一直不知道从何说起。是表达自己的失望伤心，还是幽怨不甘？抑或假装无事？

常丰也一直没有主动开口。呵，就和他以往一样啊，我们俩不聊工作的时候，总是这样安静。说起来，他好像也就跟我无话可谈的样子，昨天和梦岚在一块儿的时候，话还是不少的。我可能是真的太无趣了吧，男人大概都不喜欢无趣的女人吧？

头还有点儿疼，昨天喝酒的后遗症来了。不过，酒确实是个好东西，至少，现在想起来好像没有太伤心了。

突然风没了，车窗合上了。

“别吹风了，昨天刚喝的酒，别吹感冒了。”常丰温和的声音传来，让柳静芸有些心动。果然他还是关心我的。

“谢谢。”柳静芸轻声说道，转过头来看了一眼常丰，发现他专注地开着车，眼睛盯着前方的道路。

“以后别喝那么多酒了，对身体不好。说来，上次你在南京喝多，卢阳还把我骂了一顿呢。”

不到一个月的时间，连续醉倒了两次，对于柳静芸来说，确实是很频繁了，虽然上次喝酒是工作需要。那次多好啊，帮到了他，特别开心，而这次却是因为伤心，单纯为了把自己灌醉才喝的酒。想想那次还跑到大街上给他打了那么长时间电话，以后恐怕再也没有那样的机会了。

柳静芸突然心生伤感，又默而不语了。

“想聊聊吗？”常丰突然问道。

“聊什么？”柳静芸一阵紧张，脱口而出。

“就是我们俩的事。”

常丰主动开口，是柳静芸期望的。但现在他真的说了出来，柳静芸却有种想逃避的感觉，难堪不至于，但是很窘迫。毕竟作为一个女人，单相思无法做到光明正大，单相思而不得，更是难以启齿了。不过，柳静芸很快调整了过来，工作方面的经验在这时起到了作用。事情总要解决的。

“你说吧。”柳静芸平静地说道，脸上看不到任何表情。

常丰像是陷入了思考，也像是在专心开车，过了好一会儿，他才说道：“其实，你不用多想的。不是你的问题，也不是我的问题，只是确实不合适吧。”

哪里不合适呢？难道工作上不合拍吗？

像是知道柳静芸心中所想，常丰又继续说道：“工作上我们合作得很好。但是生活上或者感情上的事，不能用工作方式来处理的。工作上可以分出个正确或者错误，遇到问题解决问题，但这不能应用到生活和感情上，尤其是感情方面。因为在感情上，好多时候并没有对错。工作上几乎容不下包容，但感情上却缺不了包容。这么多年，我几乎把时间都扑在工作上了，好多习惯很难改过来。如果不留意，用工作的方式对待了生活，就会造成很恶劣的后果。我不敢再尝试了。”

柳静芸敏锐地捕捉到了常丰的字眼，惊讶地问道：“你说的是，再？”

常丰看了柳静芸一眼，眼中带着些许哀伤，说道：“我们，之前尝试过的。”

这句话让柳静芸脑中掀起了惊涛骇浪，电闪雷鸣划破漆黑的长空，汹涌的巨浪像一只只巨大的拳头，疯狂地冲击着高大稳固的堤岸。久经考验的堤岸岿然不动，巨浪更加狂暴起来，排山倒海一般接踵而至，像是赴死的飞蛾，更像冲锋的战士。堤岸不再固若金汤，持续的冲击让密不透风的防线出现了一丝裂痕。像是闻到了血腥味的野兽，万丈狂澜挟着磅礴万钧的威势向这丝裂缝发起了最后的冲锋。终于，堤岸发出了一声哀鸣，很轻微，但却盖过了雷鸣之声，像巨人一样，轰然倒地。洪水决堤，一泄如注，激荡的浪花冲向百米高空，欢呼雀跃。

柳静芸猛然抱住了头，秀眉紧皱，两眼紧闭，看上去十分痛苦。

夜幕落下，办公区无人了，灯光幽暗，电脑的指示灯微微闪烁。一个小姑娘趴在桌子上，双肩抽动，不时发出轻微的呜咽声。

一只温暖厚重的大手拍了拍小姑娘的肩膀，小姑娘抬起头，梨花带雨，楚楚可怜。

“哪里不会？我跟你说。”温和的声音扑面而来，像是拂过水面的凉风。

…………

会议室里，小姑娘坐在窗边，楼外雾霭沉沉，模糊了天地万物，遮蔽了和煦日光。

“你想好了吗？”还是那个声音传来，一如既往地温和，但又带着几分低沉。

“想好了，我要离职。我觉得我的工作没有意义。”小姑娘淡淡地说道，眼神中透着迷茫。

沉默了一段时间，声音又传来：“你听完我下边这段话吧。听完后你还是想离职的话，我不拦你。”

…………

办公室里，小姑娘抱手而立，精致的脸庞带着怒意，眼睛直勾勾地盯着桌面的文件，满含不服之气。

“你还不知道你做的方案有什么问题吗？”还是那个声音，此时却强压着怒气。

小姑娘冷哼一声，没有说话。

“你别不服气。坐过来，我一个个给你指出来。”声音不容置疑。

…………

草长莺飞，绿树成荫。公园小溪上的狭窄木桥就像时间的使者，看着人来人往，迎着日出日落。

小姑娘正迈着欢快的步子走在木桥上。她成长了很多，脸上的稚嫩完全消失了，变得温柔而又阳光。

突然姑娘红霞上脸，娇羞地低下了头。一只厚重的大手悄悄而又自然地握住了她的纤细小手。

…………

繁华的小吃街熙熙攘攘，姑娘把整个身子都挂在一条胳膊上，悠闲地走在街上，手里端着一份小吃。

“张嘴，啊——”姑娘叉起一块食物，对挎着的人说道。

“好吃吗？”姑娘把食物送到这个极其配合的人嘴里，又问道。

“你给我的，当然好吃。”笑声朗朗。姑娘笑靥如花。

…………

办公室，姑娘坐在办公桌对面的椅子上，低眉垂目，黯然神伤。

“你不应该直接给车企承诺的。”那个声音说道，声音中有责备，更有痛惜。

“你不能换一种方式来说吗？非要在会议上那么说我？”姑娘怒火迸发，委屈地喊道。

“对不起，我认为工作就是工作。”声音中透着坚定。

“但我是你的恋人。”姑娘摔门而出。

…………

卧室很简洁，打扫得非常干净。床头的台灯亮着，光线昏黄。姑娘手拿电话放在耳边，泪如泉涌。

“我们这不是在工作，你能不能不要拿工作的方式和我相处？”姑娘哽咽不已。

“对不起，是我做得不好。”电话那头的声音带着无限歉意。

“我不想再听你说对不起了。”姑娘挂断电话，泣不成声。

随着堤岸的崩塌，一幕幕画面在柳静芸眼前浮现，栩栩如生，活灵活现。柳静芸认出来了，画面里的姑娘就是她，而那个声音，是常丰。

被浪潮冲垮的堤岸，是她在记忆里构造的围墙，围墙里是所有她想忘却的画面。

她想起来了，不，她其实一直都记得的。她只是在假装遗忘。她假装一切从来没有发生过，假装忘记了大手握住小手那一刻的感觉。

很明显，她失败了。常丰的一句话彻底击碎了她所有的假装，一切都是在自欺欺人罢了。

为什么不能让我在假装中多待一段时间呢？那样的话，是不是我们还有可能？

柳静芸仰着头，捂着脸，不想让眼泪掉下来，却怎么也无法止住，泪如雨流。

常丰眼中的哀伤更浓，想递纸巾，又犹豫了。如果要结束，就彻底结束吧。

“对不起，都是我的问题。”常丰说道。

柳静芸放下捂着脸的手，咬着嘴唇看向窗外，不想让常丰看到她的泪水。

常丰眼中露出不忍之色，但仍决定继续说下去：“我们在一起过，也开心过，非常开心。后来我们因为一些原因分开了，并没有谁对谁错，只是不合适。其实我们俩的性格非常相似，不管是做事的风格，还是待人的态度。从工作上的配合就可以看出来，我们真的很搭。但是呢，工作毕竟不是生活，更不是感情。卢阳不是也说过吗，两个性格相似的人更容易成为朋友，而不是恋人。恋人的性格最好是互补的。分开的时候我们都很痛苦，但是也都知道不得不分开了。分开后我休了长假，那可能是我这么多年来第一次主动请长假。我一个人去了三亚散心，或者也可以说躲避吧，因为我一直在三亚的宾馆睡觉，根本就没有出门。休完长假回来，我才知道你大病了一场。我要去看你，但是被你拒绝了。等我在单位再次见到你时，你已经恢复了往日的模样。我以为你走出来了。

“你在南京喝醉那次，给我打了半小时电话，第二天你问我，有没有说什么过分的话，我说你都在胡言乱语。其实，我骗了你。你说起了我们在一起的日子，说了很长时间，一幕幕的过往你都记得那么清楚。我那时才知道，原来你一直没有走出来。我真的太迟钝了。我也想找机会跟你聊聊，劝劝你的，可我根本不知道该如何说。这次卢阳的心思我看出来了，所以我就顺水推舟把这个事点了出来。我知道我很自私，对你伤害也很大，但是真的抱歉，我不得不这样。卢阳说得对，你的感情不能再这么浪费下去了。最后，我想说一句，和你在一起的日子，我真的很开心。”

柳静芸抹了抹眼泪，终于转过头来，脸上的泪痕清晰可见，两眼微微红肿，轻声问道：“那你现在还喜欢我吗？”

“喜欢。”常丰毫不犹豫地点了点头，随后犹豫了一下，说：“但是……”

“我知道了。”柳静芸打断了常丰。

“对不起。”

还是对不起，和记忆中的画面真的一样啊。

“我不想再听你说对不起了。”柳静芸拿出纸巾擦干眼泪，对着遮阳板的镜子细细地整理好头发和妆容，然后淡淡地说道：“我们是同事，没必要说对不起。”

就像那永不停留的山风，即便没有方向，也要继续前行。

常丰听到柳静芸的话，以及那淡然又显冰冷的语气，知道他们两人的私人关系从此就画上句号了。他一直期望柳静芸能走出来，但这一刻真正到来的时候，他依然伤感不已。毕竟，不管是曾经还是现在，依旧喜欢啊。

正伤感之际，常丰的电话响了。他看了一眼名字，立刻严肃起来，慢慢把车停在路边，接起了电话。

柳静芸看到常丰的脸色越来越凝重，竟然皱起了眉头。“好的，我知道了，我马上赶回公司。”常丰对电话那头说道，然后挂断了电话。

“怎么了？”柳静芸问道，眼睛还是有些红肿，但是语气已恢复如常。

常丰重新发动车辆，驶回道路，速度提了起来，语气有些沉重地说道：“是顾寒的电话。”

顾寒是明日汽车网的创始人，草根出身，没有背景，从一个晚入行的新人做起，兢兢业业十年，把明日汽车网带到了纳斯达克上市，一手造就了明日汽车网在汽车媒体领域无人能敌的领先地位。

每一家公司都有一种气质，就像每一支军队都有军魂一样，这种气质跟创始人息息相关。只要这个创始人在，这种气质就一直存在。乔布斯管理下的苹果公司，专断独行，毫不妥协，骄傲但又惊艳，如今库克接管，气质就完全变了。有些人觉得库克带得很好，因为赚钱了，市值还在上升；另一部分人觉得记忆中的那个苹果公司随着乔布斯的去世，也已经消失了。

有人说，当一家公司被职业经理人接手，就意味着这家公司从此只剩下铜臭了。这次萨拓 5 风波后，王海松也在董事会上说过，企业绝不能被交到只考虑收入的职业经理人手中。

明日汽车网如今的企业文化都是顾寒一手确立的，并且贯彻执行至今。是他做出早上八点上班的规定，在创业初期跑赢了竞争对手；也是他坚决抵制车企充值，才让明日汽车网与竞争对手拉开了巨大差距。

常丰是顾寒亲自招进公司的，也是顾寒最为信任的人之一，媒体事业部的工作常丰说了算，顾寒几乎从不插手。现在顾寒一个电话，就让常丰脸色大变，到底发生什么事了？柳静芸面带忧色地望着常丰。

“这件事我不能跟你说，公司层面的，倒是不会牵涉你们。”常丰见柳静芸还在看着他，脸上的忧色一清二楚，心里有几分暖意，接着说道。

公司层面的？不会是常丰要被换掉了吧？柳静芸想到这种可能，心中一惊。联想到刚才常丰那非同寻常的凝重脸色，柳静芸越发觉得可能了。

她无法想象媒体事业部不是常丰领导的样子。抛开对常丰的个人印象，从能力和资历方面，全公司不可能再有其他人比常丰更适合带媒体事业部了。

“不会是你要被……”柳静芸紧张地看着常丰，生怕他直接点头。

常丰摇了摇头，没有说话，但给了柳静芸一个放心的眼神。但是这眼神中还透露着深深的忧虑，柳静芸对常丰无比熟悉，一眼就看了出来。

不会是真的吧？柳静芸的心随着山路不断地起伏。

柳静芸给陈卢阳打了电话，告诉他常丰有急事要加快速度赶回公司之后，两辆车就在山路上飞驰起来，当然是在保证安全的前提下。

柳静芸经常坐陈卢阳和常丰的车，对他们的飙车习以为常。只要是男人，总会对飞驰电掣的速度欲罢不能的。只是可怜了韩梦岚，一路上死死地攥着安全带，眼睛紧紧地盯着前方，不时还会发出一声尖叫。等两辆车停在咖啡店门口时，韩梦岚脸色煞白，下车走路都摇摇晃晃的。

常丰匆匆跟三人道了别，驾车继续前往公司。柳静芸和陈卢阳则在韩梦岚的邀请下，进咖啡店休息一会儿。

柳静芸见韩梦岚进门就瘫倒在椅子上，很是心疼，走过去对她说：“梦岚，抱歉，你邀请我们出去玩，结果因为我让你没有尽兴。”

“静芸姐姐说哪里的话，我很高兴啊，吃得好，喝得好。这个度刚刚好，再玩下去我就完全没体力了。”韩梦岚的脸色刚刚恢复了几分红润，连忙笑着摆了摆手。随后又收敛笑容，浮现出几分关切说道：“静芸姐，你不要多想，你要开开心心的啊。”

本担心扫了韩梦岚的兴，没想到她还关心着自己，柳静芸心生感动，脸上绽放出久违的阳光，笑着说道：“谢谢梦岚，我没事的，你放心吧。”

“嗯！静芸姐加油。”见柳静芸恢复了往日的阳光，韩梦岚也笑了起来，握着小拳头，重重点了点头。

“静芸姐，我给你弄杯咖啡，稍等一下。”韩梦岚站起身走向吧台，走了两步，又转身对着陈卢阳吐了吐舌头，哼了一声说道：“没有你的。

本姑娘差点儿被你吓死。”

“喂，喂，喂。你这样太不厚道了吧？要知道，这种极速的感觉，你以后可能再也体会不到了。你应该感谢我让你有了一次难得的体验才对。”陈卢阳笑呵呵地说道。

韩梦岚头也没回地说：“我宁愿一辈子都没有这种体会。”

“就你这样，还当海贼王呢？估计得晕船吧。”陈卢阳哈哈大笑。

三人坐在一张桌子上，一人一杯咖啡，陈卢阳一脸得意的表情。

“常丰哥出什么事了？”韩梦岚问。

柳静芸摇了摇头：“不知道，他没跟我说，就说是公司的急事。”

“呵呵，该不会他要被替换掉了吧？”陈卢阳笑呵呵地说，结果见柳静芸和韩梦岚都一脸怒色地看着他，连忙收敛了笑容，耸了耸肩膀，小声说道：“开个玩笑。我……不插嘴了，你们聊。”说罢拿出手机开始刷微博。

“静芸姐，你不用担心，不会有事的。你们都这么优秀。”韩梦岚安慰道。

柳静芸对她笑了笑，但是笑容明显有些勉强。

“不会吧？！”突然，陈卢阳一声惊呼。“我不是要故意打断你们，你们来看。”说着把手机递了过去。

柳静芸和韩梦岚看到后都大吃一惊，手机屏幕上是一条微博新闻：“据可靠消息，明日汽车网最大股东、美洲报业巨头帕蒂报业计划将明日汽车网 60% 的股份出售给中国艾德曼集团。”

第八章　惊　变

一个公司在市场浮沉，不管是股权交易、收购，还是倒闭，都属正常。

柳静芸的惊讶有两点，一点是帕蒂报业居然抛售明日汽车网的股权。要知道明日汽车网仍在快速增长的上升期，目前没有显现一点儿增长乏力的疲相，用户数、收入、利润的增长都极为稳健，现在抛售无异于放弃了口边的肉块，实在不是一个合适的时机。另一点，也是柳静芸关注的重点，交易对象竟然是艾德曼集团。

艾德曼集团以二手车起家，从一个地级市的二手车商贩， 步步成为涉足汽车租赁、汽车电商、汽车金融、汽车出行、汽车保险等相关领域的超级巨头，集团规模在中国企业中排名前十，在全世界排名前一百。

按理说，这么一个规模宏大、资金雄厚的企业收购明日汽车网，更能加快明日汽车网的发展吧？不，没那么简单。艾德曼集团有过两起特别出名的收购案例，也正是这两起收购，让国内的企业都看清了艾德曼集团的嘴脸，对他们畏之如虎。

当年路咖出行主营互联网打车业务，与当今最大的打车公司嘟嘟打车是竞争对手，在嘟嘟打车的疯狂价格战下，仍然杀出了重围，抢占了打车领域近 5% 的市场份额。别看只有 5%，但仍有巨大的利润空间。路咖出行达到顶峰的时候，年利润达到了十亿元。然后，艾德曼集团来了。

收购了路咖出行之后，艾德曼先是清洗了所有的管理层，然后大刀阔斧地进行整改，不择手段地变现，同时把路咖出行的用户全部引流到艾德曼集团的产品上去。等到路咖出行被艾德曼摆上货架时，血已经被吸干了。大量核心员工离职，用户流失了 80% 以上，从收购之前的十亿元利润变为了巨额亏损，出行领域的市场份额已经接近于零。这就是艾德曼集团的套路。其后他们还收购了一个企业，过程如出一辙。

“既然知道会出现这种结果，管理层为什么要卖呢？你看我的咖啡店，如果我不想卖，不管是谁，出再多钱都没用啊。”听了柳静芸的介绍，韩梦岚总算知道他们吃惊的原因了，想了想之后，又不解地问道。

“这个我来说吧。”陈卢阳看了看柳静芸，见她点头，开始说道：“我简单点儿说吧。现在大部分企业，尤其是互联网企业都是靠融资起来的，因为创始人有钱把企业办起来，但是没有足够的钱让企业快速发展，这个时候就要找人来投资了。从天使轮开始，如果企业活到上市，一般都有至少五轮的融资。融资就是拿股份换钱的过程，融资越多，股份稀释得越厉害，刚开始创始人占股 100%，到上市的时候手里的股份往往只有不到 10% 了。你的咖啡店是你百分百控股，当然是你说了算。而这些融资的企业，创始人或者初创团队的股份越来越少，这个企业就不一定是他们说了算了，也就是我们俗称的架空。一般情况下，股份越多，在董事会的话语权就会越大，创始人的话语权就会越小，企业的发展方向就会偏离创始人的控制。具体的肯定没有我说得这么简单，要复杂得多。你大概明白就行。”

韩梦岚长长地噢了一声，说道：“那看来明日汽车网也是这种情况啦？这个帕蒂报业的股份最多？”

柳静芸点点头：“不错。说起来这也是目前的创始人顾寒最为后悔的一件事。当年，明日汽车网已经从众多竞争对手中脱颖而出，但是由于缺乏资金，迟迟和他们拉不开差距，甚至还有被赶上的可能。顾寒心急如焚，不断地寻找投资，但屡屡碰壁。当时的互联网环境没有现在这样的投资热，更遑论明日汽车网这样的垂直网站，没有多少人看好。就在这时，帕蒂报业看中了明日汽车网。顾寒急于推动明日汽车网的发展，没有过多考虑，就以五千万美元的价格卖给了帕蒂报业 80% 的股份。这五千万美元对于明日汽车网，就如同由湿柴换成了天然气，火势猛然暴涨，明日汽车网走上了一骑绝尘的道路。如今明日汽车网市值几百亿美元，帕蒂报业的五千万美元得到了巨额回报。帕蒂报业虽然拥有 80% 的股份，是绝对的大股东，但是这些年来，从来没有派过任何一名董事插手明日汽车网的事务，完全放权。任何企业最忌讳外行指导内行，帕蒂报业看得非常清楚。顾寒虽然后悔，但由于这一点，对帕蒂报业还是充满感激。帕蒂报业虽然不插手具体事务，但他是大股东，自然也有权利进行股权交易，也就是我们看到的情况了。”

柳静芸忧心忡忡，虽然微博上爆出的内容并不是主流媒体的报道，但是想到常丰那凝重的脸色，柳静芸知道艾德曼要收购明日汽车网的事板上钉钉了。一旦明日汽车网被艾德曼集团收购，恐怕就要走路咖出行的老路了——管理层被清理，用户流失，员工离职，明日汽车网成为明日黄花。

工作九年，柳静芸对明日汽车网早已产生了感情，它已经不只是一份工作了，更是生活的一部分。一想到明日汽车网将来的结局，柳静芸就不寒而栗。

韩梦岚安慰道：“那条微博不是说计划吗？还没有确定，不一定呢。”明日汽车网跟韩梦岚没有关系，她也体会不到柳静芸担忧、恐惧的心情，她就是不想看到好朋友不开心，哪怕最后真是这样的结局，至少现在开心也好。

陈卢阳无情地打碎了韩梦岚的期望，说道：“我觉得八九不离十了。这条消息爆出来，就说明帕蒂报业和艾德曼已经达成口头协议了，只是目前还没有正式交割而已。”

有的人习惯期望最完美的结局，而有的人往往考虑最坏的结果。韩梦岚气鼓鼓地瞪了他一眼，让陈卢阳有些莫名其妙。“不到最后，什么可能都会有的。常丰他们不就是去想办法了吗？”她说。

“倒也不是没有其他可能。”陈卢阳没有反驳，点点头说。

韩梦岚喜出望外，叫道：“是吧！你说说，明日汽车网怎么样才能不被艾德曼收购？”

陈卢阳双手抱拳，下巴枕着手背沉思了一会儿，说：“帕蒂报业抛售明日汽车网的股份无非是为了套现，反正是为了钱，如果明日汽车网的管理层能牵头几个财团进行收购，帕蒂报业不见得非要卖给艾德曼。”

韩梦岚还没来得及欢欣鼓舞，就听柳静芸说道：“之前曾经听常丰说过，收购提议被帕蒂报业拒绝了。”

周一，关于艾德曼集团要收购明日汽车网的传言已经在网上传得沸沸扬扬，也爆出了更多的内幕消息。

“艾德曼集团收购明日汽车网的计划已经酝酿一段时间了，只是一直保密得很好，目前已经接近完成了。”

“明日汽车网的公众股东曾向工商总局提交书面实名举报信，举报艾德曼集团涉嫌违反《反垄断法》，工商总局接收后进行过调查，确认交易合法，并不违反《反垄断法》。”

“在艾德曼集团和帕蒂报业正式协商之前，明日汽车网的创始人顾寒曾经牵头几个财团，向帕蒂报业发起过收购提议，但是被帕蒂报业毫不犹豫地拒绝了。据称，提议的收购价格比艾德曼集团的还要高，不知为何帕蒂报业执意要把明日汽车网卖给艾德曼集团。”

"帕蒂报业此次抛售明日汽车网股份，是为了套现，给他们的股东分红，只有艾德曼集团能一次性拿出全额现金。"

"据悉，明日汽车网管理层还在与帕蒂报业洽谈，进行最后的争取。"

柳静芸看着网上的消息，心烦意乱。她感觉事情正以无可阻挡之势向最坏的结果发展。常丰现在在哪儿呢？是不是和顾寒在一起想办法？这么大的事，恐怕他们早就知道了吧，估计是担心大家恐慌，才没有说。

同事们都在网上得知了消息，不安、惶恐的情绪在整个办公区无声蔓延，不断发酵。

明日汽车网在互联网圈是一个比较独特的存在。离职率非常低，而且工作十年以上的终身合同制员工特别多，工作了八九年的也数不胜数。一般的互联网公司人员流动非常大，基本上每年都是25%的流动率，而且很少出现十年以上的终身合同制员工。出现这样的员工，除了公司要能存活十年这一基本条件之外，更重要的是公司和员工的相互信任和认可。员工看好公司的未来，想要留下来，公司也认可员工的能力，认为他能创造价值。明日汽车网的终身合同制员工很多，他们都保持着工作之初的热情。这一点非常不容易，一方面是薪酬待遇的激励，只要努力，工资没有上限，每年都可以加薪；另一方面则是工作带来的自我价值认可度与充实感。

柳静芸曾经怀疑自己工作的意义，跟常丰提过离职之后，常丰就把这一情况汇报给了管理层，管理层非常重视，经过调查分析，出台了一项措施——每个人的工作都是独立的，每个人的绩效考核单独制定，不和其他人比较，只和自己比。你只要比以前的自己进步了，就能拿到更多的薪酬和奖金。

之前两个人做同样的工作，两个人都会产生我不做他反正会做的念头，到最后两人都没做好。而且两个人做同一份工作，领导只会比较两个人的成绩，并不关注个人的进步，长此以往，总有一个人会产生努力却得不到回报的挫败感，进而影响工作热情。这项措施实施之后效果很明显，不但每个人的工作热情发生了变化，工作效率也大大提升。

所以这么多年下来，老员工不但没有拖累公司前进的脚步，反而在他们熟悉的岗位上发出了更亮的光，更节省了人员流动带来的新员工培训、漫长的适应期等时间和人工成本。

老员工对于明日汽车网，就是一种财富；而明日汽车网对于老员工而言，就像家一样，不少人甚至打算为明日汽车网工作一辈子。如今，家好像要没了。虽然按艾德曼以往的收购案例，底层员工受到的影响很小，但覆巢之下焉有完卵？

整整一天，管理层没有发出任何声音。所有的同事都深知不妙了。一部分人疯狂地打探消息，另一部分人则默默祈祷。

第二天，情况依旧。

网上已经出现了不少分析明日汽车网被艾德曼收购之后未来发展趋势的文章，认为艾德曼集团拿下明日汽车网已成定局。

“艾德曼集团拥有全国最大的汽车保险业务，还涉足汽车出行、汽车电商、汽车金融、汽车维修保养等各个汽车领域，和明日汽车网庞大的内容业务会形成互补。从新车资讯、新车售卖、汽车保险一直到售后市场，形成了一个完整的闭环。艾德曼没必要做杀鸡取卵的事情，明日汽车网依靠艾德曼的资源，能更上一个台阶。”

“明日汽车网拥有规模最大也最忠诚的汽车用户，他们也是汽车领域购买力最强、转化率最高的群体，艾德曼集团对明日汽车网的志在必得是可以理解的。还是要看艾德曼集团想怎么挖掘这些用户，如果像路咖出行那样短期持有，不择手段地变现，明日汽车网始终逃不掉沦为一个供血工具的结局。”

“明日汽车网是一家有情怀的公司，但是借助资本长大的它，终究要回归到资本。情怀可以落地，但是资本才是现实。”

明日汽车网办公区就像被笼罩了一层黑云，灰暗得没有了任何色彩。

终于，在下班之前，一则重大消息在公司内网上发布出来，所有员工看到后，心都沉了下去。担心的还是发生了。

这是一则内部信的截图，发送人是明日汽车网创始人顾寒，收件人是明日汽车网所有高管。

“诸位知悉一下，今天公司召开了临时董事会，我和钟奇将不再担任公司的 CEO 和 CFO。非常感谢诸位一直以来对我的包容与支持。很遗憾，以后再也不能听到大家的支持声了。在明日汽车网和诸位一起共事是我最大的荣耀，我们并肩走过一段最美好的旅程，希望大家未来能更加美好。再会了，诸位。”

这则消息一出，意味着尘埃落定了。管理层的抗争与坚持并没有得到回馈，情怀终究败给资本。柳静芸知道，明日汽车网的一个时代结束了。

柳静芸没想到，短短几天时间，不但自己的感情要画上一个句号，在明日汽车网的日子也进入了倒计时。

柳静芸想好了，她打算离职了。她知道，他们这批主管及下面的底层员工不但不会受到波及，反而还会成为艾德曼集团的安抚对象，甚至还有可能加薪。因为艾德曼集团即便想吸明日汽车网的血，也不可能一蹴而就，如果底层这些干活的核心员工都离职了，明日汽车网在被他们吸血之前，恐怕就自己把血放干了。这不是艾德曼集团想看到的，所以为了前期的稳定，主管及核心员工都会成为他们争取的对象。即便如此，柳静芸也不想留下了。明日汽车网能发展到现在，管理层矢志不渝地坚守原则是最重要的原因。从来没有一个企业能把企业文化贯彻执行得这么彻底。管理层被清洗掉，基本就意味着明日汽车网的企业文化名存实亡了。企业文化没有了，还是一直以来的那个明日汽车网吗?

顾寒已经被清洗掉了，下一步就应该是常丰他们这些副总裁了吧?

周三早上，艾德曼集团发表了正式的声明。

艾德曼集团与帕蒂报业顺利完成了明日汽车网的股份交割，艾德曼集团以68亿美元收购明日汽车网60%的股权，正式成为明日汽车网最大股东。

明日汽车网是全国访问量最大的汽车网站，是中国互联网垂直领域的佼佼者。艾德曼集团长期关注明日汽车网的发展，此次交易完成后，艾德曼集团与明日汽车网结成合作伙伴，为明日汽车网未来更远大的发展而共同努力。

明日汽车网是艾德曼的长期战略投资，并非短期持有，在尊重和维护明日汽车网既有优势的同时，艾德曼集团不仅将在资本上持续支持明日汽车网，也将会把庞大的金融客户、车企客户、遍布全国的线下服务网络等资源与明日汽车网进行协同，全力支持明日汽车网的发展，巩固明日汽车网的领先地位。

艾德曼集团的声明可以说非常有诚意，不仅透露出他们不会对明日汽车网做出杀鸡取卵的行径，还表示会用他们的资源帮助明日汽车网进一步发展壮大。但没有人吃这一套。不仅是因为艾德曼集团在入主明日汽车网后的第一件事就是清洗掉创始人，更是因为当年收购路咖出行时，艾德曼的声明与现在如出一辙，结果呢？大家都看到了。对于资本而言，利益才是最重要的，他们所做的一切都是在为利益铺路。

在艾德曼集团发表正式入驻明日汽车网的声明之后，顾寒也发表了声明，以一个离开的创始人的身份。

这份声明几乎是通篇的感谢，感谢了家人，感谢了朋友，感谢了生意上的合作伙伴，感谢了投资人，感谢了所有同事，甚至感谢了艾德曼集团。拳拳之心，让人唏嘘不已。声明的最后，顾寒这样写道："作为已经离开的创始人，给所有董事会成员一个建议：请信任当前的管理团队，这是一群优秀的人。"

所有人都明白这是顾寒在向艾德曼集团示好，为现有管理层求情。明日汽车网的管理层在收购过程中进行了各种阻拦，矛盾已经公开化，艾德曼集团入主之后，清洗管理层是在所难免的。顾寒表达的意思是：我已经离开了，差不多得了，希望能留下并善待当前的管理团队。

然而，顾寒的示好没有起到任何作用。周三下午，明日汽车网所有员工收到了通知："各位同事，因工作需要，公司进行相关人事调整：顾寒、钟奇、史振兴、张育华、张斌不再担任原职务。以上人事变动即日起生效。感谢以上原岗位同事对公司发展做出的贡献。"

短短几句话，冷血又狠辣。

顾寒，明日汽车网 CEO；钟奇，明日汽车网 CFO；史振兴，明日汽车网副总裁，负责人力资源相关业务；张育华，明日汽车网副总裁，负责二手车业务；张斌，明日汽车网副总裁，负责经销商业务。

原明日汽车网总裁办九人，被清理掉了五人。舆论一阵哗然。艾德曼没有任何顾忌，根本不屑于用虚与委蛇、绵里藏针的手段。这，就是资本的力量。

所有人都在感叹资本的无情与冷酷时，柳静芸注意到，这份名单里面并没有常丰。

常丰负责的媒体业务是明日汽车网最重要的业务，明日汽车网就是从媒体业务起步，发展至今的。艾德曼集团不至于看不出媒体业务的重要性，按理说常丰应该在第一批清洗名单中。如今常丰竟然不在，令人觉得蹊跷。柳静芸有些欣喜。她想，常丰如果还在的话，媒体事业部就能维持稳定，至少明日汽车网这一大心血算是能保住了。但她很快就开心不起来了，因为，网上出现了常丰已经投身艾德曼阵营这样的传言。传言没有任何事实根据，但是结合清洗名单，引起了不少人的遐想。其他重要部门的管理者全被清洗，常丰主管最重要的媒体业务，本来也在劫难逃，现在却毫发无伤，只有一种可能——他被艾德曼集团招安了。

在现代商业社会，换个老板再正常不过，大家都是为了吃饭，谁能让我吃得更好，我就跟着谁干。常丰即便投身艾德曼阵营，也合情合理，无可厚非，不牵涉法律，更不涉及道德。但“一朝天子一朝臣”的观念，在中国人脑中根深蒂固，在很多汽车圈的人看来，常丰这样做就与叛徒无异。你的领导和同事都走了，你怎么能留下来呢？你这是助纣为虐、为虎作伥，就是叛徒。舆论的一部分焦点转移到了常丰身上，讽刺咒骂声不绝于耳。柳静芸看得着急。背负叛徒的骂名，对一个人来说，再羞耻不过。她知道常丰不会是这样的人，但他到底怎么考虑的，柳静芸并不清楚。

柳静芸这几天一直没有联系过常丰，知道他正焦头烂额，就没有打扰。这次终于忍不住了，发了消息问道：“你没事吧？”

常丰很快回复了：“我留下来了。”

回了柳静芸这一句话后，常丰就离开了公司，极为难得地早退了。他没有开车，步行走出了中国科技大厦，漫无目的地溜达着。他走得极为缓慢，像是在享受着慢节奏的生活，在行色匆匆的路人中显得极为另类。手机一直在震动，但他丝毫没有掏出手机的念头。对常丰来说，看与不看手机，就是两种完全不同的人生。拿起手机，就是工作；

放下手机，才是生活。此刻，他只想好好享受一会儿生活。

说起来，在上班时间这么悠闲地浪迹街头的情形，好像从来没有出现过呢。上班时间的街道居然如此广阔，令人心怀舒畅。常丰深吸两口气，望向苍穹，并没有看到蓝天白云。他失望地叹了口气，忘了，这里是北京。

算上在大学的四年，常丰在北京生活的时间已经长达十六年了，一半的人生都是在这里度过的。这些年，靠着能力和勤奋，他在北京买了房，买了车，安家落户。在同学眼中，他是个成功的人。常丰自己也很知足，不是因为有了房和车，而是因为他有值得奋斗一生的事业。这不是每个人的梦想吗？

曾经的常丰无比坚信，他会在北京奋斗一生。但现在，他望着头顶的雾霾，突然无比渴望去一个能看到蓝天白云的城市。这种渴望，从未如此强烈。

常丰用力摇了摇头，把这种渴望甩出脑海，自嘲道："难道见过了大海，再也无法假装平静了吗？路还很长呢，低着头慢慢走吧。"

等常丰回过神来时，发现自己居然不知不觉走到了韩梦岚的咖啡店，门口的"梦"字招牌像是在和他招手。犹豫了片刻，常丰脑中浮现出了韩梦岚的笑脸，觉得找到了自己到这里的原因，于是不再犹豫，大步走进了咖啡店。

韩梦岚这次没有看番，此刻拿着手机一脸严肃地刷着微博，不时黛眉微蹙。

"老板，来杯咖啡。"

听到客人的声音，韩梦岚连忙答应一声，走到收银台，但是眼睛并没有离开手机，像是看到了什么关键的内容。

"你这样的话，我可要投诉你了啊。"说是投诉，但这个声音反而带着笑意。

韩梦岚反应了过来，连忙把手机放在吧台，说了声抱歉，抬起头发现是常丰，立刻惊喜地叫了起来："常丰哥，你怎么来啦？"

看到韩梦岚脸上的笑容，常丰也发自内心地笑了起来，说道："你这样可不行啊，要是别的客人可就投诉你了啊。"

"看得入神了。"韩梦岚很是不好意思。

常丰把头凑过去，看向手机："我看你看啥番，这么入神？"

韩梦岚立刻慌张地抓走了手机，说道："就是瞎看呢。"

但常丰还是看到了，手机屏幕上正是微博的界面，内容中出现了"明日汽车网"的字眼。"你怎么也关注这些事情了？"常丰问道。

"这不是静芸姐和你都在明日汽车网吗？出这么大的事，我怎么着也得了解一下情况。"韩梦岚不再掩饰，大大方方地说道。

"不用多想，我们都没事的。"

"可是……"韩梦岚欲言又止。

常丰知道她想说什么，指了指柜台说道："给我来杯咖啡吧。"

韩梦岚一边看手机，一边偷偷盯着常丰。她看到了网上关于常丰被招安的消息，她自然是不信的。此时看他脸色如常，好像什么事都没有发生过一样。真够沉稳的啊，韩梦岚心中感叹道。

"看什么呢？"常丰突然抬起头，和韩梦岚的视线碰到了一起。

深邃而又清澈、温和而又有神，有抚慰人心的力量，给人一种莫名的安全感。韩梦岚的脸一下子红了，她低下头，结结巴巴地说道："没，没看什么。"

常丰觉得有趣，决定逗逗她，于是沉默着直勾勾地盯着韩梦岚。

韩梦岚低着头，但仍然能感受到常丰的注视，她脸越来越红，头越来越低，恨不得躲到桌子底下。

"我，我去吧台看看有没有要帮忙的。"韩梦岚终于坐不住了，头也不抬地落荒而逃。

看着她的背影，常丰笑了起来，像是看到了蓝天和白云。

没一会儿，韩梦岚回来了，已经恢复了平静。对于刚才的落荒而逃，韩梦岚觉得自己太丢脸了，想起来都觉得脸发烫。生怕常丰再那样盯着她，韩梦岚正色问道：“静芸姐和你，确定都没事吗？”

常丰点点头，说道：“放心，没事的。”

韩梦岚一直观察着常丰的表情，见他没有半点儿异常，不像说谎的样子。

“可是，这个艾德曼集团劣迹斑斑，应该还会下手的吧？会不会突然有一天就让你和静芸姐离职了？”韩梦岚小心地没有用“清洗”这两个字。

常丰想了想，说：“这个有可能，但是如果工作上没有任何把柄可拿的话，他们也下不了手的。”

“不是已经换掉五个人了吗？他们干得不好吗？还不是被无情地换掉了。”韩梦岚认为常丰太没有紧张感了。

“如果是那样的话，确实没有办法。”常丰虽然脸色如常，但是眼中露出几分无奈。

韩梦岚敏锐地观察到了，觉得常丰有些可怜，这么大一个领导竟然也无可奈何，于是她拍了拍自己的胸脯说道：“你和静芸姐如果失业了，可以来我这里，我这家咖啡店大，正好缺人。你们都是管人的，你们来了我就能彻底当个甩手掌柜啦。”

常丰和柳静芸如果真离职了，凭他们的资历和成绩，完全不愁找工作，他们不舍得是因为对明日汽车网的感情。韩梦岚并不知道这些，以为常丰他们是在为可能的失业而发愁，继而做出了让他们来咖啡店的承诺。看得出来，她绝对是认真的。常丰非常感动。

“那就说好啦，我和静芸失业了，你这个大老板可要养我们俩啊。”常丰笑着说道。

韩梦岚见解决了他们俩的烦恼，发自肺腑地开心，说道：“我一直计划开分店呢，但是我太懒了，觉得管两家店太麻烦，就搁置了。你们来了之后我就省好多事啦。”

“看来，我有可能当上一个分店店长了。”

韩梦岚竖起食指，在常丰眼前晃了晃，说：“不一定哦，虽然你现在是静芸姐的领导，但是你们俩来我这儿之后，就平级了。至于谁能当上分店店长，你们俩从同一起跑线公平竞争啦。其实，我更看好静芸姐哦。”

常丰握了握拳：“看来我要加倍努力啦。”

“加油，我未来的店员。”韩梦岚要去忙了，站起身来拍了拍常丰的肩膀。

“谢谢，我未来的老板。”

柳静芸下班急匆匆赶到咖啡厅见到常丰的时候，他正悠然地喝着咖啡。没错，悠然。柳静芸觉得她看错了，就扫视了一圈周围的人，发现他们或面无表情，或言笑晏晏，但唯独没有和常丰一般的悠然之色。

现在正是下班点，经过一天的工作，几乎每个人脸上都透出了深深的疲惫，只是有的溢于言表，有的被保护色深深隐藏。

柳静芸有些诧异，但是也很欣慰，嘲笑自己那多余的担忧，常丰可不是那么容易就被打倒的人。“怎么想到来这儿了？”柳静芸坐到常丰对面，问道。

常丰柔声说：“随便转转，结果就不知不觉地来到这了。”

柳静芸收到常丰“我留下来了”的回复后，就没有他的消息了，以为他又去忙了，没想到下班后接到常丰的电话，让她来这里坐坐。本来柳静芸有些不太相信常丰会自己跑过来喝咖啡，不过转念想想，如今他想必承受着很大的压力，无心工作倒也在情理之中。

“梦岚这里确实让人感觉很放松，你以后可以多来，就当是照顾梦岚的生意啦。”柳静芸柔声说道。

“确实不错。”常丰点点头，抬头看向那面二次元涂鸦墙，想到当初问韩梦岚为何要坚持弄这面风格不搭的涂鸦墙时，她那句理所应当的“因为我喜欢呀”，常丰嘴角上扬，笑了起来。

军队有军魂，企业有企业文化，每家咖啡厅也是有不同的氛围的。韩梦岚是个简单纯粹的老板，和她聊天相处令人心神放松，她的咖啡店自然也呈现出了轻松的氛围。

如果开了分店，她不在的话，想必分店的氛围也比不上这里吧？如果环境弄得一模一样，把这面二次元的墙也原样弄一个，会不会好一些呢？如果我要当这个分店店长的话，应该怎么做呢？常丰思绪飞了好一会儿才收回来，摇了摇头，暗嘲自己想得太多了。

韩梦岚邀请常丰和柳静芸失业后来咖啡店，肯定是真心实意的，但是对于常丰来说，这个愿望恐怕永远都实现不了。不是因为看不上，而是太奢侈了。他只能在汽车圈身不由己地走下去了，想脱身哪有那么容易？牵绊太多了。

柳静芸不知道常丰想了那么多，就见常丰先是点了点头，随后又摇了摇头，不解地问道：“怎么啦？”

“没事，就是有些羡慕梦岚。”

“我也是。”柳静芸望着一盆绿植，说道，“和她相比，我感觉我都不会笑了。”

“我羡慕她不是因为别的，而是，她是在为自己而活。”常丰脸上的悠然之色早已消失，感慨道：“每个人都是自己的围城，自己想走出现在的生活，别人却想进来拥有这样的生活。梦岚肯定也有不少因这间咖啡厅而产生的烦心事，我虽然不知道她会不会也因此沮丧或者灰心，但是我想，她为这间咖啡厅解决这些烦心事的时候，肯定是心甘情愿的。”

柳静芸若有所思。她感觉常丰的想法相比之前发生了很大的变化。以前的常丰把明日汽车网的事情当成自己的事情，积极奉献，心甘情愿。如今明日汽车网被艾德曼入主，想必常丰也认为，那个值得自己不遗余力的明日汽车网已经消失了吧。但是如果是这样的话，常丰何必要留下来呢？凭常丰的工作资历和能力，重新找一份工作再上一层楼完全没有问题的。如今留下来，还担上叛徒的骂名，吃力不讨好。

“其实，每个人都可以为自己而活的。”柳静芸说。

常丰知道柳静芸的意思，对她投来了感谢的目光，说道：“每个人都可以为自己而活，但绝大部分人都做不到，或者没有勇气做到。”

柳静芸想到了自己对常丰的感情。本来已经散了，可能是不甘心，或者说不死心，反正没有勇气面对，假装什么都没有发生过，直到上次被彻底揭穿。即便是现在，柳静芸都不敢扪心自问，真的已经完全放弃这段感情了吗？

常丰今天谈兴甚佳，继续说道：“人生在世，就有各种各样的情感联系，也正是这些情感联系，才产生了亲情、爱情、友情等。子女不敢远游，因为有父母在；丈夫背井离乡，因为要养活家庭；妻子下班匆匆回家，因为要给孩子做饭；日常不联系，但帮忙就是一个电话的事，因为是朋友。这些情感联系，其实并不难斩断，只要心够狠。人们都知道，斩断了可以一身自由，但很少有人能够做到。我也做不到，至少目前做不到。”

柳静芸本来想问“值得吗？”，但是想了想，这是一句废话，感情的事情哪有什么值不值得。她转而问道：“你留下来有用吗？艾德曼那边呢？”

我知道你没有背叛，但也正因为如此，大船将沉，即便你打算和船一块儿沉没，也要问过船的新主人是不是同意吧。

“顾寒和艾德曼的人聊过了，达成了协议，他们不动媒体事业部。”

柳静芸突然明白了过来，问道：“是顾寒让你留下来的吧？”

顾寒可以争取到艾德曼不动媒体事业部，但是无法保证部门人员不流动，只有常丰这个负责人留下来，才能安抚住人心，保证团队的稳定。

常丰说："我们都不愿意让多年的心血毁于一旦，我自己也想留下来。"

柳静芸知道常丰是个重感情的人，尤其是对于对他有知遇之恩的顾寒，更是尊敬有加，此时明显是为顾寒开脱。

"我理解顾寒的心情，但是这对你不公平。背上叛徒的骂名，对以后的职业生涯很不利。而且，你留下来又能怎么样呢？大厦将倾，势不可当，你留下来最多能延缓倒塌的时间。"柳静芸知道感情的事没有值不值得，但此刻明白真相后，深深为常丰感到不值。

"船上还有人呢，我不能先走。"

柳静芸动容了。原来他一直没有为自己考虑过，到了这个时候，还在担心手下人的处境。他怎么能这么傻呢？傻得令人心疼。

"撞上这么巨大的冰山，船肯定是要沉的，我很明白，可船上还有很多人。我无力救所有人，但至少要保证我手下人的安全。如果我先走了，他们就可能会被一脚踢到海里。我要让他们都能安稳着陆。"

常丰看着柳静芸，眼睛突然放出炙热的光芒，诚恳地说道："静芸，留下来帮我。"

昨晚刮了一阵风，不大，但是也给今天的北京带来了久违的蓝天和白云。阳光直射进中国科技大厦的会议室，明亮而又温暖，照在了正在讲话的常丰身上，就像给常丰披上了一层金甲战衣。他恢复了以往的自信和阳光。

柳静芸目不转睛地盯着常丰，虽然知道两人没有可能性了，但无法否认，这个男人总会不由自主地吸引她。昨天忧郁的常丰令她动容，今天自信的常丰令她欣赏。

没错，柳静芸答应常丰了。

"静芸，留下来帮我。"

"嗯！"

就是这么简单。我之前需要他的时候，他一直在。现在他需要我，我不会拒绝。

今天常丰召集了媒体事业部所有主管开会，会议主题是通报最近公司的变动，以及商讨未来何去何从的问题。

“大家想必都收到邮件了，我们明日汽车网正式易主了，以后艾德曼就是我们的大股东。公司管理层也发生了变动，我们的创始人顾寒离开了，钟奇、史振兴、张斌、张育华等几个陪伴明日汽车网发展壮大起来的重要同事也都离开了。大家看邮件应该都了解了，我就不多重复了。”

柳静芸注意到，常丰说到明日汽车网被收购时，眼中还是不由得出现了几分伤感，但转瞬即逝。

“事情已经发生，多想无益。我觉得，大家目前最关心的应该是以后公司、各部门和每条业务线会出现什么样的变化。说实话，我也不确定。”

几个主管互相看了一眼，都从对方脸上看到了担忧。

常丰把所有人的表情都看在眼里，继续说道：“我们的老大已经离开了，公司不比从前，新一任老板是什么样的做事风格，我们都不清楚。公司目前制定的战略方向会不会有所调整？我们主推的智能化项目，管理层会不会继续注入资金？这些都是未知数。但是，我想说的是，我留下来了，艾德曼也承诺不会往我们媒体事业部插任何人，各位的职位和薪资待遇都照旧，不会有任何变化。”

听到这里，几个主管的脸色都缓和了很多。柳静芸明白他们的想法，只要自己不受影响，顶头老板是谁，他们并不关心。

这是人之常情，无可厚非。但令柳静芸很不满的是，她从马庆和郭跃的表情中看出了不屑和鄙夷。柳静芸心细如发，知道这两人是把常丰当成叛徒了。

这也是人性，但柳静芸却为常丰感到不值得。这些人真值得让你留下来吗？你付出了那么多，他们又懂得多少呢？

常丰没有看到，或者根本没有在意，继续说道：“公司层面的我不敢保证，但我能保证，只要我在一天，你们及媒体事业部的所有员工都会得到应有的待遇，和以前一样。所以，各位只要按部就班，把自己的事情做好就行。顾寒不在了，但是他的理念还在，我们依然要贯彻到底，这样才对得起我们的消费者。当然，各位如果有更好的出路，想离开，我也不会拦着。”常丰最后才说出这次会议的根本目的——把每个人都安全送上岸。

“各位，有什么想问的可以问，不涉及保密义务的我都会回答。”常丰说完坐了下来，从阳光下回到了阴影中。

几个主管都低头不语，马庆就像在神游四海，满脸的不在乎。

柳静芸正打算打开这个局面，就听杨帅说话了。其他主管见有人发问，也提起了兴趣。“常丰，我们技术组的招人计划还继续吗？从周一开始，因为人力那边的调整，招聘已经停掉了。我们挺缺人的。”

对技术人员来说，饭碗从来不用愁，人事变动、商场斗争他们完全不关心，专心写好代码就是工作的全部。杨帅就是其中的典型，此时他从笔记本电脑后边探出头，一脸认真地问道。

其他人听到杨帅的问题，顿感无趣，又都低下了头。

“新的人力资源负责人已经到岗了，我已经打过招呼了，媒体事业部所有的人员流动已经恢复，你这边可以继续了。如果还是遇到问题，随时和我说。”

“好，没问题。”杨帅又把头缩了回去，在键盘上敲打起来。

有人起了头，其他的主管也活跃了起来。

郭跃摸着头，一副难为情的样子，问道：“咱们上个季度的奖金，会按时发吧？不会受影响吧？”

“按时发，不会有影响。”

“那就好。”郭跃像立了功一样，视线扫过其他主管，意思是说，这个大家都想知道的问题，我问了，大家可以放心了。

导购组主管问道："艾德曼这次真的是长期持有吗？会不会和之前几次一样，短短时间就把明日汽车网吸干了血？这样的话，我们是不是也安稳不了多长时间？"

其他主管的耳朵也竖了起来，这也是他们所担心的。都是要养家糊口的人，一份稳定而又长期的工作是非常必要的，谁也不愿意折腾。

"和之前不一样，这次确实是长期持有。像顾寒说的，明日汽车网还在高速发展中，远远没有达到'天花板'，当下就杀鸡取卵不符合艾德曼集团的利益。"常丰又给他们打了一剂预防针，说道："但是，长期是多长时间，我不能确定，也许十年，也许五年，但也可能就一年。这个各位要有心理准备，回去了跟下边的人也说清楚。"

导购组主管点点头，其他主管也若有所思，盘算着利弊。

见没有人再问，常丰正打算宣布散会，柳静芸突然说道："顾寒离开之后，有什么打算？他让你留下来的时候有没有说过？"两句话的连接有些生硬，措辞也很多余，常丰却明白了她的心意，看了柳静芸一眼，见她一脸的倔强。

"不知道，也许他还会创业吧。"常丰摇了摇头，示意柳静芸没有必要这样做。这个动作在其他主管看来，就是单纯地在说不知道。

同时，他们这才恍然大悟，原来常丰并没有叛变，是顾寒让他留下来的，于是看向常丰的眼神也有了几分改变，有的甚至带着几分惭愧。郭跃表情讪讪的，像是被人发现做了什么错事一般。马庆仍旧一脸的无所谓。

常丰见没人再发问，拍了拍手说道："各位，意外是人生的一部分。我们要学会接受意外，学会迎接改变，不管在什么环境，唯一正确的就是做好自己力所能及的事。回去之后，都跟各自业务线的同事同步一下，把情况说清楚。照实说即可，不要有所隐瞒，让他们自己来判断去或者留。散会吧。"

第九章　争端再起

明日汽车网的变故热度很高，但并没有影响任何事情的运转，随着周五的到来，西姆 XM3 如期上市了。这也是人们热议的重点新车。但和萨拓 5 不同的是，西姆 XM3 上市后的市场反响非常平淡。

“主要原因可能是两个方面，一个是西姆汽车在国内汽车行业的影响力和萨拓汽车相差甚远，这几年也没有出现过顶尖的产品；另一个是，西姆 XM3 的宣传力度太差了，新车上市连个发布会都没有。”林列和他的团队正在加紧制作新一期的《大神说》，同时交流着西姆 XM3 不温不火的原因。

“最关键还是西姆 XM3 自己不太争气，官方宣传主打的是超长续航，结果呢？一款插电混动车，纯电续航里程实测竟然只有 60 公里。要知道现在的插电混动车纯电续航不上 100 公里，都不好意思跟人打招呼。即便西姆汽车充值了部分车评人，这些人也说了好话，但是这些硬伤是无法抹除的。”林列看了一眼数据，说道。

“不过这些车评人真是能言善道啊，纯电续航成绩差点儿都被洗白了。啧啧，你们看车评界的新锐秦铭怎么说的——西姆 XM3 真正做到了好开、易用，所以跑慢点儿又如何呢？”其中一个小伙伴说道。

“其实他可以这么说，但是得给出论证不是吗？为什么好开、易用，半点儿没提，任谁一看都知道是充值了。”另一个小伙伴叹息道。

林列翻看着手头的资料，发现这次好几位大神都没有发声。不知道马庆是不是受明日汽车网变故的影响，西姆 XM3 的评测直接让一位新人出镜了。蒋哲貌似消失一段时间了。陈卢阳截至目前还没有推出评测视频。

“看点少了很多啊。”林列感叹道。上次萨拓 5，几乎所有的车评人都参与其中，发表各自的看法，而西姆 XM3 除了顶尖大神的缺席，其他车评人也少了近一半。

“都被陈卢阳打怕了吧？”一个小伙伴插嘴道。

林列想起萨拓 5 时，陈卢阳以一己之力掀翻整个车评圈的壮举，不禁悠然神往。用知识帮助用户，用能力还击挑衅，独来独往，不惧强权，坚守本心。这才是一个爱车之人该做的。他突然对手头正在做的《大神说》失去了兴趣。但也知道此时的意兴阑珊来得不是时候，就强打起精神。这些都是过程，要相信过程。林列鼓励着自己。

“其实，这次有一个小看点。专做二手车节目的毛峰这次也推出了西姆 XM3 的评测节目，正式迈入新车评测圈。”一个小伙伴说道。

“二手车不好充值嘛，倒是可以理解。毛峰有什么高见吗？”

“高见可能谈不上，还在吹捧他那个保值率的概念呢。真是有意思，一款刚上市的新车，还没有经过市场检验，毛峰居然说，它两年后的保值率不行。新车评测居然整出玄学来了。”

林列也笑了起来，问道：“看来毛峰不看好西姆 XM3？”

“何止是不看好，他把西姆 XM3 一阵狠批，从外观丑、动力弱，到空间小、内饰糙，从头到尾喷得一无是处。就好像是在告诉网友，看吧，我没有充值。”小伙伴说道。

“哗众取宠不至于，应该是想用极端的观点来吸引眼球，借此在新车圈站稳脚跟吧。”林列想了想说道。

“这不就是模仿陈卢阳吗？”

“喂，你别侮辱陈卢阳。陈卢阳从来都是有理有据的，好就往好了夸，差就照死喷，哪有不分青红皂白就把整辆车都说得一无是处的？”看来这位是陈卢阳的粉丝，此时不满地说道。

“好吧，我错了，我也是陈卢阳的粉丝呢。只能说毛峰想模仿，都没模仿到位。太失败了。”另一位举手投降。

林列考虑了一会儿，说道：“那就把毛峰的观点放在第一位，也算是个看点。”

其他小伙伴纷纷点了点头。

“咱们要不再等等？说不定陈卢阳晚一些就会推出节目了呢。上次不就是绝地反击吗？”有人提出了建议。

“等倒是可以等，但是这次陈卢阳能发表出什么震惊眼球的观点呢？喷肯定喷不过毛峰了，赞也赞不过秦铭。这两人占了极端，陈卢阳超不脱这个范畴了吧？”林列说道。

“万一陈卢阳再发现一个产品缺陷呢？”

林列答道：“不说产品缺陷出现的概率多低，就说再发现一个产品缺陷，也掀不起多大的波澜了。上次萨拓 5，整个车评圈全部看好，只有陈卢阳一人看衰，才造成了那么轰动的效应。这次西姆 XM3，包括毛峰在内，已经有很多人看衰了。根据目前的统计来看，看衰的比看好的占比还大。”

“那看来我的偶像很难出彩了。”

“知足吧，萨拓 5 那件事多少人一辈子都赶不上呢，陈卢阳来一次就够了，如果来第二次，还让不让其他车评人活了？”小伙伴笑着说道。

林列虽然心里也认定陈卢阳不会有惊人言论了，但出于慎重，还是说道：“咱们还是等等陈卢阳吧，先把别的制作好，给他留个位置。如果今天他还是没有消息，咱们就不等了，直接发布。”

小伙伴们表示赞同。

机会总是留给有准备的人的。下午下班前，陈卢阳关于西姆

XM3 的评测节目正式推出了。

林列很是振奋，叫上小伙伴们开始接着制作《大神说》。但是，看完陈卢阳的节目，林列觉得有些不可思议了，转头看了看几个小伙伴，发现他们都一脸的震惊和难以置信。

陈卢阳对西姆 XM3 的价格、内饰、空间等方面的表现都给了差评或者中评。这倒是不新鲜，但不同寻常的是，陈卢阳花了很大的篇幅极力赞扬了西姆 XM3 的续航表现。

"经过我们测试，西姆 XM3 的纯电续航里程为 58 公里，这个成绩本身确实非常烂。但是，这并不意味着官方说的超长续航就是假的。插电混动车的续航包括三个方面：纯电续航、混动续航，以及电池耗尽之后的油耗续航。经过我们的测试，虽然西姆 XM3 的纯电续航不行，但是油耗续航却非常出色。现在市面上的车企都给用户包装了一个概念，就是新能源车续航好不好，只看纯电续航里程的多少。这其实是误导，说直接点儿，纯电续航里程的多少取决于电池的大小，技术难度并没有那么大，而电量耗尽之后的油耗表现才能看出一个车企真正的研发实力。我可以毫不掩饰地说，西姆 XM3 是目前我所测试过的所有自主品牌中，续航表现最为出色的一款新车。"

林列从小伙伴的眼里看到了同样的疑问。陈卢阳充值了？要说陈卢阳充值了，林列打心底里是不愿意相信的。陈卢阳是汽车评测圈的一股清流，是能为消费者考虑的真正的车评人，他是林列心目中的标杆，是林列踏入这个行业所追求的目标。《大神说》火了之后，有不少车企和公关公司带着诚意和糖衣炮弹前来，要为林列的团队提供所谓的"赞助"，也就是充值。林列和他的团队也挣扎过，但是最终统一了认识，全部婉拒了。原因很简单——陈卢阳是他们的榜样。

当然，林列的团队很小，没有陈卢阳雄厚的资金，不可能做到像陈卢阳那样与车企绝对地划清界限。于是，他们给自己定了底线，广告可以接，但是充值免谈。

这两者的区别就在于，广告具有明显的“广而告之”的功能，所有消费者一眼就可以看出来，不存在欺骗和隐瞒；而充值就是以次说好，赤裸裸地欺骗消费者了。只接广告就相当于拒绝了绝大部分车企，因为在车企看来，如果要投广告肯定就投放在明日汽车网这样的大平台了，对于自媒体团队，很多车企只喜欢充值。到目前为止，林列团队还没有接到一个广告。名气是大了一些，但是资金方面并没有得到缓解。不过他们都不后悔，因为他们走在和陈卢阳一样的道路上，在做着正确的事。但是，今天陈卢阳对于西姆 XM3 这款车的评价，让林列有些傻眼了。

纯电续航 58 公里，居然被他说成了续航表现很好？而且他还通过一系列的说辞给出了论证，听下来让大家感觉很有理有据的样子。这比秦铭的“西姆 XM3 真正做到了好开、易用，所以跑慢点儿又如何呢”的粗暴灌输手法，简直不知道高到哪里去了。

最关键的是，陈卢阳竟然说：“我可以毫不掩饰地说，西姆 XM3 是目前我所测试过的所有自主品牌中，续航表现最为出色的一款新车。”

信誓旦旦，绝对是车评的大忌。犹记得马庆在评测萨拓 5 时说了句“给萨拓爸爸跪了”，直到今天，马庆发的任何微博下都会有网友针对这一点留言讽刺。当然，这里面少不了《大神说》在其中的推波助澜，因为正是那一期《大神说》的火爆，把马庆这句话给发扬光大的。

林列实在没法儿相信陈卢阳居然会犯这样的错误，更不相信他会被充值，不甘心地重新把这期节目看了一遍，一字一句都不放过。

第二遍看完，林列陷入了沉思中，久久没有动弹。正在小伙伴要开口询问时，他突然笑了起来，朗声大笑，不绝于耳。

“陈卢阳没有被充值！把他那句信誓旦旦的话摘出来作为他的观点，放在我们节目的第一位。干活啦，各位！这一期绝对又要热闹了。”

和林列刚看到节目时的反应一样，网友们也炸开了锅，“陈卢阳充值了”的言论铺天盖地。新一期《大神说》的推出，更是火上浇油，把陈卢阳架在了火堆开始烤，连带着秦铭也受到了牵连。

秦铭在萨拓 5 和西姆 XM3 上连续两次被网友怒骂，简直要气晕过去。

其实，攻击陈卢阳充值的言论，每隔一段时间就会冒头一次，绝大部分情况下都是车评圈对于陈卢阳的打击陷害。

凭什么你可以不遵守车评圈的规矩？你不充值可以活下去，但凭什么不让我们吃饱饭？你不仁，我不义，既然你自己不下水，我们就把你拉下水。基于这样的心理，车评圈发动一次又一次的抹黑行动。但是，收效甚微。因为人至清则无敌，陈卢阳确实没有任何把柄可抓，用他们的话来说：“陈卢阳确实冰清玉洁啊。”

和以往不同，这次关于陈卢阳充值的舆论，是网友自发引起的，比较奇怪的是，整个车评圈居然无动于衷，没有落井下石，统统没有发表任何看法。

柳静芸心里清楚得很，他们实在是怕了，怕再一次被陈卢阳打脸，能丢的脸已经不多了，他们和蒋哲一样，开始爱惜羽毛了。

但她也明白，这些人并不是不想跳出来，他们早已经跃跃欲试，只等一个绝佳的机会出现，他们就会蜂拥而至，一击致命，彻底打倒陈卢阳。

柳静芸有些担忧，她知道这个机会是有的。因为，这次陈卢阳评测的西姆 XM3 是从西姆汽车借的。

陈卢阳按照他的想法改变了，这次被充值的质疑也是他必须要面对的。

令整个车评圈翘首以盼的机会来了。

陈卢阳的节目推出没多久，一个名为“用户 123”的微博号发表了一篇文章，为陈卢阳被充值提供了所谓的证据。

一般陈卢阳的评测会在视频开头介绍车源，绝大多数时候都说是自己买的或者朋友买的，但这次比较奇怪，并没有介绍车源，于是我就在圈内打听了一番。你们猜怎么着？我有了一个重大的发现。

先让大家看看证据，完整的资料我就不放了，只放一部分截图。如果是车评圈的各位看到这张截图，应该一眼就认出来了。没错，这是一张试驾车申请表。

有人可能会说，试驾车申请表怎么了，上面也没有看到陈卢阳的名字啊。别着急，陈卢阳的名字确实没有在上面，但是，大家看这个名字。

你们可能还会说，这个名字我们也不认识啊。哈哈哈，其实本来我也不认识。但是恰巧，我刚拿到这份资料不久，就听说陈卢阳的团队新招了一个人，这个人的名字，恰恰就是表格上这个。

你们是不是觉得有点儿巧？我也觉得不可思议，有没有可能是重名呢？当然有可能，毕竟陈卢阳可是冰清玉洁啊，我怎么能以恶意揣测别人呢？于是，我就发动我在圈内的朋友调查了一番。这次申请试驾车的机构和个人，我几乎全部咨询了一遍，其他地方都没有叫这个名字的人，除了陈卢阳的团队。

我觉得事实很明确了。不过我仍然不相信，那可是客观独立第三方的陈卢阳啊，怎么会接受车企充值呢？在证据和情感面前，我陷入了深深的矛盾之中。我也不知道怎么办了，只能发出来，让大家看看，帮我解决这个困惑。

另外，被我爆出名字的这个人，请原谅我。相信我，我并没有恶意。毕竟，如果打码了，我怕某些人就不认了呢。

柳静芸一眼就看出这是专业团队的手笔。这篇文章图文并茂、言简意赅，同时又偷梁换柱，其心可诛。文章不断强调自己没有恶意，但字里行间却恶意十足。因为文章能得出的结论是陈卢阳用了车企的试驾车，但是用试驾车并不等于充值了，作者却偷换了概念，把读者的思维带向陈卢阳被充值的结论上去了。

“用户 123”明显是个新号，这篇文章是它第一次，也是唯一一次发布的内容。它没有粉丝，也没有买热门，文章却被迅速传播开来。柳静芸注意到，毛峰、秦铭等不少车评人，在这篇文章发布的第一时间就点赞并转发了，虽然转发时并没有说话，但是态度表露无遗。

车评圈开始行动了。

这篇文章果然引起了轩然大波，再加上众多车评人的推波助澜，关于陈卢阳充值了的质疑声直接达到了顶峰。

“你不是说和车企绝缘吗？不是号称要做绝对独立客观第三方的评测吗？为什么用了车企的试驾车？我那么喜欢你，那么相信你。你出来解释解释啊。”

“大家冷静，说不定陈卢阳并不是这次才开始充值的，大家可以翻翻他之前的视频，说不定也能找出他充值的证据。”

“陈卢阳和明日汽车网的结局一样，情怀终究敌不过现实。”

陈卢阳这次没有任由风波发酵，或者说对目前的情况早有预期，这篇文章出来没多久他就发布了新的动态。

陈卢阳转发了“用户 123”这篇文章，并写道：“呵呵，观察得挺仔细，终于抓到‘证据’了吧？关于这辆车的来源，我并不忌讳，没错，这是从车企借的车，而且是我亲自去借的。不但这次是借车，以后只要车企愿意我都会去借车。当然，我对任何一个车企都会提前表明，我还是按照自己的方式如实评测，车借给我，车企不能插手我的评测观点。如果不能满足这一点，我不会拿车企的车，还是会自己买。西姆XM3是我借的第一款车。有人会说，你拿了车企的车，就算不收钱，从人情上来说，可能也会下意识地为这家车企说一些好话吧？我明确告诉各位，我不会的，我为自己的所有言论负责。如果你们还不信，随你们吧。另外，明天晚上我会在直播间进一步详解西姆XM3这款车，届时会回答大家的一些疑问，欢迎大家来直播间互动。我尤其欢迎目前在背后诋毁我、排挤我的某些人前来，我在这里正式向你们喊话：如果你们对自己的言论负责，欢迎来直播间和我辩论，我奉陪到底！”

这简直是开战宣言了。

陈卢阳受车评圈的排挤已经不是一天两天，什么样的手段都经历过，但他一直表现得云淡风轻，不动声色间就化解了对手的攻势，这次竟然针锋相对了。在不少人看来，陈卢阳这是心虚了，如此气急败坏的表现反而坐实了他充值的事实。要不然为什么急赤白脸地为自己辩解呢？

这次反而是车评圈云淡风轻了，他们认为陈卢阳已经踏入他们的节奏了。

毛峰正舒服地半躺在他的办公椅上，双脚搭在桌子上，看着手机嘿嘿直乐。虽然融资了一千万元，做到了二手车评测领域的老大，但是毛峰一直不太满意。二手车评测的盘子太小，根本就满足不了他的胃口。有人会问，不是融资了一千万元吗，不少了啊？但要知道，这一千万元是投资人的，不是他毛峰的。毛峰可以为他们的团队花这些钱，但是不能揣到自己的口袋里。

现在汽车行业的资本都集中在新车评测圈，新车这边随便拨一筷子，就够二手车评测圈吃一年的了。毛峰艳羡不已，他认为二手车领域限制了他能力的发挥，所以一直在新车圈聚拢人脉，谋划着转型。

如今终于踏入梦寐以求的新车评测圈，而且貌似还一炮打响了，陈卢阳被网友喷得气急败坏，而他由于把西姆 XM3 黑得一无是处，竟然一下子涨了很多粉丝，粉丝增加的数量在评测二手车时是难以想象的。

“这次忍住诱惑没充值，看来走对了。”毛峰得意地想着。

“用户 123”那篇文章是蒋哲打电话让他转的，说是看这篇文章写得不错，有理有据，让毛峰看看，觉得不错的话，可以转发一下。

毛峰心里明镜一般，知道文章是蒋哲亲自或者找人炮制的，目的很明确，就是为了打倒陈卢阳。不过，毛峰进入新车评测圈，蒋哲是他必须要抱上的大腿。别看蒋哲在网上的人气不如从前，但毕竟是老资格，人脉还是很广的，不管是同行还是车企、网站，都会给他几分薄面。

蒋哲找毛峰转发，是主动伸来了橄榄枝，这就像是投名状一样，只要同意，毛峰就能顺利搭上蒋哲这艘大船。而且，这篇文章也很对他的胃口。他讨厌清高的人，都在尘世，装什么谪仙，所以他没有任何犹豫，第一时间就转发了。

毛峰和陈卢阳之间没有过任何直接交集，毕竟他是做二手车的，如今也刚进入新车圈，对陈卢阳没有什么感觉。他只是单纯地嫉妒他的人气，同时又痛恨陈卢阳浪费了那么高的人气。如果你不求财，就赶紧离开，不要妨碍别人发财嘛。

打击陈卢阳不但能赢得蒋哲等前辈的人情，还能满足他的个人好恶，何乐而不为呢？所以第二天晚上，陈卢阳的直播节目一开始，他就出现在了直播间。

毛峰一出现，就引起了直播间网友的轰动。电脑屏幕前的毛峰先是惊喜，继而几乎泪流满面。我终于火了，早知道新车圈这么好混我就应该早一些转型的。

直播间里，陈卢阳和主持人正在侃侃而谈。毛峰听了一会儿，但完全心不在焉，主要的心思都放在了评论里，看着网友叫着他的名字，真是一种享受。

过了一会儿，毛峰的出现带来的热度渐渐过去了，网友们的注意力又回到了直播中。毛峰不满了，还没享受够呢，怎么这么快就结束了？必须做点儿什么，把网友的注意力重新拉回到他身上。

“大家好。”毛峰在评论区打了三个字。

“毛哥好！”“峰哥好！“毛老师好！”评论直接刷了起来。

这才对嘛，见自己终于又成了众人的焦点，毛峰满意地点了点头。不过要吸取教训，一定要把这种场面维持住，不能像刚才一样转瞬即逝。

“毛哥，你怎么看西姆XM3？”

毛峰正想着办法，突然看见一个网友提问。他计上心头，那就和陈卢阳唱反调吧，不但能吸引大家的眼球，还能顺便打陈卢阳的脸，一箭双雕。

于是，毛峰开始了他的表演。

“西姆XM3纯电续航垃圾。”

“陈老师，这车真是你从车企借的吗？”

“车企把车给你，难道真的没有诉求吗？”

“陈老师，你敢说说西姆XM3保值率的事吗？”

“我摸着良心说，西姆XM3这车就是垃圾，回头我买一辆，拆开给你们看看。”

“陈老师有钱，我毛峰也有钱，买辆车是小意思。”

晚上十点，直播结束了，毛峰竟然觉得有些意犹未尽。

陈卢阳对于他的表演没有任何回应，但这完全没有影响毛峰的满足感，因为他感觉自己整个晚上一直都是焦点。他享受作为焦点的感觉。

毛峰心满意足地睡了，还做了一个成为新车评测第一人的美梦。在梦中，车企争相给他塞钱，所有车评人对他点头哈腰，甚至蒋哲跟他说话都低声下气，仰视着他。

醒来发现是一场梦，毛峰不由得有些失落，随后劝慰自己，梦里的那一天，终究会成为现实的，很快就会。

今天是周六，毛峰起床很晚，在吃早饭或者也可以说是午饭的时候，他拿出手机打开微博看了一眼，差点儿被噎死在饭桌上。

漫天的咒骂！

毛峰蒙圈了，实在不明白发生了什么事，为何一夜之间从“人人尊敬的毛老师”变成了“不择手段的下三滥”？还没在天堂站稳，就这样跌落到了地狱。饭也顾不上吃了，毛峰直接坐到了电脑前，开始研究事件的始末。不解、惶恐、愤怒、不甘，各种情绪在他脸上呈现。等到毛峰弄清楚后，脸上只剩下了一种情绪——惶恐。

昨天毛峰在直播间自顾自表演的时候，陈卢阳已经针对网上的质疑，一一给出了回应。包括为何说西姆 XM3 的续航表现不错，为何拿车企的车，以及拿了车企的车会不会影响评车的公正客观等问题。

长达三小时的直播中，陈卢阳不断阐述自己的观点，再加上以往的所作所为，他赢得了绝大多数网友的支持和鼓励，几乎消除了所有的质疑。

毛峰自以为大部分网友的注意力都在他身上，沉浸在自己的表演中，其实真相很残酷，绝大部分网友根本没注意到他，只有极少数凑热闹的网友努力配合了他的表演。

毛峰还不明白互联网的本质，在互联网上，沉默的永远是大多数。

陈卢阳消除了质疑后，毛峰在评论区的上蹿下跳在网友看来，就显得尤为可笑了，就像是不顾脸面地撒泼耍赖。关键是毛峰还一无所知，陷入了深深的自我感动。

事情还没完，在直播结束后，毛峰心满意足地进入了睡眠，陈卢阳转了一条微博。

这条微博是陈卢阳的粉丝发的，内容是毛峰这两天所作所为的汇总，包括在评论区的发言及对"用户123"那篇文章的转发。陈卢阳直接转发出来，并评论道："原来是这样。"

很多粉丝此前并不知道毛峰的所作所为，看到这条微博，都愤怒了。这已经不单单是质疑那么简单了，这是在挑事。于是毛峰就被愤怒湮没了。

"非蠢即坏！心眼儿真脏。"

"要质疑就好好质疑，怎么跟疯狗一样乱咬人？下三滥！"

"滚回你的二手车！"

毛峰了解事情经过后，冷汗都下来了。他本来以为这次陈卢阳栽定了，光用了车企的试驾车这一点，就再也洗不干净了。没想到短短三小时的直播，他不但成功消除了质疑，而且把网友的支持都争取回来了！这是多么恐怖的影响力和号召力！我居然不知死活地与这么恐怖的人为敌，是膨胀到了何种地步？看来昨天兴奋过头了。

毛峰仔细想了想，昨天蒋哲、秦铭他们都在直播间。难怪他们从头到尾都一言不发，他们肯定知道陈卢阳没那么容易对付。该死的，一群老油条也不提醒我一句，就眼睁睁看着我丢脸！

毛峰强迫自己冷静下来，现在不是愤怒的时候，要想办法化解目前的危机。刚踏进新车圈就把脸面丢光了，以后还怎么大展宏图？他想了半天，决定认㞞道歉了。为了长远的发展，暂时的摧眉折腰没什么。正在毛峰组织措辞的时候，蒋哲的电话来了。

"蒋前辈，您怎么来电话了？"毛峰笑吟吟地说道，从语气中听不出任何异常。

蒋哲也笑道："小毛啊，没事，我就是打来看看你现在怎么样。"

毛峰听完蒋哲的话差点儿直接把电话挂掉。我现在怎么样你还不清楚吗？你是来看我笑话的吧？亏我还叫你前辈！

“我挺好啊，吃得好，睡得好。新车评测圈对新人挺照顾的。”毛峰懒得克制了，直接讽刺了一句。

蒋哲是老江湖，知道毛峰心中有怒火，也不以为意，仍然笑着说：“小毛，知道你心中有气，但请不要怪罪前辈，前辈一时疏忽，没有来得及提醒。”

你明明是故意不提醒的，毛峰心中冷笑。但他也知道不能得寸进尺，毕竟还要在这个圈子混，于是勉强挤出几分平淡的语气，说道：“哪会怪罪前辈呢？前辈对我够照顾的了。这都是对我的历练，我明白的。”

“你能明白就好。”蒋哲居然把这句话收下了，以前辈的姿态说道，“其实，不怪你会着陈卢阳的道，实在是陈卢阳太过老奸巨猾。小小年纪，心眼极多。你以后千万不要孤身一人和他硬碰硬。”

“谢谢前辈提醒。我知道我斗不过他，一会儿我在微博上道个歉，按他的性格想必也懒得计较。”

“不！”蒋哲急声拦住了毛峰，随后又恢复了慈祥的语气，说道：“我认为道歉不是一个好的选择。不过你说的倒是没错，你道歉的话，陈卢阳不会计较的，但是你有想过网友会接受吗？你考虑过道歉以后在车评圈的发展吗？”

毛峰疑惑地问道：“应该没事吧？我见前辈之前好像也道过……”

“那不一样！”蒋哲又急声打断了毛峰。上次的道歉是他心中永远的痛。这个年轻人真是哪壶不开提哪壶，如果不是要用到他，蒋哲真不想跟他废话了。他沉默了片刻，语速有所加快，说道：“小毛啊，不瞒你说，道歉的后果真的很严重。我这样的车评界常青树，在上次道歉之后，人气也急剧下滑。你仔细考虑一下，你这个初入新车评测圈的新人，如果道歉的话会出现什么样的后果？”

毛峰被吓到了，仿佛看到了自己道歉后职业生涯终止的情景。按理说，毛峰不应该被蒋哲的三言两语唬住，实在是他太患得患失了。

蒋哲见毛峰没有说话，知道起作用了，趁热打铁地说道："你是我最看好的一个新人，我实在不忍心你这样的好苗子就此夭折，才对你掏心掏肺，阐明利害。其实，道歉不是唯一的出路，你还没到这个地步。"

毛峰眼睛一亮，就像是沙漠里的行者看到了绿洲，急切地问道："还有什么方法能挽回我的人气吗？"

蒋哲在电话那头笑了，枪有了。

因为是周末，柳静芸又准时出现在了韩梦岚的咖啡厅，此时一边喝着咖啡一边看着毛峰刚刚发出来的公开视频。这个视频是毛峰对陈卢阳的回应，名为《我只是个新人》。视频里，毛峰面对镜头侃侃而谈。

"大家好，欢迎收看这一期的《小毛说车》，我是主持人毛峰。这一期呢，我们不说车的问题，我要解决一下我自己的问题。可能大部分人也知道出了什么事，我还是从头说一下。对了，可能好多人不认识我，先自我介绍一下，我就是现在网上说的那个为博名气不择手段的车评人毛峰，以前是做二手车的，刚转型做新车。

"我出了什么问题呢？其实我也挺纳闷的，我真不明白为什么网上那么多人攻击我。想来想去，也不知道我哪儿做错了。我从头说起，大家也帮忙给我分析一下。

"事情开始于西姆 XM3 的评测。这款车是我进入新车评测圈后评的第一款车，我是一个新人，说得可能没有前辈们那么好，但是我确实用尽全力了，我把自己所有的观点呈现了出来，就是希望能对用户购车有帮助。只要能帮到一个用户，我的评测就没有白做。这也是我进入新车评测圈的目的——能帮到更多的人。大家也知道，二手车的用户群体与新车完全不在一个量级上。

"根据我的评测，西姆 XM3 这款车确实不怎么样。我本着对用户负责的心态，把我的观点全部表达了出来。虽然我是一个新人，但我并不怕得罪车企，哪怕以后没有车企借给我车，我也要对用户负责。车好就是好，车差就是差。

“后来，陈卢阳老师也发了他对西姆 XM3 的评测。怎么说呢，和我的评测有不少的观点冲突。不过评测嘛，主观因素并不少，而且陈老师是前辈，可能发现了一些我没有注意到的地方。我抱着学习的态度研究了一番，还是感觉陈老师这次的评测和之前不太一样。陈老师的节目我每期都看的。不过我也没当回事，只觉得自己要学习的东西还很多。

“后来我看到一篇文章，觉得挺有意思，我也没多想，就点赞并转发了。没想到，陈老师突然说要做直播，还说让那些诋毁他的人来直播间观看。我一下子蒙了，这不像陈老师的风格啊。陈老师在我的印象中，总是温文尔雅、沉稳如山，用逻辑和理论说服人，这次怎么像是恼羞成怒了呢？

“带着这个疑问，我就去了直播间，认真学习了一会儿。陈老师解释得确实很明白，我也受益良多。中间有网友发现了我，问了我一些问题，我做了一些回复。直播结束我就下线睡觉了。结果第二天我醒来，发现竟然有成千上万的人在骂我。等我弄明白，才知道是陈老师转了一条微博，那条微博也不知道是陈老师哪个粉丝写的，里面胡编乱造说我有诋毁造谣陈老师的小动作。天可怜见，我怎么可能会那么做呢？！最关键的是，陈老师转发时还说了一句‘原来是这样’。陈老师居然信了。

“我当时真的很难过。难过主要是两点，第一点，我是新人，抱着为用户服务的心理踏入了新车评测圈，居然莫名其妙就被骂成了这样；第二点，我最最尊重的前辈陈卢阳老师竟然误会我了，我很痛心。

“我仔细想了一整天，有些话不吐不快。我也不怕得罪人，现在骂我的人已经很多了，不在乎再多一些。陈老师，说实话，我觉得你变了。你独来独往，在节目里有时会说车评人排挤你，其他车评人都充了值，只有你是真正的客观独立第三方的车评人。但陈老师，真的是这样吗？

“我是新车评测圈的新人，我说说我入行的感受。我来了新车圈后，好多前辈都鼓励我，他们给我介绍人脉，帮我借车，带我学习，我得到了很多前辈的支持。我从来没有感觉到有人排挤我。当然，这两天，我算是感受到了。但让我有这个感觉的人，不是别人，而是你，陈卢阳。

“医学上有个名词，叫被迫害妄想症。我并不是说陈老师有这样的病症，只是觉得有几分相似。我在想，陈老师经常说有人排挤他，是不是只是他的错觉？为什么只排挤陈老师呢？我也是新人，为什么没有排挤我呢？这个问题我确实不能理解。或许陈老师看不起当前的评测圈或者其他的车评人。不可否认，现在的车评人没有人比得上陈老师，就算没有视频网站的注资，富二代的身份也能保证陈老师一辈子衣食无忧。但是其他车评人呢？除了极个别人，绝大部分都挺惨的。摄像、剪辑、设备、差旅，这些都是需要钱的，我们不像你，怎么着都有钱，我们必须想尽办法活下去，然后再养活家庭。我们跟车企借车时低三下四，发表车评观点时稍微说多一点儿，就被骂充值，拿车企的钱。

“车评行业不是靠一个人撑起来的，而是我们无数的车评人努力的结果，并不是只有你陈老师的车评才是车评。我是个新人，我是来为用户服务的，不是来让陈老师的粉丝攻击的。最后，想约一下陈老师的时间，咱们找个直播间好好聊聊车评行业怎么做才是对的。”

和“用户123”那篇文章一样，柳静芸知道，这个视频显然也是群策群力制作出来的，毛峰只不过是被推到了台前，躲在幕后的不知道有多少人。

不过这个视频确实很有杀伤力。看上去发自肺腑的话，配上一脸的委屈，活生生把毛峰塑造成一个刚入行就被前辈打压，只能哭诉喊冤的可怜人。而最后的约战，更像是压抑到极致后的愤怒爆发。

就算你是个前辈，也不能不讲理，我虽然只是个新人，但也不是任人宰割的，我也是有血性的。毛峰的这个视频一下子戳中了网友的同情心，没有人再关注前因后果，都认为毛峰太可怜了。有冷静的网友试图解释毛峰是自作自受，是他先找陈卢阳的麻烦，但刚说出口，就被激愤的口水淹没了。

柳静芸统计了一下，这个视频除了在微博之外，还在二十多个平台上都发布了，不到半小时，几乎登上了每个平台的热门榜单，引发了极为广泛的热议。

扮可怜、装委屈总能见效，因为口头同情几乎是零成本。一时间，同情毛峰的人数占了绝对的上风。毛峰和他背后的联盟，这一阶段的目的是达成了。接下来，不管陈卢阳应不应战，他们都有恃无恐。如果陈卢阳不应战，他自然就输了，从此再也抬不起头；如果陈卢阳应战，虽然看上去是他和毛峰一对一，但其实相当于陈卢阳一人单挑毛峰背后的整个联盟。陈卢阳能力再大，势单力孤，胜算不大。

真是狠毒啊，柳静芸觉得有必要提醒一下陈卢阳，让他考虑清楚。还没来得及打电话，发现陈卢阳已经回应了。

“做事要敢作敢当，我看你敢不敢当着我和所有直播观众的面把这些话重新再说一遍。下周一到下周五你随便找一天吧，我奉陪到底！”

柳静芸摇头苦笑，同时又非常骄傲。这就是陈卢阳，不挑事，但更不怕事！柳静芸还是给陈卢阳打了电话，既然已经要战斗了，就要做好万全的准备。

“毛峰背后不是一个人，他应该只是被推到台前的一杆枪，我怀疑他背后站的人很多。”柳静芸开门见山，把她的想法告诉陈卢阳。

“我知道，那篇文章和这个视频显然都是一个专业团队打磨出来的。不过，姐，你放心，我既然敢应战，就不会输的。”陈卢阳自信满满，甚至有几分跃跃欲试。

“我当然相信你。但是一定不能大意，事无巨细地做好准备，准备不要嫌多。”柳静芸认真叮嘱道。

“我会的。这群人真是阴魂不散，就像苍蝇一样天天围着我转。充值还充出理来了。这次也是个机会，正好能重创他们。”

柳静芸笑着鼓励道：“我弟肯定没问题的，论吵架，你还没输给过谁呢。我还记得，当年你是如何在大街上让公交车司机当面道歉的。”

陈卢阳闻言也笑了起来。

当年《卢阳说车》刚刚成立，也没什么名气。有一天他开车带着柳静芸出门，发现一辆公交车横冲直撞、不守交规。陈卢阳见状，怒而超车，把这辆公交车堵了下来，然后把司机拽下车，在大街上理论了半小时，没有脏话，但不依不饶，直到公交车司机当街道歉，陈卢阳才放过他。

当时陈卢阳还不出名，这件事并没有多少人知道。

“如果毛峰他们知道你吵架有这等功力，恐怕在约战之前要好好犹豫一番了。”柳静芸回忆着当年的场面，笑着说道。

“哈哈哈，你不说我都忘了我还有这样的战绩呢。”陈卢阳得意地大笑起来，随后又不满地说道：“这怎么能叫吵架呢？吵架太低俗了，我是文明人，从来不吵架，我这叫理论。”

“好，叫理论。理论，顾名思义，有理才能论。这次你赢定了，道理都在你那边呢。”

“那是。等着我吊打这个……叫什么来着？”

“毛峰。你赶紧去做准备吧，对手的名字你都没记住呢，到时叫错名字，可就要闹笑话了。”

“这叫战略上的藐视，一个小虾米而已。”陈卢阳振振有词，但也知道时间不多了，就挂断电话赶紧去忙了。

柳静芸从来没有担心过陈卢阳的能力，就是担心他会大意，只要他能从心底重视起来，目前的车评圈没有人是他的对手。越是能力强的人越容易犯轻视对手的错误，陈卢阳不是没有犯过这样的错误，但这次不容有失，所以她才再三叮嘱。刚才听他的状态，已经完全重视起来了，柳静芸才算是放心了。

不过，现在的车评圈实在是腐朽不堪，拉帮结派、利益为先，为了一己私欲，肆意抹黑同行，坏其名声，拉人下水，而且看样子还会继续腐朽下去。即便这次陈卢阳完胜，想必也无法照亮整个车评圈这浓重如墨的黑暗吧。柳静芸深深感叹道。

“静芸姐，为什么叹气啊？”韩梦岚走过来，关切地问道。

柳静芸立刻丢掉了所有的负面情绪，对韩梦岚笑着说道：“没事，卢阳那边的事。”

“是其他车评人又找卢阳哥的麻烦吗？”

“对。你怎么也关注汽车行业的事了？”

韩梦岚不好意思地摸了摸头发，说道：“你们都是汽车圈的嘛，我就也关注上了。那些车评人也太坏了吧，天天找卢阳哥的茬。”韩梦岚一脸的嫌弃，随后问柳静芸：“这次又怎么了？静芸姐快跟我说说。”

柳静芸就把这次约战的前因后果梳理了一下，跟韩梦岚讲了讲。

“他们这也太讨厌了。自己做得不对，还怪卢阳哥。”韩梦岚听完，义愤填膺地说道。

“都是为了利益，本来他们赚钱赚得挺好的，结果卢阳进来了，抢走了他们的人气，人气少了钱就少了。如果卢阳和他们一样也靠着人气充值挣钱，他们可能就不说什么了。毕竟是在同一个规则下，谁挣得多是谁的本事。但是卢阳把人气圈走了，却没有靠这挣钱，他们就不满了。在他们看来，这是在浪费名声和人气，自然也是在耽误他们挣钱，所以他们就千方百计地抹黑卢阳，一次不行，就再来一次。”柳静芸耐心地对韩梦岚解释道。

“静芸姐，不用担心。卢阳哥虽然平常大话连篇，为人也不太正经，还喜欢嘚瑟，但是能力是有的。他肯定是没问题的，绝对会吊打这个毛峰。”韩梦岚自信地说道。

柳静芸笑了起来，韩梦岚反而叹口气说道：“卢阳哥天天面对这些事情，也是够可怜的。”

“放心吧，他乐在其中。而且他知道他在做什么，这些都是为了整个车评圈的进步不得不面对的，他早就有这个心理准备了。”

“车评圈这么黑暗，靠卢阳哥一个人是不可能扭转的。而且车评再这样做下去，未来会怎么样也不好说呀。”

柳静芸一下子惊讶了，刚才她就在想这个事，没想到作为圈外人士的韩梦岚也能发表如此独到的见解。

看到柳静芸惊讶的表情，韩梦岚连忙摆了摆手，说道：“这不是我说的，我想不了那么多。是常丰哥告诉我的。”

“常丰？”柳静芸反而更惊讶了，问道，“他什么时候跟你说的？”

“就是昨天傍晚，他来店里坐了会儿，聊到车评圈这些事的时候，他发表了一些他的看法，我今天就拿过来用了。”韩梦岚吐了吐舌头，有些不好意思地说道。

常丰最近好像经常来咖啡厅。看来，他并没有表面那样心如止水，明日汽车网被收购对他的影响还没过去呢。柳静芸点了点头说道：“原来是这样啊。”

韩梦岚看着柳静芸的表情，生怕刚才提到常丰会引发柳静芸的伤心，看了半天没有看出端倪。那次农家乐回来之后，柳静芸的表现和之前并没有什么区别，偶尔也会和常丰在咖啡店见面，两人就像什么事都没发生一样。韩梦岚担心柳静芸把所有的痛楚都埋在了心底，这样下去，身体会憋坏的。想了一会儿，韩梦岚下定决心，小心翼翼地问道：“静芸姐，你放下了吗？”

柳静芸撩了一下头发，绽放出韩梦岚从没有见过的灿烂微笑，说道:“放不放下，又有什么区别呢？”

毛峰他们准备得很充分，直播的时间很快就定在了下周二晚上八点钟，直播平台为微博官方直播。陈卢阳欣然同意，转发了官方预告直播的微博，表示确认。这场直播可以说是万众瞩目，在微博上掀起了热议，被称为“车评圈的世纪之战”。所有人都明白，这已经不单单是西姆 XM3 的问题了，而是车评圈两种理念、两种生存之道的碰撞。谁能胜，就可能影响车评圈未来几年的车辙所向。所有对汽车有兴趣的网友都在拭目以待。

周日晚上，柳静芸接到了一个陌生电话。

“您好，是柳静芸柳主管吗？”一个年轻却沉稳的声音传来。

声音很陌生，柳静芸确认并不认识这个人，问道:“您好，我是柳静芸。请问您是？”

“柳主管好，我是西姆汽车的销售总监，郝泽清。非常抱歉，这么晚打扰您啦，不知道您现在是否方便，能耽误您几分钟吗？”

柳静芸对这个名字有几分印象，但是从来没有打过交道，一边寻思着对方的来意，一边说道:“郝总监您好，早有耳闻，可惜一直没有见过面。您叫我静芸就好，我这边很方便的。”

“我叫您柳小姐吧。那我就不绕弯子，直接说了。是这样的，柳小姐，我们想在贵网站投放西姆 XM3 的广告，时间是下周二。”

柳静芸明白了。陈卢阳和毛峰直播对战的导火线是什么呢？西姆 XM3。虽然这场对战已经从对西姆 XM3 的分歧上升到车评理念，西姆 XM3 有些无关紧要了，但是这场直播到最后，不管是陈卢阳胜，还是毛峰胜，或者干脆两方都输了，最大的赢家毫无疑问都是西姆 XM3。

首先，西姆 XM3 在上市之初就得到了海量的曝光，这是所有车企都梦寐以求的。其次，不管西姆 XM3 多么无关紧要，陈卢阳和毛峰绝对会在直播中解决西姆 XM3 上的分歧，只要陈卢阳继续力捧西姆 XM3 的续航表现，就相当于在千万直播观众面前打了广告。西姆 XM3 其他方面的表现可能确实一般，但是续航表现的优秀会牢牢印在观众的脑海里。没有短板并不代表出众，只有一项长板反而更令人印象深刻。这也符合目前流行的“长板理论”——不要总是重视自己的短处，而要集中精力提高自己的优势。

郝泽清的意图柳静芸清楚了，他是想在周二晚上配合着直播来一波大规模的广告宣传，主打的点应该就是续航表现这一项。

从陈卢阳答应直播对战到现在仅仅几个小时的时间，郝泽清就能想到借势宣传，柳静芸还是很佩服的。只是，好像并不是那么及时。

“郝总监，我大概明白您的想法。但是这个时间段太紧了，我们的广告排期至少要提前两周以上。而且你们公司的广告投放都是由你们公关部负责的吧？”

“本来是应该由公关部和您对接的，但确实如您所说，我这个要求已经超出了合理的范畴。所以我找到您，您帮忙想想有什么办法没有？”郝泽清态度上非常诚恳，语气上没有任何急躁，然后又压低声音说道：“如果能行的话，我们愿意额外多出一部分钱。”

用钱开道，真是车企惯有的手段啊。柳静芸对郝泽清的印象分有所下降，语气严肃地说道：“郝总监，这不是钱的问题，做事要符合流程。”

郝泽清闻言，连忙说道：“抱歉，柳小姐，刚才也是我太过着急了。这样，您帮忙协调一下，因为广告位调整造成的所有损失，我们企业一并承担。”

柳静芸没有说话，郝泽清有些着急，说道：“柳小姐，不瞒您说，西姆 XM3 这款车对我们企业非常重要。西姆汽车被外界称为车企新锐，但是目前并没有任何一款拿得出手的产品，我们压力很大。虽然我们知道西姆 XM3 这款车在好多方面还不完美，但确实也是我们潜心两年拿出的最好产品了，我们对它寄予厚望。”郝泽清突然激动起来：“某些车评人太过分了！他们根本就没看出这辆车的闪光点，瞎评一气。当时我们看到网上的批判声，也很着急。但这款产品不容有失，相比其他车企，我们资金实力严重不足，如果这款产品失败，可能会元气大伤。于是我们只能给一部分车评人塞钱，说一些好话。”说到这里，郝泽清声音低了下来，也带了几分犹豫，像是很难为情。

“我知道柳小姐可能对这种手段很不齿，我们也想像萨拓汽车一样骄傲，但是目前我们真的不得不如此。好在，陈卢阳先生和其他车评人不一样，公正客观，他一眼就看到西姆 XM3 最大的优点。虽然其他地方不那么优秀，但是我们的续航表现却是同级别最优秀的，没有之一！”郝泽清自信地说道。但是，他随即又叹了一口气：“没想到陈先生只是如实评测，居然被半个车评圈围攻，说他充值。我们倒是想对陈先生充值，但是人家得收啊。不过我也总算明白，为什么陈先生是车评界第一人了。说实话，陈先生是因为西姆 XM3 才陷入的困境，如今我们又利用他对西姆 XM3 进行宣传，心里也是很过意不去的。”

柳静芸没想到郝泽清居然对她这样的陌生人说了这么多，而且情真意切，不忌讳，不隐瞒，这令她对郝泽清的看法有了几分改观。此时听到他说起陈卢阳，柳静芸说道：“郝总监，陈卢阳这边你不用多在意，他按自己的方式评车，只为消费者考虑，不会在意别人对他的看法。而且，目前这样的场面对他来说，可不是困境。”

“柳小姐，你好像和陈先生很熟悉？”

“汽车媒体嘛，总会有些交道。”柳静芸含糊应道。

郝泽清噢了一声，说道：“柳小姐，抱歉刚才有些着急，说了这么多，希望您能明白我的心情。”

“情况我了解了。这样吧，我去和领导商量一下，会尽力争取，您等我消息。”柳静芸想了一会儿，说道。

郝泽清大喜道：“谢谢柳小姐。我一直在，等您的电话。不管成不成，都十分感谢柳小姐。”

“我最后想说一下，坚守原则很难，但没办法并不是放弃的理由。”柳静芸郑重地说道。

郝泽清严肃道：“谢谢柳小姐的提醒。这是我第一次，也是最后一次了。其他人我管不了，但我一定会严格要求自己和我手下的人的。”

“您等我电话。”

柳静芸自己是非常愿意帮帮郝泽清的，不是因为别的，务实这一点，让西姆汽车在柳静芸心中加了不少分。再加上郝泽清态度上也非常诚恳，在力所能及的情况下，能拉一把还是要拉的。

广告位排期的调整并不是没有过先例，只要和原先的广告主商量好，道歉和赔偿都诚意满满，基本就没什么问题了。但柳静芸心里清楚，对于明日汽车网来说，广告位排期调整的难点并不在这上面，而在于常丰。

常丰原则性很强，虽然不是一个死板的人，但极其讨厌没有计划性。广告位排期调整，在常丰看来，就是没有计划。无论是负责排期的员工没有计划好，还是车企临时起意，都是他不能接受的。

在柳静芸想来，常丰不太可能同意的。不过，总要问问。柳静芸拨通了常丰的电话，直接把郝泽清的诉求说了一遍。

听完之后，常丰沉默了，像是在思考。柳静芸静静等着，电话里只有两人的呼吸声。柳静芸在心里考量着如果常丰拒绝的话，是不是要再争取一番。

过了一会儿，常丰清咳一声，说道：“没问题，我安排一下吧。”

柳静芸大吃一惊，居然这么干脆！在柳静芸想来，常丰最大的可能性就是拒绝。即便要同意，也应该是仔细询问一番，深思熟虑之后才点头。

“静芸，还在吗？”常丰以为柳静芸没听到，叫道。

“在，在。”柳静芸连忙答应，生怕自己刚才听错了，又问道：“你刚才说什么？”

“我说，没有问题，我一会儿就安排一下。”

“我能问一下为什么吗？”柳静芸按捺不住地问道。常丰的改变让她觉得有些陌生了。

“我对西姆汽车印象也挺好，他们也是为数不多有上进心的国产车企，只是目前积累还不够，给他们时间和机会，能成为第二个萨拓汽车的。而且，他们还是有头脑的，打广告的时机选得很好。周二那天如果放其他车企的广告，反而不合适，而且效果也不会好的，不如顺水推舟。更何况西姆汽车又不是不给钱。”常丰笑呵呵地说道，语气非常轻松。

“不是的。”柳静芸摇了摇头，但没想好怎么往下说。

常丰疑惑了，诧异地问道：“静芸，你认为不该答应？你怎么想的？”

柳静芸快速说道：“不是的，我也觉得可以答应，但是我没想到你那么快就同意了。我本来以为按你的性格，应该是很讨厌这种临时起意的行为。就算你同意，也不应该这么快的。但是你没怎么犹豫就同意了，这和你以往的风格不符啊。所以我问的为什么，是你为什么这么快就同意了。”

常丰听完，笑了起来：“我以前是这样的吗？”

柳静芸仿佛看到了常丰在摸下巴，说道：“是啊。”

“好吧。不过，讨厌归讨厌，但是西姆汽车这个事没有什么坏处啊，不但能多给公司挣点儿广告费，还能让西姆汽车欠你一个人情，以后好打交道。”

让西姆汽车欠自己一个人情？柳静芸听到这句话，突然冒出了不好的想法。

“你不会要离职了吧？”柳静芸急声问道。

常丰哑然失笑，说道：“想什么呢，我说过要把所有人都送上岸的。”

柳静芸还是不放心，继续问道：“那你说什么让西姆汽车欠我人情是什么意思？我以为你这是为我们铺后路了。”

“你想得太多了。”常丰解释说：“西姆汽车是一个上升型车企，这时候跟他们建立交情很有必要。而且广告位排期调整也不是特别难的事，为什么不顺手送个人情出去呢？你给郝泽清回复一下吧，让他们准备广告素材。时间很紧。”

“好的，我这就跟他说。”柳静芸正要挂掉电话，突然听到常丰“喂”了一声。

“怎么了？”

“你有没有想过创业？”常丰问道。声音平淡，像随口问问一样。

“你要创业？”柳静芸心中一动。

创业对常丰来说确实是个很合适的选择。在汽车圈这么多年，有人脉，有能力，有经验，创业的条件都有了。随着明日汽车网被收购，创业的时机貌似也到了。

“不是说我，我是问你有没有想过创业？”常丰一字一顿地问道。

创业？还真是完全没有考虑过。不说能力够不够的问题，汽车圈是个以男人为尊的行业，女性掌门人几乎为零，只有个别主打美女评车的自媒体才会出现女人当家的情况。在汽车这个行业，男人是绝对的主角，另一个主角是车。

“没有。”柳静芸摇了摇头，不知道常丰为何这么问。

“有时间可以慢慢想想。”

“为何这么说？”

“我觉得你有创业的条件，而且最关键的是，你适合创业。”

“哪里适合？就算适合，也没有你适合吧？”柳静芸心想。

“有时间了想想就行。先给郝泽清打电话吧。”常丰接着说道。

“嗯。”

也不知道常丰怎么想的，我竟然适合创业？我现在事情拿不定主意，还不都是找他给建议？跟他比起来，我还差那么远，怎么可能适合创业呢？

说起来，常丰最近确实变了不少。不多想了，先办正事，柳静芸拨通了郝泽清的电话。只响了一声，郝泽清就接了起来，看来一直守在电话旁。

柳静芸把常丰的答复告诉郝泽清的时候，他大喜过望，连连道谢，让柳静芸都有些不好意思了。她制止了郝泽清继续道谢，说道："郝总监，别这么客气。赶紧去准备素材吧，时间很紧，只有不到两天的时间了。"

"柳小姐，放心，这两天就算是不睡觉，我们也会做好的。真是太谢谢柳小姐了，我也不多说了，以后柳小姐有什么需要的随时开口，只要我能帮上忙，赴汤蹈火。"郝泽清拍胸脯的声音直接从电话传到了柳静芸耳朵里。

柳静芸觉得有些好笑，但也能听出郝泽清的心意，说道："郝总监，千万别再客气了，赶紧去忙吧。咱们以后打交道的机会还多呢。"

"真是谢谢柳小姐，那就不打扰了，您早点儿休息。我去忙了。"郝泽清又客气了半天才挂断电话。

这个人情貌似很大啊。

第十章　车评圈的世纪之战

周二晚上陈卢阳与毛峰的对战可以说是万众瞩目，虽然微博直播官方平台宣称为“车评人之间的对话”，但无法掩饰即将硝烟弥漫的战火之意。

两边的粉丝已经在前沿阵地交上了火，像两队侦察兵的遭遇战，不突然却激烈异常。大部队随后跟上，展开了极其惨烈的大会战。

> “陈卢阳就别自命清高了，充值了就充值了，没什么大不了的，大大方方承认，我们都会原谅你的。”
>
> “即便全世界的车评人都充值了，陈卢阳也不会充值。”
>
> “毛峰刚进新车评测圈，陈卢阳就这样打压他，是心里有鬼吧？是不是因为毛峰的评测把西姆 XM3 说得太过真实了，令陈卢阳恼羞成怒？”
>
> “自己上门踢馆，被虐得体无完肤，回去哭诉被欺负了，这应该就是又蠢又坏吧？”

陈卢阳的粉丝早已身经百战，心智之坚有如战士，信者无敌，以一敌百。另一边的粉丝联盟虽然占据人数上的优势，但是一时间竟有了溃败之象。粉丝联盟咬牙苦撑，知道这个时候绝对不能败，他们只是开胃菜，一定要撑到主菜上桌。

晚上七点半，直播终于要来了。粉丝联盟眼看就要撑到了，总算松了一口气，陈卢阳的粉丝虽然不甘心，但也只好偃旗息鼓，等待结束之后的最终决战。

韩梦岚知道有这场直播后，说要和柳静芸一块儿看，柳静芸就约韩梦岚来到她家。

“静芸姐，我看西姆 XM3 的广告今天在你们明日汽车网首页挂了一天了，是趁着这次直播借势宣传吗？”

柳静芸刚刚洗完澡，穿着浴袍，头发还湿漉漉的，脸颊微红，看上去吹弹可破。

“是啊，他们专门让把广告放在这一天的，这场直播不管谁赢谁输，西姆 XM3 都会是赢家。”柳静芸一边拿吹风机一边说道。

韩梦岚从电脑前回过头来，见柳静芸正要吹头发，主动跑过去，接过吹风机，欢快地说道：“我来帮静芸姐。”

“好呀。”柳静芸笑呵呵地回道。

韩梦岚打开吹风机，试了试温度，就娴熟地操作起来。吹风机声音很大，韩梦岚没有再说话，专心致志、一丝不苟地吹着柳静芸的头发。

“谢谢梦岚啦，手艺真好。”吹好之后，柳静芸接过吹风机，笑着说道。

韩梦岚没有接话，柳静芸扭过头来，发现韩梦岚正痴痴地盯着她，目不转睛。“发什么呆呢？”柳静芸问道。

“静芸姐，你真好看啊。发质也超级好呢。”韩梦岚的语气痴痴的。

柳静芸笑着说道：“你也好看啊，而且年轻。我老了，都有皱纹了。”

“静芸姐才没有呢。不要说那个字，不吉利。”韩梦岚急声说道。

柳静芸摸了摸韩梦岚的头说："好，以后不说了，我们都还年轻呢，永远十八岁。不过你呀，应该找个男朋友了。"

"找男朋友好麻烦的。要互相熟悉、适应，费了半天劲，还不一定合适。"韩梦岚小脸上出现几分惧意，就好像男朋友是洪水猛兽一般。

柳静芸换上睡衣，莞尔一笑，说道："哪有那么可怕。"

韩梦岚见柳静芸换上睡衣，眼前一亮，跳起来说道："静芸姐，你的睡衣也是粉色的啊，咱俩的一样哦，闺密装呢。"韩梦岚侧着身子打量柳静芸，不时像只小狗一样，把鼻子凑过去闻闻柳静芸身上的味道，突然感慨道："静芸姐，你人好，长得漂亮，身材也好，常丰是不是瞎了，还看不上你？"

柳静芸对韩梦岚的突然发问有些错愕，沉默半晌之后，说道："跟他没什么关系，感情从来都是两个人的事。而且，两个人能否在一起，最主要就是看是否适合，跟身材、相貌、金钱、地位都没什么关系。"

"是否适合肯定跟性格有关系吧？你性格这么好，有什么不适合的？"韩梦岚对常丰很是不满，嘟着嘴说道。

柳静芸想到了他们当初在一起时，因为双方性格的原因爆发的争吵，心里叹了一口气。说吵架不准确，因为都是柳静芸单方面对常丰的抱怨，常丰往往都是道完歉就一言不发。柳静芸语气有些沉重地说道："性格的好与坏，是相对的。我和常丰的性格单拿出来可能都没有问题，但是放在一起，问题就暴露了。有人说，两人在一起，就是互相包容、互相改变，倒也没错，但这个改变只是为了对方而刻意地更改一些做事方法，绝不是性格。没有人可以把这个改变维持数十年之久。性格深藏于潜意识，那是几十年潜移默化的结果几乎改变不了。所以呢，你以后找男朋友一定要注意这一点噢，没有什么好与坏，就看适不适合。当然，要这么找的话，很难，但是很重要，所以千万不要急。如果遇到了一个你觉得适合的人，不要考虑太多，相信过程，同时更要好好享受这个过程，那是最美好的。"柳静芸目光凝滞，嘴角却扬了起来，像是在回忆曾经的美好。

“嗯！”韩梦岚重重地点了点头。

直播画面终于有了，镜头扫到今天的两位主角身上。

陈卢阳把自己深深地陷进沙发里，跷着二郎腿，一脸的轻松写意。毛峰正襟端坐，屁股只占了沙发的一半，严肃地看着手中的资料。

“卢阳哥看上去很轻松啊。不过，这个毛峰准备了那么多材料，卢阳哥不会有些大意了吧？”韩梦岚担忧地问道。

“放心吧，他不是个大意的人。”

直播刚开始，就已经涌入了一百万人，旁边的主持人看着大屏幕一脸的笑意，显然非常满意。主持人是微博官方的，立场中立，如果陈卢阳和毛峰两人沟通得比较顺畅，主持人从头到尾都不会发话；如果两人有所争执，就需要主持人出来调解一下，把话题拉回正轨，让对话能够继续。

“哇，常丰也来了呢。”韩梦岚突然叫道。

微博直播间在某个大V进来的时候会给提示，此时正弹出了“常丰进入直播间”的提示。

“不止他呢，我刚才已经看到了不少同事，马庆、杨帅、郭跃等都来了。还有蒋哲、秦铭等车评人。”

“真是万众瞩目啊。”

柳静芸又在电脑前瞅了一会儿，发现车企也来人观看了。郝泽清关注可以理解，毕竟涉及他们的西姆XM3，但王海松来，她确实没想到。看来车评人对汽车行业的影响真的很大了，车企也重视起来了。

网友们头一次见这么多汽车大咖会聚一堂，人声鼎沸，奔走相告，直播间的人数再次激增，迅速超过两百万人，直奔三百万人。

七点半，主持人准时宣布开始。

“各位网友好，我们的直播马上开始。先介绍一下今天的两位老师。我左手边是陈卢阳陈老师，右手边是毛峰毛老师，两位都是鼎鼎有名的车评人，相信大家都不陌生。今天两位老师坐到直播间的前因后果，大部分网友想必都了解了，我就不多说了。两位老师刚才在台下的时候说了，是来化解矛盾和理念冲突的，所以今天的直播是车评界两个顶尖老师的对话，相信一定会产生思想的火花。我就不多说了，下边交给两位老师。”

毛峰看了陈卢阳一眼，见他没有先开口的意思，清了清嗓子说道：“陈老师，我们怎么个开始法？要不我先问几个问题，然后你再问我，这么轮流着来？”

陈卢阳摆了摆手，无所谓地说：“可以，我同意。”

毛峰看了一眼手头的资料，然后把资料放到桌子上，对陈卢阳说道：“陈老师，其实咱俩这次见面，主要就是消除误会，针对双方可能存在的误解进行澄清。咱们之前一直没有过交集，但是我入行之前就非常尊敬您，您的每期节目我都会看。这次为什么咱俩会坐在这里呢？其实最开始的起因就是我转了那篇文章。我不认为我是有什么恶意的，我就是觉得那篇文章有意思，所以转发了出来。不知道陈老师为什么反应那么大，是那篇文章确实说中了什么吗？”毛峰说完，看着陈卢阳，目光极为犀利。

陈卢阳手臂搭在沙发背上，撑着头，疑惑地问道：“你这是问我问题了吗？你能不能说清楚点儿？”

毛峰微不可查地撇了撇嘴，像是在嘲笑陈卢阳的装模作样，说道：“我的问题是，陈老师评测的西姆 XM3 是从车企拿的车吗？”

毛峰明显没有冲着化解矛盾而来，仍然想抹黑陈卢阳。

陈卢阳刚才轻松的表情消失了，脸色郑重。毛峰见陈卢阳脸色变幻，以为戳中了他的痛点，心里微微得意。

柳静芸知道陈卢阳这是愤怒了。如果真如刚才主持人所说，毛峰是来化解矛盾的，陈卢阳就会配合对方，互相给个台阶下，最后握手言和，这事也就过去了。

别人敬我，我定会以礼相待。但现在你想战，那就开始吧。

“关于这个问题，我在之前关于西姆 XM3 的节目里都回答过了。”陈卢阳坐直了身子，看着毛峰诧异地说道，“我记得那天直播毛老师也来了啊，而且活跃了一整个晚上呢，不应该不知道啊。”

毛峰立马拉下脸来。那天晚上的自嗨表演成了他心头的疤痕，如今再次被陈卢阳毫不留情地揭开了，鲜血淋漓。毛峰知道此时是在直播，生生克制住了。

“哈哈哈，毛峰刚才耷拉下脸来了。”韩梦岚指着屏幕笑道。

柳静芸也笑了笑，但心里有些感伤，这样的局面是她不愿意看到的，她痛恨这个黑暗的车评圈，却不想让汽车行业的黑暗面完全暴露在所有的用户面前，这让她有一种家丑外扬的感觉。不过，终归要走这一步的。改良不行，只能革命了。

毛峰没有说话，陈卢阳继续说道：“可能有一部分网友不太清楚，我就重新说一遍。西姆 XM3 我是从车企借的，我毫不避讳。不光西姆 XM3，以后我评测新车都会从车企借车，实在借不到的我就会买。我也会跟车企说明白，车借给我，我怎么说是我的事，他们不能有任何干涉，不然就别借给我车……”

“你怎么证明拿了车企的车，却没有答应车企的任何诉求呢？”毛峰插嘴道。

陈卢阳被打断，看了毛峰一眼，问道：“你这是第二个问题吗？”

毛峰点点头。

“我先把第一个问题说完。为什么我突然会拿车企的车？并不是因为我缺钱，还是那句话，我不差钱。我之前与车企绝缘，一方面的原因是我嫌麻烦，讨厌与人打交道；另一方面是我希望用户都能看到独立客观的第三方评测。我也做到了。但是最近，我看到了一些事，也想明白了一些事。我们的国产车真的在进步，好多车企都在奋发图强，可能产出的结果还达不到国际水平，但那只是我们的积累还不够，并不是他们没有在努力。这方面我要检讨，也要向各大车企说声对不起，我之前都忽视掉了。”陈卢阳大幅度低了下头，接着道：“所以，我改变了，我希望能近距离看到我们国产车企的努力和进步。他们的工程师、技术人员会为我们展示最新的工艺，完善我的理论知识，我们的评测也会如实地告诉他们不足之处，这是相互促进的。西姆 XM3 就是一个很好的开端。以上，就是我对借车这件事最后一次正式的回应。”

“至于第二个问题，”陈卢阳迎上毛峰期待的目光，呵呵一笑，说道：“我无法证明。”

听了陈卢阳的回答，毛峰也笑了起来，冷笑。

直播间的评论瞬间被刷了起来。

“卢阳老师，你的意思是说你有可能答应了车企的某些诉求吗？”

“还装得那么大义凛然，说你的改变是为了国产车企，你其实就是为了钱吧？如果说不是，你就证明看看啊。”

…………

毛峰没有继续询问，他觉得陈卢阳说出这句话就够了，不用他开口，直播间的观众自然就会把他想说的话都说出来，甚至说出他想说但无法说的话。

陈卢阳也没有再开口的意思，又靠回了沙发。虽然一直盯着大屏幕看着上面的评论，但是一脸轻松，完全没有被评论里的恶言恶语影响的样子。

韩梦岚坐不住了，焦急地问道：“卢阳哥怎么不好好回答啊，这不是留给别人口实吗？”

“这个确实无法证明，没必要说别的。”

“怎么不能证明？让车企的人出来作证就可以吧。”

“这么说吧，给你举个例子。”柳静芸认真地想了一会儿，说道，“假如我说你杀人了，你怎么证明你没有杀人呢？”

韩梦岚答道：“我拿出不在场证明。”

“如果我说你的不在场证明是伪造的呢？”

“那我找人证明我的不在场证明。”韩梦岚想了想，说道。

“如果你找的这个证人，我也说是和你串通好的呢？”柳静芸继续问道。

韩梦岚觉得这样会陷入一个死循环，不甘心地说：“那不行啊，凭什么一直怀疑我的证明是假的呢？要这么说，我还怀疑你居心叵测呢。”

柳静芸见目的达到了，微笑着不再言语。

好一会儿，韩梦岚带着几分疑惑，不确定地说道：“静芸姐的意思是说，不能凭空质疑一个人，得拿出实证来吧？不然的话，凭空被质疑的人永远都说不清。”

“没错。诸如大学生扶老太太，结果老太太说是他撞的，网上的舆论也都让他证明没撞一样，都是自证清白的罪恶。你可以想象一下，如果你处于那种境地，该有多可怕。”

韩梦岚不寒而栗，半晌之后才说道：“这毛峰真无耻，居然用这种手段！网友也真是的，好多在骂卢阳哥呢，都陷入毛峰的陷阱了。”

“不少人都认为自己在做正义的事呢。以高尚的名义推行罪恶，就是在说他们。卢阳做得对，不回应就可以了。”

陈卢阳和毛峰一直不说话，主持人只得站出来维持场面，让对话继续：“两位老师，要不，直接下一个问题吧。”

陈卢阳耸耸肩，表示可以。毛峰心想目的也达到了，就继续开口道：“第三个问题，西姆 XM3 这款车，我自己也测试了，确实很差，但陈老师却说了它不少好话，依据在哪儿？这能不能说明陈老师确实答应了车企的某些诉求？”毛峰问完，也靠在沙发上，像占据了优势一般，等着陈卢阳的回答。

“这个问题，那天直播时我也回答过了，没想到毛老师全不记得了。不知道毛老师是没有放在心上呢，还是记性不好。”陈卢阳坐直身子，缓缓说道，“我最后再回答一遍。在我的评测节目，以及那天的直播中，我都表明，纯电续航里程少并不代表综合续航表现差。西姆XM3纯电续航里程58公里，非常差，这个谁都没有否认过，但是它在电池用光后的燃油表现非常好。各位都知道我国插电混动车型的油耗计算公式吧。简单来说，影响标称油耗[1]的有两个因素，一个是纯电续航里程，另一个是发动机油耗。想要把标称油耗降低，就要从这两个方面下手。大部分车企都是怎么做的呢？增加纯电续航里程。为什么呢？显然降低发动机油耗的难度要远远高于增加纯电续航里程，这就是市面上的混动车型纯电续航里程越来越长的原因。通过增加纯电续航里程，这些车企可以把标称油耗降低到2L/100km，甚至是1L/100km以下，但这能代表这些车的续航表现好吗？不能。有的车，纯电续航100公里以上，电池用光后，油耗10L/100km以上，但是根据公式计算出来的标称油耗呢？不到2L/100km。能说这款车续航表现好吗？

“而西姆汽车就没有用这个公式来宣传西姆XM3的续航，他们知道这个公式是不合理的。根据我的测试，西姆XM3电池用尽后的油耗表现是5L/100km。如果要用这个公式，西姆XM3的标称油耗只有1.4L/100km。这个数字，要是其他车企可能就会大吹特吹了吧？所以，我还是要强调，西姆XM3是我测过的自主品牌中，综合续航表现最好的一款车。”

毛峰一见陈卢阳停下来，立刻问道：“陈老师有答应过车企的某些

〔1〕 标称油耗是工信部指定的检测机构对所有新车按统一检测方法检测出来的油耗数据。但标称油耗并不能代表日常用车的真实油耗，通常情况下，真实油耗要高于标称油耗。——作者注

诉求吗？”

陈卢阳给了毛峰一个极其淡漠的眼神，没有开口。

在网友看来，陈卢阳这是哑口无言了。网络论战嘛，很多时候并不是看谁有理，而是要看谁能说，谁能把谁问住了。陈卢阳这不就是被问住了吗？

柳静芸看了看评论，发现大部分网友还是接受不了关于西姆XM3纯电续航里程短但是综合表现好的观点，在他们看来，纯电续航里程长就是好，什么公式不公式的？

汽车知识的普及并不是一朝一夕的事，这就是车评人存在的意义。但是看着网友的质疑、讽刺甚至污言秽语，柳静芸为陈卢阳感到心疼。可她转念一想，大部分网友很可能就是凑个热闹，在整个车评圈，要说谁有真正的铁杆粉丝，卢阳绝对排第一位。虽然这部分人很少，但却是卢阳努力这么多年的成果。不被片面信息引导、自己收集完整信息、独立思考，这就是陈卢阳在普及汽车知识之外，潜移默化地带给这些汽车用户的。拥有这部分铁杆粉丝，才是陈卢阳与其他车评人最大的区别。至于那些凑热闹的网友，随他们去吧。

巅峰产生虚伪拥护，黄昏见证真正的信徒。

毛峰觉得他走上了人生巅峰，这次听从蒋哲的建议，看来是走对了。没想到我能力居然这么强，车评界第一人又怎样，还不是被我问得张口结舌？想想当时我居然还想道歉，真是太低估自己了。毛峰嘴角含笑，摆出一副高深莫测的表情，深深沉浸在巅峰的感觉中。

主持人不得不再次发声提醒，让两人继续。

陈卢阳首先开口了：“毛老师还有什么问题吗？”

毛峰心里冷笑，就这三个问题你都回答不了，网友可都看在眼里了，我看你怎么挣扎。他笑着开口道：“我主要就是这三个问题。”

“那我就开始了。”陈卢阳从桌子上拿出一叠纸，在镜头前晃了晃，说道：“我这些都是针对毛老师此前在公开视频中的言论的一些疑问，想请毛老师回答一下。问题可能相对要多一些，如果中间毛老师有了新的问题，可以随时问。”

毛峰淡淡地点了点头，表面上不为所动，但心里还是咯噔一下。那个公开视频是他的巅峰之作，为他赢得了很多的同情分，陈卢阳居然针对这个视频发力，这是他没有想到的。关键是能问出什么问题来呢？毛峰还没来得及思考，陈卢阳的第一个问题来了。

陈卢阳拿起一张纸，让导播给了一个特写镜头，白纸上只有两行大字，就像 PPT 一样，同时陈卢阳也把问题念了出来：“毛老师是单纯觉得‘用户 123’那篇文章有意思才转发的吗？大 V 是否要为自己的立场和观点负责？”

毛峰松了一口气，转发“用户 123”那篇文章当然不是只认为有意思，而是有预谋的，但是我不说，谁知道呢？毛峰回应道：“当然，我就是认为有意思才转发的。”

“那毛老师有没有想过自己转发的行为会对粉丝或者其他网友造成影响？这也是第二个问题，大 V 是否要为自己的立场和观点负责？”陈卢阳对毛峰的回答毫不意外，不紧不慢地继续问道。

“我就是认为有意思，转发出来了。粉丝或者网友怎么想，跟我没什么关系吧？我觉得我转发那篇文章没什么问题。”只要咬死不承认，你能奈我何，毛峰心中冷笑。

“哦？是这样吗？”陈卢阳低头从一叠纸中抽出一张，还是先在镜头前亮了亮，然后说道：“毛老师在公开视频中说，因为我转了那条微博，他才会被我的粉丝骂，然后质问我知不知道这种行为的后果。那么我的理解是，毛老师转发了那篇质疑我的文章，导致他的很多粉丝骂我陈卢阳在先，按照刚才毛老师的回答，他认为这样没有问题，但是却质疑我陈卢阳发了微博导致他被骂是有问题的。这是不是双重标准呢？”

毛峰有些傻眼了，没想到这里居然还有坑，一时间说不上话来。

陈卢阳紧接着逼问道：“回到刚才那个问题，大 V 是否要为自己的立场和观点负责？"

毛峰见陈卢阳像变了一个人，逼人的气场迎面而来，有些紧张地舔了舔嘴唇，说道："我转发的时候确实没有想那么多。"

"那就是毛老师认为大V是要为自己的立场和观点负责的。请你以后注意你的公开言论，不要见到觉得有意思的东西就转发。"陈卢阳说道，暗含讽刺。

"那陈老师是不是也注意一下自己的微博言论呢？你把我晒出来不就是让网友骂我吗？"毛峰认为找到了反击的机会。

"毛老师请注意，我对我所有的言论和观点负责，但是我不为我的粉丝的言论和行为负责。我发表'原来是这样'，我就是认为你在诋毁我。当然，你也可以说你转发'用户123'的文章，就是在质疑我。完全没有问题的。"

毛峰当然不能再说"我就是在质疑你"，这不是打自己的脸吗？刚刚才说了就是认为有意思才转发的。毛峰瞪着眼睛，急声问道："你怎么能不为粉丝的言论和行为负责呢？他们不都是你引导的吗？"

陈卢阳的声音没有任何起伏，说道："如果你的粉丝杀人了，你是不是要和你的粉丝一块儿坐牢去？"

"当然不……"毛峰一开口，知道又坏了，立刻闭口不言，但是慢慢爬上脸的红色暴露在了镜头下，显露出了他的窘迫。

陈卢阳一发力，毛峰就全无抵抗之力了。而且陈卢阳的逻辑环环相扣，无懈可击，并不是什么诡辩，是堂堂正正的思维碾压。

蒋哲、秦铭此时都捂着额头，哑然无语。

"漂亮啊！卢阳哥可以啊。"韩梦岚拍手叫道。

柳静芸也笑了起来，认真起来的男人不但更帅，而且更可怕。可怕是相对于对手而言的。

陈卢阳没有给毛峰缓冲的时间，又拿起一张纸，说道："毛老师有问题的话随时问，我继续说了。毛老师在视频中说，当时在直播间就是问了几个简单的问题，还有西姆 XM3 的保值率的问题，就出去了。我的第一个问题是，毛老师真的就是简单问了几个问题吗？关于这点，毛老师也不用回答，可以让网友自己去看。第二个问题是，对于一款刚刚上市的新车，谁能准确地预测它未来的保值率？请毛老师说说看。”

毛峰仍是满脸通红，知道这个问题其实无解，但还是硬着头皮说道：“我是做二手车的，对保值率比较了解，所以比较有发言权。你预测不了，不代表我预测不了。”

“我承认我预测不了。毛老师可以预测的话，希望能把新车保值率这个概念普及整个行业。”

“我会的。”毛峰伸着脖子，点了点头，像大公鸡吃食一般。

“另外，毛老师在视频中说，我说车评人排挤我，认为其他的车评人都接受了充值。请问毛老师，我什么时候在什么视频里说过类似的话？”陈卢阳没有任何停歇，接连发炮。

毛峰扬起头，像是在回忆，说道：“我记得有一期视频里说过。”

“请把这个视频找出来，我为我所有的言论负责。但是如果找不到，毛老师会为你之前的言论负责吗？会为此道歉吗？”

“就算你没说过，你在视频里的言论让网友都有这么一种感觉，你的粉丝也都这么说。”毛峰见陈卢阳如此肯定，心虚地辩解道。

“我还是那句话，我对我自己所有的言论负责，但我不对粉丝的言论、行为负责。毛老师不要凭感觉说话，请拿出证据。”

“我回去后找找。”

屏幕前所有的观众都看得出来毛峰在痛苦地挣扎。

“毛老师，你在公开视频里说想和我聊聊中国的车评行业怎么样才是对的。我在这里直接回答你。车评行业怎么样是对的，与我陈卢阳无关，我只做自己认为对的事。另外，毛老师在公开视频中说车评人都过得挺惨的，除了极个别人。我想问一下毛老师，极个别人有哪些？为什么他们不惨？”

又一张纸亮在了镜头前。

蒋哲心里一紧，感觉要出事，毛峰目前已经完全被打击得思维混乱了，不知道他会说出什么话来。他想发消息提醒一下毛峰，但毛峰在直播室，万一被镜头收录进去，就更糟了。

毛峰像是想让自己清醒一些，晃着头说道：“极个别人就是名声大、粉丝多、人脉广的前辈。”

“他们为什么不惨呢？”陈卢阳追问道。

“他们有自己的收入来源。”毛峰被陈卢阳追问得脑子一片空白，不假思索地回答道。

“什么收入来源？你是指充值吗？”陈卢阳的声音再次传来，没有给毛峰任何思考的时间。

毛峰就像陷入暴风雨中的大海。电闪雷鸣，巨浪滔天，自己被抛上抛下，苦不堪言。扛住一波巨浪的攻势之后，还没来得及喘气，下一波巨浪就像一只大手，狠狠地拍来。

“是……”毛峰一边与大海战斗，一边随口说道。话一出口，猛然惊醒过来，立刻支吾一声，补救道：“是……正常的收入来源。”

蒋哲在屏幕前暗骂一声。虽然补救回来了，但补救痕迹太明显了，明眼人一看便知。评论里已经出现了“充值狗”的骂声。蒋哲觉得不能再这样下去了，毛峰还能不能全身而退，他一点儿也不关心，他担心毛峰再被逼问下去，就会把他的名字吐出来。但是该怎么办呢？蒋哲开始在屋子里踱步思考。

毛峰缓了一口气，因为陈卢阳没有继续追问了，他心里竟然对陈卢阳有了几分感激。好一会儿之后，陈卢阳从屏幕上把目光收回来，问道：“毛老师，我们继续吧？”

毛峰抬起头来，看到陈卢阳还是面无表情，主持人也在看着他，眼神中带着怜悯。怜悯？是给我的吗？我不需要任何人来怜悯！毛峰被主持人的眼神激怒了。

“继续吧。”毛峰瞪了主持人一眼，狠狠地说道。

“下一个问题，车评人很惨吗？惨就能成为充值的理由吗？”

既然网友都知道充值了，毛峰也就不再纠结了，没有对这个字眼儿出言反驳，仔细思考了一会儿，说道：“车评人的工作真的很辛苦，相信陈老师也知道。我们都没有陈老师有钱，我们不是富二代，我们付出几乎所有的时间还有金钱，就是为了让用户能第一时间了解一款车，满足他们的需求，即便我们说得不好，至少也付出了苦力，不是吗？所以我们有一些收入很合理，而且有了收入之后我们才能更好地服务用户。”说完，毛峰想了想，认为无懈可击。努力的人总能赢得尊重的，拿这一点说总没错。

“毛老师，你这是在为充值欺骗消费者的行为开脱，这个理由是不成立的。”陈卢阳掷地有声，“并不是有了努力和辛苦，就能为错误开脱。举个不恰当的例子，毒贩卖毒品也很辛苦，也很努力，而且他们也满足瘾君子的需求，但这能洗刷他们的罪行吗？不能！因为他们给吸毒人员造成了身体的伤害，给社会带来了危害。同样的道理，充值欺骗消费者的行为也给消费者带来了危害。消费者攒了几年甚至十几年钱准备买辆车，结果听信了车评人由于充值而故意扭曲的观点，导致消费者买了一辆不适合他的车，他接下来的出行品质都会受到影响。这就是对消费者实实在在的伤害。所以，我不认可努力、辛苦就可以充值欺骗消费者的观点。”

毛峰不耐烦地说道：“那你说车评人应该怎么做？怎么又能服务好消费者，又能不惨？”

“车评人凭什么必须过得好？”陈卢阳突然提高了音量，说道，“车评人是为消费者服务的，你作为一个车评人，工作就是服务好消费者，这不是一份让你来赚钱的工作。如果想赚钱，有大把行业可以选择，没有人逼你做车评。”陈卢阳明显有情绪的波动。

“卢阳哥是生气了吗？”韩梦岚小声问道，生怕被陈卢阳知道一样。

“估计是气急了吧。他一直很讨厌那些进入车评行业不择手段赚钱的人，他们都忘了车评的初衷了。”柳静芸说道。

不管走了多远，都不要忘记为何出发。这是陈卢阳想告诉所有消费者的。

陈卢阳挥动着手臂，继续说道：“不要觉得自己的工作很辛苦，觉得自己对于消费者很重要，车评圈缺了谁都能照样运转。车评行业目前的价值是为消费者普及汽车知识，一旦大部分消费者都对汽车有了基础认知，车评这个行业也会面临如何转型、如何更好地服务消费者这些问题。”

直播间陷入了长久的沉默，陈卢阳慷慨激昂地说完之后，仿佛也累了，靠回了沙发。毛峰看向陈卢阳的眼神已经充满了恐惧。

他只是来车评这个行业赚钱的，所思考的一切都是怎么样才能赚更多的钱，从来没有想过，车评行业为什么会存在、未来会怎样这类问题。就像是，他还在纳闷太阳为何东升西落时，陈卢阳已经在研究宇宙起源的问题了。

陈卢阳太可怕了，自己和他根本不在一个层次。毛峰恨不得立刻逃离现场。

正当主持人想要打破沉默的时候，一个女人快速走到了毛峰身边，耳语了几句。主持人认出来了，是毛峰的助理。主持人很是不满，在直播期间如此旁若无人，太不尊重观众了。

“对不起各位，公司临时有点儿事，我得离开了。”主持人还没有收到导播的信号，就见毛峰站起身来，对着镜头说道。旁边的助理在帮忙整理桌子上的文件。

“可是我们的直播还没完呢！”主持人直接开口说道。

“非常抱歉，突发情况。”毛峰低着头，和助理一块儿快速走出了镜头范围。

网友们目瞪口呆之余，毛峰这是逃了？

毛峰离开直播间之后，主持人看向了陈卢阳，说道："毛老师走了，陈老师还有什么想说的吗？"

陈卢阳看上去失去了谈兴，对毛峰的离开也无动于衷，直到主持人问起来，才说道："我最后总结几句，第一，我对我说过的话负责；第二，我做我认为正确的事；第三，我不惹事，但我也不怕事。"

直播结束了。陈卢阳大获全胜，所有人都这么认为。

韩梦岚伸了个懒腰，说道："卢阳哥真是有两下子呢，毛峰最后狼狈窜逃的样子，真像个过街老鼠。"

柳静芸也为陈卢阳感到高兴，笑着说道："从今以后，谁再想找卢阳的事儿，恐怕都得好好掂量一番了。"

"卢阳哥这次真的登上神坛了，没人敢轻易挑衅了。"韩梦岚看了下时间，立刻跳起来叫道："哇，都快十点了啊，我得赶紧走了。"

柳静芸也没想到这场直播居然这么长时间，对于陈卢阳的支持者来说，这两个多小时仍有些意犹未尽，但对于毛峰本人来说想必就是煎熬了，难怪会遁走。

"太晚了，别走了，和我一块儿挤挤吧。"柳静芸挽留道。

"不用啦，就几分钟的路。你明天还得上班，赶紧休息吧。"韩梦岚走到门口开始换鞋。

"那我送你。"柳静芸去拿衣服。

"别折腾了，静芸姐，我走啦。"韩梦岚的声音和关门声一块儿传来。

柳静芸笑着摇了摇头，放下衣服，拿出手机发消息给韩梦岚："到家了告诉我一声。"

几分钟之后，韩梦岚的消息传来："我到啦，静芸姐，早点儿休息吧。晚安啦。”最后还发了一个亲亲的表情。

柳静芸刚回复完韩梦岚，来了一条新的消息提醒，是郝泽清发来的。

“刚看完直播，这么晚发消息希望没打扰到柳小姐。这次广告配合直播，效果非常好，直播还没完，西姆 XM3 的订单数已经超出我们的想象了。这对于我们西姆汽车来说，是一个非常好的开端！非常感谢柳小姐的帮忙！我们的产品还不完善，我们会继续努力的。再次感谢柳小姐！”

字里行间能看出来郝泽清非常兴奋。

“郝总监不必妄自菲薄，西姆 XM3 肯定是有闪光点才会让用户买单的。希望西姆汽车能做出更好的产品，让更多的消费者受益。”柳静芸回道。

“柳小姐还没休息呀？非常感谢您的鼓励！我们一定会继续努力的。以后有什么我能帮到的，随时说。我就不打扰了，您早点休息吧。”郝泽清迅速回复了。

“郝总监太客气了，您也早点休息吧。”

结束对话之后，柳静芸想了一会儿，猜测这次西姆 XM3 的销量很可能与郝泽清在公司的前途密切相关，不然无法解释他那吓人的客气程度。如果这次销量好，郝泽清很可能就升任副总了吧？这样的话，这个人情会让以后和西姆汽车的合作便利很多呢。

柳静芸靠在床头，拿出手机打开了微博。夜已深，但是微博上仍然热闹纷呈。

关于这场直播的胜负，没有什么好讨论的，这是一场单方面的碾压。但这场直播已经不单是陈卢阳和毛峰两人之间的观点之争了，此事波及了整个行业，引发了所有汽车行业参与者的思考。

“让人自证清白简直是最下三烂的手段，毛峰已经突破底线了，这是一个为了打击对手可以不择手段的人，他根本不配做一个车评人。陈卢阳的应对很好，不理会就对了。”

“这次直播对战，并不是一个偶然事件。从陈卢阳入行到现在面对的一系列质疑和抹黑可以看出来，整个车评圈在抱团排斥他。至于为什么，想必大家都心知肚明。这就是明显的劣币驱逐良币。幸运的是，陈卢阳挺了下来。但是，大家考虑过没有，这样下去，迟早有一天陈卢阳会力所不及的，那时整个车评圈都会被劣币充斥。为了防止这样的事情发生，我们是不是该做些什么？”

“我相信车评行业的乱象在这次直播中只体现出了冰山一角，背后一定被更大的阴影笼罩着呢。陈卢阳不惧强权，把这些黑暗暴露在大众视野里，从这一点来说，称陈卢阳为英雄绝不为过。如何规范并整顿车评行业，让车评行业真正地为消费者服务，是接下来的重点。”

“从这次直播可以想象出，车评人充值的现象简直触目惊心。在谴责车评人的同时，我们也要想一下是谁给车评人充的值。这不单是车评行业的问题，而是整个汽车行业的问题。为什么车企会大规模充值车评人？如果产品真的好，需要用这种手段吗？归根到底，还是我国汽车工艺的落后造成的。”

一个个重量级的行业人士都在微博发表了自己的看法。

柳静芸一篇篇地翻阅着，心中为陈卢阳骄傲。他带着热情单枪匹马闯进这个阴影笼罩着的车评行业，一直为这个行业的改变努力着，所有的同行都敌视他，但他无所畏惧。

“我认为我的工作没有意义。”柳静芸想起当初陈卢阳对她说这句话时那失落沮丧的眼神。

卢阳，这些讨论你看到了吧？你要知道，你的工作意义大着呢。

凌晨十二点，毛峰发了新的微博："感谢大家关注，我会更努力的。"

评论区无法直视了，骂声如潮。

"输就大大方方地输，提前离场一点儿风度都没有，不尊重人，不会做人。"

"没见过你这样不择手段的人，阴险、无耻、没底线！"

"你这人头送得真是酣畅淋漓。"

从毛峰的微博可以看出来，他并不甘心就此结束在车评圈的事业，但柳静芸知道，他可能寸步难行了。

他和之前马庆那次还不同，马庆是失误，毛峰这次是手段和人品被人诟病了。失误了，可以当个教训，说不定以后会更认真，但是一旦被认定为人品差，就再也翻不了身了。

蒋哲此时也发了一条微博："两位还是年轻，关注度这么高的直播，本来应该普及汽车知识，推动行业进步的，居然用来斗嘴，太过幼稚了，令我失望。"

还是一贯的前辈语气。本来也没什么，网友都习惯了蒋哲摆老资格的作风，但这次不太一样，网友在这条微博下发现了毛峰的评论。

"呵呵，你厉害。"

只有几个字，却显得意味深长。在网友看来，这是毛峰对蒋哲高姿态的反击，但柳静芸知道，这是蒋哲的利益团体开始分裂了。

第十一章　多管闲事

不管这场直播的影响会波及多远，对于大部分人来说，已经结束了。

第二天上午，柳静芸在上班的间隙给陈卢阳打了个电话，表示恭喜，陈卢阳也没有表现得多兴奋，一副意兴阑珊的语气，仿佛只做了一些微小的工作，不足道哉。

看看日历表，柳静芸发现四年一度的世界杯快到了。按照惯例，明日汽车网肯定会在世界杯期间策划一些项目，举办一些活动，来赶这一波热度。虽说世界杯和汽车网站好像没什么关系，但是这两拨用户群体是有很大重叠的。毕竟不管是足球还是汽车，用户都是男性居多。

不过明显是受到了收购的影响，这次世界杯明日汽车网似乎无心参与。但其他企业都行动了起来，无论是哪个行业，都有大量企业参与世界杯的话题。

接下来的几天，柳静芸在微博、电视、视频网站等平台频繁看到各大车企的世界杯广告。A 罗、梅东等超级明星都被车企签约收于麾下，频频出镜。萨拓汽车、开迪汽车、五行汽车等都非常活跃，柳静芸也看到了西姆汽车的世界杯广告。通过上次直播带来的效应，西姆 XM3 的销量总算起来了，明显缓解了西姆汽车的资金压力。于是，西姆汽车趁热打铁，加入了这波世界杯的营销浪潮中。

郝泽清在西姆 XM3 事件中表现出色，被委以重任，全权负责这次世界杯广告项目。在郝泽清力主下，西姆汽车与荷兰一名年仅 19 岁的年轻球员安德烈·巴格力签约，代言西姆 XM3。这一签约几乎成为业界的笑话，因为安德烈·巴格力差点儿没有进入世界杯球员名单！

安德烈·巴格力在后来采访时说，他是刷社交网络才知道自己要征战世界杯的消息的，之前还以为自己落选了。

整个汽车圈嘲笑声一片，一个差点儿进不了国家队的球员，即便签约了，又能带来多少广告效果呢？省钱也不是这么省的，要不然就别签，签就应该签大牌球星。郝泽清对业界的声音置若罔闻，专心打造出了这次世界杯的广告。广告不长，十几秒钟，简单明了，就是巴格力驾驶西姆 XM3 在行驶了很远的路程后一脚油门超车的简短画面，还是宣传西姆 XM3 的超长续航。

广告是做好了，但是西姆汽车并没有其他车企那么雄厚的资金，只能在一些非黄金时段投放，曝光量很低，并没有引起多少关注。业界对西姆汽车这次的世界杯运作嗤之以鼻。

然而，开赛没几天，整个汽车圈的人下巴都惊掉了。

那是第一场淘汰赛，荷兰对意大利。

安德烈·巴格力是荷兰队的，但一直没有发挥的机会，三场小组赛只上了两场，还都是大局已定的情况下替补出场。毕竟，一个差点儿没进国家队的人，肯定受不到重用。

淘汰赛当天，西姆汽车像是孤注一掷，在球赛暂停期间投放了广告。

这一场踢得极为胶着，90 分钟没有踢出胜负，进入了加时赛。120 分钟的比赛，两队踢得疲惫不堪。安德烈·巴格力这一场倒是首发出场了，只因有一位队员受伤了。但由于球队的战术体系并没有他的位置，所以直到加时赛，安德烈·巴格力都一直在场上做着折返跑。

117 分钟，两队的球员几乎都跑不动了，就在所有人都以为要进入点球大战时，足球传到了仍在自己半场的安德烈·巴格力脚下，前面有两名防守球员堵了上来，安德烈·巴格力沿着边线带球狂奔，两名意大利球员穷追不舍，但迅速被甩开了。安德烈·巴格力面对守门员轻松把球踢进，绝杀！

荷兰球迷们沸腾了，安德烈·巴格力也一战成名。

赛后，媒体报道，当时安德烈·巴格力的瞬时冲刺速度达到了30km/h。

随着安德烈·巴格力的成名，他出镜的西姆 XM3 广告迅速火爆，尤其是广告中安德烈·巴格力超车的场面，和他在比赛中的封神表现竟然完美对应，就像未卜先知一般。西姆 XM3 迅速在全国热销，而全权策划这次世界杯项目的郝泽清，业界封神。

明日汽车网经过世界杯这一个多月，终于把动荡带来的影响都消化完了，如今各项停滞的项目又开始推进了。

午饭时间，常丰问柳静芸要不要一起吃饭。如果是以前，柳静芸肯定激动不已，但如今心如止水。知道常丰应该是有事，她就一口应了下来。

陈卢阳、韩梦岚都不同程度地旁敲侧击向柳静芸打探，真的放下了吗？柳静芸没有正面回答过，要说完全放下是不可能的。喜欢一个人就像是在心里为他作画，时间越长，画像越清晰，感情也越加浓烈。一个在心里刻画了九年的画像，怎么可能说抹除就抹除呢？但要说没有放下，也不对。因为柳静芸已经不再患得患失了，想到两人的过去只觉得欢喜，想到两人的未来也不觉得遗憾。偶尔半夜心生涟漪，轻轻的波纹来不及荡开两圈，就悄悄地消失了，整个湖面波澜不惊。柳静芸甚至一度怀疑，其实自己并没有想象中那么喜欢常丰，不然怎么能在如此短的时间里就做到古井无波了呢？但喜欢不喜欢，自己是最清楚的，只要扪心自问，一清二楚。最后，柳静芸得出结论：她太现实了。

“我还喜欢你，但是我知道我们不能在一起了。”柳静芸看着对面的常丰默默地想道。

常丰的脸色有些憔悴，眉眼之间透露着疲惫。

“发生什么事了吗？”柳静芸没什么胃口，吃了几口，就放下筷子问道。

常丰闻言也放下筷子说道：“周一时，新管理层召集了所有高管开会，他们决定这个季度集中力量主打质量评价这个产品。”

质量评价和口碑一样，都是由真实车主来填写的。两者定位不同，口碑侧重新车刚购买时的用车感受，而质量评价是在用车过程中对车可靠性的评估。质量评价的填写页面很简单，罗列出了所有可能会出现的质量问题，车主填写时只要根据自己车辆的情况勾选即可，比如发动机异常、风噪声过大、车门关不严等。

这个表格单个用户填写意义不大，毕竟只是个例，并不能说明这款车的质量好坏，但是样本量变大之后，就可以统计出一个关键的数据——百车故障数，即平均每一百辆车出现的故障数，故障数越小，代表质量越好。

目前好多人买车时并不在乎空间、油耗、操控等，最在乎的就是这款车可不可靠，会不会频繁出问题。这时候口碑就参考不上了，质量评价的作用就体现出来了。质量评价不但能通过百车故障数比较出质量好坏，还能研究故障分布，看哪些地方最容易出故障。所以质量评价虽然推出时间很晚，但受到了消费者的广泛欢迎，行业内也普遍看好，预测质量评价将成为明日汽车网继口碑之后，又一个爆款产品。

“这不是坏事啊，如果上边重视，想必能给更多的资源，咱们就能给予车主更高的奖励，提高咱们的填写率了。”柳静芸说道。

目前邀请车主填写，只能收集上来 30% 左右的有效样本，一部分车主是懒得填写，一部分车主是觉得浪费时间，还有一部分车主是瞎填。所以如果能给车主更高的奖励，一定能提高填写率的。

常丰摇了摇头，说道："重视确实是好事，但是他们觉得目前的样本量太小，决定做一场活动，大规模地提升样本量。"

由于质量评价需要足够的样本才有意义，可一旦掺杂了虚假的样本，统计结果必然受到影响，所以质量评价对于样本真实性的要求比口碑还要严格。从质量评价上线以来，常丰就制定了策略：宁愿样本的征集慢一些、少一些，也必须保证真实。一旦大规模提升样本量，势必就难以严格把控真实性了。质量评价这个产品，如果混入无效样本，基本上就毁掉了。

"我们拿出一部分预算，投入到样本审核上去行不行？虽然征集量可能会少一些，但是至少能保证样本的真实。"柳静芸想了一会儿，建议道。

常丰苦涩地笑了一下："如果只是做活动提高样本量，虽然会有一部分问题，但是都能解决。像你说的，加大真实性的把控就行。但问题是……"

见常丰闭口不言了，柳静芸心生不妙，急声问道："问题是什么？"

常丰喝了口水，才说："问题是，这个活动不归我们负责。"

"怎么可能啊？"柳静芸叫了出来。质量评价这个产品是媒体事业部内部孵化的，运营、产品、技术、推广等都由媒体事业部独立完成。没有人比他们更了解这个产品了，如果这个活动的主导权不给他们，还能给谁？

"这个活动给了市场部。"

"为什么啊？"

市场部一般都是针对明日汽车网整体品牌的营销，从不会涉及某个部门、某个产品的具体事项，也没听说艾德曼入主后，市场部有业务范围的变更。

"是市场部的赵嘉予在会上主动争取的，还立下军令状，保证活动结束要达到的样本量。"常丰说道。

赵嘉予也是副总裁，主管市场部，也是原明日汽车网总裁办没有离开的四人之一。赵嘉予作为明日汽车网的老员工，不可能不明白这个活动本属于媒体事业部，贸然插手其他部门的事务，绝对是职场的大忌。不顾及老战友的情谊，也不讲究职场的规则，那就说明她不在乎了，想必是有靠山了。

“赵嘉予倒向艾德曼那边了？”柳静芸心念一闪，问道。

常丰点点头，说：“应该是了，不然管理层也不会单凭她主动，就把这个活动的主导权给了市场部。不过，倒向艾德曼也无可厚非，明日汽车网已经属于艾德曼了，为明日汽车网打工就是为艾德曼打工。严格来说，我们都倒向艾德曼了。”常丰的语气有几分沧桑，仿佛有无限的感慨。

“但是艾德曼没有拿你当自己人啊。”柳静芸说道。如果艾德曼也信任常丰，自然不会厚此薄彼，让赵嘉予拿走活动主导权。很明显，艾德曼还在防着常丰。

“没错，不过，这也是应该的，毕竟我也没把自己当艾德曼的人嘛。”常丰像是看开了一切，无论什么事都给予了充分的理解。

“你有跟管理层争取吗？”柳静芸问道。

“争取了，但是，被驳回来了。”常丰露出浓浓的无力感。

常丰说得简单，但是柳静芸从他眼中的无力，想象到了他慷慨陈词但是被管理层毫不留情挥手打断的场景。

“没有其他办法了吗？”柳静芸焦急地说。质量评价是常丰和整个媒体事业部这两年孵化出来的最成功的产品，如今刚培养出来，就眼看着要改姓他氏了。

其实质量评价的活动由市场部主导并不是不能接受，但是如果不了解这个产品，很可能就把这个产品毁掉了。这才是常丰和柳静芸最为担忧的地方。

“活动已经开始了。”常丰淡淡的语气让柳静芸心中一凉。

“不过，我们也别太担心。”常丰见柳静芸有些沮丧，安慰道，“我跟赵嘉予聊了聊，把这个产品的关键点都告诉她了，也特别强调了必须要保证真实。毕竟是这么多年的同事，想必她都明白。所以，有可能我们的担心是多余的，市场部或许能完美地完成这个互动呢。”

“可是……”柳静芸还是觉得不放心。

“相信伙伴。”常丰说道。

相信伙伴，这是明日汽车网的企业文化之一。可是，赵嘉予还称得上伙伴吗？

下午一回到工位，柳静芸就登录了质量评价的后台，看了一眼数据。果然，从上午起，质量评价的样本量就开始暴增，短短半天，就超越了过去一周的数据。柳静芸感觉不妙，把数据截图发给了常丰。

过了很久，常丰回复道：“我看到了，刚才又去和赵嘉予聊了聊。我问她样本征集对象是哪些人，能保证真实吗？她回复我说，他们的征集方式和我们之前的不同，他们采用了线下征集。”

“线下征集会有这么大的量吗？”柳静芸诧异地问道。

线上征集，是指通过网络推广，引导明日汽车网或者其他平台的用户，来到质量评价的页面填写质量评价表单。线下征集，一般是与目标群体出入频繁的场所合作，比如维修店、洗车店、加油站等，通过人工引导的形式，用奖励来吸引用户填写。

线下征集的成本较大，因为去维修店、洗车店这些场合的人，都是有明确目的的，往往没有时间或者心情额外填写所谓的质量评价，除非奖励足够吸引人。另外，线下征集的样本数量不太可控，因为是由店铺的人流量决定的，如果今天人流量很少，样本量也会少。

“赵嘉予说，他们这次给的奖励很丰厚。只要填写成功，会送车主一盒车蜡，同时合作的店铺也会得到一盒车蜡。”常丰说道。

明日汽车网的车蜡都是和厂商合作定制的，上面有网站的LOGO，一般都是用作网友的活动奖励，成本价在六十元左右。

“成本有点儿太高了吧？相当于征集上来一个样本，就需要花费一百二十元？”柳静芸默算了一下，大感吃惊。

要知道，当年口碑做活动时，写满一千五百字，才给价值三十元的实物奖励。在这个活动之前，质量评价的征集都是靠活跃用户的主动参与，发的都是虚拟奖励，几乎是零成本。对比下来，一百二十元一个质量评价样本，成本实在太高了。

“下午他们去申请增加预算了，上边也批了。”

“如果是这么高的成本，样本量这么大倒是有可能了。上边应该也很高兴吧，不然也不会批准预算增加的。”

“嗯，新官上任三把火，新任管理层这个季度想靠质量评价这款产品来拉动股价，多花点儿钱无所谓，只要能做起来就行。”

“艾德曼说是把明日汽车网作为长期投资的，但是如今这么急功近利地要做业绩，不知到底是怎么想的。不过我也希望这个产品能做好，毕竟有我们多年的心血在里面。”

“做起来对大家都好。你也别关注了，跟我们没关系，做好自己手头的事就行了。”常丰最后回复道。

常丰之前一直强调明日汽车网是一个整体，只要发现了问题，无论是哪个部门的都要反馈。其他部门对媒体事业部的反馈，只要收到必须解决，绝对不能说出“跟我没关系”这类话。

明日汽车网变了，常丰也变了。我们都变了。

快下班时，柳静芸接到了郝泽清的电话。

“柳小姐，我听我们的销售人员说，你们在做一个活动？有什么需要我帮忙的吗？”看来西姆 XM3 的销量真的超级好，郝泽清语气轻快，春风得意。

世界杯过后，郝泽清成了业界的红人，柳静芸跟他没有过多的联系，这次接到电话本以为有什么事，没想到郝泽清是主动开口要帮忙。倒是个重情重义的人，柳静芸对郝泽清的印象又好了几分。

“你了解是什么活动吗？”柳静芸确认道。

郝泽清有些纳闷，不是明日汽车网的活动吗？怎么柳静芸一副不知情的语气？不过他也没多问，仔细回想了一下说道：“我没记错的话，应该是让车主填写质量评价，然后送礼品的活动。”

柳静芸回道：“郝总监，质量评价是我们媒体事业部的产品，但是这个活动目前是市场部在负责。”

“这样啊，我还以为是你们这边的活动呢，想看看能不能帮上柳小姐的忙。如果是其他部门我就不管了，毕竟我是欠柳小姐的人情。”郝泽清呵呵笑道。

“郝总监总是这么客气，您不用记在心上。如果有需要我会找您的，到时您别觉得我麻烦就好啦。”柳静芸也笑着说道。

“怎么会呢？柳小姐找我帮忙，乐意之极。”柳静芸好像听到郝泽清又拍起了胸膛，停顿了一下又听他说道：“柳小姐，以后别叫我郝总监了，太过正式，我们是朋友了不是吗？”

“我们当然是朋友，郝先生。”

郝泽清在电话那头笑了起来。

柳静芸想了想，突然又说道：“郝先生，如果方便的话，还是请您帮我个忙吧。虽然是市场部负责这次活动，但毕竟是我们的产品，我们还是要把控一下。您帮我问问参加我们这个活动的车主都是哪类人群吧？比如，是来买车的用户，还是来保养的用户？不用太过精确，有一个大概就行。”

“没问题，我让每个店把这几天的情况都统计一下，周五下班前给你吧。”郝泽清爽快地应道。

郝泽清的来电在意料之外，请他帮忙也是心血来潮。功利一点儿说，把之前的人情用在这么一件小事上，不是一个好的选择，并不能把这个人情的价值最大化。不过，柳静芸没有考虑那么多，在她看来，此时就是用这个人情的时候了。因为她直觉上认为，这个活动肯定是有问题的。等着周五郝泽清给的结果吧。

质量评价的征集活动进行得如火如荼。周四，市场部群发邮件，总结并汇报了活动第一天的情况。

截至今天零点，我们的活动一共吸引了13,506名真实车主参加，征集到有效样本5632篇，有效填写率高达41.7%。仅昨天一天征集到的样本量，就占所有样本量的9.87%。鉴于活动效果远远超出预期，我们已经增加了预算，会进一步加大活动力度。感谢各位同事的支持。

确实是很好的成绩。除了媒体事业部的部分同事有些不忿之外，其他部门都真心为市场部喝彩叫好。一天就征集到了之前几周的量，这种飞跃般的增长让柳静芸越发不安。柳静芸倒是没有怀疑过市场部会故意作假，一是活动规模这么大，也是管理层力主的项目，风险太大，市场部没有这个胆量；二则，市场部也都是之前的老同事，虽然明日汽车网换了老板，但柳静芸不相信他们的做事风格这么快就改变了。问题在哪儿？柳静芸还不清楚。

晚上下班，柳静芸约常丰吃饭，想把让郝泽清帮忙调查的事情跟常丰说一说，毕竟这种私下调查也是不相信同事的表现，柳静芸想听听常丰的看法。

“我约了人，改天吧。”常丰回道。

现在柳静芸倒是没有多少失落感，常丰也没有说谎的必要，想必又是见哪个合作伙伴吧。柳静芸想了想，还是去韩梦岚的咖啡厅随便吃点儿吧。到了咖啡厅，却没有看到韩梦岚。

那就一个人吃吧。

周五，柳静芸还没有等到郝泽清的结果，明日汽车网却爆出一件事，吸引了业内人士的目光。准确来说，是马庆把明日汽车网推到了公众视野前。

他发了一条微博：“偷偷告诉大家，不要买马上要上市的一款新车。千万不要。没法儿给大家说太多。”

虽然没提车的名字，但所有人都知道马庆在说哪款车，因为这两天要上市的只有一款新车，五行 T6。

五行 T6 即将上市，但因为并不是一款热门新车，所以业内的关注程度不是很高。柳静芸知道陈卢阳就没有测试这款车的计划。明日汽车网的评测必须要覆盖每款新车，但并不是每款都由马庆亲自来测。五行 T6 的试驾马庆没有去，而是打发一个手下去了。

中午的时候，所有的主管都得知了一个消息，五行 T6 的试驾出事故了。不是人出事故，车出事故了。试驾过程中，五行 T6 的手刹拉柄断裂了。不是动力迟钝，不是油门失灵，而是手刹拉柄断裂。明日汽车网每年几百款新车的试驾，各种各样的状况都见过，但从来没有出过如此严重的质量问题。当时在试驾的同事直接蒙圈了，不知道该如何处理，便立刻把情况报告给了马庆，马庆也立刻传达给了所有主管，常丰也告知了管理层。

以前顾寒在的时候，出现这类情况，实事求是地报道就行，最多是让委婉一些。而这次，管理层表示，在没有新的指示之前，这个消息谁也不准泄露，同时让常丰前去陈述情况。

马庆的微博就是常丰还没有回来的时候发出的。虽然他并没有提到是哪款车，也没说出了什么问题，但是天下没有不透风的墙，很快就有人挖出了真相，一时间成了汽车圈的热点话题。

好多同事都不明白马庆这样做的目的，上边已经明确说了不准泄露风声，他就像是专门作对一样，把这件事捅了出来，难道不怕丢工作吗？柳静芸看着网友对这条微博的反应，有点儿明白了马庆的想法。

马庆最需要什么？名气。他早就想走人了，只不过没有一个合适的时机，如今五行 T6 的事故简直是天赐良机。他这条微博，完美地把自己塑造成了一个不畏强权、义薄云天、铁骨铮铮、全心全意为消费者考虑的英雄。尤其是那句“没法儿给大家说太多”，更是赚足了网友的同情心，同时也把明日汽车网推向了他的对立面，吸引了网友的怒火。

“庆哥冒着丢工作的风险，把真实情况告诉我们，从此路转粉，永远支持庆哥，他是车评界的良心。”

“马老师，好样的。不要怕，所有的压力我们亿万网友和你一块儿扛，我们是你的后盾。”

“明日汽车网真变了。马庆的上级肯定收了五行汽车的钱，为了挣钱已经不择手段了。”

“他的上级不就是那个迅速倒向艾德曼的叛徒吗？他确实能办出这种事。”

柳静芸有些愤怒了。马庆想获得声誉，无可厚非，但是这种损人利己的行为，就令人不齿了。为了塑造自己的光辉形象，把自己的领导都豁出去当反面了。常丰是这样的人吗？所有媒体事业部的同事都知道，不是！想到常丰对媒体事业部的付出，柳静芸一阵心酸。你看看值吗？网友不理解也就算了，就连下属，跟着你好几年的下属，都开始利用你了。越想越心酸，柳静芸来到楼梯间，拨通了马庆的电话。

“静芸，怎么啦？”马庆淡淡的语气传来。

“怎么了，你不知道吗？”柳静芸冷冷地说道。

马庆被柳静芸的语气惊到了，过了一会儿，才说道：“跟你貌似没关系吧？”

“你想赚名声是你的事，但是为什么要损害常丰的名声？你知道常丰不是那样的人。”柳静芸质问道。

“呵呵。”马庆居然笑出了声，语气也突然冷淡下来，说道：“原来是因为这个啊。不过，你看我在微博里提到常丰了吗？都是网友自己脑补出来的。”

柳静芸被马庆的辩解刺激到了，愤怒地叫道：“你如果不引导，网友会往这方面想？！”

“我发的微博都是事实。五行 T6 是不是不能买？是不是管理层不让报道？我发的哪句有问题？哪句提到了常丰？”马庆轻飘飘地反问道。

柳静芸一下子被堵得说不出话来。

“做好自己的事就行了，别多管闲事。”马庆挂断了电话。

常丰从会议室走出来时，一脸的阴沉。

会议室里不但有新任管理层，还有五行汽车的高层人员。五行汽车反应特别快，事情发生没多久，已经派人赶到了中国科技大厦。

他们抓住了解决问题的关键，只要让明日汽车网发表一份澄清声明，这次的风波就算过去了。明日汽车网的权威，在用户心中还是有一定分量的。

常丰在这次会议上基本没有开口的机会。五行汽车的高层大肚子圆脸，一脸笑眯眯的轻松模样，显然已经和管理层达成了私下的交易。具体什么交易常丰不得而知，无非就是用钱堵嘴。

管理层的指示很简单，这次事件媒体事业部不用插手了，管理层直接负责，媒体事业部要统一口径，不得对外泄露任何消息。后来，管理层发现了马庆擅自发出的微博，大发雷霆，把常丰大骂一顿之后，又加了两条指示：立刻删除微博，让马庆走人。

常丰为马庆极力争取，再三表示他只是初犯，不会再有下一次，才把马庆保了下来。

回办公室的路上，有员工跟常丰打招呼，常丰点了点头，看向这个员工，发现她目光躲闪，有些畏惧的模样。常丰想了想，应该是自己满脸的阴沉吓到她了。最近好像越来越做不到面不改色了。常丰去了趟洗手间，洗了洗脸，让脸色恢复平静，可眼神中却难掩失望和疲惫。管理层这次的做法已经严重违背了把消费者利益放在第一位的原则，也许在新任管理层看来，这根本不是原则。利益最大化，才是他们的原则。虽然他早就有了心理准备，知道这是迟早的事，可当真正面对时，他还是觉得很悲伤。

"把微博删掉吧。"常丰把马庆叫到了他的办公室，轻轻说道。

马庆闻言，眼神中充满了鄙视和不屑，毫不掩饰。常丰知道他心中所想，不以为意，继续说道："五行汽车的人来了，和管理层谈好了，没办法。删掉吧，免得引火烧身。"

马庆鄙视之色更浓，冷哼道："你以前是怎么和我们说的？"

常丰低头不语。

"把消费者的利益放在第一位，做正确的事不做容易的事，我们现在的做法符合哪一条？"见常丰不说话，马庆气势更盛，提高音量继续说道。

"引火烧身又怎样？你可以为了保住你的位置弯腰，但是我不会，我也不怕。"马庆更加得意，得寸进尺地嚷道。

常丰抬头看了马庆一眼，眼神犀利。他做了马庆多年的领导，威压累积，这眼神让马庆心神一颤，吓得把后边的话咽了回去。随后他想到自己占理，没什么可怕的，就挺直胸膛，强迫自己和常丰对视。

此时，常丰却低下了头，错开了目光的碰撞。正当马庆以为自己胜利了，就听常丰轻轻问道："哪天离职？"

马庆一下子呆住了。原来常丰早就看穿了他的心思。他确实打算离职了，发那条微博只是第一步，是为了博取名声，虽然有被开除的风险，但是他相信常丰一定会保住他的。他了解常丰，重感情是好听些的说法，说难听些，就是懦弱、心肠软。

现在还不能被开除，刚刚走了第一步，离职创业的准备工作还没有完成；他计划的第二步就是迫于压力删除微博，同时表达对明日汽车网和车评行业现状的失望；第三步是正式宣布离职，表示与明日汽车网道不同不相为谋；第四步是宣布创业，要重振车评行业的风气。到了那时，人气和投资人的资金都到位，创业的前期准备工作才算完成。

目前，马庆一方面等着投资人的资金到位，一边利用明日汽车网的平台巩固与车企的人脉，同时也在考察初创团队的人选，苦心拉拢身边的优秀同事和他一块儿去创业。一旦现在被开除，就得不偿失了，创业的进展要被拖慢许多。

马庆手足无措、战战兢兢，刚才的嚣张一扫而空。本来以为常丰不过如此，但常丰能当他这么多年的领导岂是浪得虚名？只是一句话，就捏住了马庆的命脉。

“老大，刚刚……”马庆哆哆嗦嗦地想解释几句，道个歉。

“没事。你不用有所顾忌，就按你的思路做，我支持你离职创业。”常丰打断他，说道。

马庆不信常丰没有看出他要踩着明日汽车网积攒人脉的心思，柳静芸都看出来了，常丰没有理由不知道的。可他怎么可能不在乎呢？马庆认为常丰是在试探和讽刺他，他偷偷观察着常丰的表情，小心翼翼地说道：“我知道我错了，不该这样的。”

常丰摇了摇头，说道：“你没有错，也不必道歉。我知道你一直想创业，明日汽车网对于你来说只是个跳板。”

见马庆急着摆手，迫不及待地要解释，常丰说道：“这不是贬义，不用解释的。有野心，对于一个男人来说是好事，更何况，你还有能力。明日汽车网对现在的你来说，已经限制你能力的发挥了，创业是你最大限度发挥能力的最好选择。我知道你发这条微博是为你的离职创业铺路的，你应该也安排好了接下来的步骤。让你删微博想必也在你预料之中吧？不必否认，我没有怪罪你的意思。相反，你能抓住机会，最大限度地利用周围的环境为自己创造有利的条件，倒也不枉我带你这么多年。”

马庆低头不敢言语，实在不相信常丰会这么豁达。

“从这次管理层的态度你也能看出来，明日汽车网已经不再是原先那个明日汽车网了，这艘船迟早是要沉的。我留下来只有一个目的，就是把你们安全送上岸，你不是第一个，也不是最后一个。所以，马庆，抬起头来。不用在意我的名声，就按你的方式去做，想办法利用好当前的条件，为自己创业争取最大的优势。记住，你一点儿也不比陈卢阳差！”

马庆猛然抬起了头，脸上表情变幻，震惊、羞愧、尴尬，还有一丝丝的感动。

“最后嘱咐你一句，在你创业赚钱的同时，一定要牢记一点，做正确的事。希望你成为一个能真正为消费者考虑的车评人。”

柳静芸心中的郁郁之气难以消除，一方面为常丰感到不值，另一方面对明日汽车网的现状感到心寒。像马庆这般公然抹黑领导的行径在以前绝对是无法想象的，人果然是会随着环境而变化的。当然，也可能只是因为环境变化，人把以前深藏在内心的黑暗释放出来了而已。

“各位，很抱歉，上条微博不太妥当，我删掉了。领导很关心我，我也不能不考虑领导的感受。以后会继续好好为大家服务的，感谢各位。”

柳静芸看到马庆把上一条微博删除了，同时又发了一条新的微博。读完后，她的怒气又爆棚了，此刻她就像一只越来越涨的气球，一点即爆。在她看来，“领导很关心我”不就是赤裸裸的讽刺吗？告诉网友，领导很关心爱护我，所以他让我删除了微博，活脱脱地把领导塑造成了一个道貌岸然的伪君子。这个领导，不用多说，网友也知道是常丰了。现在看来，马庆这一步步都是设计好的。借一个虚伪势利的大反派角色，衬托出他的正义和坚持。这个大反派自然就是常丰。常丰知道吗？要不要告诉他？

柳静芸突然泄气了，深深的疲惫感涌了上来。她都能看出来，常丰肯定也能看出来马庆的小心思的。她对常丰太了解了，他是绝不在乎自己的名声的，想必他看到时，也只是一笑了之吧。常丰真的变了，变得好像什么都不在乎了一样。他就像是一个长跑者，跑了很远之后，突然间失去了方向，迷路了，从此也失去了奔跑的动力。柳静芸不知道该怎么帮助常丰，又或者该不该帮助常丰。因为，很大的可能是，常丰只是跑累了，再也不想跑了。

电话响了，是马庆的。柳静芸有心不接，但是又想听听他说啥，于是接通之后没有开口。

“静芸，非常抱歉，之前我的语气太过了，跟你说声对不起。”马庆语气诚恳，客气又真诚。

柳静芸讶然。马庆这么心高气傲的人道歉，不是迫不得已，就是真情实意。

马庆接着说道：“常丰和我谈了，我也知道我这样做是不好的，我已经跟常丰道过歉了。”

“那你还继续？”柳静芸气冲冲地说道，但其实心中一片平静。她知道常丰肯定是同意了的，不然马庆也不敢继续造次。

果然，马庆略带委屈，说道：“常丰说没事，让我继续的。”

“我知道了，就这样吧。”柳静芸意兴索然地说道。即便常丰同意，但是你这么做，始终是不厚道的，我和你无话可说。

“静芸，对不起，我再次为之前的态度表示道歉。”

“没事，不用的。”柳静芸淡淡地说道，挂掉了电话。

马庆新一条微博引发的舆论如柳静芸所想，对马庆的同情、钦佩及对常丰、明日汽车网的讨伐都上升到了最高峰。在一片同情马庆的声音中，也冒出了一些让马庆出来创业的言论，表示明日汽车网已经变了，对于马庆来说是个束缚，既然如此，凭马庆的能力不如出来单干。

柳静芸猜想，这也是马庆故意放出的风声，为下一步离职创业做铺垫。气愤归气愤，但是柳静芸还是要佩服马庆准备之完善的。不过，还是要跟常丰聊聊。柳静芸这么多年头一次在没有事先和常丰确认的情况下，敲响了常丰办公室的门。

“进来。”常丰看到是柳静芸，微微诧异。

“我想和你聊聊。”柳静芸坐了下来，开门见山地说道。

常丰见柳静芸严肃认真的模样，突然笑了起来，把笔记本电脑合上，说道：“我大概知道你想聊什么，不过还是听听你怎么说吧。”

“你看到网上的骂声了吗？”柳静芸闻言，对常丰的笑不解的同时，也更加心痛。

常丰点了点头，说道：“果然是这件事啊。”

“你没什么想说的吗？”

“能说什么，总不能和网友对骂吧？”常丰笑呵呵地说道。还没说完，就见柳静芸“啪”的一掌拍在了桌子上，吓了常丰一大跳，桌上的签字笔都跳了起来。

柳静芸也被自己这个行为吓到了，居然对常丰拍桌子？不过木已成舟，柳静芸没有多想，站起身来，一脸痛惜，指着常丰说道：“你可以不在乎明日汽车网的名声，因为我们的明日汽车网已经没了。但是你为什么对自己的名声也无所谓了呢？网上说你投靠了艾德曼集团，说你叛变了，你没有解释。这个风波还没过去，网上又开始说你利欲熏心、道貌岸然，你也不吭声。你可以去澄清、解释，或者是打压，总会有办法去解决的。但是你没有，你甚至都没想过。马庆利用你，我不信你不知道，我都看得出来。但是马庆和你聊完之后，依然我行我素，我就知道你在放纵他。你为别人好没有问题，但是有必要把自己搭进去吗？明日汽车网本来是你值得奋斗一生的事业，现在一下子没了，谁都会有失落、颓丧，我也一样。但是我想说的是，明日汽车网并不是你的终点，人生的路还有很长。明日汽车网没了，但是你还在，谁说不会再遇到另一个明日汽车网呢？我不知道你是怎么想的，你还是原来的你吗？”

柳静芸一口气说完，坐了下来，想起自己刚才拍桌了的举动，有些尴尬，随后嘟囔了一声：“该死的，我居然对你讲起了道理。”

常丰一直静静地听着，目光渐渐收敛，悠远深邃。见柳静芸说完，他起身从饮水机接了杯水，放在了柳静芸面前。

柳静芸躲开常丰的眼神，清咳一声说道：“你不说点儿什么吗？”

“谢谢你，静芸。”

“谢我干什么。”柳静芸低声说道，也不知道常丰听到了没有。

“之前都是我给别人讲道理，没想到居然有一天让你给我上课。”常丰深深感叹，随后望着柳静芸认真说道：“你说的我都明白，但是网上的那些声音我真的不在乎。既然我不在乎，我何不顺水推舟送马庆一个方便？我留下来，本来就是让他们都能安全上岸。你问我，我还是原来的我吗，我想，很可能目前这个状态的我，才是真正的我吧？我已经不再期望遇到另一个明日汽车网了，即便真出现了，我可能也不会像之前那样在乎了。”

“那你现在有什么在乎的东西吗？”柳静芸尝试着去理解常丰当前的心境，问道。

常丰脑中闪过一道靓影，说道：“大概有吧。”

从常丰办公室出来，柳静芸觉得这次对话并没有起到她想要达到的效果。虽然常丰最后表示会重视网上对他的风评，但是明显能看出他是敷衍了事。他真的变了，柳静芸叹了一口气，心里也清楚，都是成年人了，如果自己想不通，光靠外人的劝说是完全不起作用的。

常丰的态度有点儿影响柳静芸，回到工位好一会儿了，她还是没有打起精神处理手头的事情。留下来帮助常丰是柳静芸心中所愿，目前他们已经陆陆续续地送走了一批人，包括柳静芸自己手下的人。如果柳静芸现在离开，相信常丰也绝对会支持的，但是走了去哪儿呢？

柳静芸还没想好，或者说从来没有想过。陪他走到底吧。当年常丰对她不抛弃、不放弃，把她从一个什么都不会的职场小白，带到目前主管的位置，现在她也不能甩手走人。

正想着，柳静芸的邮箱收到了一封邮件，是郝泽清发来的，关于质量评价活动人群的统计数据。

“柳小姐，这是我们旗下几家4S店关于你们质量评价活动的参与人群统计表格，看看能不能帮到你。如果有什么不完善的地方，随时联系我。有一个情况，我得跟柳小姐说一下。根据我们公司的销售人员反馈，有部分店面并没有让车主自己填写表单，而是由4S店的工作人员代写的。我们公司旗下的店面没有这种情况，但是其他店面这种情况比例很大。”

虽然潜意识里一直认为活动有问题，但是郝泽清所说的情况还是让柳静芸大吃一惊。车主不愿意填写的情况很正常，毕竟不是所有的车主都会为了一盒车蜡填写质量评价的问卷。但是如果有人代写，还能无偿得到一盒车蜡，相信大部分人都会同意的。

4S店的工作人员愿意做这样的事也很好理解，因为在不耽误正常工作的前提下，只是花费几分钟的时间，他们店里也能得到一盒车蜡。一盒车蜡六十块钱的成本，如果一天人流量上百，那这个活动的收益就很可观了。车主和4S店都赚到了，明日汽车网自然就亏了。损失的活动经费是一方面，关键是征集上来的质量评价样本全是无效的。

之前她和常丰最担心的样本真实性的问题，真的出现了，而且比预想的严重得多。

柳静芸认为这么大的问题，绝对不是市场部的疏忽，毕竟无效样本在审核的过程中应该会被过滤掉的。在她看来，市场部为了数据好看，已经私自放宽了审核标准，甚至已经没有审核那一道手续了。

柳静芸打开附件里的表格粗略看了看，没有问题，就立刻回复了郝泽清，衷心地表示感谢，然后分析起了表格的数据。表格整理得很认真，按日期、店面、人群等分门别类逐条统计了三天的量，总计有几千条。人群被划分为购车人群、保养人群、维修人群。因为质量评价只有用车几个月之后的用户才有资格填写，保养和维修人群没有问题，购车人群不是目标群体，如果真是购车人群填写的质量评价样本，很大可能都是瞎填的，毫无疑问是无效样本。柳静芸统计的目的只有一个，就是看看购车人群占样本总数的比例。如果比例特别小，那还好；如果比例很大，那这个活动征集上来的样本很大可能就把质量评价这个产品废掉了。再加上郝泽清说的比例不小的代填情况，柳静芸越发不安。等她统计完，外面的天已经黑了，办公区空空荡荡，只有她头顶的灯依然亮着，照射着她写满焦虑的脸。56.45%，这是购车人群所占的比例，意味着征集上来的样本至少有一半多是无效样本。

这虽然只是西姆汽车旗下4S店的统计数据，并不能代表全部，但是见微知著，总体的水平也不会好到哪里去。如果郝泽清说的代写一事属实，那么这个活动无疑失败了。这么多的无效样本混入，质量评价这个产品算是毁了。

柳静芸靠在椅子上久久没有动弹，侧头望向窗外的漆黑夜色，就像在凝视深渊。

墨菲定律真是真理啊。事情如果有变坏的可能，不管这种可能性有多小，它总会发生。

现在该怎么办呢？柳静芸不由自主地想去问常丰的建议。可是，现在的常丰还关心这些事吗？如果是以前的常丰在该多好啊。以前的常丰遇到这种事会怎么处理呢？柳静芸不知不觉把自己代入了常丰的角色。

质量评价是媒体事业部的心血，除非实在没有办法，不然柳静芸不舍得放弃。如今事情已经变坏，只能想办法挽救。要挽救，就要停止无效样本的注入，要停止这个活动。活动停止后，再把数据重洗一遍。虽然洗数据很麻烦，而且活动经费相当于打了水漂，但是质量评价这个产品能保住。想停止这个活动，就要说服市场部。不行，市场部不可能承认自己的活动出了问题，只能是说服管理层，让管理层发话来终止活动。但要说服管理层就比较艰难了，需要强有力的证据。

郝泽清给的数据不能拿出去示人，一来，会给郝泽清带来麻烦；再者，这些数据都是4S店统计的，并没有说服力。要用数据说话，必须保证数据的绝对真实。怎么才有真实的数据呢？从后台调取不可行，因为权限都在市场部那边，如果让市场部提前知道了，他们肯定会想办法遮掩的。如果给用户打电话核实呢？成本太高了，目前有几万条样本，即便抽检10%，也是极大的工作量。

柳静芸盯着夜色发了会儿呆，想到了以前常丰经常跟她说的一句话："没有更好的方法，用笨方法也要做下去。"就一个一个打电话核实，这样不但能确认用户是否是质量评价的目标人群，还可以把代写的样本全部揪出来。方法虽然笨点儿，但是确实没有更好的方法了。不过要用这个方法，需要人力，还得找常丰。

柳静芸打通了常丰的电话，没想到，常丰居然也在公司。柳静芸来到了常丰的办公室，把事情从头到尾说了一遍。

常丰的脸色从诧异逐渐变得凝重，到了柳静芸说出无效样本占比时，常丰脸色如墨，就像漆黑的夜色。但是当柳静芸说出自己的想法时，常丰的脸色又舒缓了下来。到了最后，甚至带上了笑意。

柳静芸说完，发现常丰笑眯眯地看着她，眼中居然还闪现出几分不明所以的欣慰之色。

"就按你说的办！媒体事业部的人员你随便挑，挑你信得过的。加班费和外呼费用，完事后你申请，我来批。周六日这两天，你把结果整理好，周一我拿着结果去找管理层谈。"常丰斩钉截铁地说道。

常丰的果断让柳静芸不太适应，本以为常丰会对她的想法有其他意见，没想到他竟然全盘同意了，而且全力支持。这也证明了常丰并不是什么都不在乎的。质量评价是常丰和整个媒体事业部的心血，怎么可能毫不关心在意呢？盔甲再硬的人，也会有软肋的。

有了常丰的支持，事情的推进比较顺利，不过时间紧迫，柳静芸的任务依然很重。

她联系了一家外呼团队，约好了明天和后天的工作场地及设备的使用权，然后通知了她手下的员工及内容组的部分员工，一共十人，告知周末有紧急工作需要加班。这十人都是柳静芸信得过的人，没有二话，纷纷应允。柳静芸特别强调了工作的保密性，不许对任何人透露。

人员安排好之后，柳静芸联系了技术组主管杨帅，让他帮忙调取这几天活动的用户数据。杨帅平时话不多，但心思却极为灵敏。他没有问原因，只说了句稍等，二十分钟后就把数据表发给了柳静芸，嘱咐了一句“不要泄露到公司以外”。

柳静芸对杨帅颇为欣赏，业务能力强，为人踏实，事少话少，心无旁骛，专注工作，是常丰最为信任的人。在明日汽车网被艾德曼收购之后，常丰和杨帅有过一番对话。常丰问杨帅的打算，杨帅想了想后说：“我就陪这艘船沉了吧。”常丰正动容间，又听杨帅说道：“因为换工作太麻烦了。”常丰哭笑不得。不过杨帅也说，如果常丰或者其他相熟的同事创业的话，希望可以带上他，都是熟人比较省心。柳静芸想着，如果她以后创业的话，要搭建技术班底，一定会优先邀请杨帅。

拿到数据后，柳静芸还有一项艰巨的任务，就是流程的制定。在明日汽车网有一个理念，就是不管事情大小，都要当作一个项目来做。外呼看着很简单，好像人人都能做，但不按项目流程走依然可能会出问题。比如，给用户打电话用何种名义、询问用户哪些问题来确认用户身份、打电话过去可能会遇到的情形等。如果不事先准备好，不但会影响效率，而且还会影响输出的结果。

柳静芸负责过很多的项目，对于这一块驾轻就熟，她没有回家，直接在公司埋头准备。等她全部完成，确认没有问题之后，看看时间，已经是凌晨一点多了。

收拾完东西下了楼，反而觉得夜色不那么浓重了。远处不知道哪座大厦依然灯火通明，映衬着半边天色都红彤彤的，恍如太阳将要升起。

柳静芸忽然回忆起了从前。当年明日汽车网发展最迅猛的时候，曾经有两三年他们几乎每天都加班到这个点，甚至经常通宵。那时候天一亮，常丰就号召大家下楼找个早点摊去吃早点。那时候有她、杨帅、马庆、郭跃，对了，还有白牧。通宵最为熬人，疲惫不堪的他们，只要一听到吃早点就两眼放光，像饿了好几天的野狼一样。早点其实没什么花样，只是普通的油条、包子、豆浆、豆腐脑、咸菜等。但是，那时候的早餐真香啊……

后来明日汽车网的发展也逐渐平稳下来，大家都陆陆续续升了职，已经没有需要他们下场通宵的时候了。而且北京几乎也找不到吃早点的路边摊了。

现如今，白牧被开了，不知所踪。马庆即将走人，剩下的人想必也都待不久了。

终究是要散的，向前看吧，让力所能及的事情不留遗憾就行。柳静芸昂起了头，大步走进了夜色。

周六早上九点，柳静芸通知的十人全数到齐。她一声令下，行动就如火如荼地进行了。由于柳静芸准备充分，到晚上的时候，进度远远超出了她的预期。她本来的目标是两天至少抽出 10% 的用户通过外呼验证，结果第一天就已经完成了 8%。数据量越大，得出的结果越有说服力，也更加有可能挽救质量评价这个产品。柳静芸备受鼓舞，在他们十一人的工作群中好好勉励了一番。

第二天继续，但是中途发生了一个小插曲，柳静芸接到了市场部同事的电话。此人叫张宗才，是明日汽车网的老同事，也是赵嘉予最为信任的人之一。

“静芸，我们收到用户的反馈，说咱们这边有人主动联系他们核实他们的信息。我刚确认了一圈，我们市场部没有同事外呼给用户。想问一下，你们媒体事业部这边有联系用户吗？”张宗才问道。

接到张宗才的电话，柳静芸并不意外，这也在她的意料之中。他们这么大规模地联系用户，如果市场部一点儿消息都收不到，那就太不称职了。

“这个我还真不知道。不过如果我们部门真有外呼项目，也不是我这边负责。我建议你直接问一下常丰吧，如果真有的话，常丰那边应该会知道的。”柳静芸从容应对。

这也是柳静芸和常丰商量好的。如果市场部或者其他部门询问，一律先推到常丰身上，由常丰来应付。常丰有他的身份在，无论如何敷衍，也没有人能把他怎么样的。

当然，这次行动无论结果如何，得罪市场部是肯定的了。即便现在可以欺骗过去，但市场部早晚会知道。一旦知道，两个部门基本就无法和谐共处了。

常丰问过柳静芸，考虑过瞒着市场部搞调查的后果吗？

柳静芸自然知道他是在说会得罪市场部，她没有犹豫，坚定地说道：“我不会因为怕得罪人就不做正确的事。”

“这样啊。那我去问一下。”张宗才没有半点儿怀疑的样子，挂掉了电话。

柳静芸让大家开始最后的冲刺，虽然市场部已经有所察觉了，但今天是最后一天，只要拿出结果，木已成舟，市场部即便知道也无可奈何了。

周日晚上，柳静芸把数据汇总完，生成报告，又到了凌晨一点钟了。

“刨除打不通、关机等无效外呼，百分百是无效样本的比例占了63%，比之前郝泽清给的那批样本占比还要高。”

柳静芸把报告发给了常丰，跟他汇报了基本情况，说道："这么高的无效样本比例，可以宣告这个活动失败了。管理层看到这个数据，估计也会大吃一惊吧？"

"嗯，管理层再怎么不懂业务，也该知道这样下去就是白烧钱，他们也会心疼的。"常丰肯定地说道。

"会有意外情况吗？"柳静芸担心管理层置若罔闻，不予理睬。

常丰听出了柳静芸的担忧，笑着说道："成功不敢保证，成仁却有决心。"

第十二章　原来如此

周一早上六点钟，柳静芸刚刚睡了四个小时就醒了。醒来觉得头晕目眩、身困体乏，身上还有些发热。她知道坏了，发烧了。几年前，没日没夜地加班，也没见身体出什么问题，这次只是忙活了三天，就病倒了。真是岁月不饶人。

柳静芸挣扎着爬起来，去卫生间洗漱。镜子里的面孔精致但又苍白，眼角也出现了淡淡的细纹。她强撑着洗漱完，感觉头更晕了，无奈放弃了去公司的念头，拨通了常丰的电话。常丰让她好好休息，如果感觉状况更严重了，随时给他电话。

柳静芸迷迷糊糊地睡下了，大概中午时分被门铃声吵醒了。打开房门，发现竟然是韩梦岚，她手提两个塑料袋，一脸关心地站在门口。

“你怎么来了？”柳静芸诧异地问道，语气有些虚弱。

韩梦岚先把手中的两个塑料袋放进屋，然后快速换了鞋，把柳静芸扶上床，盖好被子，坐在床边对她说道：“常丰给我打电话，说你病了，让我来照看你。他也真是的，你一大早就病了，快中午才告诉我。男人真是不可靠。”

“我没事的，你不用管我，回店里忙吧……”柳静芸连忙摆摆手。

韩梦岚没有接话，跑到门口把塑料袋拎了进来，将里面的东西一样一样拿出来，柔声说道：“估计你早上也没吃饭，我就多买了一些，中午你要多吃点啊。”

“让你破费了啊。”柳静芸更加不好意思，挣扎着要起来。

韩梦岚突然停下了动作，眼眶微红，嘟着嘴说道：“静芸姐，你是不喜欢梦岚了吗？”

柳静芸吓了一大跳，不明白韩梦岚这是怎么了，立刻拍了拍韩梦岚的肩膀，说道：“怎么会呢？梦岚是我的好妹妹呢，你怎么会这么想？”

“那你不让我照顾你？还赶我走。你一定是不喜欢我了。”韩梦岚的眼眶湿润了，眼泪一直在打转。

柳静芸这才明白过来，她下意识的举动让韩梦岚误会了。

“瞎想什么呢。我这也不是大病，这么多年都习惯了，不用照顾的，还耽误你看店。”柳静芸笑了起来，捏了捏韩梦岚的鼻子说道：“我们当然是好姐妹啦，而且永远是呢。”

韩梦岚立刻喜笑颜开：“所以啊，你是我的好姐姐，你病了我照顾你，很正常啊。以后我病了，还需要你照顾我呢。”

柳静芸看到韩梦岚的笑容，觉得自己的身体仿佛都好了许多，也就不再坚持了。

“店里的生意没问题吧？”柳静芸问道。

“没事，工作日客人本来就少，我在店里待着也很无聊呢。”韩梦岚摆好饭菜，凑上去闻了闻：“哇，我果然太贤惠了，买的菜居然这么香。静芸姐，你说是不是？”

“那当然，我们家梦岚最贤惠了。”

“那是，我要是会做饭，那还了得，整个北京的帅哥都得排队追我吧。”韩梦岚说着，左手端着个小碟，右手拿筷子夹起一个饺子，往柳静芸嘴里递。柳静芸一看立刻又慌了起来，坐起身来要拒绝，看到韩梦岚又露出委屈巴巴的神情，无力地笑了笑，认命般张开了嘴。韩梦岚把饺子送进柳静芸的嘴里，像完成了一个神圣的使命，右手握成小小的拳头，喊了一声“耶”，结果忘了手里攥着筷子，差点儿捅翻了桌上的饭菜。

韩梦岚手忙脚乱之际，柳静芸趁机坐了起来，挪到床边，说道：“我不是不能动了，就是发个烧，不用这么大张旗鼓。”说着，自己夹起一个饺子送进嘴里：“你看，我自己可以的嘛。”

韩梦岚露出了幽怨的眼神，很是不满，噘着嘴说道：“病人就要有病人的觉悟嘛，我要是病了，会一动都不想动。不对，我没病的时候，也一动都不想动。”

柳静芸也夹起一个饺子，伸向韩梦岚，说道：“张嘴，你也吃。”

韩梦岚欣喜万分，夸张地张开嘴想把整个饺子都吞下，但还是失败了，饺子尖露在樱桃小嘴外边。她一边咀嚼，一边吸气，两颊鼓起，像个正在赌气的小姑娘，样子很可爱。

柳静芸被韩梦岚的举动逗笑了，连忙拿盘子放到她的嘴下：“慢点儿，没人和你抢。”

不知道是早上没吃饭，还是心情好的原因，柳静芸和韩梦岚一块儿吃完了一大份饺子，其他的小菜也吃了七七八八。

柳静芸拍了拍她平坦的小腹，说道：“这么吃下去，我会胖得不成样子的。”

“多吃点儿，病才能好呢。”韩梦岚见柳静芸吃了许多，也特别开心。

“再这么吃下去，我以后又老又胖，更没人要啦。”

“静芸姐，你哪里老，哪里胖啊，不许瞎说。你不知道我多羡慕你呢，普通的男人怎么配得上你。”

“我有什么好羡慕的。梦岚又漂亮又能干，哪里比不上我呢？不要妄自菲薄。”柳静芸摸着韩梦岚的头说道。

“我哪有静芸姐好。”韩梦岚把柳静芸扶倒，躺靠在床头，开始收拾剩菜残羹。

收拾完，韩梦岚坐在床边，摸了摸柳静芸的额头，从随身的包里掏出了一盒退烧药。

“不用，我快好了。”柳静芸本能地抗拒道。对大部分职场人士来说，睡眠是他们最好的良药，很多人都没有吃药的习惯。

“乖，吃了药会好得更快的。”韩梦岚一手拿药，一手端水，语气温柔得像劝小孩子一样。

柳静芸叹了口气，接过了水和药，吞了下去。

“这才对嘛。我果然适合带孩子，哈哈哈。”韩梦岚大笑起来。

柳静芸看着韩梦岚，心生感慨，柔声说道：“梦岚，你真好。会照顾人，每天都高高兴兴的，能感染周围的人。谁娶了你，绝对赚到了。”

“那是，也不知道以后哪个男人会中了我这个大奖。”韩梦岚扬扬得意道。

没一会儿，貌似药劲儿上来了，柳静芸困意上头，强打着精神说道：“梦岚，你目前有心仪的对象吗？”

韩梦岚脸色娇羞，没有吭声。

柳静芸没有注意到韩梦岚的表情，继续说道：“如果有的话，该主动得主动啊，有些人一旦错过就永远错过了，千万不要因为自己的矜持而后悔。”

“嗯。”韩梦岚的声音细若蚊呐。

柳静芸沉沉睡去。

不知道睡了多久，她隐约听见韩梦岚正低声打电话，语气轻柔甜腻，像是恋爱的味道。

“不能等人家病好了再说吗？工作哪有身体重要。好消息怎么了，那也是工作，只要是工作就会影响身体健康的。你这态度也太敷衍了，我感觉你好像有些不服气的样子……

“我吃了，我们把整份饺子都吃完了，那还不多？呵呵，我才不信你们男人的话呢，嘴上说不嫌弃实际上嫌弃得要死。你跟他们没什么不一样，我都看透了。你别忘了，这个世界上不是男人就是女人，要说最了解男人的，并不是你们自己，而是我们女人……

“嗯，好吧，这次算你说对了……”

柳静芸迷迷糊糊听了一会儿，觉得不能再偷听别人说话了，于是翻动身体，弄出了点儿声响，把韩梦岚的注意力吸引了过来。

“我挂了，静芸姐醒了。”韩梦岚挂掉了电话，快步走了过来，问道：“静芸姐，你醒啦？感觉怎么样？”

柳静芸坐起来，细细感受身体状况，虽然没有神清气爽的感觉，但也没有了酸涩乏力的症状，又摸了摸额头，温度完全正常了。

“多亏梦岚的照顾，都好啦。”

“太好啦，我果然有当乔巴的潜力。”韩梦岚跳了起来，兴高采烈地说道。马尾辫也像是感受到了主人的心情，欢快地摆动着。

柳静芸拿过手机，看了看时间，已经下午六点多了，睡了整整一下午。

“刚才给谁打电话呢？”柳静芸起身换衣服，准备出门吃晚饭，也呼吸呼吸外面的新鲜空气。

“是常丰。他打电话问你的情况，说打算告诉你个好消息，但是被我顶回去了。再好的消息也是工作上的，工作不能影响病人休息。”

柳静芸刚才迷迷糊糊地听韩梦岚说了很长时间，虽然没听清内容，但是感觉像是煲电话粥的小情侣一样，没想到是常丰的电话。

柳静芸的注意力被韩梦岚说的好消息吸引了过去，说道：“我大概知道是什么好消息了。”想必就是常丰说服管理层了。柳静芸如释重负，工作总算没有白做，这场病也没有白得。之前自己真是过分担心了，那样一份报告，怎么可能说服不了管理层呢？

“要不，叫上常丰一块儿吃饭吧，现在他应该也下班了。”柳静芸换好了衣服，坐在梳妆台开始打扮起来。

“行，我打电话给他。”韩梦岚爽快地掏出了手机。

这家西餐厅是韩梦岚推荐的。

常丰和柳静芸对吃的研究并不多，在快节奏的生活中，能快速填饱肚子就是最正确的选择。如果你问常丰和柳静芸，两人吃得最多的是什么饭？他俩肯定不约而同地说，盒饭。

如果没有韩梦岚，常丰和柳静芸吃饭的据点就那么几个，从来不会开发新的。现在有对于吃颇有研究的韩梦岚在，常丰和柳静芸都感觉方便了许多。

“尝尝怎么样。”韩梦岚期待地看着常丰和柳静芸，一脸求夸奖的表情。

常丰和柳静芸相视而笑，说道：“梦岚推荐的，好吃肯定没跑。”

“那是。这家店我以前不忙的时候经常来，后来店里的生意变好了，我就很少来了。”韩梦岚略带伤感地说道，“有时我还挺矛盾的。我开咖啡店，就是为了赚钱，赚钱我才能去吃好吃的。但是生意好了，赚到钱了，发现忙得没有时间去吃好吃的了。”

柳静芸没有说话，在人生道理上，常丰肯定是有发言权的，果然，常丰说道：“这才是人生嘛，有得也有失。不过现在的失去都是为了以后的得到，等你赚够钱了，有的是时间享受美食。”

“可是，等我有时间了，我怕我就失去享受美食的欲望了。”

“所以，这个以后不能太远，最好就是明天。”

“不，最好就是马上。”韩梦岚闻了闻面前的食物，露出了陶醉的表情。

常丰耸了耸肩，举起双手，说道：“你赢了。”

“杀降不祥，放你一马吧。”

柳静芸在旁边看得有趣，说道：“你们俩越来越有默契了呢。”

常丰没有说话，韩梦岚急声说道：“我才不和他有默契呢。现在好了一点儿，之前的他多么死板，多么无趣啊。”说完，韩梦岚还对着常丰吐了吐舌头。

柳静芸看向常丰，发现常丰正对付着食物，脸上挂着享受的笑容，不知道是在享受美食的味道，还是在享受韩梦岚对他的吐槽。

“喂，你不是说有好消息吗？说来听听吧。”韩梦岚和常丰看来已经颇为熟稔了，她连名字都不叫了，颐指气使地说道。

常丰还是那副笑呵呵的表情，说道：“某人不是说，工作上的事不能在休息的时候说吗？尤其是不能跟病人说。”

“某人是谁啊，居然说过这么有哲理的话。我很佩服她，想和她做朋友，想让她成为我的伙伴。”韩梦岚装模作样地表演了一番，“不过，说你死板，你也太死板了，我们现在哪有病人，静芸姐病好了呢。”

常丰撇了撇嘴。

柳静芸感觉今天的常丰很不一样。他有着层出不穷的小动作，如耸肩、撇嘴，这些举动出现在韩梦岚身上，绝对正常，但是出现在常丰身上就令她非常诧异了。在她的印象中，常丰一直是一副沉稳的形象，工作上最常出现的表情就是面无表情，让人看不出真实想法。私下最多是笑容多了一些。耸肩、撇嘴这类活泼的举动，柳静芸以前从未在常丰身上见过。

“静芸姐，你说，那个好消息现在能不能说？”韩梦岚向柳静芸寻求外援，把她从沉思中唤醒了过来。

柳静芸笑了笑：“我和梦岚的意见一样，我不是病人了，当然可以说。而且，还是好消息呢。”

“听到没，静芸姐和我的意见一样，可以说。即便是投票表决，也是二比一。”韩梦岚欢呼雀跃道。

常丰竖起一根手指，晃了晃说道：“不对，投票表决的话，应该是二比二，打平。”

看到韩梦岚不解的眼神，常丰扬了扬下巴，得意地说道：“还有个某人。你和静芸，我和某人，二比二打平。”

“某人是什么鬼？某人又不在现场，你可以把她叫过来。如果她不来，我们就是三个人。”

看着两人拌嘴，柳静芸突然生出一种感觉——他们好像情侣。这不是第一次生出他们俩像情侣的感觉了。上次去门头沟农家乐的时候，韩梦岚和常丰一块儿烧烤，她和陈卢阳在后面看着时，就生出了这种感觉。可能是病好了之后，思维一下子灵敏了起来，柳静芸看着还在斗嘴的两人，突然认为并不只是“像”情侣这么简单。

如果他们真是情侣了呢？有可能吗？柳静芸在心里拼命否认着，不断说服着自己。韩梦岚是我的好姐妹，常丰是我的好朋友，他们认识时间很短，他们性格差异很大，他们生活方式也不同。但拼命否认的同时，脑海中却冒出了一些事。如果常丰和韩梦岚在一起了，那就都能说通了。

上次约常丰吃饭，常丰说约人了，然后去找韩梦岚，发现她也没在。常丰约的人是韩梦岚？今天刚睡醒时，听到韩梦岚打电话的语气甜腻，像是在煲电话粥。原来并不是错觉，是真的在煲电话粥。

难怪常丰性子有了这么大的转变，对工作上的事都不在乎了一样，还以为是受到明日汽车网被收购的刺激，原来只是有了更在乎的人。难怪常丰不再表现出一副成熟稳重的模样，变得活泼了，表情和动作都丰富起来，原来，是为喜欢的人改变的。

难怪韩梦岚之前问她“放下了吗？”，原来，是试探啊。

柳静芸在这一刻之前，也以为自己放下了，不再有更多的想法，只想静静欣赏这个曾经爱过的男人。但现在心很痛是怎么回事呢？好像小时候失去了心爱的玩具，又像是被人欺骗后的心痛。又或者，两者皆有。

我失去了我喜欢的人，他和我最好的朋友在一起了。柳静芸觉得自己快无法呼吸了。理智思维还在运转着，提醒着自己，他们俩都没有任何过错。

常丰有什么错？他不喜欢你，难道还不能喜欢别人吗？韩梦岚有什么错？难道她不能接受别人的追求吗？只是因为追求者是常丰？

不对，他们骗了我。

他们哪里骗你了？只是因为没有告诉你？他们为什么要告诉你？有什么必要告诉你？

韩梦岚明明知道我喜欢常丰，常丰也明明知道韩梦岚是我的好姐妹。

你也明明知道常丰不喜欢你。

韩梦岚夺走了我喜欢的人，常丰辜负了我的喜欢。

如果别人不喜欢你，就叫辜负的话，世界上全都是负心人了。如果接受了别人的追求，就叫夺走的话，世界上全都是抢劫犯了。

那我为什么这么心痛呢？

心痛，只是因为你的私欲在作祟。你喜欢常丰，你以为自己放下了，其实你只是无奈接受了。你知道常丰不会喜欢你了，但你又有强烈的占有欲，不想让常丰去喜欢别人。常丰没有辜负你，他遇到了喜欢的人，你应该恭喜他才对。

那韩梦岚呢？

常丰和你没有可能，也就意味着他可以追求任何人，包括韩梦岚。韩梦岚也是单身，自然也可以接受任何追求她、令她心仪的男性。

柳静芸的理智和情感在对话，可她还是觉得被韩梦岚欺骗了。回想起和韩梦岚相处的一幕幕，她越发心痛，那纯真灿烂的笑容浮现在她的脑海，一声声的“静芸姐”也仿佛在耳边回荡。不是仿佛，是真的在耳边。

“静芸姐，静芸姐，你没事吧？是不是身体又不舒服了？你额头都出汗啦。”韩梦岚一脸关切，拿着纸巾就要擦柳静芸的额头。

柳静芸缓过神来，像无意一般挡住了韩梦岚的手，接过纸巾，擦了擦额头的汗。

“大概是还没好利索吧。”柳静芸被自己沙哑阴沉的声音吓了一跳。没等常丰和韩梦岚说话，她站起身，说道："我去趟卫生间。"

韩梦岚想跟着，被柳静芸摆手拒绝了。她离开后，远远地听到韩梦岚对常丰说："静芸姐的病没有彻底好呢。"

常丰说道："一会儿我去给她拿点儿药，你把她送到家里，看她把药吃下。"

他们俩是在同情我、可怜我吗？柳静芸更加悲伤，加快了脚步。

从卫生间回来，柳静芸的状态恢复了正常。韩梦岚发现她甚至补了妆，还没开口询问，就听柳静芸说道："什么好消息啊？常丰说说吧。"柳静芸露出感兴趣的表情，但看着有几分勉强。

常丰和韩梦岚对视了一眼，觉得柳静芸有些古怪，常丰顿了顿说道："今天早上我约了管理层，在会议室里把报告跟他们说了一遍。能看出来，他们确实事先不知情，大吃一惊。不过对于我们私下调查这件事，他们也有些不满。但是他们也知道结果最重要，倒是没有说什么。之后，他们把赵嘉予喊了过来，又让我把情况跟赵嘉予同步。和我们之前想的一样，赵嘉予除了震惊，眼神中确实多了几分恨意。不过按她自己所说，她也不知情，应该是执行环节出了问题。管理层严令她立刻去调查清楚。赵嘉予走之后，管理层也批评我了，严禁再做私下调查的事，以后有任何事首先上报，不得擅作主张。"

柳静芸听得很认真，问道："管理层是要等赵嘉予确认清楚之后，才决定下一步怎么做吗？"

"是的，他们跟赵嘉予交代的是，一旦情况属实，立刻终止活动。"

柳静芸想了想，问道："有没有可能赵嘉予向管理层隐瞒真实情况？"

常丰像是早就想过这个问题，没有思考，直接说道："不会，她应该不敢。我们的数据经得起考验，如果赵嘉予给管理层的结论是没有问题，那我们两方冲突，管理层会亲自调查的。活动情况并不难查，一旦查清，赵嘉予就完了。"

“那有没有可能赵嘉予把情况的恶劣程度往小了说呢？”

“这个有可能，但是应该也不敢虚报太多。活动失败，可以说是工作失误，但是瞒报虚报，就是态度问题了。没有哪个领导喜欢态度不端正的下属。”

“这么看来，我们的行动还是取得效果了，活动终止也就这两天的事了。”柳静芸点点头认同了常丰的观点，随后又叹气道：“不过，赵嘉予恐怕不会受到管理层重用了，想凭这个活动融入艾德曼的计划算是失败了。我们和赵嘉予从此算是结仇了。”

“静芸姐，你不要内疚，错的不是你。你只是在做正确的事，她不理解说明她心胸狭隘，这样的人不搭理就是了。”韩梦岚此时插嘴说道。

哦？原来你是这么想的吗？你认为自己做得没错，我不理解就是心胸狭隘吗？柳静芸目光灼灼地看着韩梦岚。

韩梦岚见到柳静芸犀利的目光，一时间被吓住了，身子不由得缩了缩，不知道发生了什么。

“静芸身体不太舒服，我们早点儿回去吧。”常丰突然说道，站起身来。

柳静芸把目光转向常丰，常丰却没有看她，只是关切地看着韩梦岚，好像这句话只是在跟韩梦岚说，并没有征求柳静芸的意见。

韩梦岚还在呆呆地看着柳静芸。

柳静芸突然莞尔一笑，说道：“走吧。”然后干脆利落地拎起包，大步向门口走去。

来的时候，常丰开车，柳静芸和韩梦岚坐在后排，如胶似漆。现在回去，仍然是常丰开车，但是韩梦岚坐到了副驾驶座，柳静芸独自坐在后排。韩梦岚还是一副受惊的模样，把小小的身体缩在座椅里，愣愣出神，不知道在想什么。而柳静芸双手抱胸，面无表情地望着窗外。常丰看似在专心开车，却不时抬头看向内后视镜。

车先停在了咖啡店门口，常丰先下车把韩梦岚从副驾驶座扶下来。可怜的小姑娘，不知道自己哪句话说错了，让柳静芸那么严厉地看着自己。她仍然有点儿蒙。

见柳静芸也正在下车，常丰说道："静芸，车上等吧，一会儿我把你送到家。"

夜色已至，看不清常丰的表情。

柳静芸的家离咖啡厅走路只需要几分钟，开车反而要绕远。柳静芸没有说话，也没有点头或者摇头，重新坐回了车上。

几分钟后，常丰回到了车上，发动了车辆。即便绕了点儿路，车也很快就驶到了柳静芸家楼下。车熄了火，但是常丰和柳静芸都没有动，车里也没有开灯，静静的，只能听到两人轻微的呼吸声。

就这样静静地坐了十分钟后，常丰轻声说："到了。"

"嗯。"柳静芸微不可闻地应了一声。也可能没应，只是常丰自己脑补出来的，因为柳静芸还是静静地坐着，没有下车的意思。常丰不觉得奇怪，也不催促。

"要聊聊吗？"常丰开口说道。

通过后视镜只能看到一团模糊的影子坐在后排，就像一块山石一样岿然不动，但当常丰这句"要聊聊吗？"说出口后，那团影子突然微微晃了晃。

常丰看到了，于是继续说道："梦岚是无辜的，你不该这么对她。我送她到店里的时候，她的身体还在抖。"

柳静芸听到这句话后，突然打开了车门，说道："我身体有些不舒服，先上去了。"声音低沉，仔细听，还有着轻微的颤抖。

一声重重的关门声传到了常丰耳朵里，常丰没有下车，抬起头看去。柳静芸瘦削的身影从车前掠过，步伐很快，就好像迫不及待要离开一样。

常丰打开车窗，让夜色和车里的黑暗交融在一起。今夜的风好像很大呢。

第二天，柳静芸正常上班了。大部分人都没有看出她和平常有什么异样，只有极个别心思敏锐的同事发现，柳静芸待人多了几分冷淡。

但有一件事，媒体事业部的人都发现了异常，就是市场部的同事对他们有很大的敌意。以往合作融洽，现在各种推诿不配合，而且都是一副冰冷面孔，弄得媒体事业部的人摸不着头脑，不明白一夜之间为何会发生这样的变化。

没有不透风的墙，有心人打探之下，才明白了事情原委。竟然是常丰背后捅了市场部的刀子。这次反而是新人都觉得很正常，两个部门竞争嘛。但是老员工无法理解，他们都深受顾寒时代的理念影响，认为整个公司是一个大家庭，有什么事可以坐下来协商解决，私下搞小动作令人不齿。何况市场部的老大赵嘉予也是明日汽车网的老员工，是自己人。在他们看来，这就是常丰为了争权夺利向昔日的同胞下手了。

常丰为了赢得新任管理层的重用，在明知活动主导权已经给了市场部的前提下，特意找出活动的漏洞，不提醒市场部，直接汇报给管理层，活生生的小人模样。本来常丰留下来，舆论上都认为常丰叛变了，倒向了艾德曼。这次，彻底坐实了。

屁股决定脑袋，环境改变性格。不少老员工纷纷感叹，常丰这样的领导没有必要跟随了。于是，从周二开始，媒体事业部竟然一下子涌现出了离职潮。

常丰稍微了解了一下，就明白出现了什么情况。他没有解释，只是豁达一笑，批准了所有的离职申请。只是这次的离职人数实在有些多了，惊动了管理层。管理层怀疑常丰的带队能力，毕竟稳定人心是每个领导最基本的要求。在常丰再三保证业务不会受到影响后，管理层才放手让常丰立刻去解决，绝对不能影响业务的正常运转。

常丰知会了人事部门加大人员招聘的力度，然后又通知所有主管，如果有愿意加班的员工，加班费一律上涨。但是，所有的离职申请该批还批，不准因为业务的需要扣下不批。这些主管都了解常丰留下的目的，理解他的同时也有几分怨言，因为离职的人实在太多了，大部分业务线都捉襟见肘。这些主管一边安抚留下的员工加班，一边忙着招聘新人，同时又都亲自下场干活，恍惚以为回到了明日汽车网创立之初。

柳静芸也一样。商务部对接的厂商按大区划分，如东北大区、华北大区、西北大区等。如今随着人员流动，柳静芸自己接过了几个大区的对接工作，忙得不亦乐乎。

周四，市场部关于活动的调查结果出来，承认在执行阶段的失误导致至少一半以上的样本都是无效样本。管理层下令停止了活动。

这对于柳静芸和常丰来说，应该算是达成目标了，但是柳静芸和常丰没有任何沟通，仿佛都不在意。

柳静芸和常丰已经好几天没有联系了。这极为罕见，九年来从来没有出现过这种情况，即便是之前柳静芸和常丰分手期间，工作上的交流也是没有断的。

如果不是一件事发生，两人这种陌生人模式不知道要持续到什么时候。

周一，在常丰和柳静芸都不知情的情况下，明日汽车网首页最重要的推荐位，隆重推出一篇文章——《明日汽车网年度汽车质量报告》。

柳静芸看了之后，大吃一惊。因为这份报告里面的数据，竟然就是这次活动的数据。也就是那些无效样本并没有被洗掉，依然被当作真实样本计入统计了。这篇报告是以市场部的名义推出的，而且不只是在明日汽车网，在微博等第三方平台也都进行了大规模的推广。这是管理层之前做活动的初衷——通过质量评价产品来拉动股价。推广只是第一步，后续还会有专门的发布会向外界介绍质量评价这款产品。

效果真达到了。这篇文章瞬间引起了广泛的热议，还有争议。

热议是在网友方面。因为这是国内第一次止式推出汽车质量方面的报告，网友表现出了极大的兴趣。排名这种东西，凭主观意识，一千人就有一千种不同的排名。有的是海河汽车粉，见海河汽车的排名不高，就质疑榜单不够权威。有的是开迪汽车黑，见开迪汽车排名居然不是最后，也质疑榜单。

榜单永远是有争议的，同时也是传播最快的。这也是明日汽车网想要看到的结果。

这份榜单对于大部分网友来说，可以当作热闹看一看，但车企就没那么轻松了。因为报告的态度、榜单的排名，很可能会影响到车辆的销售。这是实实在在的利益相关。排名高的车企自然满心欢喜，但也并不是高枕无忧，谁能保证永远不败呢？排名低的车企忧心忡忡，几乎要抓狂了。

很快，柳静芸的邮件、座机、手机、微信，所有的沟通工具全部被车企公关轮流轰炸。有友好的询问声，有态度强硬的质疑声，也不缺乏气急败坏的咒骂声，但所有的声音目的却是相同的——说明数据来源，交出排名规则。

柳静芸应付了一会儿，实在应接不暇，干脆就合上电脑，离开了工位。她敲响了常丰办公室的门，但没有人应答，正要离开，见常丰回来了，表情严肃。

“是为质量评价报告的事吧？”柳静芸跟随常丰进了办公室，分别坐下后，常丰首先开口问道，“车企那边不好应付吧？”

柳静芸此时见到常丰，还是有几分芥蒂的。不过一旦全身心投入工作，生活上的情绪就抛诸脑后了。她略带忧色地点点头：“嗯，几乎每家都来询问了。市场部推出这份报告之前，难道没有提前和车企打招呼吗？至少要先知会他们一声吧？这样贸然推出一份榜单，很可能会得罪一部分车企的。”

榜单对于车企来说非常敏感，尤其是明日汽车网这种大平台推出的榜单。目前明日汽车网最大的榜单就是口碑榜单。当初推出这份榜单的时候，也是提前跟所有车企打了招呼，并跟他们强调了这是根据用户数据自动生成的榜单，不掺杂任何人工干预成分。即便如此，车企也是经过了几个月的消化，才慢慢接受了这份榜单。如今看车企的反应，质量评价榜单的推出应该是没有提前通知车企。

车企和明日汽车网一直都维持着一个微妙的平衡，互相忌惮又互相尊重。因为榜单的推出有可能会影响到车企的销售，所以提前打招呼就是一种尊重和礼貌。车企也知道，他们其实并没有权利干涉明日汽车网榜单的推出，但人家提前打招呼了，也不能过于矫情，一般也就争取一些有利条件，就算默认了。看中利益的人有时候更看中脸面。只是，如今这个微妙的平衡被打破了。

“我刚才去见管理层了。”常丰没有回答柳静芸的问题，自顾自开口道。

“怎么说？”

“他们让我别操心，做好自己的事。”常丰叹了一口气。最近，他这种情绪外显的表现越来越多了，他显然也懒得克制了。

“那就是说，我们的工作白做了。我们的目的并不是让活动停了，而是把那些无效的样本都清洗出去，但现在的结果呢？活动停了，但是所有的无效样本都被当作真实的样本来用了。”柳静芸提高音量，气愤地说道：“明知数据是假的，还公布出来，这不是欺骗消费者吗！”

“显然他们并不在意这些。或者，他们认为消费者根本不会发现数据是假的。的确，只要公司内部没人说，没有人会发现。”常丰想起刚才管理层那无所谓的态度，他算是见识了艾德曼的做事风格。资本的弄潮儿，名不虚传。

柳静芸想到辛苦了一个周末，还把自己累病了，就得到这么一个结果，心绪难平，说道："这个好消息，真是出人意料啊。"这话是讽刺常丰之前说的"好消息"。话一出口，柳静芸有些后悔，居然又把个人情绪带了进来。一说到好消息，自然而然就想起了那天晚上的心痛。恍如昨日。

常丰抬头看了柳静芸一眼，目光有些复杂，没有说话。

"他们用虚假数据倒是可以理解了，他们并没有把消费者放在眼里。但是不提前通知车企是怎么回事？车企可是明日汽车网的财神爷，艾德曼既然要赚钱，肯定要和车企搞好关系的，他们这么做，不怕得罪车企吗？"柳静芸调整了情绪，接着说道。算是把刚才讽刺的话语掩饰了过去。

常丰耷拉着脑袋，有气无力的样子，说道："报告是管理层全权交由市场部负责的。我问了赵嘉予为什么突然推出报告，没有提前通知车企，她说没有必要。但我看得出，她只是嘴硬，其实是没有经验，疏忽了。"

"管理层知道吗？"

"我说了，但是管理层挥了挥手说，现在知会一声不就行了，有什么区别。"

"有什么区别？"柳静芸激动地站了起来，正要据理力争，但看到常丰颓丧的模样，知道自己搞错对象了，坐了下来，轻声说道："那现在怎么办？"

报告已经推出了，虚假的数据已经用了，无法挽回了。柳静芸问怎么办，自然是针对如何应付车企。

"你别管了，你也应付不过来。我跟赵嘉予说了，让她开个车企见面会，当场答疑，把事情解决了。她也知道自己疏忽了，满口答应了，现在应该就在筹备中。你一会儿回去，就统一回复他们，近期会举办见面会，所有问题到时统一解答。"常丰看来已经考虑过这个问题，头都没抬地说道。

柳静芸想了想，觉得这确实是一个可行的方法。不过，这个榜单的推出肯定已经得罪一批车企，已经不是事后一个见面会就能解决的了。

“那我回去工作了。”柳静芸站起身来。

“对不起。”柳静芸刚走到门口，就听常丰说道。

柳静芸心中一颤，难道是……不过紧接着柳静芸一阵失落，只听常丰继续说道：“让你的工作白白浪费了。”

“谁都预料不到，不是吗？”柳静芸拉开门走了出去。

白白浪费的，又不只是工作。

马庆离职了。

五行 T6 手刹拉柄断裂风波并没有发酵得很大，被五行汽车的公关牢牢控制在一定范围内。另外，由于明日汽车网始终没有针对这次事件发声，不少信任明日汽车网的网友，都对这个事件持质疑态度。

马庆在微博的表演为他赢得了一定的名声，但并没有达到他的预期，不过，也能接受。表演完了，到了该兑现演技的时候了。

五行汽车在明日汽车网发表了关于手刹拉柄断裂事件的声明。

> 针对本次五行 T6 手刹拉柄断裂问题，经过研发部分析评定，是人为损坏，驾驶员采用了非常规操作。在日常驾驶环境中不会出现类似状况，请各位消费者放心。

这篇声明引起了部分网友的声讨，他们指责五行汽车颠倒黑白，也感慨明日汽车网真变了。

声明和诈骗一样，并不是为了争取本来就不相信的人，而是为了说服那些摇摆的人。有网友相信了这则声明，而且还不是少数。他们不但为五行汽车的态度点赞，还振奋地表示像五行汽车这样的中国车企大有可为。他们不是水军，但被其他网友认定为水军，于是他们干脆称呼自己为“自来水”，而且深深地以此为荣。

在声明发出不久，网上舆论和公司内部都沸沸扬扬的时候，马庆正式在微博公布了他离职的消息。这次他没有再对明日汽车网及常丰落井下石，反而显得格外诚心。

我将要从明日汽车网离职了。没错，我要去创业了，我想去试试。

此时，我心中只有感激。感谢所有的同事和领导，感谢所有支持我的网友，感谢所有合作的车企，感谢曾打过交道的所有人。

在明日汽车网这八年，是非常美好的一段旅程，很高兴能和各位一起走过。

顾寒走的时候，用了“美好的旅程”这句话，现在马庆也借用了。

这篇短短的声明赢得了满堂彩，所有人都献给了马庆衷心的祝福。

柳静芸对马庆的观感是比较复杂的，两人曾一块儿走过那段艰苦卓绝的奋斗岁月，一起熬夜一起吃早餐，随后一起升职。都做了主管后，他们反而越走越远了，马庆越来越自傲，几乎和所有人都不能好好说话了。直到马庆和陈卢阳成为直接的对手，柳静芸心里彻底偏向陈卢阳，和马庆几乎成了陌生人。

最近质量评价活动的事、常丰和韩梦岚的事、五行 T6 的事，让柳静芸有些心力交瘁，对周围环境产生了浓浓的失望感。现在马庆要走了，令柳静芸没想到的是，伤感突然来袭，把她淹没了。

马庆的践行聚会气氛有些凝重，所有人都有些伤感。今天的主角马庆就要去实现自己一直以来的抱负了，却没有半分的高兴，感觉笑容都是勉强挤出来的，也不多说话，默默地喝着酒。

常丰一直低着头，浑身透露着一股颓丧之气，仿佛被抽干了所有的精气神。

柳静芸知道，今天管理层又找常丰了，这次态度极为严厉，不能说劈头盖脸，也可以说是指着鼻子了。起因很简单，就是因为马庆的离职。

目前的离职潮虽然汹涌，但是并没有动明日汽车网的根基，之前管理层虽然也点过常丰，但是并没有太放在心上，全权交由常丰来处理了。但这次马庆的离职就不同了，他是第一个主动离职的中层管理人员。

在一个公司，要说哪一部分最重要，可能每个人的看法都不一样。但业务线主管这个级别，绝对是最重要的一批人之一。管理层的理念，只有业务线主管彻底执行，才能完完整整地落实到底层员工身上。管理层换人了没关系，毕竟干活的人都在，底层员工走了，也可以随时招人替代。而主管，上要应付领导，下要安抚员工，还要管理实际业务，是公司的中流砥柱。如果主管都走了，公司的业务基本就停滞了。

管理层知道马庆是主管，更是业内顶尖的车评人之一。他的离职，绝对是明日汽车网的损失。管理层专门派人和马庆聊了聊，也许诺了条件，但马庆去意已决。管理层对常丰的大发雷霆，也只是无奈罢了。

柳静芸也没怎么说话，还陷在伤感和失望的复杂情绪中。杨帅更是闷头不语，一直操作着手机，还在处理工作，对他来说，生活永远只在当下。

饭桌上，唯一比较活络的就是郭跃了。郭跃是个有自知之明的人，也有识人之明。他知道自己能力一般，靠着努力和勤奋爬上了主管之位。他也清楚马庆的能力，认为马庆早晚飞黄腾达，所以对马庆颇为尊敬，平常一直“庆哥、庆哥”地叫着。

鸟随鸾凤飞腾远，没有人比郭跃更懂这个道理。如今，马庆迈出了腾达的第一步，郭跃比马庆还要兴奋，一直恭维着马庆，话里话外让马庆以后能带上他。

马庆心不在焉，对于以往让他满意的恭维，此时就是随口敷衍两句。

饭局最后，常丰招呼大家举起了酒杯，首先说道："马庆是我们这些人中能力最强的一个，他也是最勇敢、最执着的一个。虽然静芸也在，我还是那句话，你一点儿也不比陈卢阳差。"

郭跃说："庆哥是最好的车评人，绝对会大展宏图。"

杨帅说："庆哥，加油。"

所有人都看向还坐着的柳静芸。

柳静芸慢慢给自己倒满了一杯酒，站了起来，视线慢慢扫过桌上所有的人，眼中的情绪复杂难明，有伤感，有失望，有淡淡的冷漠，还有浓浓的艳羡。伤感是给离别，失望是给现状，冷漠是给过去，艳羡是给马庆的未来。

"感谢庆哥和我们在一起时的美好。为庆哥的未来，干杯。"

时间就像嘴角的酒滴，往往来不及擦拭，就匆匆滑落。

第十三章　报　复

明日汽车网关于质量评价报告而召开的车企沟通会，很快就举办了。明日汽车网放出了今后主打质量评价的消息后，车企都不得不重视起来。因为质量评价报告和口碑榜单一样，关乎销量。

几乎每个车企都来了，让新任管理层生出了一种万众来朝的满足感。

接机、住宿、招待等工作，都由市场部主导，但因为工作量庞大，市场部显然应付不来，其他部门也都陆陆续续参与了进去，不过唯独没有媒体事业部。在所有部门都忙得脚不沾地的时候，媒体事业部却作壁上观，无所事事。大家都明白，媒体事业部被管理层放弃了。原因很多，但最主要的原因就是，常丰不被待见了。虽然碍于承诺，管理层短期内不会拿常丰开刀，但所有人都知道这个时间并不远了。何况，承诺这个东西，在爱恨面前不值一提。

不管其他媒体事业部的员工怎么想，柳静芸倒是乐得清静。她已经想好了，等明日汽车网的事情告一段落，她也就离职了。虽然现在风雨飘摇、人心思动，但答应了帮助常丰，还是要帮到底的。至于什么时候告一段落，离职后去哪里，柳静芸自己也不知道。这几天不知道为何，她一直想着马庆。并不是想念的想，就是单纯的想。她羡慕马庆，羡慕他有自己的追求和事业，而且已经实现了。

马庆创立的《小马说车》栏目已经正式上线了，反响非常好，业内对于其超越《卢阳说车》有着很高的呼声。所有人都预料到，未来马庆和陈卢阳双雄并立的局面又要开始了，而且很可能要持续很长时间。

柳静芸这几天也会扪心自问，自己到底想要什么？前几年，柳静芸拼命工作只有一个目的——为了不辜负常丰对她的器重和栽培，也为了能帮助到常丰。那么，现在呢？常丰已经不需要我帮忙了，并不是他没有了需要帮忙的地方，而是我帮不上了。也可能并不是帮不上了，我大概只是不愿意帮了吧？其实，我也没有想象中的那么念念不忘。离职了能干什么去呢？柳静芸从业这么多年，第一次郑重地考虑这个问题。

工作是必需的，如果不工作，人生还有什么意义呢？那就再去找一家公司？好像并没有什么意思，如果只是单纯地为了工作而工作，那不如在明日汽车网混日子呢。

工作是为了什么呢？马庆离职创业，是为了更好地实现自我价值。创业，我是不是也可以呢？

这个念头一冒出来，就再也压不下去了。柳静芸想起之前常丰跟她聊过让她想想创业的事，她几乎没有思考就把这个建议抛诸脑后了，没想到，现在自己竟然主动冒出了这个想法，而且，想法滚烫。一个人总要有为之奋斗一辈子的东西，不管是为钱、为情，还是为满足感。柳静芸想了想，她大概只是为了摆脱吧。摆脱以前的自己。

柳静芸的清闲没有持续多久，当车企的代表陆续到北京之后，她也忙碌了起来。

这些车企来的大部分都是公关方面的人，和柳静芸几乎都打过交道。到了北京之后，都约柳静芸见见面，联络一下感情。柳静芸自然不会回绝，纷纷应约，就像赶场一样，有时一天要见两三波人。大部分都是见面喝杯茶、聊聊天。但这里面，有一个人的出现让柳静芸没有想到——郝泽清。

郝泽清打给柳静芸，说他到了北京的时候，柳静芸以为他在开玩笑。这次沟通会就像记者会一样，只是明日汽车网单方面解答消息，并不涉及业务层面，一般的公关经理就可以应付了。郝泽清是总监，而且是销售总监，八竿子打不着，完全没有来北京的必要。郝泽清要请柳静芸吃饭，她刚好在一家咖啡厅，就把地址给了他。

见到柳静芸，郝泽清眼睛一亮，但依然清澈，不含任何杂质。柳静芸对郝泽清的印象也比较好。他体态匀称，能看出来经常锻炼。一头短发，和常丰一样，精神气十足，但是比常丰少了几分沉稳，多了几分阳光。

“来之前，我一直在想柳小姐应该很漂亮。现在见到柳小姐，我还是觉得我的想象太匮乏了，柳小姐的美丽超出了我的想象。”和柳静芸握了握手，落座后，郝泽清说道。

如果不是郝泽清的清澈眼神，单凭刚才这番话，柳静芸就会把他归到刘士朋一类中。“谢谢。郝先生怎么也来北京了？这次沟通会，你们公司需要你特地过来吗？”柳静芸道了谢，不想在客套话上浪费时间，转移话题问道。

“其实，这倒没有。我就是假公济私，借这个机会顺便来北京。”

柳静芸笑着说道：“那总得有个目的吧？什么事情值得你这个总监假公济私呢？”

郝泽清不好意思了，摸了摸头，脸上居然出现几分羞涩，说道：“其实，真没什么，我就是想来见见你，谢谢你那次的帮忙。”

柳静芸觉得有几分好笑，但看得出来，他并不是表演，确实发自内心。柳静芸捋了捋头发，说道：“你也太客气了，西姆 XM3 能火成现在这样，主要是因为你在世界杯那波操作，跟我的帮忙完全没有关系。而且你上次也帮了我啊。”

“怎么能说跟你的帮忙没有关系呢？没有你那次的帮忙，就没有我们后来世界杯项目的资金，我就是再能运作，也是巧妇难为无米之炊。西姆 XM3 现在的热销，都源自于你那次的帮忙。”郝泽清连忙摆了摆手，一脸认真地说道。

“这归根到底也是你们的产品好。再说，你上次也帮到我了，咱们就不用互相谢了。”柳静芸不想把这个功劳揽到自己身上。

郝泽清越发认真了：“我帮你的忙那才是微不足道。西姆 XM3 的热销，可以说挽救了我们整个西姆汽车，你说你帮的忙大不大？”

郝泽清的认真劲儿把柳静芸逗笑了：“好吧，就算我帮了你们公司的忙，这也是公司层面的，你个人就不用老谢我了。你好歹是个总监，老这么客气，让我有些惶恐呢。”

“我已经升职为副总裁了。”郝泽清不好意思地说道，“你说，我个人该不该谢你？”

郝泽清升为副总裁的消息没有让柳静芸吃惊。不过她还是没有打算应承下这个人情，说道：“恭喜郝先生啦。不过，这个跟我还是关系不大，你升上副总裁肯定是靠你的能力，即便没有这次的事，也是早晚的事。”

郝泽清对柳静芸的执着有些无可奈何，想了想说道：“有一位长者说过，一个人的命运啊，当然要靠自我奋斗，但也要考虑历史的进程。如果没有你那次的出手，我想升职不知道要等多久了。可能还没等我升职，西姆汽车就因为卖不出去车倒闭了。”

“用这位长者的另一句话来说，我只是做了一点微小的工作，很惭愧。”柳静芸笑吟吟说道。欠一个小人情，会促进双方的感情，但欠一个大人情，就会成为压力了。她真心认为自己并没有做多大的工作，更何况郝泽清也帮助过她了。

“那先不说这些了。今天我们就是以朋友的身份见见，聊聊天。我们是朋友，这个没问题吧？”郝泽清虽然还是不甘心，但最后只能摇了摇头说道。

“当然。”

“这就对了嘛，既然是朋友，就别说那么多了。以后你有什么需要我的，随时找我，我肯定全力以赴。”

见柳静芸要开口，郝泽清又说：“我们是朋友嘛，帮个忙很正常的啊。而且我有事也会找你帮忙的，你该不会拒绝我吧？”

郝泽清这么说，让柳静芸无法开口拒绝，她只能说道：“当然不会。”

倒不是柳静芸怕麻烦，她也愿意与车企的人有很好的私人关系，关键是她怕过重的人情反而会影响到正常规则的坚守，那就不是柳静芸所愿了。

“那我正好有个事想向你打听一下。”郝泽清笑着说道，颇有一种见杆子就爬的无赖感。

柳静芸知道郝泽清不是那样的人，只是故意表现出这个态度，让柳静芸没有那么大的心理压力。人情用得好，就成了人脉。用不好，就多了仇恨。

“你说。”柳静芸说道。

“白牧这个人怎么样？”郝泽清说出来的名字让柳静芸恍惚了一下，不明白郝泽清为什么会提到他。见柳静芸诧异的眼神，郝泽清继续说道：“他来我们公司面试了。”

一提到白牧，柳静芸百感交集，情绪复杂难明。白牧首先是柳静芸的同事，是一起奋斗过的战友，是柳静芸的追求者，同时也是破坏了规则的人。柳静芸非常讨厌白牧，觉得这个人是个伪君子。但也不知道是不是恻隐之心作祟，她又同情、可怜白牧。有可能是她亲手揭穿白牧的原因，让她有几分负罪感。

后来白牧怎么样了，有没有被刑事拘留，柳静芸没有收到过消息，也从来没有刻意打听过。如今突然听到他的消息，柳静芸生出了一种物是人非的感觉。白牧被开除的时候，明日汽车网欣欣向荣，柳静芸还自欺欺人地沉浸在单相思之中，她还有个好姐妹叫韩梦岚。现在呢？时间好像也并不长，不到一年，柳静芸身边几乎所有的一切都改头换面了。

“他原来是我的同事。”柳静芸缓缓地说道。

“白牧我之前也听说过，能力很强，重要业务线的主管，但我听说他是被你们明日汽车网开除的。具体什么情况你方便说一下吗？”

柳静芸想了想，倒没有什么不能说的，如果郝泽清想打听，随便找个人都可以问出来，于是就把大概情况说了一番。

郝泽清听完，摸着下巴思考了一会儿，说道：“那这样的话，我们就不能要了。公然触犯红线，这在任何公司都是难以接受的。而且，一个三观没有成形的小孩子知错能改，我信，但一个成年人，三观早已稳固，想改变是不可能的。当然，后续他很可能不会再犯了，但是这并不意味着他认识到错误，真心悔过了，只是因为他知道，犯错的风险太大，太不值得了。”

“其实你早就拿定主意了吧？”柳静芸似笑非笑地看着他。

从郝泽清的思考来看，显然他早就了解白牧这些事了，只是为了和柳静芸拉近关系，故意把这个话题拿了出来。

郝泽清摸了摸头，一脸被看穿的窘迫样。

柳静芸笑了笑：“白牧的能力非常强，不然也不会负责我们最重要的反作弊系统这条业务线。他的形象、人缘俱佳，当初在我们公司有很多女同事喜欢他呢。如果不是出这么一档子事，前途无可限量。”

柳静芸想起了唐凌燕，这个勇敢表露心声的女人。她知道唐凌燕还在莫格汽车，但是因为规则泄露这件事，不管是跟莫格汽车还是唐凌燕，后来的交集都少了很多。柳静芸后来把莫格汽车的对接工作都交给了下边的人，更是无从接触了。也不知道唐凌燕和白牧有没有在一起。只希望每个女人的感情付出都能不被辜负吧。

“我倒是不这么认为，还是那句话，成年人三观都稳固了，他即便那时不出这么一档子事，也早晚会栽跟头。对于白牧这样的人来说，忠诚只是因为背叛的砝码加得还不够。”郝泽清正色说道。

柳静芸点点头：“白牧没有说他被开除之后的情况吗？”

“这个我还真不太清楚，他面试的并不是我们部门，我也是听同事说才知道的。但据我分析，应该是没有进去，时间上看不合理。”

“嗯。”柳静芸点点头，她也是这么认为的。应该是没有证据。

“看样子，他是恢复过来了，不然也不会出来找工作。我听同事说，如果不知道他以前的事，就可能真把这个人招进来了。他看上去精神阳光，谈吐不俗，大方沉稳，工作履历完美。”郝泽清感叹道。

看来，人总比想象中要坚强得多。

送走了郝泽清，柳静芸本以为不会再有熟人拜访了，没想到第二天就迎来一位不速之客——唐凌燕。

柳静芸倒不是惊讶唐凌燕会来北京，因为她是公关部的，之前也一直和明日汽车网打交道，由她来参加这次沟通会并不意外。柳静芸只是没想到，唐凌燕会来找她。因为从最后一次见面时的态度看，唐凌燕明显是恨着她呢。昨天刚刚和郝泽清提到白牧，今天唐凌燕就上门来访，不得不说有几分奇妙。

唐凌燕直接来的公司，柳静芸找了一间小会客室，两人对向而坐。面色红润、神清气爽，是这次唐凌燕给柳静芸的第一印象。

注意到了柳静芸的眼光，唐凌燕略带得意又带着讽刺地说道：“没想到我的气色还不错吧？你该不会觉得我应该憔悴蹉跎，每日以泪洗面吧？”

“怎么会呢？见到你很好，我也很开心。”柳静芸露出真心的笑容。唐凌燕也是她钦佩的人，勇敢无畏，执着坚贞。

唐凌燕翻了翻白眼，没有说话，显然不相信柳静芸的话，对她存有很深的敌意。

两人沉默了一会儿，柳静芸开口问道：“白牧这些日子还好吧？”

“你问这些干什么？你如果想表达一个同事的关心，你早干什么去了，现在才问？是不是巴不得听到他过得不好的消息？那你就想错了，他过得很好，比在你们明日汽车网的时候还要好。”唐凌燕有些激动。

柳静芸已经不奢望能化解这个女人的敌意了，恋爱中的女人是没有理性可言的，不仅是唐凌燕，她自己何尝不是？于是她没有半点退让，面无表情地说道：“我并不关心他，只是出于礼貌问问。他过得好与坏，也与我无关。你说不说，我都无所谓。”

“你我之间不用这种虚伪的礼貌，没什么好装的。”唐凌燕撇了一下嘴，一副我就知道你并不是真关心的模样，“不过，我说的确实是真的，他现在很好。”

“那就好。”柳静芸点点头。

“就算不关心，你也不好奇他从你们明日汽车网走了之后，是怎么过来的吗？”唐凌燕见柳静芸反应很是冷淡，略带诧异地问道。

“我不关心，也不好奇。”柳静芸摇了摇头。

“还真是冷漠啊，至少是好几年的同事友谊吧。白牧说得对啊，你们这个所谓有爱的团队，其实真的只是口号。”唐凌燕不屑地说道。

“有没有爱，不光要看别人，还要看自己做了什么。为了一己私欲，出卖团队利益，我觉得更没有资格谈爱吧？”柳静芸冷冷地回应。

“你……”唐凌燕猛地站了起来，指着柳静芸，胸膛剧烈起伏。柳静芸目光如常地盯着她。两人对视了一会儿，唐凌燕突然一笑，坐了下来。

“领教了，我跟你比还是太嫩了。”唐凌燕涂着紫色口红的嘴唇就像是一条妖异的藤蔓，随着她冷笑的表情，爬上脸庞，对着柳静芸张牙舞爪。“不过，我爱白牧，我可以为他做一切。你呢？你恐怕永远都不会有这种感觉吧？”

柳静芸没有说话。她有过这种感觉，但，以后不会再有了。

“实话跟你说，我和白牧在一块儿了。”唐凌燕继续说道，一脸的知足。

“那恭喜你，修成正果了。”难怪唐凌燕满面红光呢，果然是被爱情滋润的。

唐凌燕像是在品味爱情的味道，出神地说道：“白牧说想跟我在一起的时候，我真的难以置信。他说他没有工作了，让我不要嫌弃他。那时候他一点儿斗志都没有了，是你亲手毁了他的前途，我恨你，恨到了极点。不过呢，我心底又非常感谢你。我一直喜欢他，不过我知道自己配不上他，他帅气阳光，有事业，有前途，我只能卑微地喜欢着他。如果不是你，他就不会被开除，也就不会来到我身边。从这一点上来说，我反而应该感谢你。

“他没有了工作，大好的前途也失去了，情绪特别低落，生活也比较拮据，但是我怎么可能嫌弃他呢？爱一个人，就会爱他的一切，爱他的现在、过去和未来。我的工作可以养活我们两人。而且，他现在走出来了，开始找工作了。凭他的能力肯定能找到一个更适合他的工作，比明日汽车网还适合他。”

唐凌燕满脸憧憬和满足，像个恋爱中的小女人。

“白牧为什么会没钱呢？他不是……”柳静芸不解地问道，但没有说完，她不忍心刺激处于幸福中的唐凌燕。

唐凌燕露出了不自然的神情，犹豫了一会儿，说道：“他家里出事了，他的钱都给家里了。”

柳静芸从唐凌燕的表情中知道，这并不是实情。不过她点点头，没有再追问。

“就是因为他家里出事了，他才被迫接受了那次的交易。他是有苦衷的。”唐凌燕意识到自己不小心露了怯，提高音量说道，像是想找回场子。

但是，在柳静芸看来，唐凌燕明显底气不足，根本就没有说实话。

当然，主要也是为了给白牧遮羞。

“他爱你吗？”柳静芸问道。

“当然。”唐凌燕毫不犹豫地点了点头，“他刚开始的时候有点儿颓废，脾气有点儿不好，但是现在越来越好了。他现在都开始学做饭了，做的饭非常好吃。我每天下班他都来接我，到家之后，我也不用干活，他自己把饭菜准备好。吃完饭之后，他主动打扫卫生。他真是一个和我想象中完全一样的完美的人。”

“他什么时候走出来的呢？”

“看来你还是挺关心他的嘛。”唐凌燕哼了一声，“毕竟这个打击有点儿大，他颓废了很长时间。大概就是最近吧，可能他是看到我升职之后工作太忙了，心疼我，所以就振作起来了。”

升职？柳静芸有些诧异地问道：“你升职为总监了？”

没想到唐凌燕更加诧异，回道：“你不知道？你没有意识到对接人换了吗？”不过随后“噢”了一声，说道：“你应该是把我们公司的对接工作交给手下员工了。”

“恭喜你了。”柳静芸笑着说道。

“谢谢。比起升职，我更高兴的还是看到白牧走出来了。”

“那就算是双喜临门吧。”

但是柳静芸心里还是认为白牧有些反常。一个人的本性是很难改的，她认为白牧不是那种为了别人就能改变自己的人，更无法想象白牧这样自负傲气的人，居然会对做饭、打扫卫生这些事甘之如饴。当然，也有可能是爱情的力量吧。

“今天你来找我，不只是叙叙旧吧？”柳静芸仍然清晰地记得上次见面时，唐凌燕那悲愤而又充满恨意的眼神。仇恨很难化解，尤其是女人的仇恨。

唐凌燕眉头一挑：“怎么？我们之间就不能单纯地叙叙旧？”

柳静芸摇了摇头，没有说话。

唐凌燕知道没必要再绕弯子了，继续说道："没错，我们之间本来就没有叙旧的必要，我们没有交情。如果非要说我们之间存在某种情分的话，那就是，我恨你。你夺走了白牧的自信、阳光。即便他现在走出来了，我的恨也没有半点消除。即使我不能跟他在一起，我也不愿意看到他难过。是你毁了我心中最美好的白牧……"唐凌燕脸上那妖异的紫色藤蔓露出狰狞。

柳静芸没等她说完，反问道："你能怎么样？"

不是你想怎么样，而是你能怎么样，落到唐凌燕耳朵里，就像在挑衅。唐凌燕咧开嘴无声地笑了起来。

柳静芸倒不是挑衅，只是单纯地想知道如此恨她的唐凌燕到底能怎样报复她。

"说实话，这次来见你，也是白牧的意思，让你知道，他现在很好。"

恐怕主要就是白牧的意思吧。

"嗯，我知道了。"柳静芸平静地说道。

唐凌燕像是被柳静芸的平静激怒了，她不明白柳静芸为什么没有半点羞愧之心。柳静芸也不明白唐凌燕和白牧为什么恨她入骨，难道不是白牧自己犯的错吗？

"你是不是仗着白牧喜欢过你，你就有恃无恐？"唐凌燕见柳静芸有些错愕地看着她，恶狠狠地说道："你别假装不知道！白牧什么都跟我说了。他是喜欢过你，但那只是过去。他现在只喜欢我！"

柳静芸明白唐凌燕这次汹涌的恨意从何而来了，恨意往往都是由醋意引发的。

"我想说一点，你在乎的东西，别人未必会在乎。"柳静芸说道。你视为佳肴，我畏之如毒药。

唐凌燕冷笑一声："你没必要在我面前装，你不就是对白牧放弃追求你的举动心怀不满，才想方设法地把白牧搞下去的吗？白牧跟我说得很明白，大家都是女人，我倒是能理解你。”

柳静芸觉得唐凌燕已经失去理智了，爱一个人到底要爱到什么地步才会完全相信这样的无稽之谈？柳静芸突然有点儿可怜她，更觉得白牧远比她想象得还要虚伪，出事之后不思悔改，居然试图以推卸责任的方式洗白。

唐凌燕见柳静芸不说话，继续说道：“不过白牧还真是了解你，知道你也不会承认的，无所谓了。女人嘛，总是要面子的，尤其是你这样的大美女，怎么可能会错呢？即便所有人都认为你错了，你也只会说整个世界错了。”

不可理喻。柳静芸想立刻结束这段对话了：“唐小姐，如果你这次见面的目的，就是为了用这些话来打击和羞辱我，我想说，你做到了。如果没有其他的事，我们就到这里吧。”

“这就受不了了？柳小姐这样的大美女恐怕周围都是奉承和吹捧吧，从来没有听过实话吧？其实我还真有点儿嫉妒你呢。不管是讨厌还是憎恨，你居然还能让白牧记住你，真是个幸福的人。不过我比你更幸福，白牧现在属于我，我喜欢他，他喜欢我。”唐凌燕一脸的幸福。

“你确定他喜欢你吗？”柳静芸突然开口，让唐凌燕一愣。

如果真的互相喜欢，有必要来回强调吗？这并不是炫耀，只是心虚。

唐凌燕像个被戳破的气球一样，刚才的气势慢慢消失，但立刻又羞恼地嚷道：“当然啦，他肯定是喜欢我的。他接我下班，给我做饭，这难道不是吗？”

“他是什么时候开始变成这样的呢？是不是你升职之后？”

“就算是这样，那又怎么样？这能说明什么？只能说明他是爱我的，他为了我而改变。”

柳静芸心中叹息一声，说道：“你知道那件事他拿的钱去哪儿了吗？”

“刚才不是说了吗？给他家里了。”唐凌燕语气急迫，像在澄清一样。

无药可救了。那笔钱的用途唐凌燕肯定是知道的，而且应该是个很难接受的事实，但是她宁愿催眠自己，相信白牧给了家里的话。想来白牧其实并不喜欢唐凌燕，只是在利用她。也是个可怜的人啊，但可怜之人必有可恨之处。

“我知道了。”柳静芸平静地点点头，看了看手表，说道：“唐小姐还有什么事吗？我这边还有工作，如果还有事，要不我们下班再聊？”

唐凌燕那紫色的口红衬得脸色有些惨白，像被暴风雪冰封过的田地一样。好一会儿，她才说道：“你不用挑拨我和白牧之间的感情，我们经历过磨难，会珍惜现在的日子的。不过我要告诉你，每个人都要为自己的错误承担应有的后果，走着瞧。”唐凌燕站起身来，斜睨柳静芸，伸出右手，冷冷地说道。

“请便。”柳静芸也站起身来，和唐凌燕握了握手。

唐凌燕的威胁柳静芸没有放在心上。正如她所说的，能怎么样呢？无外乎就是用车企资源进行威胁，这种事不是没有遇到过。放大到公司层面，车企和汽车网站其实每天都是互相威胁的状态，只不过要委婉很多。车企说你不给我推荐、不说我好话，我就不投广告；网站说你不给我投广告、不借给我车，我就说你坏话。就是这样一个过程，只不过这个过程都是笑眯眯地进行的。

沟通会结束了。柳静芸不知道车企那边是否满意，但是从赵嘉予这几天得意的样子来看，至少市场部那边认为是打了个大胜仗。

喧嚣是他们的，寂寥是自己的。柳静芸的生活好像成了一部默片，每天独自吃饭，上班时寡言，下班时沉默。

常丰不知道干什么去了，可能是休假了，柳静芸已经很久没有见到他了。不过，她知道常丰对明日汽车网应该是彻底死心了。对于质量评价活动，管理层的做法想必深深地刺伤了常丰。

其实被刺伤的何止是常丰，柳静芸也一样。不过，她突然发现自己好像比常丰还能承受，至少是更能掩饰住内心的情绪。当然，也可能是她比不上常丰对于明日汽车网的感情吧。爱得越深，才会伤得越重。

韩梦岚的咖啡厅，柳静芸再也没有去过。其实她一直都很明白，韩梦岚并没有做错任何事。韩梦岚和常丰之间的事，跟她没有任何关系。但是，柳静芸还是无法面对韩梦岚，她害怕一见到韩梦岚，就不自觉浮现出当年和常丰在一起的日子。那是她想深埋的记忆，埋在无边辽阔的大海中，每次被海浪翻涌出来推上沙滩，都像揭开伤疤一样，很痛、很涩。

陈卢阳最近的工作也颇为繁忙，除了屈指可数的匆匆见面，交流也很少了。

常丰、韩梦岚、陈卢阳几乎是柳静芸在北京的圈子的全部，与他们三人几乎没有了交流，也就意味着柳静芸与周围隔绝了。

不对，还有一个人。

从上次见面之后，郝泽清与柳静芸的联系就多了起来。应该说是郝泽清单方面的嘘寒问暖非常频繁。刚开始柳静芸有些不适应，因为她在内心还是按照合作伙伴的方式来对待郝泽清，不过随着时间推进，柳静芸也慢慢地真正把郝泽清当朋友了，交流也就打开了新的局面。到了后来，两人的联系越来越频繁，有任何新鲜事都会随时交流看法，而且看法往往还挺一致。郝泽清是这段时间没有让柳静芸感觉自己脱离社会的最后维系了。

生活并没有像这样平淡很久，就像天上的云，总会从沉睡中醒来舒展身体，给过路的飞机带来一阵颠簸的气流。

周一早上，柳静芸刚到单位，赵嘉予突然给她发消息，让柳静芸去办公室找她。

柳静芸不明所以。赵嘉予是市场部老大，即便有什么事情，也是通过常丰进行传达，这种跨部门的喊话是公司里最忌讳的。不过柳静芸转念一想，早已经得罪过赵嘉予，赵嘉予估计也不在乎什么忌讳不忌讳了。

柳静芸倒不是第一次来赵嘉予的办公室，但是每次都会被她办公室的杂乱震惊得瞠目结舌。办公桌上电脑的周围随意摆放着密密麻麻的文件资料，足有几十厘米高，都像是看后随便扔上去的，有种随时会倒塌的感觉。赵嘉予坐在里面办公，整个人就像置身太空垃圾中。这副场景让人不敢相信这是一个女人的办公室。

赵嘉予从太空垃圾中抬起头来，面无表情地伸手指了指对面的椅子，让柳静芸坐下。“静芸，最近你那边的工作进行得怎么样？”

柳静芸不明白用意，这话应该是她的顶头上司常丰来问才对吧。不过她还是回道：“目前没什么大的变化，按部就班进行中。”

“和车企那边的关系维护有什么问题吗？”

“没什么问题，和以前一样。”

赵嘉予点了点头，从办公桌后边站起身来，绕到对面，斜靠在桌子上，居高临下俯视着柳静芸。赵嘉予年纪虽稍微大一些，但是身材保持得还不错。柳静芸更加不明白，能保持住这样身材的女人，一定是一个自律的人，但为什么办公桌如此杂乱呢？

“如果你有什么问题要及时说啊。你也知道车企是我们重要的资源，可以毫不夸张地说，我们几乎就靠着他们吃饭呢。对你来说可能是一个小问题，但是到了公司层面，就是一个大问题了。你明白吗？”赵嘉予眼神凌厉，盯着柳静芸问道。

柳静芸哪能不明白，做商务对接车企那么多年，这些道理柳静芸比谁都清楚。在这些道理的执行上，也没有人比她做得更好，所以她才能在商务主管的位置待上这么多年。

柳静芸点点头说道:“我明白的。”

“道理你明白,但是执行上是不是做到了呢?”赵嘉予抱着双臂,给人一种浓浓的疏远感,充满质疑地说道。

“赵总,是出什么问题了吗?”

赵嘉予盯着柳静芸看了半天,眼神冰冷,对柳静芸现在还不知道发生什么事感到失望,好一会儿才厉声说道:“我没想到你居然还不知道问题所在。你是公司的老员工了,是不是也到了得过且过,混日子的地步了?我们明日汽车网发展到现在,虽然有很多老员工,但上进心和工作热情一直都是积极的。不过当老员工出现懈怠,我们也不会留情的。如果你是目前这个状态,我估计要跟人事部谈一谈了。”

柳静芸还没明白发生了什么事,赵嘉予居然说到想清退她。柳静芸心中火起,表情严肃起来,像是冬日里傲放的寒梅,冷冷地说道:“赵总,能不能先告诉我发生了什么事?如果确实是我的失职,你想怎么处理都可以。但是我是不是应该自查一番呢?”

赵嘉予被柳静芸的气势吓了一跳,知道自己的语气有些重,刚才环抱的胳膊放了下来,扶住了桌子,身子也站直了,仍冷冷地说道:“莫格汽车投诉你了。他们本来要投放广告的,但说你和他们对接时的工作态度不当,他们决定不投了。”

柳静芸这才明白,唐凌燕的报复来了。唐凌燕虽然被爱情冲昏了头脑,但也是个说到做到的主儿,说要报复,还真来了。

“他们有说我怎么办才会继续投放吗?”柳静芸心里没有任何波澜,反而觉得唐凌燕太过幼稚。

听到柳静芸这么问,赵嘉予露出嫌弃的表情。在她看来,柳静芸没有上来就喊冤,而是直接问后续,很明显是早就知道这个问题了,但刚才还装作不知情的无辜样子,实在虚伪。赵嘉予越发讨厌柳静芸了。

“他们让你主动联系,给他们道歉,他们满意了就会继续投放的。莫格汽车那边说,他们并不是威胁,只是想要你一个态度。”赵嘉予不再克制自己的情绪，一脸的鄙夷。

柳静芸恍若未觉，有些诧异地问道："就这样？"还以为有什么大招呢，只是让她道歉，柳静芸觉得不太可能。

"你还想怎么样？"赵嘉予不可思议地看着柳静芸，难道还嫌这个道歉就能解决的问题不够大吗？

"道歉这个要求倒是不高，但是我拒绝。"柳静芸淡淡地说道。

"你说什么？"赵嘉予急声厉喝，"你拒绝？你凭什么拒绝？你还是不是公司的一员？你做错了还有理了？你知不知道因为你一个人犯错，会影响到我们整个公司的收入指标？完不成指标，股价下跌的责任你来背吗？"

柳静芸稍微往后靠了靠，像是担心赵嘉予的口水会喷到她脸上，但是表情依然冷淡，说道："因为，我本来就没有错。"

"哈。"赵嘉予怒极反笑，说道，"你的意思是，莫格汽车他们冤枉你喽？"

"的确是。"柳静芸郑重地点了点头。

赵嘉予冷笑一声，绕回到办公桌后面，坐到椅子上，沉默片刻之后，突然拍了拍桌子，提高声音喊道："你以为你是谁啊，无缘无故，人家会故意针对你？真把自己当成人物了。我看常丰真是把你们惯得不像样子了，如果你在我手下，没几天就会把你开掉了……"

"赵总，抱歉，打断你一下。车企广告投放，不应该是我们媒体事业部的事吗？如果我真有问题，莫格汽车投诉之后，不应该是常丰来找我谈吗？"

赵嘉予被打断，满脸的不爽，但听到柳静芸这个问题，微微得意起来，趾高气扬地说道："莫格汽车是直接投诉给管理层的，管理层直接交由我处理，这样有问题吗？"

"没问题。"柳静芸心里叹息一声，常丰果然出局了。

赵嘉予觉得再僵持下去也没有结果，于是改变套路，声音缓和下来："静芸，你也是老员工了，按理说不应该犯这样的错误。不过念在你是初犯，你把这件事解决了，我跟管理层求求情，这个事就过去了。事情已经发生了，想办法解决才是正途，不是耍性子的时候。"

"可是，我并没有错啊。"柳静芸无奈地摊手说道。

赵嘉予猛地站起来，愤怒地指着柳静芸，半天说不出话来，然后又坐了下来。

"赵总，假如我真有错，你们这些高层和莫格他们谈，总比我道歉要顶事得多吧？你就没有想过为什么他们就单单让我道歉吗？"柳静芸试图跟赵嘉予解释。

"你还有脸说？是谁得罪了他们？是你！"赵嘉予又激动地站了起来，挥着胳膊说道，"管理层派人去说情了，包括我，都去了，但是人家根本就不吃这一套。人家说了，谁犯的错就谁来承担，只要你的亲口道歉。并不是所有的事情领导都能顶上的，人家莫格汽车认这个死理儿，也很正常嘛。"

柳静芸放弃了，跟赵嘉予说什么，估计她都不会相信的，她站起身来说道："赵总，我想说两点。第一，我没有错；第二，我不会道歉的。如果没其他事，我就先回去了。"柳静芸转身向门口走去。

"你是不是觉得我拿你没办法？你信不信我立刻汇报管理层把你开掉！"身后传来赵嘉予气急败坏的声音。

原来这就是唐凌燕的目的，让我和白牧一样被开除掉？

开除柳静芸倒是不在乎，明日汽车网已经没有值得她留恋的了，但她不想蒙上这莫须有的罪名。她转过身说道："这样吧，赵总，我和莫格汽车那边沟通一下，毕竟我认为我没有错，他们认为我有错，沟通看看是不是有什么误会。如果最后还是解不开误会，你到时再开除我也不迟。"

"去吧。好好认识你的错误，尽快把这个事情解决了！"赵嘉予认为柳静芸屈服了，毕竟谁不想求一份稳定的工作呢？

柳静芸没有第一时间联系唐凌燕，而是给常丰发了消息。不管常丰如何对工作心不在焉，至少目前还是她的直属领导，对这件事他有知情权。

常丰没有回复。不知道是在忙，还是根本就不想回。

柳静芸把自己代入常丰的位置想了想，发现好像并没有解决办法。管理层发的话，常丰又能怎么办呢？

她突然好怀念以前。记得上次，也是莫格汽车，要挟柳静芸说，如果不把口碑榜单的排名弄上去，就不给投放广告了。柳静芸去咨询常丰的建议，常丰说："我们绝不能丢掉原则，这也是老大的意思。"这才几个月，同样的情况却出现两种截然不同的处理方式。

柳静芸没有联系唐凌燕，没想到唐凌燕直接打给了柳静芸。

"怎么样？现在清醒一些了吗？知道自己的错误了吗？"唐凌燕直接开口说道，但是语气听上去并没有得意和兴奋。

"你觉得这样有用吗？"柳静芸淡淡地问道。

"至少你陷入麻烦了，不是吗？而且我想，你也不会轻易低头的吧？你不低头，你们公司的管理层想必也不会放过你的吧？应该会开除你。"唐凌燕对于明日汽车网的现状倒是极为清楚，对现任管理层的心态把握得很精准。

"那又怎样？"

唐凌燕轻笑了一声："我还蛮喜欢你的倔强的。不过你也别装了，明日汽车网原先的老人都走得差不多了，你现在还死皮赖脸地留在那里，就说明你舍不得这份工作。你远没有你表现得那么潇洒自如。我给你个路子吧。白牧现在在北京，你和他见一面聊聊吧，他的意思就是我的意思，如果你好好配合的话，还可以继续在明日汽车网待着。"

第十四章　导火索

柳静芸完全可以不理会唐凌燕的，唐凌燕自认为威力十足的胁迫，她其实一点儿都不在乎。在明日汽车网的这份工作对于她早就没有任何意义了，目前还待着，只是因为对常丰的承诺。

不过，不知为何，柳静芸想去见见白牧。她讨厌白牧，毋庸置疑。但也许是出于好奇心，好奇白牧能干什么，又或许是出于对过去一起奋斗的日子的怀念，总之，她产生了见白牧的冲动。

柳静芸真的见到白牧了。他看上去完全走出那件事的影响了，身着没有半点褶皱的白净衣衫，戴着一副无框眼镜，桌面上还放着一本人工智能相关的书。文质彬彬、仪表堂堂，所有人看到他脑海中都会出现这两个词。

柳静芸无视了白牧带着和煦笑容伸过来的手，直接坐了下来。白牧有一点儿尴尬和羞恼，但是很自然地掩饰了过去。

这是离公司有点儿距离的一间咖啡店，是白牧选的。离公司远，应该是白牧下意识的选择。毕竟，明日汽车网除了带给过他荣耀，更多的还是耻辱。

“静芸，你看上去还是那么年轻漂亮。”白牧叫来服务员，给柳静芸点了东西后，眼神炙热地把柳静芸上下扫视了一圈。

柳静芸极其反感这样的眼神。当时不接受白牧的追求，很大一部分原因就是这炙热的眼神让她极不舒服。眼神中充满了占有欲。她想起了郝泽清看她的眼神，同样亮闪闪，但是清澈干净。柳静芸躲过和白牧的对视，面无表情地说道："你看上去也和之前一样呢。"

本是很自然的寒暄，但是柳静芸没想到，白牧脸色一下子变了，他恶狠狠地盯着柳静芸，像一头受伤的野狼。

柳静芸吓了一跳，不过随后镇定了下来。

白牧根本没有走出来，全是伪装的。他现在可怜薄弱的自尊心，几乎一戳就破。柳静芸这一句简单的寒暄，被白牧理解成了讽刺。"你看上去也和之前一样呢"，这句话在白牧看来就是说，表面再一样，也回不到以前了。

柳静芸看清了白牧之后，心底叹了一口气，继续面无表情地说道："唐凌燕让我来见你，我来了。你想怎么样呢？"

白牧笑了起来，刚才的羞愤都消失了，变成了得意，他说道："别着急嘛，我们也好久没见了，多聊聊嘛。我这段时间过得不好，所以特别想念你……和大家呢。"

"我们可能没什么好聊的吧？毕竟当年你在公司的时候，我们也几乎无话可说。"

"那是你不想和我说！"白牧看上去有些愤怒，大声说道，"我约你，一直约你，你可以翻翻我给你发了多少条约你的消息，但是你不要说应约了，回应我的时候都很少。我到底哪里不好？"

"现在说这些还有什么意义？过去的就让它过去吧，我们都要往前看。"

白牧怒目圆睁，看上去有些吓人："过不去，哪有那么容易过去！我这段时间一直特别痛心，并不是因为我被扫地出门，而是痛心毫不留情地把我推下山崖的，竟然是我曾经最爱的人！是你，你亲手终结了我的职业生涯。我知道我是一厢情愿，但是我一直不明白，我和常丰比，到底差在哪儿？凭什么常丰能得到你的满腔感情，而我半分回馈都没有？”

柳静芸和常丰的感情，普通同事不知道，像白牧、马庆、杨帅这些一直跟着常丰过来的都知道。不过，她没想到白牧居然在这件事上纠结。好多事就像表面上那么简单，常丰就是比白牧好，各方面都好。

白牧看出了柳静芸眼中的意思，继续说道：“我除了那件事，有什么地方做得不好？工作上，我兢兢业业地从基础工作做起，一手把反作弊系统做了起来，是明日汽车网史上最年轻的主管，如果给我和常丰同样的起点，我不认为我会比常丰差。对你，我更比常丰强。我敢确定，常丰肯定很少主动约你，而我，隔三差五就关心你、约你，但是你却把你的感情毫不吝啬、毫不保留地给了常丰。我不明白到底为什么，就是因为常丰更早走进了你的生活吗？”

感情的事哪里是能比较出来的？柳静芸看向白牧的眼神带着几分怜悯，一下子又把白牧激怒了，白牧嚷道：“你喜欢他又怎样，还不是分开了！而且，是他不喜欢你了吧？”

“我们是分开了，但是和感情无关。”柳静芸的情绪第一次出现了波动，并不是因为被人点破和常丰这段失败的感情，而是感叹现在说到这件事，她居然没有半分后悔和惋惜，古井无波、波澜不兴。真的过去了，时间确实很伟大。

“不是感情，那还能是什么？”白牧神态柔和起来：“静芸，你不用自欺欺人了，我知道那种喜欢人但是不被人喜欢的感受，别人体会不到你的心境，我可以，咱们俩其实是同病相怜的。”

柳静芸摇了摇头，说道：“我们不一样。”

“有啥不一样？”白牧不解。

“就是不一样。”

白牧笑着说道：“静芸，你总是这么倔强。不过，我理解。”

“你不理解。”柳静芸淡淡却又郑重地说道，“常丰是喜欢过我的，我却从没有喜欢过你。以后更不会。”

柳静芸是为了彻底断绝白牧的念头。白牧的来意，她大概清楚了。刚才说了那么多，白牧想表达的其实就是一个意思：他还喜欢着柳静芸。男人表达心意，总会抱着目的，白牧的目的自然是想和柳静芸再续前缘。说前缘可能不合适，因为他们之间根本没有过前缘。

柳静芸也为唐凌燕感到悲哀。她明明知道白牧和她在一起并不是真的爱她，只是在利用她，但她还是义无反顾。不知道她是怎样说服自己的。唐凌燕让柳静芸来见白牧，不可能猜不到白牧的心思，但依然像个没事人一样，假装什么都不知道。爱得如此轰轰烈烈，爱得这般决绝。

可能是这个“更”字刺激到了白牧，只见他脸色通红，青筋外露，低声吼道：“为什么说以后更不会？我到底做错了什么，让你始终这么讨厌我？难道就因为那件事吗？就因为那件事你觉得我人品不行，没有底线？你们根本什么都不懂！你们也不想想，我为什么会冒险去做那件事？我是明日汽车网史上最年轻的主管，哪怕混日子都能看到一个光明的前景，我无缘无故怎么可能为了一点儿钱就去冒那么大的险？要不是那个该死的女人，我怎么可能……”

见柳静芸突然抬起眼帘盯着他，白牧意识到说多了，立刻闭口不言，脸色发白。

他扯了扯领口，又扭头看了看四周，见没有人关注，脸色才舒缓下来。

为了证明自己的迫不得已，就不得不曝光真实的原因。而真实的原因，往往更加难堪。虽然白牧没有说完，但柳静芸大概清楚了。白牧泄露规则接受车企的交易，是由于一个女人的缘故。而且很明显，这个女人并不是唐凌燕。这个女人和白牧什么关系，为什么要找白牧要钱，白牧又为何要触犯红线冒如此大的风险弄钱，这些柳静芸都不关心。她知道这里面的事一定比践踏公司规则更加无底线。

“唐凌燕知道吗？”柳静芸冷冷地问道。自然是问唐凌燕知不知道他犯事是为了其他女人的事。

白牧呈现出几分后怕的神色，随后色厉内荏地喊道："我们俩的事不用你管！"

看来白牧并没有跟唐凌燕说过，但是唐凌燕应该是知道的。唐凌燕是个聪明的女人，她什么都知道，但是却表现得像什么都不知道一样。可怜的白牧还以为骗过了唐凌燕。两个人在一起，随时都在拼演技，但毫无疑问，白牧完败了。并不是败在演技上，而是败在了爱情上。唐凌燕表现得更好，只是因为她爱白牧。

柳静芸再次问道："你觉得对唐凌燕公平吗？"

"这个世界上根本就没有公平！"白牧意识到柳静芸猜到了真相，干脆不再遮掩，摘下了眼镜，冷笑一声，说道："我目前落到这个地步，难道对我就公平吗？我那么努力地工作，刚刚得到一点儿回报，就被毫不留情地收回了，还把我打落深渊。好，就算我是犯了一点儿错，但不应该给我一个改过的机会吗？谁没有犯过错！你知道吗，我差点儿进监狱！现在我出去找工作，所有人看我的眼神都是异样的，表面上都客客气气，但没有一家公司要我！还冠冕堂皇地告诉我，说我的能力达不到他们的要求。这个世界对我如此不公，我又何必公平地对待这个世界。至于凌燕，我也没有强迫她，她是自愿的，她喜欢我，愿意为我做任何事，我有必要不接受吗？"

摘掉眼镜后，白牧那刻意伪装的书生气消失了，取而代之就是咄咄逼人，眼神中燃烧的不甘和欲望就像火山喷发，遮天蔽日。在柳静芸看来，白牧已经完全成为一个陌生人，彻底不认识了。

白牧眼神炙热，但柳静芸却觉得身上有些发冷，他的心态已经扭曲，她不想再和他待下去了，于是问道："你今天找我的目的是什么？"

白牧凝视了柳静芸好一会儿才开口说道："我本来就是想见见你。虽然用广告投放来要挟你不太道德，但是我知道，如果不用这种方法你绝对不会来见我的。我想见你，无非就是想告诉你，我还喜欢着你，没有变过。我希望你能和我在一起，虽然我现在的日子不太好，但是凭我的能力，一定能东山再起。但是我没想到，你居然和外边的人一样，用那种眼神看我！所以现在，我改变主意了。我要你陪我一晚。”

狰狞的面孔就这样突然出现在了柳静芸面前，她大惊失色，实在是被白牧的无耻震惊了，猛然起身，指着白牧喊道：“你疯了！”

白牧环视四周，得意地说道：“我建议你小点儿声，让人知道不太好。你只要陪我一晚，广告投放就会给你。你不用怀疑我，唐凌燕整颗心都在我身上，我说给，她就一定会给。你拿到了广告投放，我再让唐凌燕给你说几句好话，你不但不会被开除，说不定还能升职加薪呢。”

柳静芸被气得手有点儿哆嗦，正要伸手去包里拿手机叫车离开，就听白牧说道：“现在录音可能晚了点儿吧，我该说的都说完了。我不信你从进门到现在一直开着录音。不用玩那一招了，一点儿新意都没有。”

柳静芸确实没有录音，她根本没有想到会发展到这个地步。她实在不想再看到白牧了，一脸铁青地收拾东西，准备离开。

白牧并没有起身，靠在椅子上，一脸胜券在握的表情，继续说道：“静芸，你就别装了。天天装冰山美女不累吗？你舍不得被开除的，如果要离开明日汽车网，你早就走了，你和常丰留下来，不就是投靠了艾德曼吗？不然，按常丰以前的做事风格，你们早就离开了。乖乖坐下来吧。陪我一晚拿到这么大的合同，怎么看也不吃亏啊。你就别装什么清纯了！”

柳静芸蛾眉倒蹙，凤目含怒，抄起桌上的水杯就冲白牧砸了过去。白牧面色一变，侧身横躲，狼狈地扑倒在地，虽然免了被砸中之苦，但是水杯砸在椅背上，杯里的水溅了白牧一身。

“敬酒不吃吃罚酒！”白牧阴沉着脸从地上爬起来，发现柳静芸已经离开了。

柳静芸怒气难消，打车回到单位，迅速地在内网系统提交了离职申请。离职原因只有简单的四个字：不想干了。

内网系统提交的离职申请会由直属上级批准，也就是会到常丰那里，但是赵嘉予不知道，所以柳静芸想了想之后，又打印了一份辞职申请书，敲响了赵嘉予办公室的门。

进了办公室之后，没等赵嘉予开口，柳静芸上前把申请书放到了那堆积如山的杂乱办公桌上。赵嘉予不解，正待开口问，柳静芸说道："赵总，我辞职。"

管理层给赵嘉予下的死命令是必须拿下这份合同，柳静芸离职，也就意味着这个广告投放泡汤了，赵嘉予的表现肯定会让管理层不满，这对于一心想挤进艾德曼核心圈的赵嘉予来说是不能接受的。

赵嘉予眉头一挑，脸色很是难看，她没想到柳静芸竟然不在乎这份工作。她厉声说道："这就是你解决问题的方式吗？"

柳静芸不为所动，淡淡地说道："对不起，赵总。以我的能力解决不了这个问题了，所以我只能离职。"

赵嘉予又想拍桌子，但她克制住了，努力挤出笑容："静芸，我建议你再考虑考虑。问题总能解决的，不能意气用事。"

"抱歉，赵总，我意已决。"

"你……"赵嘉予正要倾泻怒火，突然想到了什么，冷笑一声说道："以你的能力都不能解决问题，那我有充分的理由怀疑你手下的能力。所以如果你离职了，你的手下我看也不中用了，我会慢慢把他们都开除掉。"

柳静芸一下子呆住了。她自己丢了这份工作无所谓，但是她的手下好多都是指着这份工作来养家的，一想到他们要因为她而丢掉维持生计的工作，柳静芸顿时茫然了。

到底要怎么办呢？无助灰败的情绪爬上了柳静芸的心头。

赵嘉予见柳静芸脸色变幻，知道拿住了她的弱点。威胁不是目的，她正要开口宽慰柳静芸一番，就见办公室的门被大力推开，“咚”的一声撞到墙上，让桌上那堆太空垃圾都微微一颤，一个声音紧随而至：“我的员工，轮不到别人来管！”

柳静芸和赵嘉予都被闯入者吓了一跳，尤其是赵嘉予，几乎要从座位上跳起来。然而在听到这个金石般的铿锵之声后，柳静芸鼻子一酸，眼泪差点儿掉下来。

常丰来了，在柳静芸最无助的时候，一如当年。

赵嘉予见是常丰，脸色一变，刚才的嚣张得意一扫而空，脸色有些铁青地说道：“常丰，你这是什么意思？”

常丰走到桌前，直视着赵嘉予，沉声说道：“我还想问你呢，你这是什么意思？”

赵嘉予指的是常丰的无礼闯入。常丰指的是赵嘉予对于柳静芸毫无道理的约谈和威胁。

常丰深邃的眼神就像看似平静的大海，但蕴涵着惊天动地的巨大能量，只要他想，随时可以爆发。赵嘉予被常丰的眼神吓到了，偏了偏头，躲开了和常丰的对视。

柳静芸了解常丰，知道他是真的愤怒了，她仿佛听到了火山内部的轰鸣。看着面前常丰挺立的背影，柳静芸的视线有些模糊。不管他怎么变，周围的环境怎么变，到头来，都是由他来守护我。

常丰转过身来，露出微笑，带着歉意对柳静芸说道：“静芸，委屈你了。你先回去，情况我大概了解了，接下来交给我吧。”

柳静芸点点头，转身离开了办公室，顺手把办公室的门带上了。她发现办公区有些安静，抬眼看去，有不少同事都在探头望向这里，显然是刚才常丰闯入的动静太大，吸引了他们的注意。

柳静芸调整了一下情绪，快步走回了工位。以往事情在常丰介入之后，柳静芸就很少操心了，因为她知道常丰肯定能完美解决。但这次柳静芸不由得担心起来。常丰如今在明日汽车网的地位大不如前，管理层不予重视，已经处于被放逐的边缘了，这也是赵嘉予敢越过常丰，叫嚣着开除柳静芸和她所有手下的原因。

从赵嘉予的态度来看，拿下这个广告投放，应该是管理层的硬性指标，不许失败。常丰想必也不可能说服管理层放弃这个大单子，所以要想解决这个问题，只能想办法拿下合同。不然，管理层对媒体事业部虎视眈眈，肯定会借机拿常丰开刀。常丰能否保下柳静芸和她的手下尚不可知，恐怕他自己会首先陷进去。

其实这个广告投放的话语权在唐凌燕身上，要根本解决这个问题，恐怕还要从唐凌燕身上下手，或者让莫格汽车的更高层发话。柳静芸默默思索起来。我不可能永远躲在你的身后，这次我要自己试试。

第二天，柳静芸没有来上班，跟常丰请了假。常丰以为柳静芸是情绪不振，第一时间批准了，回复她说："好好休息几天吧，公司的事不用操心。"

关于莫格汽车广告合同这件事的后续，柳静芸没有问，常丰也没有说。不过与柳静芸想的一样，常丰遭受了管理层的刁难。

昨天柳静芸走后，赵嘉予并没有跟常丰对峙很久，直接联系了管理层，之后管理层就把常丰叫走了。常丰把所有的事情都揽在了自己身上，表示莫格汽车的敌意是针对他常丰的，柳静芸的一切行动都是他的授意。管理层倒是接受了这个说法，毕竟莫格汽车这么针对一个小主管，确实有些不太寻常。他们自然也不会轻易放过这个对常丰下手的机会，给了他最后期限，一周内拿下这个合同，否则，走人。

常丰心底已经接受这个结果了，甚至是欣然接受。他没有想再去莫格汽车方面做最后的争取，他感觉没有意义了。即便是躲过这一次，肯定还会有无数个下一次。他走人的命运已经注定了。即便他不走，又能怎样呢？他认为自己已经没有能力再为大家遮风挡雨了。常丰知道他这样的不作为肯定会让柳静芸失望的。从明日汽车网被收购之后，他已经无数次令人失望了。"交给我吧"，这句话已经不会再让人觉得安心了。以后不能再说了，常丰心想。

这段时间，陈卢阳一直挺忙的，每周的试驾工作安排得满满当当。自从西姆 XM3 由于陈卢阳的直播一炮而红之后，所有的国产车企都看着眼红，不再抗拒陈卢阳借车，变得格外积极热情起来。

西姆 XM3 那么多缺点，就因为陈卢阳指出一个优点来，都能成为爆款，我们的车也有优点啊，虽然我自己都不知道，但说不定陈卢阳能发掘出来呢？虽然也有可能被陈卢阳骂得一无是处，但万一呢？一旦陈卢阳“不小心”说了好话，车就可能成为爆款啦。这个风险值得冒，所以，一定要借车给他，不行就特地给他送过去。

正因为车企的积极，陈卢阳的微博上除了每周固定推出几期评测节目，已经很少额外发声了。但今天不同，陈卢阳发了一篇特别的预告。

“从明天开始，我要长测莫格汽车旗下所有的新车，有多少测多少。这次我不借车了，要自己买车。各位等着瞧。”

网友看到这篇微博还好，只是觉得可能有热闹看了，但是车企看到时都倒吸了一口凉气。这是要整莫格汽车啊。

陈卢阳这段时间脾气很好的样子，和车企沟通合作得很是融洽，很少出现把一款车喷得一无是处的情况了。但没有一个车企敢掉以轻心，因为他们都记得陈卢阳是怎么一路走到车评人顶峰的，并不是和善友好、靠关系，而是从腥风血雨中杀出来的。

上一次他发出类似的微博就是在萨拓 5 事件上，而且结尾是同样的一句话，“各位等着瞧”。结果大家都看到了，萨拓汽车进军高端市场的计划就此停滞，股价跌落了很长时间。

当时陈卢阳还没有像现在这样如日中天，就有如此威力搞得萨拓狼狈不堪。现如今，无论是人气还是威望都更胜往昔，所有人都知道，莫格汽车有罪要受了。

其他车企一方面庆幸被点名的不是自己，另一方面也在纳闷，莫格汽车怎么得罪陈卢阳这个煞星了？

当事人莫格汽车比所有围观者都更加纳闷。谁都知道陈卢阳不好惹，这几年走下坡路的莫格汽车更是谨慎，平日里对员工千叮万嘱，不能得罪陈卢阳，结果还是被点名了，莫格汽车管理层的郁闷可想而知。他们也非常荣幸地见证了陈卢阳的实力。随着陈卢阳的发声，莫格汽车的股价应声下跌，不到两个小时就跌停了！

所有车企都目瞪口呆，这是怎样恐怖的影响力！仅仅一篇微博，没有任何实锤，就让股民对莫格汽车失去了信心。都知道得罪陈卢阳后果可能会很严重，但是谁都想不到居然会这么惨烈。

莫格汽车紧急召开了高层会议，每个部门副总经理级别以上的全部要出席。唐凌燕作为公关部总监本来没有资格出席，但负责与陈卢阳对接的只有公关部，如果真是得罪了陈卢阳，问题极有可能就出在公关部。所以唐凌燕坐在了一群大佬中间，惴惴不安。

会议一开始，老总就发了一通脾气，最后甚至摘掉了领带，破口大骂。骂完之后，就开始追责，各个部门老大纷纷发言，陈述自己的想法。在座的都是老奸巨猾之辈，看上去都像是忠心耿耿为公司建言献策，其实话里的意思都一样——跟我们部门没关系。不出所料，很快，矛头指向了公关部。

陈卢阳发声的第一时间，唐凌燕就知道要坏，立刻让所有主管去回顾与陈卢阳团队接洽的过程中有没有失礼之处。在这次会议之前，唐凌燕已经得到了主管们的回复：并没有任何得罪陈卢阳的地方。

在一群大佬的注视中，唐凌燕哆哆嗦嗦地说出了自己的结论。老总显然不太满意，让她先离席立刻去查清楚。没有说查不出来会怎样，但是在座的都知道，不管查不查得出来，这个黑锅唐凌燕是背定了。

唐凌燕回去之后，又让下属自查了一圈，还是没有发现任何问题。同时，下属传来消息，陈卢阳团队拒绝了他们所有的沟通请求。这么看来，陈卢阳绝非丧心病狂，肯定还是哪里出现问题了。如果没有得罪过陈卢阳，会不会得罪了陈卢阳的朋友？但是据唐凌燕的了解，陈卢阳是出了名的高傲，没有听说他和谁的关系密切。

但反过来考虑呢？如果知道最近得罪了哪些人，再逐一打探和陈卢阳是否是朋友关系，是不是容易一些？唐凌燕觉得这种方式可行，正要往下派发任务，突然一个名字像一道闪电一样，毫无征兆地出现在她的脑海中。

柳静芸。

对于唐凌燕来说，柳静芸已经不配用“得罪”这个词了，自己单纯就是在整她。柳静芸已经今不如昔，完全不被唐凌燕放在眼里了。但是现在，唐凌燕一想到柳静芸，就被惊出一身的冷汗。虽然没有任何证据，但是她有强烈的预感，陈卢阳就是在为柳静芸出头！

真是没有想到，柳静芸居然和陈卢阳有关系，而且明显可以看出，关系还不浅。不然，为了一个普通朋友，陈卢阳不至于如此大张旗鼓地挑战一个车企。如果真是这样，唐凌燕就彻底栽了，就像是鸡蛋碰石头、菜刀遇长矛，成为一个作茧自缚的典型。

唐凌燕心中一片冰凉，脑子放空了很久之后，才回过神来。

不管怎么样，还是要确认一下，唐凌燕拨通了柳静芸的电话。

电话接通后，唐凌燕还没有说话，就听柳静芸问道：“要谈谈吗？”像是在等着唐凌燕的电话一样。

果然是她。唐凌燕闻言，反而长舒了一口气，心中的石头落地，虽然沉重，但总比悬而未决好受些。

柳静芸和唐凌燕在莫格总部附近的一家咖啡厅见了面，谁都没想到柳静芸竟然来到了南京。和上次在北京见面时不同，唐凌燕像是一只落败的公鸡，失魂落魄。

唐凌燕和柳静芸打过招呼之后，就一直没有说话，因为她不知道怎么开口。自己简直像个笑话，以为给对方来了个致命一击，不料被人家轻松化解，还被重重地反将了一军。可笑的是，之前自己还以为胜券在握呢。那现在要不要开口解释一番，乞求对方的谅解呢？唐凌燕接受不了这个天上地下的落差。

“你现在感觉怎么样？”柳静芸淡淡地说道，没有丝毫反戈一击的得意。

听到柳静芸开口，唐凌燕才抬起头，看了她一眼，就立刻躲闪开来，生怕和柳静芸进行眼神的对碰。她不知道柳静芸这句话是什么意思，是让她示弱，还是胜利者对失败者的羞辱？唐凌燕依然没有开口。

“我觉得你应该体会到我之前的感受了。”柳静芸见唐凌燕沉默，继续说道，“你之前借了我们公司领导的势给我压力，现在我还给你了。我们扯平了。”

扯平了？是说要一笔勾销吗？唐凌燕突然升起了几分希望。不过很快又被浇灭了，只听柳静芸说道：“但是，你让我见白牧这笔账我需要单算。我想问一下，你让我见白牧，是白牧要求的吗？”

唐凌燕表情有些不自然，明显不太想说，不过在柳静芸的注视下，她还是低声说道：“是白牧要求的。”

“你知道白牧见我的目的吗？”

唐凌燕苦笑了一声，说道：“我知道。他其实一直是喜欢你的，他见你肯定是想和你再续前缘吧。”

“你既然知道，还要让……”

“我爱他，我希望他开心，即便是不和我在一起。”唐凌燕打断了柳静芸，眼中有浓浓的哀色，但仍坚定地说道。

柳静芸看出了唐凌燕眼中的哀伤，不知道该说她的感情是伟大，还是愚昧。沉默了一会儿后，柳静芸说道：“不过，你说错了，他不是想和我再续前缘。”

唐凌燕有些惊讶，旋即眼中微微发亮，满怀希冀地看向柳静芸。

柳静芸盯着唐凌燕，她知道唐凌燕在期望什么。唐凌燕期望能从她嘴里听到，白牧是为了斩断过往。可惜了，这么痴情的一个女人。

“他要挟我，让我陪他一晚。”柳静芸有些难以启齿，但咬牙说道。

“啪”的一声，一只杯子落地，摔得稀碎。

柳静芸和唐凌燕这场谈话，没有其他人知道。这场对话结束的几个小时后，业内流传出一个消息：莫格汽车公关部总监唐凌燕引咎辞职。

柳静芸听到这个消息，深深地叹了一口气。柳静芸对唐凌燕的情感非常复杂，有对她执着坚持的钦佩，也有对她盲目付出的怜悯，但偏偏没有仇恨和憎恶。

唐凌燕的离职并不是柳静芸开出的条件，事实上这场谈话，柳静芸只是跟唐凌燕说了白牧的一些事。拜托陈卢阳出手，单纯是防守加反击，并非为了复仇。她争取到这次谈话，只想让这个被爱情蒙蔽了双眼的女人能看清白牧的真面目。

柳静芸现在还清楚记得，了解真相之后，唐凌燕眼中的哀伤。唐凌燕其实知道白牧那笔钱的真正去处，她也知道白牧并不是真正喜欢她，只是在利用她来达到他的目的，但她拼命说服自己，只要满足了白牧的欲望，他一定能真心实意喜欢上她的。但她还是低估了白牧。

柳静芸明白，陷入爱情中的人，并不是外人可以劝服的，全看自己能不能想明白、下不下得了决心。她无法想象唐凌燕下了多大的决心，但她清楚地知道，从唐凌燕主动离职那一刻起，她自由了。

柳静芸觉得也该给自己做个了断了，她拿起两份文件走进了常丰的办公室。

“你决定好了吗？”常丰接过文件，扫了一眼，并没有打开，轻轻地放到一边，眼神中有感叹也有欣慰，看着柳静芸温和地问道。

柳静芸点点头，说道：“最近发生的事让我想明白了，人都不是为自己而活的，都有各种各样的牵挂，不管是爱情、亲情还是友情。如果想守护这些牵挂，必须要有足够的实力。没有实力，自身尚且难保，何谈守护。”

“对不起，让你受委屈了。”常丰满怀歉意地说道。

柳静芸连忙摆摆手，示意常丰没有必要自责，说道：“赵嘉予、唐凌燕能如此拿捏我们，都是因为我们自身实力不足。以前我们有靠山，顾寒的高管团队站在我们身后，他们走了，我们就被打回原形了。继续这样下去，拿下属威胁我们的事情肯定还会发生的。所以，我决定了。我打算去创业了，我要拥有一家自己的公司，这样就没有人可以随意开除我的员工了。”

常丰出神地看着柳静芸，脸上的笑容越来越多。他在柳静芸拿过来的一份文件上签完字后，说道：“静芸，离职报告我批了。我以前也说过，你是一个适合创业的人。我很高兴你能走这一步，而且我相信你一定能成功。”

“其实能走到这一步，我也完全没有想到。直到几周前，我都没有好好考虑过这件事。”柳静芸也深深感慨道。

“人生中的偶然其实都是必然。你准备准备材料，过几天我带你去见几个人，他们一直有投资意向，我相信你能打动他们的。其中一个你也认识，就是我们之前的老大，顾寒。”

柳静芸心生感动，常丰竟然已经着手给她做了准备。“顾寒，不是去造车了吗？”

顾寒被艾德曼清洗之后并没有闲多久，虽然早就实现了财务自由，但是他还年轻，不甘就此退休，于是另起炉灶，做起了汽车实业，主打电动车。公司名为吉祥。

“他目前也在做天使投资，前段时间和他聊，看他的意思，对汽车内容仍然十分看好。”

“好，我脑子里已经有想法了，这几天就准备好商业计划书。”有这层关系在，柳静芸对创业更有信心了，重重地点了点头说道。

“你绝对没有问题的，毕竟是我带出来的人。”常丰开了个玩笑，呵呵笑道。

柳静芸却没有笑，突然认真地问道：“你有什么打算？”

“我？”常丰笑了笑，摊了摊手说道：“我没有奋斗的动力了，混一天是一天，等他们把我开掉了，我就找个安静的小城市养老去。”

是和韩梦岚吧？柳静芸默默想着。这么长时间了，再次想到韩梦岚，柳静芸心里还是忍不住泛起了几分酸意。

她早就不恨韩梦岚了，知道这件事不是任何人的错，但是身体的本能反应清楚地告诉了她，这道坎没那么容易跨过去。只是因为喜欢过，就不允许其他人占有。人，生而自私啊。

常丰见她不说话了，拿起另外一份文件，说道：“唐凌燕真是可惜了。”

这是莫格汽车的广告投放合同，是唐凌燕离职前给柳静芸的。

柳静芸也叹了口气，说道：“爱情对于每个女人来说，就像是赌博。赌对了，幸福一生；赌错了，大概也会将错就错。”

这句话像是意有所指，常丰看了柳静芸一眼，见她低着头，收回了目光，翻着合同，问道：“这份合同你打算怎么办？”

这份合同可以当作筹码，为柳静芸争取到一些好处。当然，也可以假装没有，让赵嘉予和管理层竹篮打水一场空。虽然不太道德，但基于之前他们的所作所为，柳静芸无论怎么做都无可厚非。与道德无关，公平而已。

“我离职了，要去筹办公司，但是我手下的员工都还在，我担心管理层会针对他们，希望能用这份合同为他们争取一段时间，直到我这边可以安排他们入职。”柳静芸显然已经考虑过这件事了，不假思索地说道。

常丰点点头，对这个安排很满意，说道：“交给我吧，即便我离职了，他们也会安安稳稳地待着。”

话一出口，常丰有些后悔。之前决定过不再说“交给我”这句话了，没想到又自然而然地说出口了。万一这次又办不到，恐怕柳静芸会失望透顶吧？

“交给你，我肯定放心。”柳静芸闻言，露出了灿烂的笑脸。

“卢阳那边要怎么办？”常丰问道。

陈卢阳的发声为柳静芸取得了主动。如今事情已经解决，臭格汽车已经吃到了苦头，是不是要到此为止呢？

“我跟卢阳说过了。卢阳说，要继续，莫格汽车这种公司明显是好了伤疤忘了疼，必须要让它得到足够的教训才会老实。就拿它开刀，杀鸡给猴看，让其他公司也都老实点儿。”

“那就好。”见柳静芸面面俱到，常丰放下心来。

办公室里安静了下来。其实已经没有事情要交代了，但是两人谁都没有开口说话，因为他们都知道，一旦开口，就是告别。这九年间，他们有过无数次告别，但这次不一样，这次告别后，可能就真的没有下一次了。

柳静芸盯着墙壁假装在思索着什么，常丰假装翻阅着合同。

沉默了许久后，突然，柳静芸把身子探向常丰，直视着他：“常丰，和我一起创业吧，帮帮我。”

第十五章　新　生

常丰终究没有答应和柳静芸一块儿创业，不过他会以顾问的身份参与柳静芸创业起步阶段的所有工作。柳静芸知道常丰志不在此，彻底放下了心中最后的执念。他能帮忙，柳静芸已经非常感激。她明白，当创业步入正轨的时候，常丰就真的和她告别了。

又到了每天的下班时间，柳静芸办好了所有的离职手续。

夕阳西下，晚霞烧红了半边天，从远处望去，高大的中国科技大厦映在晚霞中，像着了火一般。

柳静芸下了楼，走到路边，回过身来，望了一眼大厦，这个朝夕相伴了九年，承载了她大半个青春的地方。楼下站着给她送行的同事们，常丰、杨帅、郭跃，以及与她相熟的同事，都在冲着她挥手。

昏黄的天色真适合告别。

有人说，遇到的每个人都是人生路上的风景，风景可以欣赏，但人终究要继续前行。但是，有的风景真的很好看啊，真的想一直欣赏呢。

一阵微风吹来，拂动了额前的发梢，头发遮住了眼，面前的风景变得模糊。柳静芸突然潇洒一笑，抬起胳膊，用力挥了挥手，转过身来，走进余晖中。

高手说，创业是下棋，但对于柳静芸来说，创业就是赌博。为了心中的理想，奋力一搏。柳静芸把北京的房子卖了。

有不少人劝柳静芸，既然已经有了顾寒的投资，没有必要再卖房子了。而且这几年北京的房价飞涨，这个时候卖房子得不偿失。但柳静芸一意孤行。她觉得时间很紧迫，只想尽快让她想守护的同事们脱离苦海。她也知道创业急不得，但是钱多一些，总能快一些吧。

柳静芸在离中国科技大厦并不远的地方租了一层写字楼。虽然很贵，但柳静芸有着自己的思考。她的团队将有很多明日汽车网的员工加入，离中国科技大厦近点儿，这些人上下班都方便，不用考虑搬家了。

杨帅首先从明日汽车网离职，加入了柳静芸的创业团队。

网站的搭建、软件的开发是一个漫长的过程，兵马未动粮草先行，这些幕后工作必须及早开始。

招收杨帅没有费任何口舌，当柳静芸把来意说明之后，杨帅淡淡地点了点头，说了声好，然后就回去找常丰提了离职。

后来柳静芸还问过杨帅，为什么这么爽快？杨帅难得地开了一个玩笑："我怕我答应晚了，就不是元老了。"

招到杨帅之后，技术方面的工作就完全交给他了，包括技术人员的招聘。用人不疑，柳静芸的管理风格和常丰一脉相承，都是从顾寒那里学来的。

其他人员还好说一些，都能从明日汽车网拉来现成的人才，但是车评人的选择让柳静芸纠结了很久。

目前稍微有点儿名气的车评人都自立山头了，要拉他们入伙，难度和代价都极大。而不太知名的能力估计也到顶了，培养不起来。最后柳静芸和常丰一合计，决定培养新人。但一个有潜力的新人哪儿那么容易找，即便找到了，又靠什么让人留下来？大部分新人都需要一个大平台镀金，生死未卜的创业公司和实力雄厚的明日汽车网，选哪个并不是那么难。所以，等到网站和APP都即将上线，合适的车评人仍然没有招到。

就在柳静芸一筹莫展的时候，一伙五人的小团队主动找上了门。带头的那个人叫林列。林列团队的主动上门让柳静芸有些意外。柳静芸对《大神说》这档栏目印象深刻，虽然最近失去了以往的火爆，但仍是一档爆款栏目，每期几百万的点击是很寻常。这样的团队，挣到钱肯定是没有问题的。柳静芸也曾经对林列的团队进行过考察，但是她觉得他们应该价格不菲，就自动过滤掉了。当林列说明想加入柳静芸的公司时，柳静芸更为惊讶了。而当林列声明只要基本工资的时候，柳静芸甚至都觉得有阴谋了。

林列解释了他想加入柳静芸公司的理由。林列团队除了《大神说》，也有自己的评车栏目，但是相比《大神说》的火爆，评车栏目可以说是不温不火。再加上他们以陈卢阳为偶像，拒绝任何车企充值，又没有陈卢阳那么雄厚的资金，所以日子一直过得很艰难。

偶然的一次试驾会上，他们见到了陈卢阳。一行五个人都像小迷弟一样，跟陈卢阳搭了几句话，交换了联系方式。陈卢阳回来后看了看林列团队的评车视频，敏锐地发现了他们的潜力，想到柳静芸正在找车评人，就主动联系了林列团队。林列团队对于偶像的建议也没有盲目，深思熟虑了几天又调查了一番后，终于下定了决心，有了这次的毛遂自荐。

柳静芸这才恍然大悟。和林列聊了聊之后，柳静芸发现林列不但汽车知识扎实、思维灵活，最关键的是价值观和她极为相符。于是，一拍即合。

就此，所有的人员框架已经搭建完毕。

除了林列所在的评测组外，其他部门中原明日汽车网的员工占了大多数。

几天后，柳静芸创立的汽车媒体平台正式上线，名为时速一百八，主打移动端。

虽然柳静芸没有亲口说，但所有人都看得出来，时速一百八网不管是业务范围还是经营模式，对标的目标只有一个——明日汽车网。

明日汽车网对于刚诞生的时速一百八网自然不屑一顾，二者根本不是一个体量的，但是对于柳静芸的挖人行为，明日汽车网很是头疼，虽然也采取了加薪或升职等措施，但仍留不住人。于是，明日汽车网干脆就把怒火倾泻到了刚成立的时速一百八网上。

明日汽车网利用了大平台的影响力，或用利益，或用胁迫，拉拢了大批人脉，对时速一百八网进行全面打压，导致柳静芸团队从车企借车困难重重，网上甚至经常冒出大量的黑稿，对时速一百八网进行大肆抹黑。

这些困难都在柳静芸的预料之内，团队的员工也早就做过心理建设，时速一百八网虽然步履蹒跚，但仍在前行。

广州车展一般在每年的11月中下旬举办，是每年度最后一个国内顶级大型车展，也是下一年车市的风向标。各大车企都会在年底发布一波新品，一方面为年底冲量预热，另一方面展示产品实力，为下一年的市场打基础。

只要有新车的地方，就有媒体人，更何况是车展这样新车云集的场合。于是，到了11月份，所有的汽车媒体都为广州车展做起了准备。

时速一百八网也不例外。柳静芸批复了大笔预算，升级了各种设备，用于车展现场的拍摄、直播等。不光设备，在前方报道的编辑人数、出行规格、酒店规模等方面都向明日汽车网看齐。作为一个小平台，要和明日汽车网打擂台。所有员工都看出了柳静芸的决心。更让员工震惊的是，柳静芸竟然租了一个展台。

在车展上，除了报道新车之外，还有一个很重要的环节就是对车企高管的采访。其实采访一般没什么实质内容，都是官方套话，报道出来也没有用户会关心。但采访的意义并不在于内容，而在于动作。

车企接受哪个汽车媒体的采访，就代表着两家的关系友好。说的时间越长，就意味着关系越深厚。说白了，这是一个车企表达姿态、汽车媒体亮肌肉的舞台。

以往那些年的国内车展上，都是明日汽车网唱独角戏，几乎所有的车企高管都会接受明日汽车网的采访。车展上经常出现的场景就是，明日汽车网的展台上采访一个连一个，而其他汽车网站的展台门可罗雀。

对于柳静芸的决心，时速一百八网的管理层都是支持的，但是对租展台这件事，几乎所有人都反对。一方面，租展台要花一大笔不菲的钱，对于时速一百八网这样的小平台来说极为肉疼；另一方面，真能起到作用吗？

时速一百八网的员工大多都是明日汽车网出来的，在的时候不觉得，出来之后，才感受到了明日汽车网在业界的影响力。明日汽车网虽然内部动荡，增速有所下滑，但百足之虫死而不僵，更何况，明日汽车网并没有死，依然是毫无争议的最大的汽车网站，后面几名网站的体量加起来也没有明日汽车网一家大。车企的利益几乎和明日汽车网绑定了，没有一家车企会轻易得罪明日汽车网的，部分小车企甚至还要刻意讨好它。从明日汽车网大手一挥，时速一百八网就被打压得举步维艰的情形，可见一斑。

所以，即便租了展台，会有车企冒着得罪明日汽车网的风险，来接受时速一百八网这个小平台的采访吗？不会的。所有人都这么想，连常丰都劝柳静芸。但柳静芸决心已定，用她的话来说："就算没有人来接受采访，我们的编辑也可以在展台写稿子，我不想让我们的编辑连一个歇脚的地方都没有！"

所有人都默然，租展台这项决议就此通过。

明天就要飞赴广州了，柳静芸在公司整理着资料，做着最后的准备。

已经晚上八点了，时速一百八网的办公区依然灯火通明，键盘声啪啪作响。柳静芸偶然抬起头，望向埋头在电脑前工作的同事们，一时生出时间倒流的感觉。真像在明日汽车网那几年啊。同样的工作内容，同样的办公环境，甚至连对面走过来的这个人都是老熟人。

常丰过来了。柳静芸这才回过神来，对他笑了笑，问道："这么晚，你怎么来了？"

"我见你这边还亮着灯，想着你还没走，就过来看看。"常丰拉过一把椅子坐在了柳静芸工位旁边。

"离职手续办好了？"

常丰点了点头："终于离开了。"语气很平淡，但柳静芸听出了浓浓的感慨。

今天是常丰在明日汽车网的最后一天。之所以在这个时候离职，常丰说是因为他的任务完成了。这半年来，时速一百八网虽然吃力，但已经步入正轨了，需要常丰帮忙的地方不多了。而明日汽车网那边，管理层对常丰的忍耐也到了极限，常丰把人送上岸的想法也实施得差不多了，可以离开了。

柳静芸沉默了很久，问道："什么时候走？"

"这几天吧。"

"没有东西要收拾吗？你的车子和房子的处理也需要一点儿时间吧？"过了很久，柳静芸才开口说道。

这是变相的挽留，但常丰好像没有听出来，说道："车子已经托付给朋友卖掉了，房子就放着吧，等没钱了就回来卖了。"

"要不等我从广州回来你再走吧，我怕中间万一遇到什么事处理不了。"柳静芸犹豫了一会儿，低声说道。

常丰看向柳静芸，笑着鼓励道："这半年来，你做得比我想象中还要好得多。你只要相信自己就行，没问题的。我能帮你的已经很少了，以后有什么想不明白的，可以和顾寒聊聊。"

柳静芸垂下眼帘，低下头，看不清表情。离开总是挽留不住的。

“静芸。”柳静芸听到常丰轻轻地叫了她一声。

柳静芸抬起头，发现常丰正认真地看着她，语气有些小心地说道：“我想和你谈谈梦岚的事。”

记忆的闸门被打开了，过往的画面像潮水一样扑面而来。柳静芸有些恐慌，但她发现自己并没有像以前一样被淹没到无法呼吸。

“你说吧。”柳静芸小声说道。声音小到她不确定自己是不是真的说出声了。

常丰听到了。他一直在仔细观察着柳静芸的表情，组织了一下措词才说道：“梦岚是个单纯的人，在那次吃饭之前，她甚至都不知道我在追求她。后来她知道了，但她一直没有接受我的追求。我知道她也是喜欢我的，但她过不了心中那个坎。我知道你也一样。你不要怪梦岚，都是我的错。梦岚这段时间一直都很排斥我，脸上的笑容也没有了。我当然希望梦岚能接受我的追求，但是我更希望她能重新笑起来。所以，我希望你能帮帮我。对不起，我是个自私的人，我知道这样对你很不公平。”

柳静芸静静听着，眼前浮现出了韩梦岚笑靥如花的画面。

“你能告诉我，为什么喜欢她吗？”柳静芸低着头问道。

还没等常丰说话，柳静芸突然抬起头，扬了扬手，说：“算了。”

“静芸……”

“是不是又要说对不起啊？不是你的错。”柳静芸微笑着，在常丰略带惊讶和感动的眼光中拿出了手机，按下拨号键。在电话接通的过程中，她看着常丰柔声说道：“该说对不起的，是我。”

“喂，梦岚，我是静芸。”

今年的北京冷得特别早，刚到 11 月，人们就纷纷裹上了羽绒服。上飞机时是羽绒服，下了飞机时，所有人都脱得只剩下一件单衣了。柳静芸并没有生出“我在南方的艳阳里大雪纷飞”之感，内心的大雪已经彻底消融，从今以后，永远都是四季如春。

柳静芸是早上到的，正好是广州车展第一天的媒体日。探馆工作已经结束了，编辑和评测团队完成得非常出色，在报道的数量和速度上都和明日汽车网不相上下。柳静芸没有去酒店，直接奔向车展现场。

今天是车展的媒体日，并不对普通观众开放，进来的都是有媒体证的汽车媒体人。即便没有观众，媒体人的数量也蔚为可观。从这一点就可以看出来中国的汽车市场有多么庞大，能养活这么多家媒体。而且，这还是正在高速发展的汽车市场。

柳静芸没有停留，直接来到了时速一百八网的展台前。汽车媒体的展台一般都在展厅外围，有些偏远，毕竟车展是车企的舞台，汽车媒体影响力再大也不能喧宾夺主。

时速一百八网的展台不大，占地只有十几平方米，只有一层，一大半都是访谈区，与访谈间一板相隔的很小的狭长区域，是编辑们的办公区。整个展台以蓝色为主色调，显得纯净而又沉稳，这也正是柳静芸希望时速一百八网能带给外界的印象。

柳静芸在展台外观赏了一会儿，觉得很满意，然后看向了旁边。也不知道是不是巧合，时速一百八网的展台旁边，正是明日汽车网的展台。

明日汽车网的展台给人的第一印象就是大气，占地近200平方米，分为上下两层，采访间在二层，一层有休息区、办公区，还有专门的茶水间。整个展台配以代表着热情的橘红色，透露出当仁不让的豪迈之气。

与明日汽车网相比，时速一百八网的展台就像是高楼大厦旁边的茅草屋。

在这次创业过程中，柳静芸经历过不少次类似的落差，虽然已经习以为常，但是每次遇到，总是不由得产生一丝苦涩。并不是为她自己，而是为手下的员工。我给他们的还远远不够。

当柳静芸在展台的办公区见到林列他们的时候，对自己简直要失望了。狭长的办公区密密麻麻地挤着十几个编辑，肩挨肩，连个转身的空间都没有，甚至有几个人干脆直接坐在地上，把电脑放在膝盖上埋头打字。地上堆着各类设备和装置，几乎没有了下脚的地方。屋里没有窗户，阴暗又闷热，柳静芸在门口都感受到了浑浊的空气。

“静芸姐！”

突然，一个惊喜的声音从身后传来，柳静芸回过身来，看见捧着相机的林列正小步跑来，一脸笑容。

“新拍的。”林列先是把相机递给了刚刚抬起头的同事，然后和柳静芸打招呼道：“你来啦。”

柳静芸对办公区里的同事笑了笑，让大家继续，然后拉着林列来到了展台外。

“怎么回事？我不是说采访间也可以用的吗，怎么都挤在里面？你看看大家都挤成什么样了？”柳静芸冷着脸对林列喝道。

这么长时间的相处，林列也知道柳静芸的性格，知道她绝不会没事找事，他笑着说道：“如果有人来采访，那多不雅观。而且大家都说坐在一块儿方便沟通。”

柳静芸表情缓和下来，语气低沉地说道：“不会有人来采访的。”

旁边就是豪华大气的明日汽车网展台，谁会来这样简陋的小展台呢？更何况，明日汽车网明显在打压时速一百八网，接受他们的采访很可能就会得罪明日汽车网。当然，大车企自然不惧得罪明日汽车网，但是肯定也不会自降身份的。柳静芸对自己租展台的行为有点儿后悔。

林列收起笑容，认真地说道：“静芸姐，你不是一直跟我们说，做我们自己认为对的事就行吗？虽然当时我对租展台有过反对，但是你说服了我们，所以我们只要坚持就好。来不来人，是一回事；我们做不做，是另一回事。”

柳静芸看着认真的林列，又望了望展台，问道：“林列，说实话，你有没有觉得咱们的展台很寒酸？”

林列又笑了起来，说道：“我真的不觉得，大家都不觉得。我们刚来的时候，看到这个展台，都特别喜欢，大家还在展台前拍了合影呢。而且，这只是我们时速一百八网第一次参展，就有了这么好的展台，以后肯定会更好的。”

柳静芸心生感动的同时，也痛恨自己刚才发作的小女人情绪。她拍了拍林列的肩膀，抿了抿嘴唇，微笑着说：“我明白了。谢谢你了，林列。回去忙吧，有什么事随时跟我说。”

林列进办公区取了些东西，又匆匆离开了，柳静芸站在办公区门口静静地看着里面忙碌的同事。密闭的空间内有些阴暗，屏幕的亮光照在每个人的脸上，虽然看起来有些疲惫，但都充满着斗志和希冀。

并不是我在守护他们，是他们在守护我。

柳静芸在展台里转了一圈，刚出来，就见明日汽车网的展台也出来几个人。走在前面的像是个车企高管，柳静芸没有看清。后边的人柳静芸倒是认识，正是赵嘉予。

赵嘉予点头哈腰地把人送走之后，视线一转，也看到了柳静芸。四目相对，赵嘉予突然笑了笑，向柳静芸走了过来。

“呀，这不是静芸吗？”

“赵总好啊。”柳静芸知道赵嘉予没安什么好心思，但并没有回避，也露出微笑，和赵嘉予握了握手。

“早就听说你这个时速一百八网干得很不错，今天一见果然不同凡响。你们都看看，这展台是不是超级大？”

“是啊，超级大气呢。哈哈哈。”身后的几人柳静芸不认识，但他们明显唯赵嘉予马首是瞻，听到赵嘉予的话，极为配合地夸张大笑起来。

柳静芸没有说话，连笑容都未减一分，但是眼神却极为冰冷。

赵嘉予见柳静芸不为所动，继续说道：“静芸，你们采访了几个人啦？刚刚我送走那位是五行汽车的销售总监呢，我觉得他应该是有事，不然肯定要来你这个大气的采访间接受采访的。”

那几人的笑声又传了过来。

赵嘉予觉得心情舒畅，装模作样地在时速一百八网的展台前转了转，嘴里啧啧有声，说道："真够大气的啊，没有人来真是可惜了。也是奇怪，他们为什么都不来呢？你说呢，静芸？"

"可能是我这个主人面子不够吧，哪有赵总的主人面子大。我还有事，先走了。"说完，柳静芸转身离去。

"哈哈哈，废话，她一个小网站有什么面子，我们赵总的主人面子当然大了。"身后几人见柳静芸落荒而逃，立刻奚落起来。

"闭嘴！"赵嘉予脸色铁青，突然回过身来怒喝道。

几人战战兢兢，不知道说错了什么话，回到展台仔细思索后，冷汗直冒。这个柳静芸也太阴险了，损人都不带脏字。

直到媒体日第一天落幕，时速一百八网的采访间都没有任何车企高管涉足过。对此，柳静芸和她的团队心态都很平和，只要心理预期足够，结果能坏到哪里呢？

反而是赵嘉予，对柳静芸那句话耿耿于怀，一整天都怒气冲冲。后来她干脆在展台门口当起了迎宾，一旦有人进来，她就会给时速一百八网一个示威性的眼神。虽然柳静芸并不在那儿。

当天晚上，工作都完成之后，柳静芸请大家吃了个饭，总结了一下今天的得失，就早早休息了。

赵嘉予几乎彻夜不眠，暗下决心第二天一定要抓住机会狠狠打击柳静芸。

媒体日第二天，赵嘉予浓妆艳抹地站在展台前。因为重量级的车企大咖都会在今天出现。

她刚刚把莫格汽车公关部副总裁迎上了楼，下来后又不由自主地看向时速一百八网的展台。看到一直没有任何车企高管进入他们的展台，赵嘉予觉得心情愉悦，昨晚没有休息好带来的头疼都减轻了许多。

创业有什么好的？吃力不讨好。好好的大平台不待着，非要去受那个罪。这个世道，能吃饱饭不就行了，饭是谁给的，又有什么关系呢？赵嘉予升起了浓浓的满足感，她看着围在周围的那些小的汽车媒体，高傲地抬起了头。

由于明日汽车网影响实在太大，几乎所有的车企高管都会优先来明日汽车网接受采访。其他小的汽车媒体自然没有资格像明日汽车网一样，稳坐阵中等待高管主动上门，他们只能主动出击。于是，那些小的汽车媒体干脆就直接派人守在了明日汽车网的展台，等到这些高管接受完采访，就拥上来套近乎。虽然这样邀请到的概率也很小，但是总比不作为要强吧？

赵嘉予并没有在其中发现时速一百八网的人，心中有些鄙夷。没有实力，还自恃身份，成不了事的。

周围的媒体喧嚣起来了，赵嘉予知道是有人下来了，她看了一下表，才不到十分钟时间。这也太匆忙了吧？下来的自然是莫格汽车公关部副总裁，名为王文旭。赵嘉予上前打了声招呼，问道："王总，完事了？"

王文旭点点头，说道："我还有点儿事，就先走了。"

十分钟的采访并不是没有过，赵嘉予倒也理解，立刻护着王文旭走出展台。周围响起了"王总好"的声音，是那些小的汽车媒体对王文旭发出了邀请。王文旭没有搭话，快速走出了人群。

赵嘉予重新回到展台，又习惯性地向时速一百八网的展台瞥了一眼，一看不要紧，她发现王文旭竟然走了进去。她简直不敢相信自己的眼睛。

周围有眼尖的人也看到了，这个消息立刻在人群中传播开来。不少人还特别去时速一百八网的展台前一探究竟。

"莫格汽车难道这么看好时速一百八网吗？还是说是王文旭和时速一百八网的人有什么私人关系？"

"我知道了，肯定是莫格汽车这两年日子不太好过，他们想要和所有的汽车媒体都维持好关系，为他们的销量打开缺口。"

“按你这么说，人家怎么不去你那儿呢？更何况，时速一百八网明显被明日汽车网打压，莫格汽车不怕得罪明日汽车网吗？”

周围人的声音清晰地传入了赵嘉予的耳中。她怎么也不明白，莫格汽车怎么会接受柳静芸的采访呢？怎么可能呢？

外面的议论声王文旭也听到了，他反而有些得意。

从唐凌燕那里得知柳静芸和陈卢阳的关系后，他就默默地记在了心里，没有告诉任何车企。柳静芸的时速一百八网，他并没有特别重视，他只是想通过柳静芸间接向陈卢阳示好。陈卢阳目前如日中天，只要能搭上他的线，对莫格汽车以后的发展绝对大有利处。

时速一百八网的采访间冷冷清清。因为柳静芸预计没有人会接受采访，所以只留了一个小编辑盯着，其他的人都出去忙了。

小编辑百无聊赖之际，突然见一个人走了进来，他愕然地站起身来，有些犹豫地问道：“您是？”他担心人家并不是来采访的，闹了乌龙。

王文旭和蔼地笑道：“我是莫格汽车公关部的副总裁，来接受采访的。”

小编辑一下子睁大了眼睛，激动得面色通红，结结巴巴地说道：“非常抱歉，您先坐一下，我去叫我们的主管。非常抱歉，主持人不在。”

王文旭笑道：“没关系，我等等。”

小编辑跑出去打电话了。外面的媒体炸了窝，什么时候车企这么好说话了？在他们看来，每个车企高管都来去匆匆，现在竟然有耐心等，而且是等时速一百八网这样的小网站。时速一百八网到底有什么背景？

林列接到小编辑的电话时，立刻跟柳静芸说了一声，就赶回去了。柳静芸倒是对王文旭的来意有了几分猜测，想着应该是陈卢阳的原因。不管怎样，柳静芸也为有了第一个来访者感到非常振奋。

王文旭的采访其实也不长，二十分钟左右，但是相比明日汽车网的不到十分钟，在场的围观者都品出了其中蕴含的意味。

采访结束后，柳静芸和王文旭攀谈了片刻。王文旭话语中透露的示好之意让柳静芸心中的猜测落实了，果然是冲着陈卢阳来的。不过柳静芸没有排斥，虽然和莫格汽车发生了很多的不愉快，但是做企业不能掺杂个人情感在内。两人友好地道别了。

赵嘉予愤怒了，她见不得柳静芸好，尤其是看到王文旭和柳静芸友好攀谈的场景，简直咬碎了牙。不过她很快劝服了自己，告诉自己这是个意外。而且莫格汽车这几年明显不行了，配时速一百八网这样的小公司正合适。那些大车企肯定不会搭理她的。

郁闷了一会儿后，赵嘉予精神一振，她看到西姆汽车的销售副总裁向展台走了过来。

由于西姆 XM3 的火爆，西姆汽车成了车企新贵，郝泽清也水涨船高，在业界享有盛誉，有人甚至把他比作王海松，都是一战成名。

赵嘉予对这样的人物自然熟稔于心，挤出笑脸，伸出手迎了上去，微微弯腰说道："郝总，您好。"

谁知郝泽清就像没有看到赵嘉予和周围这群人一样，径直朝时速一百八网的展台走了过去，笑容满面地看着前方，说道："柳小姐。"

赵嘉予伸出的右手尴尬地停在那儿，一脸的不可思议。在周围人的震惊中，郝泽清和柳静芸的手握到了一起。

柳静芸笑道："你怎么来了？"

"你这就不地道了啊，弄了个展台也不告诉我，是觉得我没有资格接受你的采访吗？"郝泽清开玩笑地说道。

"哪能呢，我这不是怕你觉得寒酸吗。"柳静芸笑吟吟地说道。

"怎么会寒酸呢？色调好，也大气，我就喜欢这样的。"

"不嫌弃就好，那我们开始吧？"

"稍等，我还邀请了几个朋友，在后边呢，我给你介绍一下。"郝泽清伸手指向了身后。只见三个西装革履的人正走过来，大老远还喊着："泽清，你跑这么快干什么？"

"我没有看错吧？那个高一点儿的好像是腾飞汽车的孙总。"

“那个瘦的是龙跃汽车的栾副总。”

“还有凯旋汽车的郭副总……”

这些都是目前炙手可热的行业红人，都在各自的车企负责核心业务。这些人居然都来捧时速一百八网的场子？周围的汽车媒体人都看着眼馋。

赵嘉予这次没有伸手，呆呆地看着三个人走过明日汽车网的展台。

柳静芸和三人互相认识之后，有些歉意地说道：“抱歉，我们只有一个采访间，所以……”

“没关系，一个一个来，我们等等。让泽清先来吧，他跑得最快，好像很着急。”

“是啊，今天我们没有别的任务，就是接受你的采访。”

“泽清，赶紧的吧。好好讲。”

三人就直接拿过凳子坐在了展台旁。

柳静芸感激地看了一眼郝泽清，郝泽清冲她挤了下眼，又握拳做了一个加油的动作，就进了采访间。

柳静芸也搬了把凳子，坐在了三人旁边攀谈起来。这是郝泽清为她争取的机会，柳静芸自然不会浪费。

四人采访完毕，已经是两个小时之后的事了。郝泽清对柳静芸比了一个常联系的手势，匆匆离开了。

柳静芸知道，他并没有看起来那么有时间，这一切都是为她专门做的。看着郝泽清离去的背影，柳静芸心中除了感激，还多了几分异样的情绪。

赵嘉予感觉头更疼了。郝泽清四人在接受完时速一百八网的采访后，竟然就直接走了。她想不明白。明日汽车网这样的大平台什么时候竟然可以被忽视了？我们可是明日汽车网啊，难道他们不担心得罪我们的后果吗？柳静芸她何德何能？赵嘉予有些失魂落魄。

突然，周围的人群又是一阵喧嚣。赵嘉予发现自己竟然都不敢抬头了，生怕又看到一个径直走过的身影。

“是萨拓汽车的王海松！”

虽然由于萨拓 5 的失败，萨拓汽车低迷了一阵，但仍然是国内的一流车企。最近萨拓汽车重新推出了一款新品，口碑和销量俱佳，一举攻占了所有榜单，取代了萨拓 3 的霸主地位，成就新一代神车。王海松再次封神。

明日汽车网一直和萨拓汽车保持着良好的关系，一个是国内一流车企，一个是国内最大的汽车网站，两者甚是惺惺相惜。赵嘉予曾经和王海松打过几次交道，合作得非常愉快。不管是从公司层面还是私人关系上考虑，王海松都没有理由不接受明日汽车网的采访。

赵嘉予打起精神，走出展台，以最饱满的状态迎接正在走近的王海松。

“小赵啊。”王海松果然一下子认出了她，还没走到身前，声音就传来了。

赵嘉予突然有种泪流满面的冲动，同时又立刻得意起来。你柳静芸和那些小车企关系好又如何？我一个王海松就能盖过你的所有。赵嘉予摆出骄傲的姿态，在周围人艳羡的眼光中，和王海松握了握手。

“小赵啊，我今天时间比较紧，咱们改天再聊。”王海松接下来的话，犹如当头一棒，让赵嘉予眼前发黑。在周围人难以置信的神情中，王海松和柳静芸一起走进了时速一百八网的展台。

如果说莫格汽车、西姆汽车代表的意义还不够大的话，国内最大车企最传奇的人物接受了时速一百八网的采访，这个分量就截然不同了。这甚至可能改变整个汽车媒体业的格局。

他们虽然不知道王海松与时速一百八网的关系，但是他们都知道，从此以后，时速一百八网将完全挣脱出明日汽车网编织的牢笼，一飞冲天，无可阻挡！那个不大也不高的展台，将成为所有汽车媒体人眼中的丰碑。

王海松进了访谈间，柳静芸来到了展台外，掏出了手机，犹豫了一会儿后，才按下了拨打的按钮。

“对不起，您拨打的电话已关机。”

柳静芸轻轻地叹了一口气。随后，她点开了几个小时前没有注意到的两条消息。一条是一句话，另一条是一则短视频。话只有三个字，“谢谢你”。视频是一个男人向女人告白的画面。

男人手捧鲜花，早已失去了往日的沉稳从容，表情竟然有些羞赧，讷讷说道：“我失业了，你之前说让我当店员的话还有效吗？”

女人站在男人面前，显得有些手足无措，慌慌张张地说道：“有……有效。”

男人把鲜花递了过去，说道：“但是现在我不想当店员了，我想当老板。可以吗，老板娘？”

女人捂住了嘴巴，泪如雨下，接住鲜花，重重地点了点头。两人拥抱到了一起。

关掉了视频，柳静芸望向广州这片没有雾霾的蔚蓝天空，仿佛看到了一架载着她过去九年所有记忆的飞机，呼啸而过。她的脸上渐渐浮出了微笑。

场馆里喧嚣的人声像是刚刚才传进了柳静芸的耳朵，她听到有人在喊她，语气激动。

“静芸姐，又来人啦。”

柳静芸摘下手腕上的发绳，撩起已经垂到肩膀的乌黑亮发，在脑后扎出一个小小的马尾，精致的面庞一览无余。

“来啦！”

一个飒爽的身影快步走进了展台。

（全书完。）

图书在版编目(CIP)数据

弯道 / 骑鲸闻巷著. -- 北京：法律出版社，2019
ISBN 978-7-5197-3376-6

Ⅰ. ①弯… Ⅱ. ①骑… Ⅲ. ①长篇小说—中国—当代
Ⅳ. ① I247.5

中国版本图书馆 CIP 数据核字(2019)第 068150 号

弯道
WANDAO

骑鲸闻巷 著

策划编辑 张发靖
特约编辑 黄梦梦
责任编辑 王 晗
装帧设计 鲍龙卉

出版 法律出版社
总发行 中国法律图书有限公司
经销 新华书店
印刷 固安华明印业有限公司
责任校对 晁明慧
责任印制 吕亚莉

编辑统筹 市场研发部
开本 A5
印张 11.125
字数 280 千
版本 2019 年 7 月第 1 版
印次 2019 年 7 月第 1 次印刷

法律出版社 / 北京市丰台区莲花池西里 7 号(100073)
网址 /www.lawpress.com.cn
投稿邮箱 /wanghan@lawpress.com.cn
举报维权邮箱 /jbwq@lawpress.com.cn
销售热线 /010-83938226
咨询电话 /010-63939796
中国法律图书有限公司 / 北京市丰台区莲花池西里 7 号(100073)
全国各地中法图分、子公司销售电话：
统一销售客服 /400-660-6393
第一法律书店 /010-83938334/8335 西安分公司 /029-85330678 重庆分公司 /023-67453036
上海分公司 / 021-62071639/1636 深圳分公司 /0755-83072995

书号： ISBN 978-7-5197-3376-6
定价： 49.80 元